你若盛开 清香自来

余显斌 著

路过心上的经典散文
邂逅一生的悦读，愿你翻过每一页

天津出版传媒集团
百花文艺出版社

图书在版编目(CIP)数据

你若盛开,清香自来 / 余显斌著. -- 天津:百花文艺出版社, 2021.1
ISBN 978-7-5306-7799-5

Ⅰ.①你… Ⅱ.①余… Ⅲ.①散文集–中国–当代 Ⅳ.①I267

中国版本图书馆 CIP 数据核字(2019)第 254029 号

你若盛开,清香自来
NI RUO SHENGKAI QINGXIANG ZILAI
余显斌 著

出 版 人:薛印胜
责任编辑:刘佩莲
装帧设计:宋双成
出版发行:百花文艺出版社
地址:天津市和平区西康路 35 号　　邮编:300051
电话传真:+86-22-23332651(发行部)
+86-22-23332656(总编室)
+86-22-23332478(邮购部)
网址:http://www.baihuawenyi.com
印刷:唐山富达印务有限公司
开本:640mm×910mm　1/16
字数:280 千字
印张:21
版次:2021 年 1 月第 1 版
印次:2021 年 1 月第 1 次印刷
定价:49.80 元

如有印装质量问题,请与唐山富达印务有限公司联系调换
地址:唐山市芦台经济开发区农业总公司三社区
电话:(022)69383810　　邮编:301505

在阅读中优雅老去

二十岁时，第一次去凤凰，不为古镇美景，只为能与偶居夺翠楼的黄永玉先生见上一面。

时逢雨季，沱江奔啸，烟波微茫信难求。苦待数日，仍没能等到想见之人。

在清冷的雨丝中独自徘徊，满心失落。无意走进一家书店，里面尽是沈从文先生的文本作品。无处可去，只好在僻幽的角落里翻阅旧籍。而后，一发不可收拾。

回程当日，总觉有重要东西遗落城中，寻思许久，才跑去那条巷子的书店里买了本周身泛黄的《边城》。这本有着深蓝小印戳的《边城》，至今仍安躺于我的书柜里——它不仅使我在未果的行程中找到些许补偿，更让我在之后的时光无比怀念二十岁的自己。

再后来，兴许命中所定，真与书结下了不解之缘。不但自己看书写书，更领着诸多热爱文学的人走上了自己想走的路。

我经常跟学生们说，阅读是写作的命脉，只有不断阅读，才能保持创作角度的新颖和思维的敏捷。然而，阅读所赐予的，又何止是这些？

不管在何时何地，只要手中捧着一本书，心里便会觉得安然。书不但能排遣无聊的寂寞，将岁月的伤痛逐一缝补，还能把心灵淬炼成一块玲珑美玉。

一个爱书之人，必是睿智且沉稳的。遇事不惊，处之泰然。古人所说的“腹有诗书气自华”，便是这意思。

生命本就是一次有限的跋涉。一个经常看书和一个经常沉迷在网游世界的人，心灵绝对是不一样的。前者，往往更能体悟一叶一菩提的真谛。

书本所给予心灵的力量，是不可言喻的。十年寒窗，说的并不是读书人的艰辛，而是意在表述读书人的坚忍和不懈。试问，有多少人可以在寒窗下十年如一日地重复做同一件事情？

正如北大教授曹文轩所说：世间最优雅的姿态，就是阅读。不论静坐还是倾卧，甚至在厕所里，它都是最美的姿态。因为这样的人，通常都会从骨子里散发出一种极具亲和力的书卷气。

阅读人物，通晓历史，可以他人鉴知自己得失；阅读杂文，百味世事，可在辛言辣语中澡雪精神；阅读情感，温热肺腑，可居书香浓情里滋养心灵；阅读故事，体会人生，可于静谧岁月中倾情流泪……

每一种书，都是风景；每一本书，都是亟待窥破的秘密。

宋朝诗人黄山谷有一句名言："三日不读书，便觉语言无味，面目可憎。"这其中说的，就是每日读书的重要性。

本套系列图书，所遵循的就是这个简单的理论。通过遴选当下不同类型的精华文章，给读者送去不同的心灵养分——成长卷让你懂得如何珍惜青春，成功卷让你明白如何把握自己的人生，真情卷让你寻回本真的感动，感悟卷让你看到世界别样的美好……

为了能找到年度最精华的文章，为了给读者省去寻找的繁琐，我们几乎把本年度的期刊翻了个遍，邀请了二十四位中学生喜爱的作家，目的就是为了去其糟粕，取其精华。

这些作家的名字，不仅经常出现在全国各大刊物，还经常出现在各省市的中高考语文阅读理解试题中——我们的宗旨只有一个，就是为这个时代的读者，奉献好书。

但愿我们可以放慢匆乱的步伐，一起在欢愉的阅读中，优雅老去。

一路开花

二〇一八年十二月书于云南曲靖

目录

第三辑　值钱的谎言

第四辑　消失的顾大刀

第七辑　开花的义务

第一辑

一个人的坚持

一日，在一个破庙里，他摸到有个人睡在那儿，奄奄一息。显然是饿的。他忙拿出讨来的馒头，喂他吃下。两个冷馒头下肚，那人有了力气，坐了起来。那夜，没有旁人，只有他俩。他坐在神案前，手指轻弹，两滴乐音溅下，闪着晶亮的光。然后，二胡音悠扬，在静静的夜空响起，一会儿如一缕花香，拂过人心；一会儿如一丝轻风，飘荡如纱。

凿碑高手

他是个盲人，偏又是个凿碑的高手。他长到九岁，刚认识几个字时生了一场病，眼瞎了。他爹一声长叹，让他学别的手艺好长大谋生，可他不，只爱凿碑。因为凿碑是他的祖业。

他初学凿碑，并不动手，而是坐在父亲身边听，一边问父亲凿的是什么字，走的是哪一笔。不久，一听锤声钎音，他就知道了是什么字。父亲大惊，说这小东西，是凿碑的料。以后，更是有意培养他。

十四岁时，他就精通了碑上凿字，而且篆隶楷草无体不会无体不精。到了十六岁，各种龙凤花纹，更是刻得栩栩如生。一日，他在石上刻了一串葡萄，颗颗晶莹，他爹摸着胡碴看，突然发现上面蹲了一只纤黑的小虫，挡住了视线，就伸手去打，虫并不飞走。再仔细看，原来石色不纯，上有一黑点，他就势刻了一只小虫。

他爹哈哈一乐道，老了，老了。语音中，有一份苍凉，还有一份欣慰。

他凿碑有讲究，尤其墓碑，上面轻易不凿龙。他说，龙是神，是一个民族的神圣所在，不能随便凿在墓碑上。凿在好人墓碑上，龙能生色；否则，玷污了神灵。

话虽如此说,他一生却破过两次例。

一年,丰川大旱,十室九空,省府王督军父亲死去。王督军来,一辆小车接走了他,要求他凿一块墓碑,碑上有字,且必须有一龙环绕。

他微微一笑,一杯茶后,开始凿碑,字用隶书,笔笔端庄,让满城书家见了赞叹不已。待凿龙时,更是让内行人见了个个鼓掌。可惜,龙无二目。

督军忙来请,道:"先生,务请为龙凿上双眼。"

他仍不慌不忙,拿起锤和钎,第一锤下去就偏了准头,砸在左手大拇指上,鲜血淋漓。

他摇头,苦笑:"督军大人,看样子给龙凿眼尚需一段时日,待伤好后再干。"

可是,死人入墓,已在眼前,总不能来一个无碑墓吧。督军急了,苦苦恳求。他一笑道:"看样子,只能用双脚掌钎了,不过价钱可不一样。"

"多少,尽管说。"督军道。

"粮食十五万担。"他掐着长长的手指算着道。

"你!"督军跳起来,红了脸。

"督军大人,我一粒不要,请你拿来救济丰川百姓,也算督军大人的功德啊。"一句话让督军松了口气,连连点头,碑凿好,他准备回去,督军道:"先生就跟着粮车一块儿回去吧,也让丰川百姓知道先生的一番好意。"

他笑,推辞:"这是督军大人的德政,与盲人何干?盲人不敢掠人之美。"说完,一揖而去,飘然江湖。

第二次破例，已是十几年后。

一日，有人请他凿碑，上有“樱花之子”四字，并以双龙护碑。他把银元推开，默坐了一会儿，道：“给谁凿？”

“你只管凿，管是谁。”来人很干脆。

“盲人不接来路不明的活儿。”他冷冷摇头。

“告诉你，这是皇军小野二郎少将。将军战死沙场，临终遗言，要葬在他征服过的土地上，要用他征服过的民族的图腾来服侍他。”来人说，声音如剑，透着寒气。

他沉默了一会儿，道：“是大官，少于五万块银元，想也别想。”

来人愣了一下，接着哈哈大笑：“钱能通神，果然不错。”第二天，银元送来，他分文不取，发给镇民，可当夜“当啷啷”又被大家扔了回来，落了一屋。

他一声长叹，带几个人，上了后山，一心扑在整治石料上。

经过半个月又挖又炸，用了日军五六百斤炸药。终于在后山寻到了两块上等石料。他笑笑，很满意地说：“一块做碑座，一块做碑。”

然后把巨石运回来，一个人关起门来雕凿石料，绝不许人参观。一个多月后，石碑凿成。碑文以钟鼓文雕凿，双龙盘旋，腾龙欲去。最让日军称叹的，是碑座，巨大的石鼓形，上有嵌碑的榫口，四龙盘旋。石鼓四边，云牙海水，樱花灿烂。

日军司令见了，拍拍他的肩，连夸大大地好，大大地好。他抚须微笑，无言回家。

小野二郎骨灰下葬时，最隆重的仪式是立碑，几十个日兵将基座抬到墓前放好，然后又抬起巨大的石碑，向基座榫口插去。日军司令带领日军，在墓前列队致敬。

石碑落下，“轰”的一声，震天巨响，基座石碑粉碎，日军顿时血肉横飞。原来，他所要的炸药，除用了一小部分外，其余全部藏在挖空的基座里。

日军气势汹汹围了他的家，破门而入，里面空无一人。

以后丰川再没有人看见他。

为了心中的佛

他是一个和尚，却不诵经不礼佛。每天，都望着佛寺发呆。

师父长叹，道："你望什么？"他回答，好美啊。说着，指指古雅的佛寺，佛寺的飞檐翘角，在蓝天白云和大山的衬托下，别有一种美。

在寺庙里，他做了十五年僧人，没记住几句经文，可是，所绘的各种亭台楼阁、湖泊假山的图纸，却挂满禅房。他的人在寺庙里，名声却早早地飞到了外面的世界。

在他二十二岁的一个早晨，一队人马进了寺庙，带着皇帝的圣旨，对着和尚们宣读：皇贵妃仙逝，圣上悲痛欲绝，发誓要修一座天下最美的陵寝，然后，口传圣谕，让他下山，设计建造。

他下山，随着大队人马。

耳边，是师父的声音："你下山一定凶多吉少，要解此灾，唯有一法。"

"何法？"他问。

"装疯，可躲一厄。"师父数着念珠。

他摇头，叩别师父，走出殿门，

几天后，他拿着自己的图纸去拜见皇帝，细细叙说着自己的设计规划。皇帝眉开眼笑，眼光发亮，当即授予他二品官职，并让他负起建造陵寝事宜。

“贫僧可负责建造陵寝，但不愿为官。”他推辞。

“不愿为官？”显然，皇帝不理解。

“不可能！”所有官员都瞪大眼睛，不相信自己的耳朵。

他掸掸僧袍，笑了，缓缓退下，依然粗衣布衲，走向了施工场，亲自监造。有时也跟工人一块儿搬料，扛木头。

十年过去，整整十年，一个青春的和尚已步入中年，由于长期的劳力，由于艰难的调度和运作，他的鬓角，已见星星白发。

十年艰辛，十年血汗，一座绝世的艺术品出现在人们眼前。

一座高大的、金顶般的建筑矗立在蓝天下，红墙如胭脂，让人晕眩。

皇帝见后，泪水直涌，喃喃道：“比我想象中的还要美，爱妃，它只配你住。”

第二天，皇帝召他上殿。所有的大臣都十分羡慕，知道这个和尚发了。只有他仍静静地，微笑着站在宫廷上。

“来啊，把他的右手砍了。”皇帝吩咐卫士。

他微笑着，伸出右手，好像一点儿也不意外，连皇帝也惊奇，问：“你怎么不问为什么？”

“早已知道，何必再问。”他淡淡回答。

“知道什么？”皇帝惊讶。

“你怕贫僧再为别人设计，所以如此。”他仍波澜不惊。

他的右手被剁下。他并没有离开，而是在陵寝周边徘徊观望，同时，在陵寝对面不远的山上，掏了一个洞。洞掏完不久，皇帝又让卫士带他上殿。他依然青衣布衲，飘飘而来，对着皇帝微微一笑："我一切皆了，可以死了。"

"你怎么知道朕要处死你？"皇帝睁大了血红的眼睛。

"我手虽断，可思想仍在，你怕我为别人设计更好的建筑。"他说。

受刑那天，他提出要见师父。老师父来了，须发斑白，一如十多年前一样，摸着他的头顶道："你既知道难逃一厄，为何还要下山？"

他微笑，仍如少年时，望着远处殿阁楼台道："为了心中一个美丽的梦。"死后，按他的要求，一部分骨灰葬在他挖的洞里，和自己的设计遥遥相对；另一部分被老师父带着回了山。圆寂前，老师父指着骨灰罐，告诉身边的弟子，把他的骨灰放在自己的塔中，"因为他是一个真正的佛家弟子，在他的心中有一尊不变的佛，那就是美"。

爱吹牛的老石

老石是我们单位的看门人，那时候已经七十多岁了，腰板倒挺硬朗，一看就是一个干过力气活的，而且很积极，每天天不亮就起床。

我们说，老石，咋起那么早？他怎么说？哎，干哪一行务哪一行，千万不能耽搁了工作啊。那口吻，好像他干的是件多了不起的工作似的，不就是看门吗？还工作呢。私下里，我们说他假积极。

除了假积极，他就爱吹牛。

他说什么来着，他说在解放战争的时候，他在战场上抓住了一位国民党的军长。

听听，军长哪！是那么好捉的吗？是河里的鳖吗，你想捉就捉得到吗？老石硬是把牛吹死了，吹得我们捂着肚皮笑，连我们的科长都笑出了泪，他还不停嘴，还以为我们在欣赏他的故事呢。其实，我们是讽刺地笑，如未庄的人笑阿Q一样，笑他。那傻老头，他还不知道呢。

他说，他在战场上抓了一个伙夫，他怎么看怎么不像伙夫。伙夫有那么胖吗？伙夫脸有那么白净吗？伙夫手有那么细腻吗？他连提三个“吗”,一本正经的样子,想吸引住我们的注意力。果然,有效果,我们不笑了,聚拢到他身边,认真起来。

他说,你究竟是什么人?那人说,我是伙夫,解放军同志。

他说,你个家伙,不老实。好,到连部去说个清楚。

于是,他说,他就押着那个家伙,向连部走去。到连部,那家伙也说是伙夫。连长对他做完宣传工作,正准备放人时,师长下来检查工作,路过此地,顺便进来看看,一眼就认出了那人,原来,他们是一个军校出来的同学。

说完,他很满意地准备小结一下,说,就这样,我一个人活捉——“军长”还没说出来,就被一个嘴溜的小伙子接了过去,说“一个老石”,刚好凑成一句话。大家一听,又哈哈大笑,十分快活。老石呢,受了别人耍笑,用手摸摸胡须,笑笑,又忙他的去了。

老石在早晨,也进行操练,而且一招一式,有板有眼。我们站在旁边看,稀稀拉拉的,有掌声,但明显地,带着调侃的意味。

老石知道我会几招,问我怎么样?

我笑笑说,银样镴枪头,好看不中用。老石不说话只低着头,一个劲抽烟。说真的,到现在,我都后悔,我自己练的那几招其实是“高粱秆扎枪——摆设儿”,又怎么评论老石的呢。

老石最终被我们单位开除,也和他自己的毛病有关。

一天早晨,老石起得很早,就看到一个人影鬼鬼祟祟地往外走,老石大喊一声,据看到的人说,很有些气壮山河的味道。那人就慌忙往外跑。老石一个扫堂腿,那人立马趴下。在一片喝彩声中,老石揪起那人,却又松了手,还扶起那人,扶到门房,给那人洗洗涮涮,完了,送点钱,放走了。

老石说，那是他认识的一个乡下朋友，进城打工被骗，没了路费。哎，人要有办法，谁愿做贼？老石说。

这还得了，这不是吃单位的饭，砸单位的碗吗？全单位成员一致通过，开除这个“里通外国”的老家伙。

于是，老石就带着他的被子走了，到哪儿去了，不是我们管的事，我们也管不了，也不想管。

不久，市里召开一次学习先进人物的表彰大会，在电视里。宣传的是我们市里一位退休的老首长，在一次回家乡探亲后，就积极投身到家乡的捐款助学活动上。为了能多捐款，他竟给一些单位看门，到处拾垃圾，加上自己的工资，十年下来，捐款几十万元。

接着，镜头特写：呵，你猜是谁？那首长，就是老石！

大家说，邪乎了，现在还有这样的人？打死我，我也不相信。一定是为了宣传，拉个老石做样子。

大家想到老石那熊样，想笑，一时却又没有了笑的兴趣，只是“嘿嘿”两声，散了。

薛十七

薛十七是地痞。薛十七有一杆枪，而且枪法贼准。

一日，镇长的公子在街上横着走，一街的人都纷纷回避，薛十七偏不，迎面往前撞。

镇长公子恼了，骂："狗东西，瞎了眼！"说着，举起巴掌就打。巴掌刚举起，只听"啪"的一声枪响，镇长公子右手中指断为两截，鲜血淋漓，鬼哭狼嚎，一路跑了回去。

薛十七眯着眼，噘着嘴，吹去枪口上袅袅的烟，哼了一声，也走了。

当夜，县里的保安团来到镇上，声称薛十七是土匪，要捉拿归案。薛十七闻风而逃，躲了起来。保丁们没找着人，一把火烧了薛十七的家。

没有了家的薛十七，无路可走，上了僧道关，占山为王。

日军打来时，薛十七已经有三百多条枪，占据僧道关，大块吃肉，大碗喝酒，好不快活。

一日，有国民党军官员上山，想收编僧道关的弟兄，"当委员长老子也不干，滚滚滚！"薛十七一挥手，赶走了国军收编人员。

一日,又有一人来到僧道关,谈收编事宜,是日本人。

薛十七拿起茶碗,轻轻抿一口茶,一笑:“有仇无仇,是我们自己家里的事,与外人无关!”一句话,说得日军特使脸红一阵白一阵,停了一会儿,日军特使语含威胁地说:“大当家的与国民政府不共戴天,又不归附皇军,只怕这僧道关难以支撑得住啊。”

“大不了是个死,妈的。投降了小日本,老子死后都无脸见祖先。”薛十七一句话,堵死了大门,日军特使悻悻而退。

至于和日军干起来,是在这三个月之后的一天。日军一队人马从僧道关下一道关口经过,被薛十七的部下挡住,要留下买路钱。日军指挥官山田大怒,皇军在中国土地上横冲直撞,什么时候给过钱。要钱没有,要挨子弹,多的是。

于是,双方一攻一守,开始了枪战。僧道关壁立千仞,不是想攻就攻得下的,日军司令部电报打来,频频催促山田联队,赶快去会合,可山田就是过不了山口,无奈,派人谈判,要多少买路钱?

薛十七哈哈大笑,多少?回去告诉山田,钱堆起来得和这僧道关一样高。说完抚掌大笑,僧道关的兄弟们都哈哈大笑,得意非常。

那特使脸色铁青,走了。

日军决心端掉僧道关。

山田指挥大队人马,炮兵在前,步兵在后,如临大敌,一阵大炮轰击,然后是步兵进攻。可薛十七偏不按常规打法,他把兄弟们分散在山上的角角落落里,零打碎敲地射击日军,让日军损失很大,而自己一点儿伤亡都没有。

山田一咬牙,步兵硬攻,用人海战术耗光他。

战斗进行到第五天,薛十七招来兄弟们,说:“看样子是不行了,狗日的山田这次是势在必得，兄弟们还是突围吧。”安排好后，他自己却不走。让兄弟们留下一杆枪一箱子子弹，独自在山上阻击。

“当家的，要活一起活，要死一起死！”兄弟们不走，一齐叫道。

“狗日的，我还没死呢，你们就敢违令，谁违令，老子毙了他。”说完，抽出枪，一个个扫视，然后一摆头，吼道：“快滚！”

兄弟们一个个垂头丧气地走了，薛十七抹一把眼睛，扛一箱子子弹来到最陡峭的铁门崖上，仗一杆枪，独自守在那。

薛十七的枪法那个准啊，据说只这一次，就打死打伤了一百多名日军。

薛十七并没有战死，最终被活捉，送到了山田面前，山田围着薛十七转，冷冷地笑。

薛十七也笑，很得意。

“薛君，你知道吗？你是俘虏。”山田吼。

“山田，你知道吗？老子一杆枪喝了一百多个鬼子的血，够本。”

“你跪下，归依皇军，我可以饶你一命。”山田鼓起了眼睛，望着薛十七。

“你给我跪下，老子随你处置。”薛十七哈哈大笑。

山田一挥手，让把薛十七双手双脚绑上，拴在高杆上。那时，正是六月的天，大太阳毒毒地晒着，一连六天六夜，薛十七不住口地骂着东洋人，骂山田祖宗十八代。

到了第七天，薛十七不骂了。山田走过去一看，只见薛十七肌肉隆起，双眼怒睁，举拳踢腿，恶狠狠地向他扑过来。

山田一惊，出一身冷汗，连连后退，良久，不见动静，走过去一摸，薛十七早没了气息。

一个人的坚持

我十七岁时，他十九岁。那时，我们是同学，是学校闻名的“两支笔”。

我二十一岁，他二十三岁，我们师范毕业，成了小镇同一所学校的教师。

在小镇，我遇见了自己心仪的女孩，含羞带娇，是一朵天然的百合花，开放在临水的一个商铺里，经营着一爿小店。于是，教学之余，我就会钻进小店，经营起自己的爱情，也经营起小店的生意。他呢，依然初衷不改，喜好文学。白天教书，晚上写作，稿子一篇篇发出，文章一篇篇见报，成了县里有名的文人。

生活，不会总是直线，有时，也会弯曲。

不久，他调走了，一床被子，一箱书籍，到了一个偏僻的山里学校任教。那地方，我去过一次，是一个很闭塞的地方，白屋粉墙，“只堪图画不堪行”。他仍然教书，写文章，游山玩水，过着古代文人笔下的田园生活，从来不去经营自己的人际关系。

我，依然在小镇经营着自己的小店，自己的日子。

他再调回来时，已经是几年后了。回到小镇，他依然是一箱书，后面，是他的妻子，一个眉眼如画的少妇。他没有多大改变，唯一变化的，是鼻梁上多了一副眼镜，身上的书卷气更浓了一些。而我，领着一份教师的薪水的同时，已经拥有了一个不小的商店。

我们后来的分别，则是由于市重点中学的招聘。

市重点中学，离我们学校二百多里。既然是重点中学，毫无疑问，无论是资源还是教师福利，都远远优于普通中学。

教师不是圣人，我不是，他也不是。我们都加入应聘的队伍中。

当时，他信心十足：他是市里有名的文化人，又是市政协委员。应聘被招，非他莫属。

大家也都这样想。但是，结果却出乎意料：我们同去的几个人都应聘成功了，而他，却落聘了。

他很沮丧，也很惭愧，一直到第二年招聘，为鼓励他再次应聘，我才揭穿了谜底："现在的招聘，谁看才？都是看'财'。"我把"财"字咬得很重，提醒他。

他听了，愣了一会儿，然后坚决拒绝了我的好意："人，总得有个道德底线。做教师的都这样，怎样面对学生？"我苦笑，十几年过去了，他仍是当年校园里那个青葱的青年；而我，已成熟老辣得连我自己也不敢相认了。

生活，总是这样，让人无奈地改变，又让人反躬自省，难以心安。

带高三的那年，学校之间的竞争十分激烈。一天，学校领导找来我，特意告诉我：上学年，他在普中带高三，带得很好。他的班上，除一部分考上大学外，还有一部分成绩不错的复读生。

今年，他担当着复读生的班主任。

领导的意图,再明显不过——把那些复读生挖过来。

我虽觉得这样做不地道,但也无奈,还是去了。

以我的鬼精明,挖他的墙脚,还不是易如反掌。几天暗地里活动,他的学生中,有很大一部分都答应跟我走。大家大概都觉得不好意思和他说吧,商量的结果是先走,然后再给他打电话,告诉他实情。

走的时候,是个雨天,我特意雇来一辆公交车。

我们准备走时,他来了,打一把伞,来送行。

一切,都在他眼底。

我站在那儿,红着脸,很惭愧。

学生们也低着头。

他笑笑,很豁达,说:"去吧,如果你们觉得这样对你们的发展有利,就去吧。不过,无论走到哪儿,都要注意身体,好好学习,不要让我失望。"

他的眼圈红了,孩子们的眼圈也红了。

然后,他走近我,拍拍我的肩:"孩子都交给你了,一路注意啊!"

车子走了好远,回过头来,看见他仍立在细雨中,静静地、孤独地、落寞地、倔强地站着。

有个学生说:"我们的老师真可怜!"一句话,车里响起了一片啜泣声。那一刻,我的眼圈也红了,为他,为我,也为了孩子的话。

知　音

雪很大，夜很静。一把火，从他房后烧起，一眨眼间，席卷了整个茅屋。他跑出来，只带了一把二胡。

他没有回头，即使回头，也看不见什么，因为他是盲人。风吹来，浑身很冷。在风里，他一步步走着，最终，变成一粒黑点，消失在天边。

从此，他漂流异乡。

陪伴他的，是一把破旧的二胡，小镇、村庄，一路行来。二胡声，在他走过的地方流泻，如一声声低低的诉说，细细的，蛛丝一样。

夜里，他歇宿在破庙里的草堆后，静静地坐着，一双盲眼一动不动，望着虚空。手指颤动，一缕月光水色，从琴弦上淌出，闪着波纹，扩散着，荡漾着。

他走过的地方要一点儿剩饭，或者两个冷馒头。

一般的，他只吃一半，另一半放在自己寄宿的地方，草堆旁，或者是破庙里。第二天走时，留在那儿。

大家都说，这盲人，穷讲究，不吃隔夜东西。

他也不说什么，摇头叹息。要饭时，仍多要些，拿回寄宿的地方，剩下一些，放在那儿。有时，要少了，他不吃，把要来的东西都放那儿。

这日，一个雪天，他头晕眼花，倒了下去。醒来时，一个女孩的声音清脆地响起："醒了，你终于醒了！"

他点头，慢慢坐起来，很是感激。无物感谢，就拿起二胡，闭着眼，手指颤动，一支乐曲婉约流淌。

曲子停止了，一切都静静的。

过了很久，女孩醒悟过来，赞叹："你的二胡拉得真好啊！我去告诉师傅，你就跟着我们杂技团吧。"说完，女孩一阵风似的跑了。

不一会儿，女孩进来了，坐下。

他一笑，道："不收盲人吧？"是呀，一个杂技团要一个拉破二胡的盲人干啥啊？

"你别急，我再求求师娘。"女孩说。

他笑笑，在女孩离开后悄悄走了，一步一步，走向流浪的远方。二胡音仍如水，随他流淌，时间也在二胡声中流淌。

他在乞讨和流浪中，慢慢老去。

一日，在一个破庙里，他摸到有个人睡在那儿，奄奄一息。显然是饿的。他忙拿出讨来的馒头，喂他吃下。两个冷馒头下肚，那人有了力气，坐了起来。那夜，没有旁人，只他俩。他坐在神案前，手指轻弹，两滴乐音溅下，闪着晶亮的光。然后，二胡音悠扬，在静静的夜空响起，一会儿如一缕花香，拂过人心；一会儿如一丝轻风，飘荡如纱。

那人静静听着，末了，哑着嗓子一声长叹："是《月夜鸟鸣》吧？

真是人间一绝！”

他笑笑，眨眨已盲的眼睛，和衣躺下，道：“睡吧，明天还要讨饭呢。”

那人也睡下。

以后，他拉二胡挣点小钱，养活两人，因为那人也是盲人。夜里，坐在破庙里，他拉二胡，那人听。在奔波中，一天一天，他走向生命的尽头。那天，他吐了几口血，靠在一个草堆旁，对那人说：“你不是想得到《松风流水》的乐谱吗？今天，我给你拉。”

“你——怎么知道？”那人惊问。

“你是盲人。你的右手食指有弦痕，是拉二胡的。在这个世界上，能欣赏我二胡的，只有两人，一个是个女孩，另一个是我的弟子。”他道，脸上有一丝温馨。

“师父！”那人跪下，流着泪喊，不再哑着嗓子。

他点头，微微一笑：“你多次向我讨要《松风流水》的乐谱。又悄悄放火烧了我的茅屋，不就是想逼我带着乐谱逃走，你好在中途盗取吗？唉，世间最好的乐谱不在纸上，在心中。这些年，你跟在后面，我知道。没说破，是想让你跟着吃苦，时间长了，就能领会了我当年的话了。”

“你留下饭菜，也是给我的？”那人哽咽着问。

“你脸皮薄，不讨要，会饿死的。”他仍一脸平静。

说完，二胡声流出，始如蚊痕，继如流水，最后，如一地灿烂春光。

音乐声越来越低，流入地下，渺无音痕。

二胡落下，他也倒下。

“你知道是我，为什么不恨我啊？”那人抱着他，号啕大哭。

“你是我的弟子，我的……知……音……”他说着，带着一丝笑，咽了气。

那人跪下，恭敬地叩下头去，然后，拿起二胡。月夜里，二胡声如水，波光闪闪，流泻一地。

· 射中良心

漫川在万山丛杂中，是个小镇。小镇东边，是一座山峰，山腰上有一带粉墙黛瓦，也有钟声传来，在向晚的光中，当当地响。

这儿，有一座寺庙，叫南岩寺。

那时，是个乱世，土匪时时出没，不只是抢民家，抢官府，也抢寺庙。南岩寺也受到过土匪们的光顾：一次，土匪们没抢到东西，很扫兴，一把火将南岩寺点将起来，如不是和尚们救得快，偌大一寺，只怕已经夷为平地了。

南岩寺方丈空禅师迫切地感到，寺里应组织一批僧人，练武自保。

和尚不缺，可缺教练。

空禅师决定，向外面聘请教练。

一日，有一个汉子上门，一脸胡子，背着个斗笠，进门一作揖，自我介绍叫龙海，十八般武艺样样精通，尤其祖传箭发，百步穿杨，百发百中。

空禅师让茶，然后数着念珠，半天问道："你知道张一刀吗？"

龙海点点头，张一刀谁不知道？他是此地方圆几百里的有名大盗，仗一柄刀，领一群土匪打家劫舍，这家伙特别射得一手好箭，说射你左眼，绝不射右眼。只是，很少有人见到他本来面目，他抢劫时，总是以黑巾遮面。

最近，张一刀不知怎么的，看中了南岩寺，想占住这儿，落草为王。所以，就给空禅师来了一封信，让空禅师交出寺院，不然，就血洗寺院。

这也是空禅师组织僧人，聘请教练的原因。

空禅师说出张一刀的名字，关键是为了点醒龙海，你估量一下，看你的能耐有张一刀厉害没有，如果没有，趁早算了，别枉自送了性命。龙海大概也看出禅师的不信任，笑了笑，拿过一个僧人手中的枣木棍，舞得风车一般，呼呼地转，然后，让两个僧人朝他身上泼水，结果，身上没有一点儿水星，唯有鞋上湿了一点儿。

龙海一笑，说是吗？再仔细看看。

大家听了，近前一看，原来是鞋子上面破了个小洞。大家不由得鼓掌叫好。

但是，空禅师仍皱着眉：张一刀的箭法太高明了，空禅师仍怕龙海对付不了。

龙海撇撇嘴，不屑一顾道："你放心，有我在这儿，张一刀不来便罢，来了，我只需一箭，让他从此不再说话。"龙海不这样说还罢，这样一说，空禅师更是大摇其头，不想聘用他。

正在此时，只见空中一只鹰飞过，追赶着一只飞鸟，不一会儿抓住了，空中羽毛纷飞，惨叫声声。龙海一笑，抽一支箭，搭上弓，扯圆了，喊一声"着"，在众人惊叫声中，两只鸟儿一起落下来，掉在空禅师面前。空禅师见了，连声念阿弥陀佛，道："一箭两命，罪过啊罪过。”

原来，空禅师怪龙海杀生。

如果不是其他和尚纷纷求情，当时，空禅师就会让龙海下山。最终，看在大家求情的面子上，空禅师才勉强留下他。谁知，那天下午，龙海的箭就派上了用场。

下午，突听一声唿哨，一支土匪冲到庙外，一个个举着刀枪，杀气腾腾的，放出话，让庙里交出财物，不然，一把火烧了南岩寺。龙海听了，高兴了，毕竟英雄有了用武之地啊。他拿刀挟弓冲了出来，一抬眼间，看到一只苍蝇落在当头那个土匪头子的鼻尖上。这个家伙挥动着手，赶了几次也没赶走。龙海一笑道：“兄弟，别动，我给你赶。”当苍蝇再次落在那人鼻尖上时，龙海一侧身，拉弓放箭，喊声“着”，一支箭贴着那人鼻尖飞过，那只苍蝇不见了。

那群土匪发一阵呆，叫了一声，一哄而散，跑了。

空禅师见了，走过来，连连宣着佛号道：“阿弥陀佛，居士，你过关了。”

龙海疑惑地望着他。

空禅师满眼慈祥道：“箭是死的，良心是活的，你没射他们，有佛心啊。”空禅师拉着他的手。然后，长叹一声：“人不是走投无路了，谁干这个啊？”

龙海呆呆地站在那儿，然后突然跪下，道：“大师，我——我就是张一刀啊。”

原来，张一刀给了空禅师信后，听说空禅师聘请教练，指导武僧，他马上想出一法，改名龙海，试图去当上教练，然后里应外合，夺下寺庙。当空禅师不想让他留下时，他想出一法，即捎信让手下人来冲击寺庙，然后自己作为一个保护者出现，这样一来，还怕空禅师不留他？

他当然不能射自己的兄弟，而是灵机一动，射中苍蝇。他却没想到，空禅师用一番慈悲语言，射中了他的良心。

不久，他解散了手下，只身来到南岩寺出家，拜在空禅师座下，佛号智藏。

沉默的枪声

这座坚城，已基本被摧毁。

但是，苏联军民仍在英勇抵抗，凭借着每一堵墙，每一条街道，或者每一条交通壕，在英勇地抗击着法西斯德军。

十五岁的莫卡沙，也是其中的一员。

他是一个民兵，拿着一杆枪，躲在一座摇摇欲倒的楼房里，和他的战友们，已在这儿坚持了三天三夜。现在，战友们都倒下了，只剩下他，对，还有他的小狗：卡卡。

卡卡很小，简直可以放在一个包里装下，它已经跟他一块儿在阵地上坚持了三天三夜。

卡卡并不叫，睁着黑亮的眼睛，望着莫卡沙。他打一枪，换一个窗口，它就摇着尾巴，跟在后面，换一个窗口，蹲在那儿。当然，没有了子弹，莫卡沙打一个手势，一会儿，卡卡就会叼来一个子弹袋，跌跌撞撞送到莫卡沙跟前。

莫卡沙拍拍卡卡的头，赞一声：“卡卡，真勇敢。”卡卡会骄傲地摆摆尾。

激烈的战斗结束后，莫卡沙坐下来，肚皮“咕咕”地叫，已经一天没吃东西了，一点儿力气也没有了。他想，这样下去，不说打仗，饿都会把人饿倒。

“卡卡！”莫卡沙喊，不见卡卡的影子。

“卡卡！”莫卡沙又喊，声音里，带着颤抖：莫不是卡卡被德军子弹打着了？莫卡沙的心里颤抖了一下，忙四处张望，不见卡卡的踪影。

或许，这小家伙禁不住饥饿，做了逃兵？他暗自宽慰自己。

过度的劳累，让他斜倚着墙壁，歪斜着脑袋，慢慢睡着了，正睡得香时，潜意识里感觉到自己裤腿被扯了一下，一惊，醒了。卡卡蹲在旁边，地上，放着一个军用干粮袋，打开，里面有面包，竟还有一截香肠。

“卡卡，好样的。”莫卡沙高兴地一把抓起卡卡，热烈地亲吻起来。

依靠卡卡的帮助，莫卡沙坚守到了第六天。

那天早晨，刚打退敌人的进攻，卡卡又如一位训练有素的战士，一跃而出，下了楼，跑到街道上，去寻找子弹，当然，还有食物。

就在这时，德军开始了炮击。“轰”一声，一发炮弹在街道炸开，硝烟弥漫，石块纷飞，卡卡一声叫，被淹没在烟尘中，没有了踪影。

莫卡沙呆住了，眼泪狂泻而出。

“卡卡——”他一声长嚎，扔了枪，跑下楼，冲上街道。一发又一发炮弹，在城里各处废墟上炸响，莫卡沙充耳不闻，到处乱钻乱找，一边喊着：“卡卡，卡卡！”直到一堵墙倒下，他失去知觉为止。

不知过了多长时间，他感到脸上一阵清凉，睁开了眼，卡卡蹲在他身边，正在用舌头舔他的脸颊，还有额头。

卡卡没有死，只是受了点伤。

但莫卡沙却不能动，他的一只腿被一块木板压住，上面，堆满了土和砖。幸亏这块木板支撑，否则，他早已被整堵砖墙压死了。

卡卡扯他的肩膀，把他往外拉，可不行，他的腿被紧紧地压着，扯不出来，而且估计差不多断了，不能扯，一扯揪心地痛。

掀开那块木板吧，根本不可能，上面压得太重了。

“不行，卡卡，我不能动。”莫卡沙苦笑，摇着头，对卡卡说。并且，给卡卡做手势，让它快走。卡卡懂了，不扯他了，一转身跑了。

莫卡沙一个人睡在那儿，心里充满了孤独与绝望。

可一会儿工夫，一个毛茸茸的雪球滚过来，是卡卡，不知从哪儿叼来一个军用干粮袋，放在莫卡沙面前，自己也蹲下来，不停地舔着莫卡沙的手，或者脸，一直到一队德军搜索过来。

德军搜索队围了过来，冲锋枪黑黑的枪口对准了莫卡沙和卡卡。

“不要杀掉卡卡，杀掉我吧。”莫卡沙喊道，尽管声音嘶哑，但是很坚定。德军显然听懂了他的话，都一齐望着卡卡。

卡卡对着德军，“汪汪”地叫着，然后转过头，舔舔莫卡沙的脸。再回过头，又对德军叫着，又回过头舔舔莫卡沙的脸。显然，这个小家伙也在求德军，放了自己的主人。

所有的德军，你望望我，我望望你。

一个德军对着莫卡沙，缓缓举起了枪，带队的上尉一声喊：“鲁莫夫，你还是军人吗？他还是个孩子呢！”鲁莫夫停了手，望望四周，同伴一道道鄙夷的目光射向他，顿时让他红了脸，放下枪。

德军搜索队把莫卡沙救了出来，放在那儿，走了。

莫卡沙强撑着逃了出去，遇到一队红军，被送进了医院。伤不重，只是骨折，半年后出了医院，参加了苏联红军，随着大部队，打到白俄罗斯，打到波兰，最终打到德国的柏林。

卡卡，紧紧地跟随着他，已成了一只矫健威猛的狗，在战场上，经常的，它帮战士们送弹药，送粮食，有时还侦察敌情。

一次，一队德军偷袭他们，还是卡卡发现的，及时大叫，才解救了他们。

战士们都很喜欢卡卡，称它为"英雄卡卡"。

攻打柏林，是莫卡沙从征以来最艰苦的一次攻坚，飞机轰鸣，炮弹如雨，每一堵墙后，甚至每一个窗子后，都有死神的影子。

莫卡沙随着他所在的部队，一路冲杀，在离总理府不远的一条街上，被挡住了。他们趴伏在墙后，或是楼窗后，甚至是房顶，向对面射击。

对面，枪声如雨，德军显然在做困兽之斗。

枪声中，突然，传来一个婴儿的哭声，在巷道中响起。莫卡沙循着声音望去，在小巷的侧边，有一堆废墟，婴儿的哭声从废墟中传出。

"上尉同志，废墟里有孩子。"莫卡沙急了，忙跑过去，向连长报告。

连长向他望望，又侧耳倾听了一下，一摊双手道："没办法，这就是战争，战争是不能讲仁慈的。"说完，挥挥手，让莫卡沙回到自己的位置上。

莫卡沙回到原来趴伏的地方，蹲下来，满脸通红。此时，他最担心飞机来轰炸，只要一发炮弹，一个小生命就可能永远消失。

卡卡偎在他旁边，显然，也听见了婴儿的哭声，它不停地耸着耳朵，显得焦躁不安。

婴儿的哭声，已经接近嘶哑，在每一个人的耳边回荡。

突然，一个白影一蹿，冲了出去。“卡卡——”莫卡沙喊，卡卡仿佛没有听到似的，径直向废墟冲去。猛地，它摔倒了，显然，在枪林弹雨中负了伤。但是，不一会儿，它又站起来，一瘸一拐地向废墟跑去。

“卡卡——”莫卡沙心口一热，再也不顾别的了，一闪身，冲向废墟。

一霎时，四周静极了，所有的枪声，在这一会儿都停了下来，在一种怕人的宁静中，莫卡沙随着卡卡冲进了废墟。由于有卡卡的帮忙，不一会儿，莫卡沙就找到了婴儿，这是一个才出生不久的男孩，被妈妈紧紧抱着，可妈妈已经死了，胸部中了一弹。

莫卡沙默默地走过去，抱过婴儿，吻了一下，喊一声：“卡卡！”飞快地向回跑去，分明的，他听到了飞机引擎声。卡卡跟在后面，一只后腿被子弹击断，跑得很慢，一跛一跛的，几乎像走一样。

莫卡沙刚刚回到原来的地方，一发炮弹落下，灼热的气浪中，他看到卡卡的身体飞上高空，如一片羽毛一样，然后，化为红尘，什么也没有了。

“不，不——”他抱着头，号哭起来。

“卡卡——”所有的战士都一齐叫喊起来，一个个热泪盈眶。

当天，战斗结束，对面的部队没放一枪，全部投降，走出的德军队列前面，悬着一面白色的旗帜，上面写着“向卡卡致敬”。

瓜　棚

女人看瓜。瓜田不小。夏季的瓜叶，水一样漫过。一眼望去，绿乎乎的，没有边际。风吹过，瓜叶翻转，于是，就出现了一个个小小的波浪，绿色的波浪。

虽然在夜里，女人仍看得清，那是西瓜。

今年气候好，瓜也好。

男人走后，女人日子过得恓惶，上有老下有小的。女人哭过，抹过了泪，承包下了这块沙地，种了瓜。春天的风一吹，瓜秧就一天天长大，一个个小瓜，就闪烁在瓜秧中。现在，瓜已经脑袋大了。

瓜圆，也绿。

瓜上蒙着一层灰色。

漫河的西瓜本就很甜，爽口，加上今年水分足，一刀剖开，红红的瓤子，黑色的瓜子，湿漉漉的，馋人。

女人看人吃瓜，心中也渗着瓜汁儿，甜润润的。

女人卖瓜，但绝不缺斤少两：自己地里的东西，扣那么紧干啥？甚至，村人干活路过口渴了，女人也会摘一个瓜，剖了让人尝尝。

男人离世后，村人没少照看自己。

本来，女人不想去看瓜的。可是，王姐却说，瓜妹子，不看，会有人偷的。

女人一笑，没人偷。

真的，在小村，女人已经当了五年媳妇。五年里，别说丢钱，针头线脑也没丢一个。王姐说，看着吧，宁可防其有，不可防其无啊。

婆婆也这样说，其他人也这样劝说。

于是，女人就来了。

反正没事，看看瓜也是蛮好的。

三根树杈一搭，茅草在上面一铺，一个瓜棚就成了。一个人有点冷清，女人请王姐作伴。王姐嘻嘻哈哈地来了。晚上，风很轻，饱含着远处花草树木的清香吹来，嫩嫩的。月光如一片儿薄冰，银亮银亮地照着。

两人做着针线，聊着闲话，叽叽嘎嘎的。

拉着一个灯泡，挂在棚顶，和月光一样明亮。

四边虫鸣，如一朵一朵的花儿，散散漫漫地开着。

王姐坐久了，脖子酸，要出去转转。可是，出去了一会儿，又赶魂儿一样跑了回来，结结巴巴道，有……有贼。女人抬起头，漫不经心地问，在哪儿？王姐白着眼说，哪儿？瓜田里啊。

她不信，摇摇头。王姐说，不信？去看看啊。

她放下鞋底，出去了。

王姐在后面跟着。

她脚步儿快，几步走到田边，咳嗽了一声。王姐一听，惊问，看见人了吗？

她摇头,没有啊。

王姐不满地道,那……咳嗽什么啊?

她一笑,嗓子痒痒的,不行啊?

王姐也四处看着,瓜叶绿得如一片海子,在夜风里一波一波地翻动,有瓜隐约其间,在月光下躲迷藏一样。王姐揉揉眼,怪啊,明明有人啊。

怕女人不信,王姐轻声说,好像是朱根。

女人忙拦住,快别随便说呀,没有的事。

王姐不死心,指着那边道,当时就在那边。

王姐说着,走了过去。月光下,瓜地上隐隐约约有脚印。而且,有一处瓜蒂上无瓜,月光下还湿湿的。女人指着那瓜蒂说,就这啊?是我摘了的,今下午卖人了。

王姐嘀咕一句,我眼花了?

女人一笑道,怕是的。

两人不说话,慢慢往回走。虫儿鸣叫着,是当地一种称为土狗子的,在近处叫,在远处叫,细细密密的,如一粒粒露珠,亮晶晶的,叫得人的心里一片白亮。夜,在月光的漂洗下,也细腻如纱。

第二天,朱根的门外放着几个瓜,用草儿盖着,是女人放的。

女人知道,昨晚瓜田确实有人。

那个瓜蒂,也确实是别人摘的。

那人,女人看到了,就是朱根。当时,她咳嗽一声,是给朱根报信,让他赶快离开的:朱根也不容易,床上瘫着一个老娘,想吃西瓜哩,钱又紧缺。她想,送几个让老人尝尝鲜吧。

第二天晚上,王姐没来。女人一个人坐在瓜棚里做针线,听到外面有动静，忙走出来，去了瓜田，瓜田里什么也没有。她踩着一地月光和虫鸣，再回来，棚内地上放着一沓钱。她疑惑地拿起来，下面写着：瓜钱。

她数数，一分不少。

女人拿着钱，望着棚外白光光的月光。

第二天，瓜棚拆了，女人不再去看瓜了。

· 贼　道

那年，雪很大，雪花一片一片向下拍。

王小义坐在炉火前，伸着双手烤火。突然“啪”的一声，飞进一个纸蛋。

王小义知道，买卖来了。

王小义是盗，说白了，就是贼，身手很高，三十年来，没落过网。之所以如此，是因为他有一套周密的计划。王小义做贼，有踩探的、销赃的。生意做成，三七分成。

没人担心王小义食言独吞，在贼界，王小义贼德很高，口碑甚好，从未发生这样的事。因而，谈起王小义，贼们都一跷手指，道：“王哥，高！”

这次送信人在信中详细指出了银子所在地方，而且画了地图。当然，信中没有忘记告诫，自己那份，藏在月亮洞内，月明之夜，自己去拿。纸中，还包了一个玉饰，碧绿的玉鱼儿。信中特地嘱咐，偷了银子，把玉鱼儿放下。王小义火不烤了，也没心思坐了，出去了一趟。

天很阴，雪花那个大呀，一团一团落下来，砸在雪地上，“噗噗”直响，但王小义走过，地上没一点儿脚印。王小义出去了一趟，证实了信息的准确性。当夜，一身白衣，出了门。

银子整齐地码在那儿，一夜间，全转移了地方。当然，临走，王小义没忘了放下那个玉鱼儿。尽量满足同伙要求，是王小义另一贼道。

第二天，王小义起得很迟，见没啥动静，走到街上去遛遛。

城里，到处贴着告示。昨夜，县衙门所接受的救济捐款，和朝廷下拨的救济款，一文不留，被贼全部盗走。

“听说，那银子放在一处极秘密的地方，怎么可能？”有人议论。

“天哪，没有救济银子，几年大旱，没粮过冬，那还不把人饿死光。”又有人接口。

王小义心里一惊，很是后悔。正常情况下，他只偷富户，不偷穷家小户，没啥可偷；也不偷官府，惹不得，弄不好会掉头的。

王小义心情惶惶回了家，坐不是，站不是。

下午，又有消息传出，贼已显了影踪：在藏银地方，发现了一个玉鱼儿，是县尉大人的饰品。县令一怒，捆了县尉，严刑拷打，不交银子，就交人命。

王小义听了，窜到街上，随着看热闹的人流，拥向衙门。

衙门外，人满为患。县尉跪在堂上，满身刑具，浑身是血。县太爷坐在堂上，咳嗽一声，对着县尉道：“你一生清明，口碑甚好，为什么做这样为人不齿的事？”

下面，所有县民，议论纷纷，也纷纷点头。

县尉没说什么，转过身，对着县民们跪下，一下下叩头，然后泪流满面道:“乡亲们,我有罪,没搞好治安,让贼偷了大家的救命银子。但,我绝不是贼啊。”

县令笑了,呵呵的,一拍惊堂木,道:“你自夸清明,却如此卑鄙。来呀,大刑侍候。”一声令下,棍棒如雨,不一会儿,县尉晕倒地上。

县令一挥手,让人将县尉提下去。

一县百姓,也叹息着离开。

第二天,县尉又被提上大堂,不待动刑,他抬起头,道:“大人,你给我几天期限,我一定把银子追回来,分文不少。”

“好吧,把县尉大人的母亲接进县衙,县尉大人你免除了后顾之忧,好好捉贼吧。”说完,哈哈大笑。大家都明白,这是在扣人质,县尉是个大孝子啊。

时间一晃,到了月半,县尉依然一筹莫展。那夜,在狱中,空中飞下一个纸团,教他这一句话,而且保证,一定会找到啊,可是至今没有音讯。

正在长吁短叹,又一个纸团飞下,落在他手上。

他拿起纸团,忙追出,外面,空空的,不见一人。

那夜,明月如盘,高挂天上。月亮洞,黑黝黝一片,阴森可怖。一个人影,鬼魅一般,闪进洞,火则一亮,照着洞内银子,分明不像是四成,倒像十成。

银旁,插一木牌,上写:贼亦有道,盗亦有德。

黑影一惊,转身欲逃。一声锣响,一群差役拥上来,围住蒙面人。当头的是县尉,抓住蒙面人面巾,一扯,一惊:那人,竟是县令。

背 叛

将军派人下山去找粮。多少天了，我们断了五谷，只有吃皮带，吃草根。总之，能吃的东西我们都吃了，除了石头和树木外。将军挠着后脑勺说，不行，得弄点粮食，不然的话，咋打仗？

王老蔫一听，扶着树干站起来，自告奋勇道，我去。

将军打量了一下他，问道，你去？

王老蔫点点头，告诉我们，他熟悉路，就像熟悉自己的手指。

我给将军眨了下眼，背过王老蔫，悄悄告诉将军，这小子又胆小又怕吃苦，什么时候这么勇敢过？不可信。将军瞪大眼睛问，啥意思？

我叹口气说，打败之后，本来就有些人心不稳。

我绝不是危言耸听，最近一段时间，在敌人的穷追不舍和大雪封山的情况下，有一些软骨头的战士，受不了苦，带着枪悄悄下山，投靠敌人，给我们带来了极大的危害。因此，我不得不小心，不得不提醒将军，尤其对于王老蔫这样的人，不可不防。

可是，将军最终没有接受我这个参谋长的建议，还是派出了王老蔫。现在，打垮后跟在将军身边的人也就十几个了，他们都是外地人，对于当地情况很生疏。也只有王老蔫是这儿的人，路熟。

王老蔫接受任务，敬了个礼，走了。

按照约定，第二天早晨王老蔫得赶到这儿。可是，天亮了，太阳照亮了雪野，仍不见王老蔫回来。我很是担心，告诉将军，得赶快转移，我怀疑王老蔫这家伙出了问题。

我分析，这小子路熟，不会出别的事，如果要出事，也一定是投敌。

将军摇着头说，再等一下。

将军自言自语，这个王老蔫，是不是让什么事耽搁了？

这一等，我们就等来了日军，一队黄乎乎的小鬼子，拿着枪向这边走来。当头一人，正是王老蔫。将军骂一声，软蛋，果然带着小鬼子来了。说完，暗令十几个人赶快趴下，藏身雪里，做好战斗准备。

我们趴在那儿，一动不动。

王老蔫渐走渐近，能看清他脸上的笑容了。这小子，很得意。

后边，跟着日军的小队长。

走到这儿，他站住了，一笑，告诉日军小队长，这儿是我们的一个窝点，不过，昨天将军和自己商定了，让自己运粮，不必来到这儿，直接送到虎头岭，天一亮他们就去取。说到这儿，他一笑道，自己不想干了，因此，跑到门头沟，遇见太君，就投奔过来了。

因此，他断定，将军现在在虎头岭。

日军小队长听了，一扬指挥刀，前进！

一队日军跟着王老蔫，吭哧吭哧踏着深雪，继续向前走去，一步步上了虎头岭。

不久，虎头岭上，传来王老蔫的喊声，小鬼子，去死吧。随着是一声手榴弹轰隆隆的爆炸声，然后一切都没有了，四野静悄悄的。

我们爬起来，望着虎头岭，一个个眼中涌出了泪水。

将军用手擦一把泪说，走，去门头沟。

在门头沟，我们在一处山洞里最终找到了一袋粮，渡过了难关。

多年后，我已两鬓斑白，再次回到这儿，打问起王老蔫当年被捕的经过。当地人告诉我，说有人亲眼见到，王老蔫当时不是被捕的，确实是自己走出来自愿给日军带路的。当时，他扛着粮刚走到门头沟，发现一队日军悄悄向我们驻地方向摸去。他一惊，忙藏好粮，拍打着衣服走出来告诉日军，自己是抗联，刚刚从将军那儿逃出来的。

他说，他知道将军在哪儿，愿意带路立功。

于是，他带着日军径直走向虎头岭，走向自己生命的终点。

他和我同年，如果活到现在，也已经九十多岁了。

·品茶高手

老王回到家，刚坐下，老婆就递上一杯茶，问："咋样了？"

老王明知故问："什么咋样了？"

老婆说："那事，我们商量的事啊，你没问？"

老王皱皱眉，鼻子里哼了一声，想，女人真是的，头发长见识短，几天工夫，泡茶还得个过程呢，何况品茶论道，何况交友。就懒懒地说："没样子，以后再说吧。"说完，就睡了。第二天一早，早早起来，直奔"清风居"。

"清风居"在小城河边，门前几棵粗柳一抱，阴浓一片，绿意如水。坐在茶馆里，绿意透过帘子，沁人眉眼，让人俗气顿失。

看上这个雅致的地方后，老王打电话，给老林，相约来"清风居"。

"一定要来啊，饮茶得雅境啊。"老王说，笑意如春。

电话里，老林含蓄一笑。那笑，仿佛泛着茶韵，恬淡而不带人间烟火味。

"茶中圣人，自是雍容高雅！"老王曾当面夸。老林微微一笑，摇头，很谦和。

从此，两人成了“清风居”常客。来了，独占一桌，一人一杯，品茶，谈茶道，忘了地位，忘了烦恼，用老林的话说：“浮生又得半日闲。”

老林品茶，品韵味。

老林说，饮茶，最好是一般茶叶，不必名茶：名茶如明星，做作，装饰味浓。一般嫩茶如小家碧玉，本色天然。

老王频频点头，很是赞同。

老林又转转手中茶杯，饮茶不必重器，得茶中三昧者，何器皿不能品茶？品茶，品的是心境，是闲适。重茶具，则舍本逐末矣。

老王叹服，指自己，又指老林，轻声道：“天下饮者，唯使君与操耳。其余茶客，俗人耳。”

言罢，两人举杯一笑，清风满面，遍体舒展。

喝罢，两人道痛快，约定下次品茶的日子，抱拳分手。

一日，老王按约定走进“清风居”，老林已端坐桌旁，一笑，示座。

老王歉意微笑：“让林兄久等。今天，我们喝自产茶。我亲自泡，算迟到受罚。”

老林听了，眉眼放光，道：“岂敢谈罚？能品王兄泡的茶，真是三生有幸。”

老王洗了手，拿出一盒，打开，有壶有杯有茶，笑笑，将茶递到老林面前，得意道：“林兄看看我自制的‘对镜贴花黄’如何？”

老林小心接了，打开：叶小如米，形弯如眉，色绿如黛，中间零星地散着几瓣黄花。嗅嗅，一缕清雅之气袭入鼻端，让人眼目一清，道：“好个‘对镜贴花黄’！此花大有文章，不是山菊，山菊无此清雅？”

老林侧脸，微笑，带着询问的意味。

“也非迎春，迎春无此闲散态，是——是蒲公英蒸煎揉搓的。”老林道，抬眼，看到老王高高跷起的拇指。

老林赞佩：“王兄真乃山林中人，采蒲公英制茶，高雅不让陶渊明了。”

老王摇头，由衷道：“哪里哪里，怎和林兄相比？当世，能辨此茶的，可说没有。有，自今日始，自林兄始。陆羽之后，兄算第一人。”边说，边洗壶，冲杯，泡茶，斟茶。然后举杯相请。老林拿杯，轻呷一口，唇内一转，道：“色清而雅，味香而幽，是——是——”

老王接口：“纯粹的小家碧玉。”

两人又笑，笑毕，老王正色道：“有一事想求林兄，可林兄雅士，又怕脏了尊耳，一直不好开口。”

老林放杯：“但说无妨。”

“犬子毕业在家，无事可干，兄为一局之长，不知能否给犬子指条门道？”

老林皱眉，无言，拿起杯，喝着茶，过一会儿，站起来歉意一笑道：“叨扰王兄好茶，余香满口，谢谢了。”说完，弯腰，离开，到了门口，拍拍老王的肩，笑道：“旱有旱路，水有水路，没规矩难成方圆啊。”说完，一抱拳走了。

老王站在那儿，呆呆的。

晚上回家，百思不得其解，正烦坐，有人敲门，打开，是一茶器制造厂老板，提一套高级茶具，来拜请老王办事。老王笑着接过，客气说：“来就来吧，怎么还那样？”

老板微笑，弯腰：“旱有旱路，水有水路，一点儿东西略表心意。”

一句话，让老王醍醐灌顶。第二天，再到“清风居”，提着那套几万元的茶具。

几天后，老王儿子有了工作。

猎鹿绝技

他是这一带有名的猎手。他擅长猎鹿，每年，猎的鹿堆成小山。钱，也就大把大把流进腰包，成了富甲一方的人。

可钱多不咬手，猎枪，他一直没放下。

他猎鹿有绝技，一年，他上山打猎，看见草地上，一只母鹿安详地迈着步，旁边，是一只小鹿，蹦蹦跳跳，十分顽皮。突然，母鹿竖起了耳朵，鸣叫了一声。他的枪响了，母鹿跳了跳，倒在地上。他跑出去，扛起母鹿。那只小鹿并不跑，而是跟在他的身后，一路哀鸣着，进了家。

他想，还是把这个小家伙养着吧，长大了，还能卖一笔钱。

这只小鹿在他的喂养下，渐渐长大了，皮毛光滑油亮，一双蓝蓝的大眼睛，望着蓝天，常常长声鸣叫，如一个含情的少女。

一天早晨，他一大早起来，听到鹿圈里有动静，忙披衣去看，兴奋地瞪大了眼睛：鹿圈里，竟多出了两只鹿，体肥身大，毛皮发亮。

他忙关下圈门，活捉了两个家伙。

活鹿，在市场上价钱更好。

第二天，一大早，他又听到鹿圈有动静，忙跑去一看，又进来了一只膘肥体壮的鹿。他又抓住了这只家伙，卖了一笔钱。

原来，他喂养的是一只母鹿。

但是，随着时间的流逝，公鹿越来越少，最后，再也没有自投罗网的公鹿了。

等不来自投罗网的鹿后，他带着猎枪，还有这只鹿，进了更远的山林。他用长绳把鹿系绑着，自己埋伏在旁边丛林中，举枪瞄准着。随着母鹿的叫声，一个矫健的身影闪显出来，是一只公鹿。

“砰”的一声枪响，公鹿倒了下去。

猎人很高兴，跑出去，扛回了公鹿，藏在林中，然后又等着下一个。

每一次，母鹿对着眼前的死鹿，都会长长地哀鸣，圆圆的泪珠从眼眶中滚出，一滴一滴落在草上。

渐渐的，这头鹿病了，不吃也不喝起来。

“看来，这家伙是熬不过今春了。”猎人想，还想发挥它的余热，每天强拖着它，走向山林深处。鹿再不叫了，耷拉着脑袋，可仍有公鹿嗅着气味赶来。

猎人的枪，一次次响起。

公鹿的尸体，一个个倒下。

母鹿不叫，但眼中是绝望的神色，滚出的，已经不是泪，而是一朵朵血花。

当夕阳西下时，猎人又带着自己的收获，和母鹿，向家里走去。母鹿突然停止了脚步，长长地哀鸣了一声，然后是又一声，在夕阳下长长地扩散。

猎人一喜，心想，一定是母鹿发现公鹿了。

母鹿侧耳倾听了一会儿，猛地一侧头，撞在一个尖利的石头上，头上顿时鲜血直涌，然后撒开四蹄，向丛林里奔去。一路，鲜血弥散。

猎人忙摘下背上的枪，跟了过去。

在丛林的深处，母鹿站住了，抻长脖子，一声声长鸣。

猎人拿着猎枪，躲在山石后，瞄准着。

随着鹿的鸣叫，也可能是鹿血的吸引，一个身影闪出来，让猎人目瞪口呆的是，来的不是鹿，是一只斑斓大虎。

猎人慌忙举起枪。

那只母鹿抬起头，向猎人望去，这一会儿，眼睛里，再也不是绝望的光，而是一汪汪清蓝。

猎人的枪响了，射向老虎。可是，那只鹿突然一跃，这致命的一弹，没有射在老虎身上，射在了母鹿的身上，它长鸣一声，倒了下去。

猎人的第二枪还没响起，就已经被猛虎扑倒。死前，他终于明白，不但人会设圈套，鹿也会设圈套。

最后一刀

围攻这座城，三天三夜，炮火不熄，硝烟把白天染成了黑夜，弹火把黑夜亮成了白天，战士们打得每一根枪管都发烫了，每一个喉咙都喊哑了，每一双眼睛都发红了。

将军的眼睛也发红了，如两团火苗，灼灼燃烧。

到了第四天早晨，将军咆哮了，一把推开参谋长，吼道："谁再挡住老子，老子劈了他。"然后一回身喊道："刀来！"警卫员忙走上前，递过一把百炼钢刀，将军一把抓过，一把扯了上衣，提着刀一跃出了战壕，向城下冲去。

将军身经百战，本身就是一柄钢刀，无坚不摧。

将军玩命，将军手下的那些牛犊子更是嗷嗷直叫，跟着冲了上去。一个早晨，战斗干净利索地结束，敌人守城部队几乎全部被歼。将军一身征尘，满面灰土，挎着战刀，骑着战马，带领着那队刚经过血与火淬炼过的部队，雄赳赳气昂昂向城里迈进。

三年了，将军又回到了自己当年驻守的地方，这儿的一草一木，甚至每一块山石，将军都清清楚楚。

可是现在,一切都变了,如遭劫后的地狱。

将军热泪盈眶,下了马,慢慢地走着,见了每一个人,不管是老人、妇女还是孩子,将军都会弯腰点头,并致以歉意:“我们吃粮当兵,却没有保护好你们,让你们受罪了。”说到这儿,将军的眼圈微微有些发红。

就在这时候,人群中有些骚动,警卫员赶紧一步跨上前,挡在了将军面前。将军,是战神,是民族的光荣。更是敌人暗杀的对象。将军从军卫国以来,遭受敌军的暗杀不下四十多次,不过每一次都毫发无伤。

将军曾开玩笑:“那些家伙,只会像娘儿们一样躲在背地里下黑手。”

随着骚乱的人群分开,战士们簇拥着一个孩子走到将军面前。孩子有十二三岁的样子,瘦瘦的,怯怯的。将军摸摸孩子的头,严厉地问:“怎么和一个小孩子过不去?”

“报告将军,这是一个敌军部队的小兵,还没来得及逃跑,就被当地百姓抓起来了。”战士报告。

“还是个孩子啊!”将军说,语音中有一种痛惜,有一种责备,然后蹲下身,微笑着问孩子:“多大年龄了?”那个孩子沉默着,仍然望着将军,可能听不懂将军的话,也可能害怕,瑟瑟地抖着,手紧紧地拢在破烂的衣服内。

将军回过头,对警卫员说:“给小家伙弄点吃的去,对,还有衣服。”

此时,对面不远的楼上,响起了一声嘹亮的口哨,那个孩子仿佛接到了命令似的,突然从衣内掏出一支手枪,对着将军“砰”的就是一枪,警卫员眼疾手快,一脚踢翻了他,抓过一挺机枪,对着孩子就准备扫射。

“别，不要开枪。”将军捂住脖子，鲜血直淌，卫生员忙跑过来包扎。

“他还是个孩子，是受人指使的，放了他吧。”将军说，血仍在流。孩子被缴了枪，放了。

将军让人到刚才发出口哨的地方去搜查，除了几个烟蒂外，什么也没有。

这时，将军已接近昏迷。枪弹伤着了动脉，血流不止。不一会儿，来接将军的车子驶到，停下。大家抬上将军，车子“呜”的一声，风驰电掣而去。

车子风一般卷出街道，再插入一条土路。突然，前面一个人影一闪，拦在了路上。原来是击伤将军的小孩。

“冲过去，救将军要紧。”警卫员咬牙切齿地说，眼睛都红了。

“不，快停。”迷迷糊糊中，将军呻吟道。

“将军，来不及了。”警卫员急得快哭了。

“那是一个孩子，一条生命！”将军嘶哑着声音喊。那个孩子跑过来，趴在车门上，不停地指着前面的大桥喊：“炸弹，前面桥上有炸弹。”

前面，一个鬼样的影子一闪。将军眼睛亮了，豹子般吼一声：“闪开！”一掌把孩子推倒。身边的大刀一闪，射了出去，在一声惨叫的同时，一声沉闷的枪声划破了上午的寂静。枪声中，将军身子一震，坐了下去，一动不动。

那个狙击手被大刀穿了个透亮。将军，也受到了那家伙临死前致命的一枪。

摔倒在地的小孩爬起来，呆了呆，猛地抱住将军大哭起来。突然，远处响起一声巨大的爆炸声，将军他们即将经过的那座大桥飞上了天空。将军拍着小孩的头，断断续续地对警卫员说：“多好的孩子，要保护。”

将军仍在笑，可那笑永远地凝固了。

第二辑

无字的留言

她握着笔，如握扫把一样，站在那儿，红了脸。恰在这时，会计经过，见了，笑道："她不识字呢，每次领钱，不会写名字，还是按的手印。"一时，他呆住了，抬起头。阳光下，她仍微笑着，眼睫毛上泛一排阳光，亮亮的。他飞快找来印盒，打开，请她蘸上印泥，工工整整地，在扉页上按下一个指印。望着那红红的指印，泪眼模糊中，他仿佛嗅到了春天原野里盛开的山丹丹花香。

教师的良心

我上师范时，他正好调来，当了我们的语文老师。他个子不高，貌不惊人，可文章写得极好，还是省作协的会员呢。由于他知识面广，讲课风趣，因此课堂上常常笑声一片。有一次上课，他向我提了一个问题，我一急，就用当地方言回答。答后，他笑笑说："叽里呱啦的，一片鸟语花香。"惹得一教室人都笑了，我也笑了。从此，我再也没用方言回答过问题。

他还有一绝，作文课上的范文绝不在书上找，而是即兴即景随口作出，一篇又一篇，流畅顺利，一点儿也不拖泥带水，赢得阵阵掌声。而他则站在黑板前，笑眯眯的，很得意。也就在那时，我爱上了写作；我们的班级，也成了全校有名的"作文班"。然而，在我的记忆里，他当时的工作境遇并不得意。

他刚调到本校时，教语文课之外，还兼任年级组长。他所带的班语文成绩一直处于年级第一，年级组工作也很出色。他十分高兴，在学年度自我工作总结中道："本学年度本人成功处有三：一是年级组工作处于第一；二是所带班级语文成绩处于第一；三是发表文章几十篇。”

可是，第二学年，在没做任何解释的前提下，学校免除了他的年级组长职务。至于原因，他不清楚，据知情人透露，领导说他“狂妄”。

随后不久，他结了婚。妻子是同事，夫妻俩共用一间房，既做卧室又是书房还是厨房，很不方便。恰在这时，校家属楼空出一套房来。他很高兴，忙到银行贷了一笔款，兴冲冲地去找领导；领导说需要研究研究。在他回家老老实实等候消息时，房已被别人住了，而且是一个并不急需房子的单身青年。

当时，他已给我们说好了，请我们第二天帮他搬家具。当我们去问时，他满脸通红，期期艾艾了半天才说了一句：“百无一用是书生。”

从那以后，我们才窥测出他心里也有委屈。是的，他不是圣人，也有血有肉有七情六欲，有不满、痛苦和失意。三年来，在他的辅导下，他的学生的文章在电视台、广播电台、报刊上多次出现，甚至在各种国家级征文中获奖，可他从未得过学校的一次表彰。有时理所当然的表彰似乎触手可及，可总是和他擦肩而过，这让他很沮丧，也让我们很不平。但在我的记忆里，他从未把自己的不满带进教室，也从未因个人得失敷衍过一节课，甚至是自习。

记得在我们即将毕业的最后一节语文课上，在下课前他作了即兴发言，说：“同学们，你们要走了，我送你们几句话吧——教师，即使有一千条一万条理由怠工，但都有一条理由不能怠工：不能耽误学生。想想，我们不流血不受罪，受着百姓的供养，他们就是我们的衣食父母。所以，任何时候我们都不能耽误了他们的子女。”说到这儿，他目光炯炯，“这是一个教师良心的底线，超出了这条底线，就不配做教师！”

从此，我知道，每一个称职的教师的灵魂深处都有一粒种子，这粒种子就叫良心。十来年过去了，他也不知调到哪儿去了。我也做了多年的教师，也有过不满、失落，也受到过不公正的待遇，但我始终记着他的话，记着“教师的良心”。

微型偃月刀

关爷是剃头的。关爷说，他是关二爷后代。关二爷，知道不？拿青龙偃月刀骑赤兔马过五关斩六将的那位。因此，他的剃刀，是青龙偃月刀：有把，有刃，刀身上有一龙，云彩缠身，髭须分明。当然，这刀，是微型的。

关爷拿着这刀，在客人头上盘旋，呼一声，半边脑袋亮了。再呼一声，整个脑袋亮了。又呼一声，胡须没了。

一次，关爷的刀呼一声，一个客人半边脑袋光了。

客人赞道，这柳叶刀，厉害！

关爷一听，眼睛睁圆了：“啥，柳叶刀？”

客人说：“小小一撇，不是柳叶刀，能是啥？”

关爷脸红了，成了关公脸；眉毛竖起，成为卧蚕眉；可惜，眼睛不是丹凤眼，是双斗鸡眼。关爷不剃了，堂堂青龙偃月刀，成了柳叶刀，剃着没劲。

客人晃着半个锃光瓦亮的脑袋道：“我这咋办？”

关爷道：“你啊，就这么一阴一阳地回去吧。”

客人无奈，忙讨好："关爷，你那是青龙偃月刀，斩颜良，诛文丑的，成吧？"关爷一听，眉头舒展了，小刀"呼"的一声，客人一颗脑袋，葫芦一般光溜。

客人走了，关爷拿小刀在袖头刮两下，红布包了，放在个小盒子里，朝一把躺椅上一躺，喝起茶来，一边哼着："大江东去浪千叠，引着这数十人驾着这小舟一叶。又不比九重龙凤阙，可正是千丈虎狼穴——"正是《单刀会》里的唱词。

当然，有客人上门，喊声"关爷清闲啊"，关爷一笑，开始剃头。

这天，关爷正眯着眼，喝着唱着，听到喊声："人呢？"

关爷一愣，不唱了，心说是人话吗，我不是人啊！拢起卧蚕眉，抬头一看，立马笑了。这来的，不是别人，是新来的日军小队长山田。

关爷忙笑道："太君。"

山田一挥手："你的，剃头的干活。"

关爷连连点头，说是的是的，让山田坐下，围条白布。接着，拿出他那枚小刀，在袖头刮两下，呼地一下，再呼地一下，一颗光头，白光闪耀。

山田摸着脑袋，竖起大拇指道："哟西哟西，你的，神刀。"

关爷忙笑："太君过奖。"

山田站起来，指着关爷的小刀："剃了几颗脑袋？"

关爷说，不多，小镇大小脑袋，他全包了。

山田"噌"的一声，抽出自己的战刀，呼呼虚劈几声："我的，剃下二百多颗人头，比你的怎样？"

关爷的汗"噌"地出来了，山田的话，他懂了，他剃的是人发；那二百多颗，可是活蹦乱跳的人的脑袋啊。

关爷的腿，有些发软，身子晃了下。

山田望着关爷那鳖样，哈哈大笑道，听说你是刀圣后代，今天，天皇陛下的武士，要向关圣人后代下战书，比拼刀法，如何？

关爷忙摇头：“太君，别——我不会——”

山田摇着头，战刀划一道光，停在关爷脖子上：“不比，你的死啦死啦的。”

关爷傻了眼，擦把汗，随着山田走出去。

关爷拿的，是他那柄微型偃月刀。山田，竖起他的东洋战刀，哼哼一笑，扑了过去，横劈竖斩，刀光匹练一般展开。

关爷白着脸，连连闪让，其间，手只扬了一下，然后惊叫一声，跌倒在地。山田哈哈大笑，战刀划过一道弧光，突然凝住，没有劈下。人晃动一下，一跤跌倒，来了个嘴啃泥，被部下扶起，额头撞破了，鲜血直流。

他没说话，一挥手，当头就走。当晚，山田死在军营中，军医解剖，发现他的脑袋里，嵌着把小小的刀，是枚微型青龙偃月刀。

日军这才明白，关爷装鳖，是麻痹山田。

当夜，日军围住关爷理发铺。

铺中，没有关爷。

关爷再没出现。小镇少了个剃头的，抗日军队多了员勇将，一把青龙偃月刀，砍起日军，滚瓜切菜。日军胆战心惊，称他刀王。

据说，他就是关爷。

无字的留言

那时，他很孤独，孤独如一只鹤。这，是他自我认为。可是，别人认为，他就是只草鸡。

别人，就是清洁队的人。

他，也是清洁队的一员。

大家扫完街后，就闲聊，就吹牛，就打牌挖坑看电视。只有他，一人一本书，读啊读的。有个叫狗子的就笑，道：“怎么，想考状元招驸马啊？”其时，电视里正演着《女驸马》。大家听了，都大笑，嘎嘎嘎的，充满了讥笑。

他仍默默的，一言不发，照样读书。

当然，也写，不是时时写，是经常写。他有一个梦想，成为作家，著名作家。所以，他的稿纸，写了一摞又一摞。

大家嗑瓜子时，他在写。

大家去逛街时，他也在写。

除了扫街，他就看书，就写，时间一长，就成了游离于清洁队的一个怪物。

“这家伙，做梦呢。”一个说。

“不是做梦，是发神经。”另一个吸着烟道。

这时，狗子走进来，歪歪斜斜的，带一身酒气，望了他一会儿。他抬起头，看了那醉汉一眼，又忙着写起来，在心里，他有些怵。上次，这家伙讽刺他，说他写的什么王八叉，他反驳了两句，以至于动了手，他根本不是狗子的对手，被打倒在地，嘴唇都被打肿了。

事后，大家都说他不对，作家嘛，怎可和醉汉一样？

领导也不满，翻着白眼道，一个扫街道的，写嘛？

他知道，在这儿，他是孤独的，是一根野草。所以，就得忍。

可是，对方并不因为他的忍而离开，一伸手，夺过那摞稿纸道：“我看看。”拿到手里，并不看，呸呸吐两口唾沫，说什么狗屁文章，一把扔在空中，蝴蝶乱飞。

他斜着眼，轻轻咬咬牙。

大家又一次笑了，嘎嘎的。狗子也笑了，哈哈的。

这时，她走过来。一直以来，别人笑时，她都站在那儿，望着他，眼睛里，荡漾着一种欣赏，一种敬佩。

在大家的笑声中，她蹲下去，一张张拾起散落在地上的稿纸，看了一会儿，眼光一亮，道：“写得真好。”

他心里一跳，第一次，感到一种温馨，一种力量，青草一样萌生。

“好什么？”狗子撇着嘴说。

“看了几句，就迷住了。”她轻声说。

狗子张张嘴，走了。她把稿纸拿着，走到他面前，双手递给他道：“写得真好，写完了，能让我再读一遍吗？”

他抬起头，眼前是一张干干净净的眉眼，纤尘不染。

他点点头，接过稿纸。

从此，每次写罢文章，她总会成为他的第一个读者。每次读罢，她总会微笑着赞叹，真好，太迷人了。她把吸引人不叫吸引人，叫迷人。

大家听了，又嘎嘎地笑，说清洁队里又出了个女状元。

他的文章，在她的赞美声中，终于获得了大奖。他，也因此被文联调去。

临走时，他拿出一本书，请她留言，说好一生收藏。

她握着笔，如握扫把一样，站在那儿，红了脸。恰在这时，会计经过，见了，笑道："她不识字呢，每次领钱，不会写名字，还是按的手印。"

一时，他呆住了，抬起头。

阳光下，她仍微笑着，眼睫毛上泛一排阳光，亮亮的。他飞快找来印盒，打开，请她蘸上印泥，工工整整地，在扉页上按下一个指印。

望着那红红的指印，泪眼模糊中，他仿佛嗅到了春天原野里盛开的山丹丹花香。

· 铲除心灵的糖皮

他是个问题学生，不是一般的捣蛋，而是特别捣。因此，每个班主任接手这个班，都对他皱眉不已，找他谈话，让他写保证。甚至，有的让他转班。

但是，一直，他都不改。

他留着长发，耳朵上打着耳钉。一次，校长看见了，让他摘了，他眼睛一白道："这是学生人身自由，学校不能干涉。"校长生气极了，把他交给班主任，希望教育一下他。谁知班主任望望他，只是笑笑，让他进了教室。

这是个新来的班主任，姓汪，脸上经常堆满笑。他想，这样的人，能奈他何？

几天后，他把一只蟑螂放在女同桌的文具盒里。原因很简单，考试的时候，这个小丫头竟无视他的存在，对他提出照抄的要求理也不理。

同桌哭着去找汪老师，汪老师来了，推推眼镜望望他。他挺着胸站在那儿，已经做好了挨训，甚至反击的准备。他想，你们不是说我是个问题学生吗,我就问题问题让你们看。

汪老师没生气,仍笑笑,对他说:“坐下吧,我没说让你站起来啊。”他听了,无言地坐下,第一次有点失败的感觉:做好了充分准备,没有用出去啊。

汪老师最终的解决办法,是把他同桌调了个位子,他一个人坐一张桌子。

这些,还不算他最大的缺点。

他最大的缺点,是爱吹泡泡糖,吹得大大的,啪一响,炸了。然后又吹,吹大,又炸。最后,嚼得没甜味了,“啪”的一声,吐在地上。时间一长,教室地板上粘着一个个泡泡糖皮,踩在上面,黏黏糊糊的,很难受,也很不卫生。

过去的班主任也批评他,他脖子一梗,说:“是我吗?谁看见?”弄得班主任无言以对,转身走了。

身后,他头发一披,得意地笑了说:“问题学生嘛,当然得有问题。”

汪老师接班后,他照样如此,把糖皮吐得满地都是。教室地板上,黑乎乎的糖皮,星星点点,让人看了,很是不舒服。

那天,汪老师让彻底打扫卫生,其中一项,就是铲掉地板上的糖皮。任务下发后,大家都争着干,有的扫地,有的抹桌子,有的擦窗子。可是,就是没谁愿意铲糖皮。班长一看生气了,望着他说:“谁吐的谁铲。”

他脸红了,脖子上的筋一根根凸出来,说:“谁吐的?我看是你吐的。”

班长气红了脸,说:“问问同学们,看究竟是谁吐的。”可是,同学们每一个人都不敢说,害怕他报复。

这时，汪老师笑着说："没人铲，我来铲吧。"说完，拿出一把小刀，蹲下身子，用刀刃小心地对着糖皮四边一旋，再一铲，铲下一整块糖皮。接着，又这样一转一铲，铲掉一块糖皮。

他站在那儿，呆呆地望着汪老师，望着他满头花白的头发。

全班同学也望着班主任，静悄悄的。

班长忍不住了，忙站出来，准备去接汪老师手里的刀子，说："汪老师，我们来吧！"

汪老师不给，仍然笑笑的，望着全班同学说："这糖皮，不管是谁吐的，总之都是我的学生。'生不教，师之过'啊，我是班主任，有推脱不了的责任，自己罚自己。以后，如果还有，我还罚自己。"说完，又低下头，小心翼翼地铲着。铲过之后的地板，干干净净，能照见人影。

教室里，仍然静悄悄的，有的女生甚至眼圈红了。

他低着头，满脸通红，第一次安静下来。

铲到他面前，他脚前有两块。汪老师抬起头，望着他，仍笑笑地说："让一下好吗，不然，我铲不成。"

他没让，流了泪说："老师，我——我来铲吧。"

汪老师这次没推辞，笑着捶捶腰，把小刀递给他说："真累了。好吧，铲净点啊。"

他点着头，蹲下，学着汪老师的样子，小刀在糖皮四边一旋，一铲，一块糖皮掉了。接着，又一旋一铲，一块糖皮掉了。他铲得很细致，也很认真。

四周静静的，突然响起了掌声：有同学们的，也有汪老师的。

他仍在铲着，一下又一下。他没抬头，泪水一滴滴滑落在地板上。他走过的地方,地板一片洁净,水洗过一样。

其间,别的同学要来代替他,他摇着头,怎么也不让。他的心里,在惩罚自己。

铲完,他站起来,回头望望,心里竟漾满一种幸福感。

以后,校园里,一个问题学生不见了,代之而来的,是一个勤奋礼貌的他。

大家都夸他变化快,出人意料。可是,他清楚,这是因为,那个下午,汪老师用一把小刀铲除了他心中的糖皮。

他的心,因此一片清洁,干净如洗。

出　首

那年，王县令刚上任，塔元县就发生了件抢劫案，可是，半月过去，劫匪一无下落。王县令唯有捻须长叹，毫无办法。就在这时，差役来报，县衙以及街坊墙上，到处贴着匿名书。原来，有盗贼看王县令追查很严，怕查出来后，会受到严惩；想自首，又怕县令不饶，所以，用这个匿名书张贴出来，也算投石问路，试试王县令的态度。

王县令听罢，眼睛一亮，忙让差役贴出布告：若愿出首，既往不咎。当天，那些抢劫的人，一个个来到县衙，都来自首，生怕来迟一步，被别人占了先。轻轻松松，王县令破了案。过后，张书吏很是惊讶，望着王县令道，这儿的盗贼一贯顽固，这次怎么这么听话啊，竟然自贴广告，要求自首。王县令听了，捻须哈哈一笑，得意地道："盗贼顽固如旧，只是本县略施小计而已。"

张书吏更是惊讶，忙问："什么计？"

王县令摇头微笑，许久，告诉他，那匿名书不是别人所写，实乃自己所为。张书吏听了，开始惊奇，继而大笑，然后怕案叫好。对王县令，再不以庸官相待。

两人搭档，不知不觉三年。三年中，两人亲如弟兄，无所不谈。塔元县，在两人合作治理下，县境太平，百姓康乐，家家欢笑，人人喜悦。可是，三年后，塔元县遇上一场大灾难。那年，县境之内，遭遇百年难遇的大旱，颗粒无收。一时，百姓流离失所，十室九空。王县令虽捉贼有法，却赈灾无方，唯有长叹而已。张书吏也皱了眉，弯了腰，整日长叹，如抽去筋骨一般。

就在那日晚上，塔元县征收上来的税银，放在仓库中，竟然被贼洗劫一空。王知县的上司商州知府知道了，大惊，忙上报皇帝。皇帝气得直吹胡子，命令商州府知府和塔元县王知县限期破案，否则，两人全都革职拿问。王县令思索再三，只有用老办法，假装贼人，写了匿名书信张贴街上。可惜，不管用，没人自首。知府急了，说，没有别的办法，东西是在塔元县丢失，让塔元县百姓平摊。王县令道，这样做，会逼死人的。知府急了，道，不这样做，我们都会坐牢的。

知府大人一言九鼎，当即派下差役，准备第二天下去催银。那天晚上，张书吏来到知府面前，一笑道，不必查了，也不必逼了，银子是我盗的。知府与王知县睁大了眼，忙派人到张书吏那儿去查，挖地三尺，一两银子也没找见。张书吏呵呵一笑，找什么，被我挥霍光了。

知府和王知县不信，张书吏一贯清白，不可能盗银。张书吏说，不用怀疑，自己盗银时，有一块铜坠丢了，可能还在现场。知府忙派人去找，果然找到铜坠。张书吏被交上去，判为死刑，几天后将被斩首。

张书吏受刑的前夜，王县令也进了监狱，脚镣手铐戴着。张书吏见了，惊问，这——这是为何？王县令一笑，盘腿坐下，道，老弟，银子明明是我盗的，让你抵罪，我心何安？

张书吏长叹一口气，过了会儿道，你是为我塔元百姓做贼，替你死，我是自愿的。

王县令惊道，你——你都知道？

张书吏点点头，告诉王县令，银子失盗的晚上，他的亲戚朋友家，都得到了救济银子。他去了盗窃现场，拾到一块配饰，是王县令的。他知道，王县令这样做，是怕连累别人。他忙收起这块配饰，摘下自己身上长佩的铜坠，扔在那儿，转身去知府处自首。

望着张书吏，王县令流下了泪。两个人，两双手紧握一起。第二天，上刑场时，两人仍是一块儿。在刽子手动刀的那一刻，王县令转过头，笑着对张书吏说，老弟，来生，我们再在一块儿。张书吏点着头，笑笑，很坚定。

另一种勇敢

1944年5月，为了挽救覆灭的命运，希特勒在全线溃败的情况下，突发奇想，竟然搜腾家底，网络精锐，组织了一次大反攻，这就是著名的阿登战役。

当时，大胜之余，美军上下松懈，毫无防备，一下子就被德军全线突破。面临此境，刚刚晋升为美国五星上将才两天的盟军司令艾森豪威尔焦急万分，商量对策，制定计划，当即发布命令，赶快抽调两个精干的美军装甲师，补充到前方，以期阻挡住德军进攻，并最终打败德军。

抽调的两个师中，有一个是名将巴顿的第10师，铁军中的铁军。

可是，计划制定，通知巴顿时，却被巴顿一口拒绝。原来，当时，桀骜不驯的巴顿正在积极组织力量，准备进攻萨尔地区，实施自己更宏伟出彩的计划。他拒绝执行命令，大发牢骚，对艾森豪威尔的参谋长莱德雷道："这是你们的失误，不是我，更不是我的弟兄们，我不会为你们的错误埋单。"

莱德雷很无奈，把情况告诉了艾森豪威尔。

艾森豪威尔非常生气，命令道："告诉他，是我在指挥这场该死的战争，不是他。"可是，说到这儿，他又迅即停下了，没让莱德雷去传达。他知道，巴顿能征惯战，但是，他的脾气和他的指挥艺术成正比，非常倔强：这番话传达到巴顿那儿，只会造成将帅不和，把事情处理得更糟。

他想想，告诉参谋长："算了，还是我亲自去找他谈谈。"当天，艾森豪威尔就坐着飞机，亲自去巴顿的驻地，和他会见。双方见面后，艾森豪威尔说明情况，并希望巴顿设身处地替自己想想，劝说道："你的行动关系着整个战局，如果我是你，让我选择，我一定会毫不犹豫地交出10师的。"

可是，高傲的巴顿冷着脸，仰头望天，不发一言，给这位指挥着千军万马的统帅一碗闭门羹，让他在一群幕僚面前，很是下不来台。

艾森豪威尔耸肩一笑，没有生气，而是走过去，很热情地拍着巴顿的肩，叫着他的名字道："乔治，记得去年北非突尼斯卡塞林隘口的作战吗？"

见统帅不谈要自己10师的事情，巴顿情绪缓和下来，顿时来了劲，回答道："当然，你刚刚晋升四星上将，就遭到'沙漠之狐'隆美尔的进攻。"

艾森豪威尔点着头，很感激地道："是呀，当时形势十分危急，就在我无兵可调时，是你出兵帮了我的忙，最终打败了隆美尔，赢得胜利。真巧合，两天前，我刚刚晋升为五星上将。现在，我又遭到了德军的进攻，很是危急。"

巴顿想起那场打败"沙漠之狐"隆美尔的战役，很是得意，一脸阳光，也开起玩笑道："是不是还想让我为你的五星上将来一次保驾护航啊？”

艾森豪威尔笑了，再次一耸肩回答道：“Why not(为什么不呢)？老朋友，帮帮忙吧！”

巴顿虽然高傲，虽然目空一切，可他也明白，自己的上司来这儿，已经给足了自己的面子，现在，于情于理自己也不能拒绝。于是，他大笑起来，很友好地伸出手来。艾森豪威尔一见，眉头舒展，也飞快地伸出手，两双手紧紧握在了一起。

当天，巴顿就命令10师冲了上去，建立起一道坦克墙，阻止住了德军疯狂的进攻，并在随后的时间里，在艾森豪威尔的指挥下，展开反攻，彻底击败德军，让希特勒卷土重来的企图最后落空。

“二战”的战局，沿着既定的方向，顺利发展下去。

很多上司，在下属面前，喜欢高高在上，盛气凌人，惯于带着命令的口吻行使权力，这样，只会把自己和下属的关系弄得很僵，也只会把事情办得更为糟糕。而艾森豪威尔恰恰相反，在下属面前能够放下姿态，采用商量的口气，正是由于这样，他才会成为“二战”名将和美国总统。放低姿态，绝不是怯懦，是一种自信，一种勇敢。这种姿态，更是一种黏合剂，能拉近自己和下属的关系。

夺命的琴声

女人穿绿裙，水绿色的，烛光下一闪一闪的，真的如水。

女人腿很长，绿裙曳地，如一尊绿玉雕琢的。望人时，她的眼睛微眯着，是一双细长的丹凤眼，给人一种迷蒙氤氲之感。

面对这双眼，人如对暮霭中的夕阳，如对云翳中的满月。

女人是一个歌女——名歌女。

女人唱歌，朱唇一动，珠落玉盘，露滴草尖，清，亮，净。

熟知的人说，女人的歌唱得好，可与她的琴音相比，就相差甚远了。

真的？所有人都白着眼，停止品茶，抻着脖子问。

当然。这人慢条斯理地说，他一次偶然听到，可惜，再听，女人就不弹了。

所有茶客听了，都叹息一声。

于是，再听歌时，有人就提出，希望姑娘弹上一曲，让大家一饱耳福。可是，女人摇头一笑，拒绝了。女人只唱歌，唱罢，回到房里，一袭绿裙，斜躺在椅上。椅上是朱红椅套，和女人绿裙白脸相映衬，如画。

女人的名字就叫如画。

女人的脚下,卧一只小狗,白如一团雪,黑鼻头,亮眼睛。小狗叫白白,就这么静静地卧着,很少汪汪地叫。

女人一副慵懒样。

小狗也一副慵懒样。

女人也不是完全拒绝弹琴。女人说,如果有人能拿出一支龙凤簪子,和自己藏着的一支相配,自己就弹一曲《凤求凰》。大家一听,《凤求凰》,当年司马相如弹给卓文君的,有求偶之意。女人弹这,不是在招乘龙快婿吗?

女人一笑,不言,默认了。她的手上,拈着一支金簪,是凤凰展翅。凤凰嘴上,吊着流苏,流苏上有一串珠子,晶亮如水,摊在女人白嫩的手心,碧莹莹的。

大家看看,一个个退缩了。这样罕见物儿,谁能有啊?

当然,也不是没人有,这人,是朱丞相。听了消息,朱丞相拿了簪子,笑哈哈地来了。簪子送进去,女人仔细看看,眼睛一亮,清风拂柳一般走出来,迎接朱丞相。

朱丞相高兴得哈哈的,白胡子直飘。

房内,琴声响起,如鸟鸣花丛,雨洒绿草,风舞山林,花开水边,真非人间之音。一曲弹罢,女人轻飘飘走出来,对朱丞相的跟班说,你们丞相睡着了,抬回去吧。

跟班忙忙进去,顿时傻了眼,朱丞相哪里是睡着了,竟然已停止了呼吸,脖子上还套着一根白绫呢。

朱丞相是被女人勒死的。

女人，是当年一个读书人的女儿。这个读书人，祖传有两支簪子，名龙凤簪。朱丞相听了，是稀罕物儿，让人传话，圣上的郭贵妃喜好那簪子，希望书生献出，自己交给郭贵妃。朱丞相还放出话，这样，自己可保书生做官。

书生听了，勃然大怒道，朱丞相和郭贵妃内外勾结，祸国殃民，自己绝不会献出簪子，让他固宠的。至于自己，从没想过当官，更不会巴结朱丞相，去弄什么劳什子官当。

朱丞相听到后，嘿嘿一笑。

几天后的一个夜里，一群黑衣蒙面人冲入书生家，见人就杀，见物就抢。他们是朱丞相派来的，目的，就是抢那两支簪子。

可是，最终，他们只找到一支。另一支，让书生的女儿带着。他的女儿，出外学琴去了。这以后，这个女孩再也不见了踪影。朱丞相只弄到一支簪子，当然不敢献出去，怕郭贵妃届时怀疑他私藏了另一支。这支簪子，就留在手里，最终成了一道催命符。

如画，就是书生的女儿。

勒死朱丞相后，她也被抓了起来，两天后，押上刑场，穿的不是绿裙子，是囚服。可是，她仍眯着眼，一副迷蒙氤氲的样子，很美！

据人们后来回忆说，当时是大晴天，可是，刽子手大刀落下的那刻，天空雷声轰隆，大雨倾盆，足足下了一个多时辰的雨，满街道都是流水，哗哗的，连监斩官也跑去躲雨去了，更别说他人。雨罢天晴，一道彩虹挂在天上。女人的尸体不见了：被水冲走了，还是被人趁着大雨抢去埋葬了，谁也说不清。

只有那只名叫白白的小狗，每天去女人受刑的地方，汪汪地叫着。有一天突然不叫了，卧在那儿，大家跑去一看，已经死了。

珍 宝

裴行俭是大将。那时，是武后时。经过贞观之治，唐代很富裕，丝绸云彩一样；瓷器，如同琉璃一般。唐代仕女的歌声，和陌上的春风应和着。

富裕，也让人眼红。

西突厥可汗知道了，心说，如此富裕，自己为什么不去抢上一把。于是，酒杯一扔，奶酒不喝了，马鞭一挥，带着自己的马背健儿，刀枪闪亮，杀奔中原。一路上，硝烟弥漫，号角震天。长安城中，警报连连。

武后很生气，命令裴行俭去剿灭。

裴行俭去了。

唐军一路战马嘶鸣，到了塞外，不见西突厥士兵的影子。

那天，天晚了，唐军驻扎下来。裴行俭爱下棋，于是，找来一个幕僚，两人下棋。这时，一个亲兵拿着个玛瑙盘，装着一盘水果悄悄送上来。

裴行俭和幕僚继续下棋，突然，“哐当”一声，传来破碎声。原来，这个亲兵不小心，手不知如何颤抖了一下，玛瑙盘落在地上，碎了。

这个盘子，裴行俭非常喜爱。

亲兵吓坏了，忙跪下，连连叩头说："对不起，将军。"裴行俭俯下身子，扶起那个士兵道："是我不小心，手肘撞着你的盘子，怎么能怪你！"说完，拍拍士兵的肩膀，让下去休息。

幕僚很不解，说是那小子不小心，把你喜爱的玛瑙盘打了啊，你怎么怪上自己。

裴行俭一笑，告诉他，盘子再好，也不过是个玩物，难道能因为一个玩物，去责罚士兵吗？

故事，当然没完。

西突厥可汗并没逃跑，而是悄悄埋伏起来。那一晚上，借着黑黑的夜色，悄悄带着士兵冲向唐营。为了做到极度机密，每一个士兵嘴里衔着根木棍，马蹄子包着毡片。

这简直是一支古代版的影子军队。

西突厥可汗觉得，自己这次不赢是不可能的。心说，你裴行俭不是名将吗？打败名将，我就是名将之花了。

唐营中，灯火通明，这个裴行俭，还坐在那儿下棋呢。

西突厥可汗带着部下一拥而入，跑到裴行俭身边，才大吃一惊。这哪儿是人啊，分明是草人嘛！知道自己上当了，西突厥可汗大喊一声："兄弟们，快撤。"

可是，唐军随着喊声，也冲了出来。

草原健儿的马刀，可不是吃素的，尤其是处于绝境时，拼命一击，无人可抵，仍冲出了重围。可是，半路上，只见火光烛天，一队人马拦住出路。裴行俭仗剑跃马,命令西突厥可汗下马投降。

西突厥可汗脸色一白,看看他的身后,突然嘿嘿一笑,大喝一声:“裴行俭,现在我只要一句话,就让你死。”

裴行俭说:“好哇,那你就说出你那句话吧。”

西突厥可汗大喊一声:“史罗支,动手。”

随着他喊罢,一个人拉满弓,“嗖”的一声,羽箭飞了出去。西突厥可汗一声惨叫,落入马下。其他西突厥士兵一见,愣了一会儿,纷纷下马投降。

西突厥可汗没死,受伤了,那一箭射中了他的肩部。

他被俘后,很不服气,对裴行俭说,自己不是被裴行俭打败了,是被自己人打败的。原来,为了打败裴行俭,西突厥可汗可没少用脑子。他撤兵、埋伏,并且还派出了刺客。这个刺客,就是他部族的神箭手史罗支。他告诉对方,一定要潜入唐营,杀死裴行俭。

他甚至下了死命令:“部族存亡,就看你的了,完不成任务,你就自杀吧。”

他没想到,他的神箭手,最终竟然把箭射向了他。

他要求,见一眼史罗支,询问他,究竟是什么原因,让他背叛了自己。裴行俭一笑,拍拍手,史罗支走出来。这个史罗支不是别人,正是那个打碎玛瑙盘的士兵。

是的,他接到西突厥可汗的命令,潜入唐营,劫持了一位亲兵。然后,自己扮作亲兵的样子,拿着裴行俭的玛瑙盘,送上水果。由于是间谍,心里紧张。心里一紧,盘子落地。他以为,这么贵重的东西打碎,裴行俭一定饶不了他。

可是，裴行俭却将过错揽在自己身上。

说完，史罗支对西突厥可汗道：“而你，我的可汗，轻易发动战争，却把战争的胜败，推在别人肩上，这公平吗？”

西突厥可汗低下头，他终于明白，自己是被自己打败的。

· 郑公祠

郑公祠，是襄阳人祭祠郑敦允的。

郑敦允，曾担任过襄阳知府，人称郑公，以示敬重，以示爱戴。

郑敦允的功绩，人们谈之，多说治水。

襄阳的樊城位于汉江边，水一涨，城则遭受水灾。三国时，关羽和曹军决战，“关羽攻樊，时汉水暴溢，于禁等七军皆没，禁降羽。(曹)仁人马数千人守城，城不没者数板”。由此可见，汉水暴涨，时时威胁着樊城。

孟浩然诗曰：“县城南面汉江流，江涨开成南雍州。才子乘春来骋望，群公暇日坐消忧。楼台晚映青山郭，罗绮晴娇绿水洲。向夕波摇明月动，更疑神女弄珠游。”诗中景色，很美，可那是晴日。到了洪涝时，樊城百姓则人哭人喊，一片惊慌。

这种情景，年复一年。

清道光时，郑敦允做了此地知府，汉水毁城之虞，才得以改观。他来后，见“汉水啮樊城，坏民居”，就以石筑堤，长达四百余丈。而且，其后效果很好，“明年，汉水大涨，樊城赖以全”。

最让襄阳人感动的是，不久，他“调署武昌”，当遇上大水，听说樊城遭遇水灾后，马上申请回任，修堤护城。襄阳人听说这个消息，欢天喜地，“走迎三百里，日夜牵挽而至”。郑敦允没有休息，下马即“议增筑子埝护堤根”。修子埝时，灾民赶来就食的达几万人。他派人修建草屋，让老弱少儿居住，壮年人则去做工。这样，既修了子埝，又让饥民不至于饿死。

由于过于劳累，不久，他就病死。当地百姓无以为报，修一座祠宇祭祀他，就是今日襄阳的郑公祠。

作为一个能吏，一个廉官，在襄阳，郑敦允的功绩远不止此。

他来到襄阳时，襄阳黑社会势力十分猖獗，当时有一个黑道老大，名叫梅权，无恶不作。他手下有很多党羽，以至于官府也无可奈何。郑敦允到任，不信这个邪，“侦知所在，夜往擒之”。梅权手下的小喽啰，竟有几百人提刀追来，想抢回他们的黑老大。郑敦允见了灵机一动，告诉他们：“欲夺犯者，杀而以尸与之。”也就是说，他们再追，官府就将梅权杀掉，送给他们一具尸体。

那些小喽啰一听，不敢再追赶。

梅权被带回府，郑敦允刻不容缓，召开审判大会。樊城百姓听到消息，觉得这位知府大人厉害，敢和黑社会刀刀见血，于是纷纷来到公堂，控诉梅权的罪恶。

郑敦允感到很奇怪，问他们过去为什么不告？大家告诉他，谁敢啊，这家伙扬言，谁敢告他，就一把火烧了他们房子，烧死他们一家人。

郑敦允听了，长叹一声：“苦吾民矣！”当天下令，将这个人渣斩首。

一时,襄阳黑社会消匿了影迹。

他在襄阳,严厉打击高利贷者,并让高利贷者将盘剥之物,尤其是田地,退还贫民,以至于这儿“积困顿苏”。

他严惩贪污,将下属的一些欺负百姓贪污受贿者查出,“论如律”。

他勤勉,上任之后,夜以继日,听民诉讼,裁处积案“长于听断,积牍为空”。

这儿河岸很高,水位很低,到了干旱时节,百姓引水灌溉,十分艰难。他亲自制造筒车车水,让百姓仿效,解决了当地的干旱。

他,是一代公仆楷模。

他,是一代官员的良心。

他更如一轮月亮,照耀着襄阳,照耀着历史,照亮了世道人心善良的计谋。

·球　技

我又犯规了，将篮球带进教室，“咚”一声飞到玻璃上，窗玻璃立马碎成了块。响声引来吴伟，当知道是我时，马上下发处罚令，罚三十个球，午饭后训练。我急了，忙拦住吴伟求道：“别罚了，我错了不成吗？”

吴伟摇头，我一咬牙：“一包鸡爪，五香鸡爪，怎么样？”

吴伟第二次下发处罚令：“鉴于朱敏儿贿赂本教练，再加罚十个球。”

我大惊：“别……千万……”

吴伟加重语气：“再讨价还价，再加罚十个。”

我气鼓鼓的，我来这个培训学校，是为了练习球技，可不是来受气的。放学后，我去了食堂，打了饭，找几个女生坐在一块儿，叽叽喳喳说着吃着。我衷心希望，吴伟会忘了自己的处罚令。

谁知，饭刚吃罢，吴伟就来了。我忙向其他女生身后躲，还是让吴伟看见了。吴伟来到我面前问：“吃完了吗？”

我噘着唇道：“还没呢。要不，你打一份，显示爱心？”可我忘记藏起饭盒，吴伟见了道："说谎，小心再加十个球。"

我耍赖："我……不去。"

我一边说，一边向后退，看吴伟来拉自己，大声道："男女授受不亲。"吴伟忙缩回手，我得意极了，嘚瑟道："拉啊，怎么不拉了？"

其他女生见了，都咯咯笑起来。

吴伟红着脸，一把攥住我的手道："走，去操场。"

去了操场，练了一会儿，不见吴伟，我也悄悄溜了，准备去教室。在教室外面，我听见里面响起咚咚的声音，悄悄一望，吴伟在那儿安装玻璃，突然"哎呀"一声，手指砸着了，出了血。我无言地悄悄走了，去了操场练起球来。

我的死党刘钊打来电话："听说有一小子当教练，球技如何？"

我道："美女杀手。"

刘钊说，等着，自己会让那小子哭的。我轻声问："你想干什么？"

刘钊一笑，保密。

我不由得暗暗担心。

那天，我又受到处罚，一个投篮要技不得要领。吴伟规定补练，上午放学留下。我无奈，去了操场。吴伟换了双放在阳台上的球鞋，也来到操场问："听说你准备参加本届市篮球赛？"

"不可以啊？"我眼一翻。

吴伟手一扬，一个篮球飞进篮筐道："得下功夫。"说完，吴伟将投篮要领重说一遍，然后拍几下篮球，一个转身蹬跨，篮球飞出稳稳命中篮筐。可双脚落地时，他大叫一声蹲在地上。我忙跑过来问："怎么啦？"看吴伟抱着右脚，我忙替他脱下鞋子，一枚钉子扎在鞋底上，将吴伟的脚扎得鲜血淋漓。我红了眼圈道："怎么办啊？流血了。”

吴伟扯掉钉子，歪斜着站起，摇摇手，看我练着那个动作，一直到熟练后一笑：“走，吃饭嘞。”

我眼一白：“饭堂关门了。”

吴伟告诉我，两份饭早托人打了，放在办公室。说完，一瘸一拐当前走着。我的手机响了，是刘钊的。刘钊轻声问：“怎么样，那小子瘸了吗？”

我一惊：“那……钉子是你放的？”

刘钊告诉她，那是自己让一个参加培训的哥们儿放的。我对着手机喊：“刘钊，讨厌。”说完，关了手机。

暑假培训结束后，回到学校，课余时间我没忘篮球锻炼，吴伟教的那些动作，我练了又练，持球、接球、蹬跨……国庆节那天，市篮球赛如期进行，我所在的球队一路斩关夺隘，尤其作为中锋的我，每个动作都会引起观众一阵叫好声。

最后，进行冠军决赛。

对方超强，和我们的队势均力敌。两队一直持平，最后一球，在双方队员冲锋拦阻下，到了对方球员手里。对方球员将篮球投向自己队友，一个人影一闪，凌空抢去，那就是我。我球抢到手后猛拍几下，三步上篮，侧身一翻，篮球旋转着飞出去，落入篮筐，滴溜溜转几个旋子，落下去。

全场一见，大叫起来：“朱敏儿，朱敏儿。”

我呆在那儿，猛地醒悟过来，自己刚才用的正是吴伟那次受伤所传之球技。

洁净的童音

春分过后,天,一天天润泽起来;山,一天一天丰盈起来;水呢,小猫咪一样,一天一天叫得欢畅了,叫得清脆流畅了。

我们说,走,去踏青。

于是,我们就去了。一群人嘻嘻哈哈的,看了山,看了将开未开的花儿,然后,就是聚餐。所有东西,都是提前准备好的,带在车上,酒也备好了。铺开一块桌布,大家一围,就是活色生香一桌。

我们正吃着喝着聊着,听着远处的鸟鸣,看着近处的花开,嗅着身边的青草气息,手机响了,是一个女同事的。

原来,女同事有个孩子,上一年级,回到家,就要妈妈,好在不远,就送来了,让这位妈妈去接。

这位女同事去了,不一会儿,拉着个小孩儿来。

小孩儿很小,稍黑点,但很聪灵,一双眼睛如水钻,亮晶晶的,一闪一闪的。

我在最外面,忙站起来去接。

女同事对自己儿子说:“吴帅,快喊——”

喊什么，她没说，言外之意，让孩子见了长辈就打招呼。孩子眼睛一眨，喊：“伯伯好！”所有女同事一听，都“嗷”一声叫，大为不满：“这小家伙，把一个个三十来岁的女子都喊阿姨，竟然把一个快四十岁的人喊伯伯，这样一来，岂不把我们喊老了？”

可是，让小家伙喊姐姐，这话又实在说不出口。

小家伙也不知讨巧，一个个都是阿姨阿姨的，一路叫下去。

有了一个孩子，还是个乖巧的孩子，再加上蓝天白云，鲜花鸟鸣，一时，桌上更显得鸟语花香起来。孩子妈妈爱显摆，得意地说：“吴帅会跳舞，跳得特好，明星一样。”

大家听了，哗哗鼓掌，让来一个，大家欣赏一把。小家伙有明星架子，偏不跳，在草地上跑着，叫着。有人灵机一动，拿了芝麻糖，进行诱惑道：“跳了，这糖就是你的。”在物质利益诱惑下，小家伙受不了了，跳了一个，接着又是一个。别说，还真不错。

待跳第三个舞时，小家伙讲起价钱，跳可以，那位阿姨手中的糖必须全部拿来。一时，大家都咯咯嘎嘎大笑起来，为小家伙的贪心。

既然有酒有花有草有春天，男同事少不了划拳，斗酒，豪饮。

这小子在旁边，靠着他妈妈，眨着眼睛认真地看了一会儿，突然指着一个男同事道：“这个叔叔醉了。”

我们忙问，凭什么？

小家伙又眨眨眼，告诉我们，每次自己爸爸喝酒回家，要是说我没醉，就是醉了，刚才这个叔叔说自己没醉，所以就醉了。

我们听了小家伙的推测，顿时呆了。

继而，我们觉得，这简直是喝酒的至理名言。

我一笑，将他拉过来问：“吴帅，我醉了吗？”

他又眨着眼问："你还能喝吗？"

我摇摇头，表示不能喝了。他很肯定地说："你没醉。"然后，跑过来，胖乎乎的脸蛋贴近我耳朵悄悄道："你不能再喝了，不然，就醉了，我爸爸就是这样。"

大家都睁大眼睛问："吴帅说啥？"

我笑着说："秘密，保密。"然后，我伸出小手指，吴帅也伸出胖乎乎的小手指，我们的手指钩在一起，钩起了整个春天，钩起一片鲜花和绿草，也钩起一声声的鸟鸣，很亮很亮的鸟鸣。

当然，最亮的，应当是吴帅的笑声，洁净如一颗颗清晨的露珠。

外婆坟

外婆住在一个山洼里，独独一户人家，土屋黑瓦，被树荫罩着。每次，去外婆家时，站在山下路边，远远地朝山上一望，一缕炊烟直上树梢，心中就有一丝温馨。因为，外婆开始做饭了。

外婆做的煎饼最好吃。

一次，我和妹妹去外婆家，外婆给我们摊煎饼，没有什么菜，仓促中，就拿一碗腌韭菜。腌韭菜酸酸的，腌制的时候，外婆又放了辣椒丝，辣辣的。外婆让我们用煎饼卷着腌韭菜吃，又酸又辣又香，很好吃。

外婆摊，我们站在旁边吃，一人吃了三大块，吃完，咯咯打嗝儿。

多年后，想到外婆，我还想到外婆的煎饼，想到外婆摊煎饼的样子：她踮着小脚，一头白发，在油烟子中忙碌着，嘴里连连说："吃慢点儿，慢慢来，别噎着啊。"

外婆早已离世，妹妹不知道还记得那次吃煎饼不。

外婆门外有块大石头，那个大啊，有两间屋子的样子，黑色苍古，扯着藤条，不知哪儿来的。石头从中裂开，长出一棵桃树来。桃子开花时，一片云霞，映着外婆的大门，也映着外婆歪曲的腰背。桃子成熟时，外婆就会摘了让我们吃，外婆在旁边笑着看着，我们让她吃，她总是摇头，说胃不好，不能吃。当然，我们如果没去，桃子成熟时，她就会让人捎来。

暑假里，我会跟着母亲一块儿去外婆家待上几天。那时，外婆很高兴，夏天的晚上，会和我们一块儿坐在大石上乘凉，给我摇着蒲扇，讲着故事。有时，我会袒露着肚皮，睡在石头上听蛐蛐叫；也会趴在一个小小的石窝前，对着一洼水，数着里面的星星，看着里面的月亮。

一次，在大石上，我被一块石头绊了一跤，头上跌了一个包，哭了。外婆急了，说："这遭瘟的石头。"搬了就准备扔，接着叫了一声。原来，石头底下有只蝎子，把外婆蜇了一下。

那一夜，外婆捏着被蜇的手指，痛得呻吟着，走出走进整整一夜。一直到今天，我仿佛仍能听到外婆的呻吟声，长长地传入耳边。

每次我们去时，外婆会远远地接着，一脸的笑；离开时，外婆会送我们，看不见时，她就会登上那块大石望着我们。我们走远了，回过头去，会看到她拭着眼泪。母亲说，外婆又哭了。

母亲说时，眼圈红了。

外婆死时，我已大学毕业，在外面奔波着，没法回去。那时，外婆已经搬了新居，老屋已废弃。母亲说，外婆临终时要求，把自己葬在那块大石旁。

母亲后来说，一到清明，那棵桃树开了，一片霞一般，花瓣落在外婆坟头上，也是一片。可是，去年清明，母亲再来电话时说，外婆坟旁那棵桃树死了。

我听了，心里一阵怅然。外婆离世后，我一直在外漂泊，没怎么回过家，她的坟向东还是向西，我至今也不甚了了。

又是清明了，屈指算来，外婆已去那个世界整整二十三年了。

跟踪的影子

最近，他感到被人跟踪。他在公园里晨练，对着花花草草吐气，开声，突然一回首，就看见一个人影一闪。他的心一冷，所有的兴趣都没有了。他爱看花，爱看云。每个星期天，无论多忙，他都会抽出点时间，来公园走几步。枝头上，鸟儿鸣叫着，一个个音符，清亮得如露珠一样，滴在心上。他的心，就如一朵莲花，在淡淡地开放。

可是，今天，那个人影影响了他的情绪。

他停下，悄悄走过去，想细细打量一下那个人。

自己让人盯上了，竟然不知道对方是谁，这太可怕了。

他走到那边草丛旁，不见人影。他劝自己，一定是眼睛看花了，如果真有人，怎么可能一闪就不见了？他笑笑，摇摇脑袋，心里轻松了。可是，就在转身的刹那，他顿住了，草丛里，明显有人蹲过的痕迹。而且，还有一个烟蒂。

他没看错，也没眼花，是有人躲在这儿，盯着自己。换句话说，自己被人跟踪了。

他太阳穴突突地跳，心脏咚咚地跳起来，大口喘着气，忙拿了降压药，向嘴里吞了两颗，用唾沫艰难地咽下，坐在那儿。过了一会儿，心里平静了，他站起来，四处望望，见没有人看见，摘了挂在树上的鸟笼子，匆忙走了。

笼子里，鸟儿一声一声地叫着，声音很圆润，清亮。过去，他很爱听，还会停下脚步，逗弄着鸟儿。可是，这些，现在都已经被抛入九霄云外了。他频频问自己，是谁？干什么的？

他想了许久，最终摇摇头，找不出答案。

猛地，他再次站住，因为，他敏锐地感觉到有人跟踪，忙回头，一个人影再次一闪不见了。是的，是一个人影。这个人究竟干什么啊？他究竟想怎么的？

他快走几步，躲在一个拐角处。他想看看，跟踪的人究竟是谁。可是，等了半个多钟头，鬼影子也不见一个。

来来往往的人，都好奇地打量着他，不知道他怎么啦。

他故作轻松地耸耸肩，提着鸟笼，转身走了。

回到家，老婆问他为什么回来这么早？他摇着手，懒得回答。坐了一会儿，觉得时间差不多了，他告诉老婆，悄悄出去，看外面是不是又有个人影。老婆看他神神秘秘的，吓一跳问："什么人影啊？"

他火了，压低声音道："让你去就去，啰唆啥？"

老婆战战兢兢打开门，又猛地关上，脸色雪白道："有……有人影，一闪没了，干……什么的啊？"

他长叹一声，看看老婆，劝道："没什么，不就是一个人影吗？"

老婆试探："报警吧。"

他瞪了老婆一眼，低声道："胡说。"说完，他轻轻打开门，四处望望，不见人影。可是，邻居门内隐隐有动静，他贴着门缝听着，听到说话声："盯住了，别让他发现。不行的话，控制住，别让他跑了。"他再次大惊，退回家里，一屁股坐在沙发上，再次拿出降压药喝下，喘息了一会儿。

老婆轻声问："怎么啦？"

他摇着头，许久道："我接受了别人一百五十万的一张卡，可能被警察盯上了。"

老婆哭了："怎么办啊？你怎么能那样啊？"

他没说话，拍拍老婆的肩，站起来穿好衣服走了出去，径直去了公安局。他想，与其被逮捕，何如自首？

在警察面前，他低着头，交代了一切，并拿出那张卡。

警察大惊，当即去查，抓住几个盗贼：盗贼们租了邻家的房子，准备打通之后，去偷盗别家。至于跟踪他，是为了掌握他的生活规律，便于在适当的时候动手，以免惊动他，引起麻烦。

他听了，瞪着眼睛，内心却没有懊悔，反而觉得很轻松。

第三辑

值钱的谎言

教书先生死去的第二天，她不见了。大家在教书先生的坟前，看到一小堆灰烬，有未烧完的，竟然是鞋垫。鞋垫上，隐约仍能看见两朵花，一朵直挺着，一朵斜倚着。以后，村人再未看见她。在珠江纵队中，不久出现了一个女战士，短发齐耳，手执双枪，百发百中，打起鬼子毫不含糊。从根据地回来的村人说，那就是她。

蝉　蜕

贵生四十多岁了，有些傻，平日里呵呵地笑着。有时，稍不注意，嘴角会流出口水。这时，小村人见了，会笑，会喊道："口水出来了。"

可是，山子却不这样喊，他喊："傻子，猫尿出来了。"

贵生一听，一耸肩，吸溜一声，口水飞快地吸进嘴里。

村人见了，都哈哈笑着，感到很有趣。山子更是嘎嘎地笑，鸭子叫一般，笑罢，扔下一句话："这个傻子，傻得可怜。"

贵生也跟着大家笑，呵呵的，一不小心，口水又流出来了。

贵生人很勤快：别人打麦，他帮着打麦。别人挖地，他帮着挖地。别人挑粪，他也帮着吭哧吭哧地挑粪。他很好招待，不挑饭菜，可是那次，他特意要了一样菜：豆腐。而且，豆腐是他一个人的，不许别人吃，用他的话说，是他要的，当然是他的。

别人说："傻子，谁吃你要的豆腐啊。"

贵生摇着头，不吃豆腐，去吃别的菜。山子见了，用筷子挡住他的筷子，告诉他，其余的菜是自己要的，贵生也不能吃。贵生望望山子，就不吃菜了，大口吃着白饭：显然，他有点怕山子。吃罢饭，瞅着别人不注意，贵生悄悄采了一片荷叶，飞快地将豆腐包了，藏在怀里，走了出去，刚走几步，“啪”的一声跌倒在地上。

他抬起头，山子笑嘻嘻地望着他。

山子说：“傻子，偷豆腐啊？”

贵生顾不得回答，忙从怀里掏出荷叶，里面的豆腐都碎了。山子见了，再次嘎嘎地笑起来，感到很好玩。

其后几天，贵生很少帮大家的忙，每天忙碌着，到处爬树，包括柳树，包括杨树和椿树，忙得如夹着火把一般。山子见了，很惊奇地问：“傻子，干啥啊？”贵生摇着头，双手紧紧捂着身上挎着的一个破包，不回答。

山子很好奇，这个傻子，究竟想干什么。

他眨眨眼，说声：“走啦。”然后，转身假装离开，等到贵生刚刚将背包放在树下，准备爬树时，他从那边草窠里突然跑出去，抢了包。贵生一见，眼睛红了，吼了一声，扑了过来。山子嘿嘿一笑，一扬手，背包飞入河中。贵生急了，不再扑向山子，一转身跳入了河里，去抢那个破背包。

显然，他不会游泳，在水里扑腾着，一口一口呛着水。

山子傻眼了，他也不会水，使劲喊着救命。

村人们听到喊声赶来，有会水的跳入河中，救出贵生。贵生跳着脚喊道：“我的包，我的包。”说着，“扑腾”一声跪在那个会水人的面前，“咚咚”磕了两个头。那人嘀咕一句：“这个家伙。”说完，再次跳下水，捞出那个包。

贵生一把抢过包，紧紧抱在怀里。

大家都不解，这个背包里究竟有啥啊，这样贵重？

正议论着，村里王中医匆匆赶来，告诉大家，贵生娘最近牙床红肿疼痛，吃不得东西。他告诉贵生一个单方，蝉蜕烘干，研成末，冲水服下，可以降火。至于那次要豆腐，也是为了他娘。

说到这儿，王中医长叹一声："贵生人傻心不傻，孝顺着哩。"说着，他拿过贵生的包打开，里面果然是一些蝉蜕。

山子听了，红了脸，低下了头。

村人们听了，也都红了脸，低下头。

第二天一早，贵生开门，惊奇地发现，他的门外放着一只篮子。篮子里，放着很多蝉蜕。他呵呵笑了，口水流了出来，亮晶晶的。

·尊重粮食

妻子身体不好，打回电话，岳母一听，急忙进了城。于是，做饭就由岳母承担下来。每天买菜，别人一早去，岳母不，挨到傍晚再去。卖菜人走了，丢下一地菜帮子，她捡拾回来，频频摇头长叹道："这菜还能吃啊，怎么就丢了？"

我们劝，不能吃，不卫生。

老太太不，将菜用温水泡着，过一会儿捞起洗尽，或炒或调，做了吃，味道还真不错。可是，我告诉妻子，咱丢不起那份人。妻子劝老太太，不行。我劝老太太，这东西吃了，对她女儿身体可是很不好的。

老太太长叹一口气，这才算了。

每次吃米饭，洗碗时，老太太都抢着去洗。于是，我们就不进厨房了。过了一段时间，我们总感到老太太有点神神秘秘的。那天洗碗，我悄悄进厨房一看，呆住了。原来，电饭锅煮饭，不比农家锅，米饭很难铲尽。过去，我们将锅底铲不尽的米饭用水一泡，一铲，全部倒掉。老太太不，用水一泡，一铲，将米用笊篱打起，倒入自己碗里,倒上开水,还有菜汤,一搅,呼噜呼噜几口吃了。

我说:“妈,你干啥啊?”

她忙说,她自己吃,不搅入大锅饭里。

我不高兴地说:“我们就缺你吃的那点饭啊?”

妻子听了,也赶来,知道后道:“你怎么能吃那个啊,妈?”

老太太说:“这可是白花花的米啊。”

老太太说,倒了她心疼。

过去,听说妻子病了,她说她心疼;现在,这样说米:看来,在她心里,粮食和女儿一样重要。

老太太看我们大不以为然的样子,摇着头说:“你们啊,讨几天饭,就不会这么作贱粮食了。”

老太太小时,家穷,曾随着她母亲出去讨过饭。她说,那时,她们是不想出去要饭,怕折面子,可肚子饿,还是忍不住去了。有一次饿极了,他们家还吃过榆树皮。

老人道:“一日无粮,心里发慌。”

我们默默的,没说什么。以后再做米饭时,我铲锅,小心将米刮干净,一点儿不留。因为,我知道,身后有一双对粮食充满敬意的眼睛,在注视着这一切。

它,让我尊敬起粮食来。因为,一日无粮,心里发慌啊。

解救灵魂

我当瘾君子时间不长，也就一年多一点儿。

我当瘾君子的代价，可不小。

首先，女朋友给了我一巴掌，雨打梨花一般转身走了。此前，女朋友打电话让我去接，她马上下飞机。我告诉她，我忙，在写东西。

我当然不是在写东西。

瘾来了以后，我还能写东西吗？瘾一来，我鼻涕口水长流，一个哈欠接着一个哈欠地打，浑身像没了骨头一样，能写东西才叫怪呢！我关了手机，忙坐下来，用锡纸卷了那物儿，打着火机，烧着，吸着，长长吐一口气。再一次，我认识到白粉的作用，那就是还魂丹，瘾来了不吸它，我就没魂了，我就不是我了，就如鬼一般。

几口吸罢，我渐渐舒服了。

我有一种飘飘然的感觉，想腾云驾雾，神游天外。

就在这时，门开了，一个人出现在我面前，“啪”的一耳光，我才醒过来。女朋友站在我面前，流着泪说：“你就和白粉去过一辈子吧！”

女朋友说完，转身走了。

我追出去喊，可她跑远了，摔了一跤，爬起来继续跑。

我摸了一下被打肿的脸，耸耸肩又回到书房：那东西刚吸一半呢，糟蹋不得的，我还得继续抽，继续腾云驾雾。

第二个代价，是我脸上留下一道疤痕，是车撞的，在女朋友离开后不久。大家一听，一定以为我是为女朋友离开，殉情自杀留下的。我告诉你，错，我才不会殉情呢。自从上瘾后，别的东西对我而言，已经轻如鸿毛了。鸿毛，知道吧？够轻的了吧？包括写作，包括事业，包括女朋友，也包括我爹我妈。

说白了，白粉就是我的天我的地，我的一切。

那段时间，不是我主宰白粉，是白粉主宰了我。

《浮士德》中的浮士德不是把灵魂卖给魔鬼了吗？我没有卖给魔鬼，我将灵魂卖给了白粉。

那天，走在路上，我瘾发了，哈欠连天的，摇摇晃晃做梦一般，结果，与一辆车亲吻在一起，不过不重。我被救起，在担架上翻滚着嘶吼着，大喊救命。医生说："不重啊，别那样惊天动地地叫，会挣大伤口流血的。"我心想，我能不惊天动地叫吗？你要是瘾发了，试试看，叫声一定比我的还惨烈，还地动山摇。

这叫啥？这叫饱汉子不知饿汉子饥嘛。

最终，还是我哥们儿刘居来到医院，解救了我。刘居进来，让大家出去，说他能治我。大家都疑惑地出去，他把门一关，给我抽了一点儿白粉，我立马好了。我对医生说："我好了，可以出院了。"医生大惊，望着刘居，不知他是哪家高手，给我吃了什么灵丹妙药，竟然如此见效。

我们当然不能告诉他。我们匆匆走了。

我和刘居是难兄难弟。我们一起写作，一起成名，一起开始吸毒。现在，我们一起成为瘾君子。那天，我们在一块儿正吸毒时，警察破门而入，铐子一铐，将我们带走了。

同时，一个贩毒团体也在我们的举报下，给挖了出来。

我们再出来时，走在街上，只感到神清气爽。抬头看天，天是蓝的；看云，云是白的；看所有的人，都幸福得花儿一样。刘居惊叫着说："哥，感觉真的不一样哎！"

我点着头，是真的不一样：被绑架之后，突然获救的感觉，能和被绑架时的一样吗？

刘居说："谁举报的，兄弟得感谢他。"

我点着头说："我也是的。"

刘居摸着下巴，许久后猜测："不会是你的女朋友吧？"

我摇头，表示不知道。

一直到我和女朋友和好，结婚，这都是一个秘密。女朋友接受我的吻时，还眯着眼睛，满怀感激地说："谁举报的啊，我们真得感谢人家。"

我一笑，仍摇摇头。

只有我一个人知道是谁举报的，举报人就是我啊。因为，灵魂被绑架，生不如死，我要自己拯救自己，拯救自己的朋友，还有爱情。

报　复

吴自在很不自在，拍着桌子，心里的火苗呼呼的，蹿得老高。他觉得，自己的生意赔本了，被人戏耍了。吴自在从不做赔本生意，包括交税的事。交税在别人看来，是理所当然的，但吴自在却不这样认为。他觉得，这些主动交税的人是笨人，是傻瓜，不开窍。这些人吃亏，是理所当然的。

他，属于聪明人，智商高着呢。

不是聪明人，他会开这么大的厂吗，会在本市如此牛气吗？

不是聪明人，他会做出那样的事情吗？

他觉得，自己已经把事情摆平了，可以高枕无忧了。谁知，税务局还是找上门来。面对票据，面对税务人员雪亮的眼光，他没有别的办法，只有耸耸肩告诉会计，将税交了，包括处罚的钱。

等到税务人员离开，他铁青了脸，狠狠嘬嘬牙花子。

他气愤地骂道："吃人不吐骨头的东西，狼。"

他觉得，自己得反击，得让税务局的人知道，玩弄他吴自在，必将付出沉重的代价，得吃不了兜着走。就在他左思右想时，收到一封请柬。请柬上写：我校新建教学楼落成典礼，务请吴董光临。

他嘿嘿一笑，想出反击税务局的办法。

他知道，这样的请柬，名义上请自己去观礼，其实就是变相地让自己捐款，也就是现在社会上所说的捐献爱心。吴自在不是一个喜欢捐献爱心的人。但是，这次，他还是爽快地决定去，捐上一万元。

捐款，只是他的一个借口。

他相信，现场记者一定很多，到时，镜头一定会对着他。届时，他就趁机将实情抖搂出来：今年元宵节，借口朋友关系，他特意让人送了两盒月饼给了税务局局长。两盒月饼里，当然不是月饼，是人民币，一摞一摞的。

他没有出面，是会计办的。

可是，那厮拿了钱，却照样收取自己的税收，一点儿不给自己偷税漏税的机会。

他恶狠狠地想，等到记者镜头面对自己时，自己就将实情暴露出来，让那个贪吃的局长吃不了兜着走。至于自己，他也早已想好了，就说是会计背着自己进行的。事后，给会计一笔精神安抚金。

他这样做，就是为了报复，为了告诉世人，他吴自在不是人人可以玩弄的主。

他被玩弄，一定要让对方付出惨重的代价。不然，这座城市以后就没他这个人了。

可是，在典礼现场，当他拿出一万块钱时，被校长推辞了。

他皱着眉说："怎么，嫌少？"

校长摇着头告诉他，他已经捐献了，很大的一笔，今天出于感谢，他们特意邀请他来。说着，一群学生跑上台，将一束花送到他手里，鞠躬，退下。

他站在那儿，仍发愣着，自己并未捐款啊，怎么可能？校长告诉他，在校建资金最为短缺时，他的五十万元适时汇来，解了学校燃眉之急。

他的心一动，忙问："谁汇来的？"

校长很是不解道："你不是托一个叫王铭的汇来的吗，怎么，有问题吗？"

他忙摇着头，说没问题，确有此事。

这一刻，他的心里平静极了，报复的欲望烟消云散。他也终于知道自己是怎么捐款的了，他送了税务局局长五十万元，对方收下后，竟然一分不少，以自己的名义，捐献给了这所山里学校。

税务局局长的名字，就是王铭。

这以后，怪了，本市的吴董事长吴自在，竟然每次主动交税，从不拖拉，更不偷税漏税。不久，因为交税积极主动，吴自在成为交税模范，受到市里的奖励，还和市长站在一起照相呢。会场上，记者请他讲讲交税积极的原因，他一笑道："无可奉告！"说时，一副很神秘的样子。

·图　腾

那一刻，他走到了人生的最后。

他凄然一笑，扔了战斧，对并肩走来的炎帝和黄帝说："你们胜了。"

是的，炎帝和黄帝终于胜了，他失败了。

这，出乎所有人的意料。可是，世间总有不测风云，总有突然的变化。最后的时候，电闪雷鸣，大雨倾盆，处于地势低洼处的九黎士兵，面对着滚滚而来的洪水，一时手忙脚乱，兵败如山倒。

炎黄联军本来已被围在高山上。

如果，没有这一场暴雨，几天之后，断水少粮的炎黄联军，将只有两条路可走：一条是举起白旗，投降；另一条是死亡。

可是，乌云如墨，电闪如刀，骤雨如泼。

天地间，刹那如末日来临。

山洪，野兽一样怒吼，声势惊人。

洪水，奔马一样扑来，呼呼地响着。

得到雨水解渴的炎黄联军，如干枯的禾苗，突然返青。那位千古一帝泪流满面，在瓢泼大雨里"咚"的一声跪下，双手上伸向天，大叫："天神助我，天神助我！"接着，他猛地站起，"唰"地抽出青铜长剑，指着山下大喝一声："兄弟们，冲下山去！"千军万马在风吼雷鸣中呐喊着，夹带着惊天动地的气势，拿着刀剑盾牌，随着洪水冲了下来，冲向山下的九黎士兵。

一场生死存亡的激战，在雷电交加的紫光中展开了。

他举着战斧，在一道道闪电的光芒中挥舞着。

他的胡须根根在雨中张开，钢针一样。

他的手臂上，每一根青筋都老藤一样凸起。

他的眼睛，在瓢泼大雨中亮亮的，如两盏灯。

他吼叫着，斧光夹杂着电光，组成一个光圈。一根根戳到他身边的长矛折断，一支支刺到他身边的剑缺口断落，一面面涌到他跟前的盾牌飞上了天空，一个个扑到他面前的炎黄联军士兵惨叫着倒下。

可是，他不得不承认，他失败了。

雷雨洪水，帮助了炎黄大军。

他的士兵在英勇抵抗，可更多的则随水漂没。他们在吼叫着，更多的则是无助地哀号着，挣扎着。挟风雨之威，取高屋建瓴之势，战胜之后的炎黄士兵，每一刀下去，他的心都随之一抖。

他吼道："不要伤害他们。"

可是，风雨之声，金戈之声，车马之声，洪水之声，混合在一起，掩盖了一切。

他流着泪，大喊一声："求求你们，不要伤害他们。"

可是，这儿是战场，是战争。战争，就是如此残酷，如此无情。

他举起斧头，扔向空中，斧头在电光中划过一道弧线，一直飞向黑云的尽头，不见了。他命令举起白旗，吹响停战的号角。

号角在雨里沉闷地响起。

九黎士兵们愣愣，放下武器。

一个身躯高大结实的人走来，旁边，走着的是炎帝。炎帝与他交战过，认识他，指着道："这就是蚩尤。"然后，又介绍自己身旁的人，"这是黄帝。"

他望望，那是个中年人，一脸的沉稳。

他说："请停止杀戮。"

黄帝一笑，点头，传出话去，停止战斗。

战场平静下来，雷声也渐渐没了，雨点变得稀少了，水声也渐渐小下去。

他抹了一把雨水，对黄帝说："你赢了。"

黄帝点头："赢了。"

他指着自己的兄弟们："放了他们吧，我随你们处置。"

黄帝再次点头，传令，让俘虏们自行离开，任何人不得伤害。

九黎士兵们一个个回望着他，不愿走。他挥着手，沙哑着嗓门儿喊道："走吧，兄弟们都走吧！"有些士兵"扑通"一声跪下，其中一个大喊："王，我们可以再战的。"

他抹一把脸，不知抹的是泪水，还是雨水。

他不服输。可是，他不得不这样，他不想让士兵们白白送死，他们有家人，有老母，有田园，他希望他们安全回乡。现在，唯一的办法，就是舍出自己。

他说："走吧！"

他说："你们是我的好兄弟，最后再听一次我的命令吧！"

他“咚”一声跪下：“蚩尤求你们了。”

九黎士兵们一个个站起，一个个在他面前走过，流着泪，望着他，然后转身慢慢消失在雨中。当最后一个九黎士兵离开，他转身对黄帝说：“杀了我吧！”

黄帝一愣：“兄弟，你听我说。”

他摇着头：“不，我不会投降的，杀了我。”

炎帝说：“我们可以联合。”

他一笑，联合是可以的，可那不是由自己去完成。这么多兄弟死了，自己不能苟活，自己得陪着他们，在那个世界里陪着他们。他说：“你们要当我是一条汉子，就请杀了我。”

黄帝长叹一声，不再劝说，他理解对手的心。他走过去，轻轻拍拍蚩尤的肩道：“兄弟，走好。”说完，挥挥手，几个士兵走来，拥着蚩尤走下去。

刀光一闪，他倒了下去。

黄帝红着眼圈，良久吩咐，埋葬好对方，将他的像画在军旗上。

炎帝不懂，问：“为什么？”

许久，黄帝缓缓道：“让他做我们的兵圣，让后代子孙都继承他的这种血气。”

·良　药

那天，黄帝病倒了。

他什么也不想吃。

嫘祖知道，丈夫这是累的。她感到心疼。她想，自己上山摘点野果吧，或许黄帝爱吃。于是，她带着侍女，提着篮子悄悄上了山坡。

近处山坡上的野果，已经被人摘了。

她们翻山越岭，向远处走去。快到黄昏时，她眼前一亮，看到一片野桑林，绿乎乎的。她想摘一点儿桑葚拿回去，那东西酸酸甜甜的，很合黄帝的胃口。可是，瞅遍桑林，竟然没找到一颗，可能桑葚都被鸟儿吃了。想到丈夫为了百姓，用尽心力，劳累至此，自己竟然一点儿也帮不上忙，她就有些心有不甘。她带着侍女继续寻找着，突然笑了。这时，夕阳西下，暮色升起，影影绰绰中，她发现桑枝上有一些白色果子。

她很高兴，和侍女手忙脚乱摘起果子，不一会儿，每人摘了半篮子。天已经黑了，她们提着篮子匆匆回去。

拿了果子，嫘祖让黄帝尝。黄帝接过，放在嘴里，却怎么也嚼不烂。嫘祖见了，拍着脑袋一笑道："我真糊涂，嚼不烂，是因为没煮熟啊。"

她想，煮熟了，不就可以嚼了吗？

她吩咐侍女烧开水，自己把那些白色果子放入开水中，怕熟不透，她拿了棍子轻轻搅拌着。搅了一会儿，她拿出木棍，惊讶地发现，木棍上缠满了白丝。

她看着这些丝，心里充满了疑惑。

猛地，她明白过来，这丝是这些果子变的。

她想，麻丝能织衣，这丝也一定能织衣。

她拿了丝，高兴地跑过去，让黄帝看。黄帝接过木棍，仔细看着，又用手触摸着，丝又白又亮，手感柔软而有韧性。

嫘祖问黄帝："猜猜，它能做什么？"

黄帝摇摇头，望着嫘祖兴奋的眼光，他实在想不出，这丝究竟能做什么。嫘祖告诉他，可以纺织布匹，可以做衣服。

黄帝一听，两眼放光，马上坐了起来。

当天，他的病就好了，大口吃起饭来。

原来，最近，黄帝因为百姓无衣过冬操心病倒。他没想到，嫘祖无意中为他解除了烦恼。

他对嫘祖说："你给我找的，可真是良药啊。"

嫘祖笑着，一脸幸福。

心　机

房谋杜断，赢得一片大唐盛世。如此名相，是唐太宗的福气，也是太宗的心结，尤其杜如晦身患重疾，早早一死，就剩下老房一人，独掌乾坤，指点江山，笑傲江湖。

大唐臣民，一面高呼大唐元首万岁，心中，却一面暗暗感激国务卿，给大家创造一片祥和。

房玄龄很得意，但更多的是惊慌，功高震主，鸟尽弓藏，这样的例子，历史书上实在所见不少。房玄龄站在权力的顶峰，时时战战兢兢，如履薄冰。

一次，太宗带领大兵远征高句丽，房相陪伴太子，镇守长安。

其间，有人来到长安，找到房玄龄，告人谋反。房相大惊，忙停下手头工作问："是谁啊？"那人一指，说就是你。房玄龄顿时额头冷汗淋漓，一言不发，马上派出一队差役，小心翼翼，把告密的人护送到军前，请太宗审问。太宗听了这事，一怒之下，将这人敲了一顿板子，并立刻派人送封鸡毛信，直到长安，严责房相，这事你处理了即可，为什么要送我呢？你办事，我是放心的嘛。

君臣之间,如鱼得水,一派融融:这只是表面现象。暗地里,太宗是试探房玄龄。这人,谁敢说不是太宗派来的！敲山震虎:一打一揉,一顿夹板后来通糖衣炮弹,方是雄主本色。

这样一试探,太宗可以安心了:这个国务卿,还是不敢独断专行的,寡人江山,可保无虞。

还有一次,太宗的试探,更有点浪漫色彩,甚至说,有点喜剧色彩。

太宗喜好美色,身旁花团锦簇鸟语花香,简直能成立个娘子军了。可是,国务卿守着个结发的黄脸老婆,冷冷清清,凄凄惨惨戚戚,毫无桃色趣味。元首很大度地一挥手,送几个宫中美女,去给房玄龄先生做小二小三小四。在那个男人个个养小三的年代,尤其元首,小三成千上万,点兵点将,难以认清,你个国务卿,清高什么?难道你比元首还伟大,还高尚,还纯洁吗?

又一次,房相面临着二难选择,选了小三,会影响夫妻感情,也不合自己的品性特点。不要吧,元首的眼睛冷光灼灼,粘在背上,让人很是担心。

好在,家有贤妻,想出一个妙法,传授给老公。

房玄龄马上上交分配下来的美女,告诉元首,自己对美女实在垂涎三尺,可是有心无胆,不敢笑纳,家中有一个河东狮,一声狮子吼,会让自己魂飞魄散大受内伤的。

太宗眨眨眼,圣明的天可汗,也不是那么容易哄骗的。

他叫来房相的老婆,一杯毒药赐下,告诉这个老太婆,让自己老公收下那些个美女就算了,否则,赐死。房夫人毫不犹豫,接过毒药,一饮而尽,脸色不变,发下誓言,自己可以死,老公绝对不能红杏出墙。

太宗一看，立刻傻了眼，看来国务卿不收小三，绝对不是夫妻演双簧：首相夫人正儿八经是个醋坛子。于是，哈哈一笑，收回那些美女，自己慢慢享用。

他想，国务卿不是清高，原来是惧内。惧内之人，老婆都镇不住，怎能夺朕的万里江山啊！

一切，于是回到了圆点。

在一位明君手下，要想高尚，要想有番作为，尚且如此自我贬低自己，何况在一些庸碌龌龊之辈手下干事。

所以，一个人高尚与否，不在于是不是善于玩计谋，而是看计谋为什么而使。为心中一个高尚的梦，为了百姓行使，则是高尚；反之，就很渺小了。

房相属于前者，因为，有贞观为证。

下　套

那年，程豫到徐沟任县令。当时，是咸丰年间，天下扰攘，犹如烧开锅的水，咕咕嘟嘟的，没有一刻安宁。不过，徐沟很安静，如世外桃源一般。因为，这儿没有兵事，很少匪患。程豫很高兴，就骑着一匹骡子，离开老家高坝镇，踢踢踏踏来到那儿，眼睛顿时瞪大了。

整个徐沟，也是一片乱象。

最显眼的还是城墙，竟然被水冲毁了大半，扔在那儿。前任知县交接了手续，离开时，一抱拳对他："仁兄，没银子，这城墙就晾在这儿吧，铁打的衙门流水的官。"说完，挥手离开。

程豫站了一会儿，摇头苦笑。

他想，得赶快修缮城墙。

他想，过去和现在没兵灾，不等于以后没有。

可是，府库没银子，穷得叮当响。无奈，他只有募捐。差役将锣敲得哐哐的，召集乡民。程豫溅着唾沫星子告诉大家，不修城，有了匪事，那可就危险了，到时躲都没地方躲，可惨死了。

讲完道理，开始募捐。

十天下来，募得的银子，还差一半。

可是，工程还得开工啊。

这天，徐沟县城“昌盛茶馆”里，茶客议论纷纷。有的说，听说程县令准备将修城任务承包出去，这可是一笔大买卖啊。有的说，谁能承包。旁边的人一努嘴，不是万家还能是谁啊？

老万家，儿子在朝廷做侍郎，和皇帝咸丰都能攀得上话的。因此，过去徐沟有什么大的工程，都有万老爷子承包了，让人去做，自己从中捞好处。至于别人，哪儿凉快到哪儿待着去。

这次也一样。

万老爷子进了县衙，坐下，一杯茶后说明来意。程豫拿着茶杯，轻轻吹去上面的茶梗，喝上一口，闭着眼嘿嘿地笑。万老爷子一看，知道是什么意思，也嘿嘿一笑，从袖内拿出五千两一张的银票交给程豫道：“小小礼物，不成敬意。”

程豫接过，双眼眯在一块儿，当天拍板，工程由万老爷子承包。

所有徐沟人听了，都白着眼。

工程，正式上马。至于短缺的钱，程豫告诉万老爷子，万家先垫上，城墙修建好，自己马上摊派收款。万老爷子听了连连道：“要得，要得，不过我是要利息的。”

程豫也笑着道：“要得，要得，利息分文不少。”

可是，城墙修好，程豫就闭嘴不提钱的事了。万老爷子很火，翘着胡须，准备去县衙索要。这时，家人来报，万侍郎派出信使，从京城赶来，有信送上。万老爷子让信使进来，接了信件打开。万侍郎在信里道，几天前，徐沟知县程豫，专门写了折子，托地方大员上交朝廷，夸万侍郎人在京城，造福桑梓，自愿让老父捐款修建垮塌城墙，竟占总数一半，实为我大清官员的楷模。皇帝接到奏折，十分高兴，当着所有大臣的面表扬了万侍郎。

信使叮嘱，自己离京，万侍郎反复叮嘱，修城的款子万不可要，否则就是欺君。

万老爷子听了，呆坐在那儿，许久哀叹："这个程豫啊，给我做下套子，我一生积蓄全垫上啦。"

信使忙劝，算了，就算给侍郎爷买个清白官声吧。

可是，万老爷子心有不甘，他想，修建城墙的钱就算了，可是，我贿赂的五千两银票，我得要回来。于是，他坐了一顶轿子，忽闪忽闪到了县衙。程豫笑呵呵迎接，听罢来意，让差役拿了一本当地富商捐款册子，打开，第一页第一人就是万老爷子的名字，除捐款修建一半城墙外，还另捐五千两银票。

万老爷子一抱拳，一声不吭地走了。

不久，真有盗匪来攻，面对坚城，办法用尽，也没进城，最终灰溜溜离开。万老爷子第一个组织人，送了一块匾给程豫，上书"心平似水，烛照如神"。

至于自己上套，他捋着胡须道："值！"

她拍的只是粉笔灰

白杨老师的笑很好看，如开放的花瓣。她的头发很长，斜铺在肩上，衬着花朵一样的微笑，显得格外净，也格外美。

那时，我已经十二岁了。

十二岁，已经知道美了。我说：“白杨老师头发一拂，那才美呢。”周阳在旁边听了，“嘁”了一声，装作没听见。周阳和我争班长，因此处处和我过不去。

白杨老师上课时爱提问，提问时，会竖起一根长长的手指道：“听好了，我有一个问题。”然后，她一字一顿将问题说出来。再然后，喊人名，请站起来回答。

第一次叫我，就闹了一个笑话。

她竖起长长的手指，朗声说了个问题，然后说：“我找人回答了。”

大家都举手说：“老师，我回答，我回答。”

她一笑道：“请骆小盘同学起来回答。”

大家一听，都“哗”一声笑了，周阳甚至还嘎嘎嘎地笑，我也红了脸。白杨老师长长的睫毛一眨一眨地问：“怎么笑啊，有什么错误吗？”在大家叽叽喳喳的解说下，她才明白，我不叫骆小盘，叫骆小山，周阳说我长得胖，像碾盘，就给我取了个“骆小盘”的绰号。

白杨老师听了，忙说声对不起，骆小山同学。

随之，她又一笑道：“别说，‘骆小盘’三字还怪响亮的。”

大家又笑，她告诉大家，以后不许给同学取绰号，多不礼貌啊。她说话，爱用一个“啊”字，柔柔的，也如花瓣盛开一样。

私下里，我们争论白杨老师对谁最好。周阳一扬脖子说，白杨老师对他最好。我说，白杨老师对我最好。

周阳说，自己看课外书，白杨老师见了，并没有没收。

我白着眼睛说，白杨老师也会那样对我。

为了证明我的话，语文课上，我故意拿了一本武侠书看，看一看，我悄悄瞥一下白杨老师。白杨老师走过来，看我在看武侠，有些不高兴了，马上提了一个问题。一时，我站起来张口结舌，不知怎么回答。白杨老师说，写检讨，以后上课不许看课外书。

后排座位上，周阳“嘎”的一声笑了。

我一下火了，脸也红了。

我的试验失败了，我气呼呼地说：“偏心，昨天也有人看课外书，为什么不写检讨？”

白杨老师眨眨眼睛说：“呵，看课外书还有理了？”

我红了眼圈，自顾自地道：“不就因为那个人的爸爸是局长嘛。”

我说的当然是周阳，他爸是局长。我认为，白杨老师这样做，一定是因为这。白杨老师望望我，没有说什么，伸手在我肩上拍了一下。

我忍不住哭了，喊道：“讨厌！”

她笑了，睫毛一挑问：“谁啊？”

本来我是说周阳的，因为，他在桌下悄悄用脚踢我凳子。但是，白杨老师这样一问，我偏不那样回答，偏要气她道："谁打我，我就说谁。"

白杨老师没说什么，让我坐下了。

我狠狠擦了一把泪，"咚"一声坐下。

白杨老师讲课仍那么动听；她的微笑，仍花瓣一样。可是，我心中很难受，心想，她为什么要那样呢？她为什么要打我呢？她要是不打我一下该多好啊！

一直到长大，再到工作，那件少年时代的遗憾事，仍一直停留在心中。

直到有一天，和周阳相遇，同学之间格外高兴，我们在一起渐渐又谈起那件事。他笑着告诉我，他当时恶作剧，写了一张条子，上面道：骆小山是小狗。

然后，他把纸条悄悄贴在我背上。

白杨老师不是拍打我，而是拿下那张纸条，装入了兜中。

"她……为什么不说啊？"我问。

周阳想想说，她怕激起矛盾吧！

一时，我默默无言，我的眼前又出现白杨老师花瓣一样的微笑，很美，很洁净。我猜测，它将会美丽我的一生。有些人，有些事，就是如此，一旦进入心里，就会永远美丽他人一生。

咬　舌

第一次见她，我想到了江南。江南多好啊，天光如水，水光如天，有着一种空明洁净之感。而她，就如一个微型江南，说话时，绵绵软软的，带着吴侬软语。

她的眼睛一眨一眨的，长长的睫毛，将我的心眨成一波波春水。

她有一点儿小小的咬舌，可是，这点咬舌，让她更见风致了。她将“二”说成“艾”，和《红楼梦》中的史湘云很有点相似。

她问我二十几时，说成“艾十几”。说完，她自己先笑了，脸颊上飞出两抹红晕，低着头，眼角斜挑着，假装看着自己的鞋尖，可又悄悄地看看我。

我也笑了，望着远处。

江南的夏季啊，草色如烟，山色如眉，水光如眼，一切都那么纯净，纯净如一尊青花瓷。我的心，这会儿也如一尊青花瓷。

第一次，我知道了江南为什么那么好。因为，江南有一个女子，带着轻淡的咬舌音，会将“二”读成“艾”，将每一个儿化音，都读得有点变音，可又韵韵的软软的，有着一种柔曼的水意。

有时，我会开玩笑，突然问道："猜猜，我多大？"

她已经知道我的年龄，脱口而出："艾十六。"说完，猛地想起什么，白着眼望了我一眼，又抿着唇一笑。那一刻，我的心就如江南五湖的一朵荷，开出一片洁白。心中的一份沉重，也随之烟消云散。

来到这儿，我是带着重要任务来的。

我要抓的是本市的王市长，贪污一千多万元后，突然失踪。

我从塞北，一路跟踪到这儿，最终查出了他隐藏的地方。我告诉她，抓住王市长，我们就一块儿回到塞北，去看那儿蓝蓝的天，那儿无边的草原，还有数不清的牛羊。她拉着我的胳膊，睫毛眨动着问："真的？不骗人？"

我使劲点点头，一笑走了。

可是，我们赶去，却扑了个空。

我很沮丧，在江南的夜晚，沿着水边无声地漫步。水光在灯光下波光闪闪，如亮亮的眸子。她将头轻轻靠在我的肩上，轻声劝我："机会多的是，别急哟。"

说着，看我仍提不起精神，她眨着眼睛，轻声问我："你今年多大了？"还不等我回答，她自问自答："艾十六。"说完，自己"咯"的一声笑了。

我摇着头，也轻声笑了。

这时，有手机打来，我接了，告诉她，我有事得去。说完，我转身走去。转过身的那刻，我的眼泪突然滚了出来。

我悄悄回头，月光下，她穿着白裙的影子好净，好白。

她说："开心点。"

我点点头，再次挥手。

她也挥手,一笑走了,融入江南的千里月色里。

她刚进入一个院子,门还没关上,一群人冲了进去,领队的就是我。她愣怔着,看到我,张着嘴,脸色雪白。

在一间房子里,我们抓住了失踪的王市长。

我们在追踪王市长时,知道他狡兔三窟,在遥远的江南,有一座别墅,养着一个小三。因此,当我来到这儿,当她突然出现时,就引起了我的怀疑。第一次,我故意说出王市长藏身的地方,是为了验证我的猜测,我多么希望她是无辜的,是我猜错了。可是,消息最终泄露了,王市长转移了:一切,变成了真实。

我知道王市长紧急中不会走远,会藏在另一个隐蔽的地方。

于是,我和她一起时,故意让人打电话,说有任务。等到她离开,我马上带着人跟了上去。

她被带走时,长长的睫毛上,突然滑下两滴亮亮的泪。

她轻轻地问:"你多大了?"然后,她自问自答:"艾十六。"

我的心一抖,看着车子带着她离开,眼前的江南一时变得模糊起来,如隔着一层黄梅雨,淅淅沥沥的,怎么挥也挥不去。

热情如花

他是我同学。几年前,我们在师范读书。他爱唱,爱跳,很活跃,同时,有一点儿爱显摆自己。这,和我性格不同,我爱写一点儿东西,性格内向。

我觉得,人应含蓄。

我劝他,沉默是金。

我说,有能耐,不张扬,那才是智者。可是,他显然不愿做智者,仍爱张扬,整个校园都是他的身影,他的声音。

也因此,我们的关系一直不冷不淡,毕业之后虽在一城,也很少联系。

那天,他打来电话问我:“老同学,讲课吗?”他问的是晋级的事。我们所在市里,要晋级的人,一年必去市里讲课一次。

他说,他也去讲课,问我去吗!我当然去,他告诉我,让坐他的车去。他说,他妻子也去,一块儿玩玩,怂恿我也带着妻子。

末了,他说,他的车十几万元,特享受。

他还是爱显摆。

我沉默着。他说:“就这样,明天接你们。”说完,关了手机。

第二天,楼下摁喇叭,他的手机同时打来,让我们快下楼。于是,我和妻子下楼。他的妻子坐在前面,一个很青葱的女人。当他听说我妻子晕车时,忙让自己老婆坐后面,让我老婆做前边,补充一句:“她坐惯了车,不晕。”

他老婆笑着,点着头。

我们一路走着,他嘴里不停,谈的都是自己的工作。看我不语,他劝:“老同学,讲课有什么了不得的?放心,手到擒来。”

我一笑,仍不言。

到了地方住下来,两个女人在一块儿聊。我们去报名,去抽签,去交一百元钱,然后,去讲课。我讲好,下来,他一定不许我走说:“老同学,旁听一下,看你的老同学讲得怎样。”我无法,只有待在外面,他一脸阳光地进去。

他又讲又写,一脸的笑。别人把这当受罪,他倒好,当成显示自己的舞台。

结果,他得分第一。

他一边走一边对我说:“老同学,你别把他们当老师,当学生得了。”言辞之间,竟然在教导我。我听了很不爽,毕竟,我是一个不大可也有点成绩的作家啊,他小子把自己当什么了。

回去的路上,他一路笑着,谈起讲课的事,谈起他的成绩,谈起我的失误。他说,自己竟打败了自己的作家同学,光荣啊。

说完,他打了个哈哈。

不过,他的哈哈迅即停下。透过大雨,他望着前面说:“出车祸了。”说完,他停了车。

我急了说：“大雨，走吧！”

他回过头望我一眼，说怎么能走啊，遇见这事，无论怎么也要去看一下。说完，他还补充了一句：“这是一种规则。”我心说，烧的，是你自己订的破规则吧。

我猜测，他一定会以专家身份，下去指手画脚一番。

他下了车，我也跟着下了车。

车祸离一座桥不远，一辆小车仰在路边，一个拦路的水泥墩被撞碎了，车子面目全非。几个人躲在桥下浑身瑟瑟看，他问：“谁啊，谁开的车？”几个人指着一个女孩。女孩脸色寡白，要哭不哭的样子，他交警一般道：“你啊？”

女孩点点头，眼圈红了。

他说：“没什么，车坏了，人没事就好。”

另几个人点头，连连说是的。他又跑过去，看看车子，又看看水泥墩，又跑回来问女孩：“没伤着？”

女孩点点头。

我们往回走，进了车坐下，他说：“不行，那女孩要去检查。”

我说：“人家说没什么！”

他摇头，说撞击力度那么大，常常会震伤五脏的，有的颅内会出血的。他说他有个同事就是那样死的。说完，他又下了车，跑到那儿指手画脚的，不知怎么说的，竟劝动了女孩。然后，他跑过来让我们下车，在桥下等着，他将女孩带回城里医院去。大概看我不耐烦，他一笑说：“走，一块儿吧！”

反正没事，我跟着上了车。

车到市内医院，女孩去检查。不一会儿，女孩的母亲匆匆赶来，连说谢谢，说女孩颅内出血，医生说，如不是检查，一旦发作，就回天无力了。女孩母亲拉着我的和他的手，连连谢谢。他一笑道："都是开车人，谁没一点儿意外？"说完，一挥手招呼我上车走了。

车到桥下，我的妻子和他的妻子上了车，冻得嘴唇发白。听了他的话，两人都很高兴。他更得意，一拍我的肩道："老同学，救人一命，胜造七级浮屠。"

我一笑，仍没说什么。

他一脸阳光，谈着自己的感受，说救人的感觉真的很好。

事后，谈起这事，老婆说："你同学那不是显摆啊，是热情。"

我点着头，第一次为有这样一个同学感到骄傲。是的，那不是显摆，是热情：显摆生长的是肤浅，热情绽开的是善良和美好。

生死战友

经过那道险峻的大山时，他遇见这只猴。猴很小，甚至还没长什么毛，围着母猴吱吱叫着，十分悲伤。母猴已死，显然被流弹击中的，倒在地上，流淌着一地的血。

他眼圈红了，泪水流了出来。

他抱起这只小猴，进了军营。

营长见了说，送人吧！

营长解释说，没粮食喂它的。

他摇着头紧紧抱着小猴。他说，自己可以分一点儿食物喂猴。营长不答应，他自己都不够吃，怎么给猴？他哭了，流着泪求营长，小猴的母亲是被日军枪炮打死的，成了孤儿，很可怜的。

战士们听了，都红着眼圈望着他。他才十五岁，父母是在日军的一次扫荡中死去，他也就成为孤儿，进入了部队的。

营长眼圈也红了，拍拍他的肩道，别哭。

营长接着命令，坚决不许他一个人省饭喂猴。

营长道，我们三营一起养着它吧。

于是，小猴就留在了三营，就有了个可爱的名字叫乖乖。乖乖近人性，跟着战士们一块儿生活，渐渐就熟悉了军营的规律：战士们睡，乖乖就睡；战士们忙着操练，乖乖也睁大眼看着，然后就跳上跳下练两下，惹得战士们嘎嘎乐。营长见了，也乐了道，精怪！

那次，是一场狙击战，战士们杀了三天三夜，倒下一批又一批。

他赶来送信， 见就红了眼。

当时战场上已经展开白刃战，他咬着牙，大吼一声，面对冲上来的敌人，拿了一把大刀冲了上去。

十五岁的他力气较弱，不是敌人的对手。

就在一把刺刀闪着寒光，堪堪要扎到他的胸膛时，一个黑影一闪，小鬼子一声惨叫，扔掉枪，捂住双眼又叫又跳，满脸是血。

小鬼子的眼睛被抓瞎了。

那个黑影，当然是乖乖。

他来送信时，乖乖也跟着。

面对已经习惯的枪炮声，乖乖一点儿也不怕。

他和乖乖一起，消灭了一个鬼子，夺下了一把三八大盖枪。

回到军营，战士们知道后都跑来，围着乖乖叽叽喳喳地赞叹着，有的战士特意跑来，希望带着乖乖到自己军营去显摆一下。他摇着头，坚决不答应。营长也跑来了，点着头道，这小猴，还是高手啊。说完，营长伸手去摸乖乖，乖乖一跳，躲在他的身后，眨巴着眼睛打量着营长。

大家都哈哈大笑，营长也哈哈大笑。

以后，战士们更离不开乖乖了。

他，更是和乖乖形影不离。

也就是在百团大战那会儿,他已成为一个二十岁的老战士,一把大刀在战场上闪着寒光,遇见日军,刀刀见血,刀刀毙命。

五年的时间,他已成为八路军中著名的无敌刀王。

乖乖也已经长成一支壮猴,仍紧紧跟着他。

乖乖已学会了搬运枪弹。战场上,它不时地抱着几颗手榴弹,或者子弹袋,蹦蹦跳跳地出现在战士们身边,从未出过什么事。

可是那天,它突然扔下了手榴弹。以动物的第六感觉,它感觉到了危险,眨巴着眼睛四处望着。

是的,是一个日军狙击手。

这个狙击手,是专门伏击他的。

狙击手躲在草丛中,一双雪亮的眼光闪着寒光,一杆枪毒蛇一样伸出,悄悄瞄准了他,扳机轻微一响,"咔"的一声,一颗子弹呼啸着射出。几乎同时,乖乖身子一弹,如一道影子飞过,挡在了他的面前。

在一声凄厉的响声中,乖乖倒下。

他的刀几乎同时飞了出去,划过一条弧光,在一声惨叫中,将那个狙击手钉在地上。

他俯下身,抱起乖乖,泪水长流。

乖乖已闭上了眼,停止了呼吸。

部队撤离时,战士们庄重地将乖乖下葬,他流着泪,在墓前专门为乖乖立了一块木牌,上书:抗日战士乖乖之墓。

值钱的谎言

现在，这儿成了茶乡。可是，从库区搬来的时候，这儿并不是这样的。山上多的是杂木，有的地方什么也没长，光秃秃的。

大家更不会种茶，因为，过去没有种过。

大家说："那不是闹着玩的嘛！胡来。"

我笑笑，没有说什么，弄了几斤茶籽种在阴坡的一片沙子地里。不久，一场春风一吹，一场春雨一下，一棵棵茶树长出来，叶子嫩嫩的，水洗过一样。茶树长大些了，我采回一些叶子，用手揉制好，一泡，绿绿的茶汤，很醇厚。村人尝了，都说好，可仍不种，摇着头说，花那样的工夫，还不如买茶喝。

我仍然微笑不语，第二年弄回几麻袋茶籽，种在自己的山坡地里。

两年后，一块茶园形成了，绿乎乎的一片，风儿一吹，一波波绿波，如绸缎一样，很是好看。大家都说，这么多茶叶，喝不完只有沤粪。

我告诉他们，我早就准备好销路了，我和自己林业局的同学刘山联系好，茶叶采了，请他联系销售。

那一年春夏采摘结束，我和妻子都乐呵呵的，买了辆摩托车，整日骑着呜呜上呜呜下的，很是风光。

大家见了都很欣羡，摸摸车子这儿，又摸摸车子那儿。

我一笑说：“想买摩托车，种茶啊。”

有人心动了，暗暗打听，问我今年卖茶挣了多少钱？问到妻子，妻子只是笑，就是不说。我忍不住了，在旁边不满地说：“干吗藏着掖着啊！”说完，伸出五根手指。

对方不屑地问：“五百元？”

我气坏了，反问：“五百元能买摩托车啊？”

“五千元？”他又问。

我又白了他一眼，告诉他，胆子怎么那么小，针眼大，五千元也值得夸耀啊？他睁大了眼，走了。当天，一个村子都轰动了，大家纷纷传言，我的一块茶园，一年收入五万元。

一村人听了都啧啧称叹。

甚至，一些一块长大的同伴跑来，怂恿我庆贺一下。我想想，点点头，当天就包了一场电影让大家看。大家都有电视了，早已不看电影了，可是，这一晚上，听到我还邀请了自己的同学李山来，就都一个个赶来了。天一黑，村部前面的场子上热热闹闹的，大家又重温了一把当年看电影的热闹。

我笑着，一个人一个人地打着招呼。

放映前，我特意讲了几句话，告诉大家，今晚包电影，不为别的，是因为我的茶园挣了点钱，特地庆贺。同时，也为了感谢我林业局的同学刘山，是他供给我茶籽，没有他的支持，也就没有我的茶园。

刘山听了，一脸微笑，站起来在灯光下连连拱手谦让。

大家一听，纷纷围上来，叽叽喳喳地询问刘山，还有茶籽吗？能给自己一点儿吗？

刘山连连点头，告诉大家，茶籽有的是，只要说声要，一准送来，分文不收。

大家听了，都乐呵呵的，纷纷报名，报出自己需要的茶籽数字。至于电影里放映的什么，早已丢到脑后去了。

刘山拿出个小本子，微笑着在灯光下一一记下，装了起来。

第二年春天一到，一辆卡车开进村，一袋袋茶籽送来。大家兴高采烈地拥过去，围着汽车，卸下了茶籽，背上山坡，忙碌起来。山这边山那边，一片笑声。

不久，春风一吹，春雨淅淅沥沥地一下，地面上，星星点点的绿冒出来。不久，那绿就一簇一簇的，绿得特别耀眼，特别明目。

茶叶满山后，一片青绿，如绿色的缎子，铺满了村子的山山岭岭。那绿色荡漾着，让村子也仿佛浮荡在一片绿色里，浮荡在一片茶香中。村里的村民，也变成了茶农。此时，我也忙碌起来，盖起厂房，卖了制茶设备，办起茶厂。清明前后，一场春雨，茶农们忙起来，一筐筐的茶叶摘下，送来，数着钱，乐呵呵地离开。可是，第一年的收入并没我当年说的那样多。大家纷纷询问原因，是肥少了，还是管理不到位？

我告诉他们，都做得好。

“可，茶叶收入没你当年的那么猛啊？”大家问。

我笑笑，告诉他们，当年，我也没收入五万元，是三万元。

“那——你为什么胡吹，还包电影？”有些同伴不解。

我得意地回答：“不这样，你们能种茶籽吗？能变成茶农吗？我和刘山的茶厂能办起来吗？”

其实，刘山不是林业局干部，是个茶老板。

我考察了小村土质气候后，认为能种茶，就给他去了封信。他来考察，认为不但长茶，还是优质茶。可是，这儿村民守着地，无论怎么劝说，就是不愿种茶。

于是，我想了这么个办法。

随着茶厂办起，水泥路也进村了，而且顺着茶山盘旋着，一直上了山顶。茶农采茶，再也不须流着汗水背回去了，在茶林外面，就被茶厂收购，拉走了。

现在，我们的茶已销往全国各地。

一个谎话，富裕一村人。这个谎话，值！

自梳女

她很美，很洁净，如一朵莲淡淡地盛开。笑时，笑纹从脸颊漾开，一圈一圈，荡漾到腮边，到耳旁。那一刻，风静了，鸟儿也停止了叫声。一切，都那么安静美好。

她坐在树下，绣着鞋垫，一树桃花红了，两只长尾鸟叫着，叫活了一片春天。然后，她水汪汪的眼睛就望着远处，一直望向山的那边水的那边，望得很远很远。

村人说，她人大了，有了心思了。

村人说，找个婆家吧，女大不中留的。

于是，媒婆一个个进门，说张家的孩子好，一人能拉转一头奔跑的牛；说西村的小伙子俊，活脱脱就是一个周瑜——周瑜谁见过？没人见过，可是，这儿人爱用一千多年前的古人作比。她听了，红着脸不说话，仍然绣着花，长长的睫毛一眨一眨的。

突然，针一晃扎了手指，一颗血珠落下，落在白布上，慢慢晕染开。她就着血迹绣两朵花儿，并蒂的，一朵直挺着的，一朵斜倚着。

娘催促说："闺女，你倒是说话啊。"

她不说话,睫毛上挂着两滴泪,滑下来道:“不嫁。”

媒人好心地劝:“过了这个村,就没这个店了啊。”

她仍是一句:“不嫁。”

媒人无奈,拍了一下腿,长叹一声,转身走了。娘瞅着她,许久许久问:“闺女哎,你倒究看中了哪一个?”

她摇摇头,表示谁也没看中。然后,她突然倒在娘的怀中,轻轻抽咽起来,不停地说:“我不嫁,我就是不嫁,我谁也不嫁。”娘忙拍着她的肩,连连道:“不嫁,好,闺女守着娘。”娘以为,她只是这样说说,自己也只是随便应应。谁知,第二天,她进入家族祠堂,当着族人的面,用一把木梳,将自己黑云一样的长发,梳成辫子,高高地盘了起来。这,在这儿叫自梳女。自梳女这样做,表示终身做女子,绝不嫁人。在祠堂做了自梳女,态度更坚定,等于对着族人祖先发誓,绝不出嫁。

村方圆几十里的后生听了,一个个长叹一声,霜打的茄子一般,没了精气神。

娘又惊又急,流着泪说:“闺女,你这是干啥啊?”

她靠在娘怀中,轻轻一笑:“陪娘啊!”

娘试探着说:“傻女子,你绣那些鞋垫,倒究给谁啊?”

她脸红了,眼睛望着村外的远处,一言不发。

在心中,她想,他总有一天会回来的。到时,自己就将鞋垫送他。

可是,他回来时,却被绑着,浑身是伤,一条腿断了,被一队小鬼子拖着,一直拖到村子。他微笑着,望着被聚拢的村人。大家一惊,这不是村学校走失的教书先生吗?这是怎么啦?一个日军军官呜里哇啦吼了一通,接着,一个翻译弯着腰,翻译了一遍,村人们才知道，教书先生离开，是去组织百姓，参入了一场对日军的暴动，让日军死伤一片。最终，在日军反扑下，抗日队伍撤退，教书先生留下狙击小鬼子，受伤被俘。

日军将教书先生拉来，就是为了杀一儆百。

面对刺刀，教书先生微笑着，一声不吭。

然后，枪响了，教书先生倒了下去。

人群中，她浑身一瘫，也倒了下去。

日军走后，村人才知道，她是有相好的，就是教书先生。教书先生走时，是在一个夜晚。教书先生说，自己这一走，脑袋就拴在裤腰上，让她重找一个好人嫁了。她不，她说："我等你，等你打走东洋人回来，我做你的新娘。"

这些，她当然不敢告诉村人，怕暴露了教书先生。

因此，她做了自梳女。

村人听了，一个个叹息着，轻轻摇摇头。

教书先生死去的第二天，她不见了。大家在教书先生的坟前，看到一小堆灰烬，有未烧完的，竟然是鞋垫。鞋垫上，隐约仍能看见两朵花，一朵直挺着，一朵斜倚着。

以后，村人再未看见她。

在珠江纵队中，不久出现一个女战士，短发齐耳，手执双枪，百发百中，打起鬼子毫不含糊。从根据地回来的村人说，那就是她。

第四辑

消失的顾大刀

是的，顾大刀不是男的，是一介女子，在丈夫被逼债死后无路可走，带一队人打家劫舍，过起盗匪生活。对于郭家大院，她知道很难攻下，于是，化装成一卖艺女子，带着孩子，趁机混入大院，想里应外合攻下目标。可是，她自己终被郭大爷以仁义感化，放弃计划。

以后，顾大刀不见了。高坝一代也再无匪事。

妙　方

梁野山有座寺，很小，藏在白云里。庙里只有一僧，整日除了打坐，就是下山治病。

僧人一根银针，一把草药，赢得“活神仙”雅号。一次，有一妇女怀孕，十月已过，腹大如鼓，胎儿就是不降生。老僧一见，说无妨。拿一根银针，在女人脐下一针。不一会儿，婴儿“哇”一声出生。婴儿唇边，有血珠一粒，擦净，有个小小的针眼。

老僧解释，小家伙懒，在娘胎中睡着了，一针扎醒，才降生的。

可老僧口碑并不好，原因无他，贪！

老僧制出一味药，命名“还魂丹”，视若珍宝。他告诉他人，这是自己在梁野山上采集九九八十一种草药熬制，有还魂之效，能救人于死。

这不是吹，是真的，大家亲眼所见。

那年，赵尚书官运亨通，官居一品，回老家宴请乡绅，大摆筵席。赵尚书不顾年届六十，桌桌敬酒，举杯相陪。客人离开，赵尚书一跤跌倒，口吐白沫，酒气熏天，不省人事。

这，是醉酒。

醉酒之人有明醉，呕吐一番，酒气散尽。还有一种是暗醉，不呕不吐，酒在体内，难以挥发。

赵尚书就是暗醉。

这种醉法，严重的，会要人命。

赵尚书儿子急得直跳脚。

到了晚上，赵尚书只有出的气没有入的气，开始准备后事。这时，门外一声阿弥陀佛。老僧来了道，这叫暗醉啊。赵尚书儿子哭起来道，人死了，没救了。老僧说，没死。赵尚书儿子一听，忙道，救救我爹啊，活神仙！

老僧说，我有“还魂丹”，可得出钱买啊。

赵尚书儿子问多钱？老和尚伸出五指。赵尚书儿子问，五千两？老和尚摇头，五万两。

赵尚书儿子说，老和尚，你抢劫啊？老僧闻言转身就走。赵尚书儿子忙一把拉住道，五万两就五万两。让人拿了银票，一颗“还魂丹”到手，捏碎，给赵尚书灌下去。一个多时辰后，赵尚书打个喷嚏，醒了。

当地人听了，都傻了眼。

一日，朱四奶奶病危，朱四忙去寺庙，“咚”一声跪在老僧面前，求一粒丸药。老僧听了道，有银子吗？五万两，拿来！

朱四没钱。老僧说，没银子不行，不过，老僧可以治治。

他拿了药箱，去治，怎么也治不好，朱四奶奶死了。

朱四气得扯着老僧衣领喊：“为什么不拿还魂丹啊？”

当晚，有蒙面人进了寺庙，抢了两粒丸药跑了。这人是朱四。

朱四将一粒丸药捏碎，想灌给死去的老娘。可朱四奶奶怎么也没醒来。朱四不解，拿了另一粒，请城里的名医看。名医拿了研碎，尝尝道，什么还魂丹，是一些草药制成的。

朱四问，不能还魂？

名医摇头，能治病，要还魂，悬乎！

消息一出，赵尚书知道上当，白白损失五万两银子，他大怒，让人抓了老僧，狠狠敲打，索要银子。老僧血肉模糊，留下一偈：十万白银，未入佛门。时逢年馑，普救众生。说完，低头不动，一探鼻息已圆寂。

当地人大悟，这两年年馑，家家门内常有银两出现，不知何处来的。原来，是老僧以五万两白银，救活一方百姓。

这是宋朝时事，现在这寺已很大了，就是梁野山寺。

喝醉的狗

王副局长的狗同王副局长一样，有些欺弱怕强。在局里，这狗见了职工，龇牙咧嘴，大声咆哮。到了李局长面前，奇了，摇着尾巴，一会儿舔李局长的鞋，一会儿衔李局长的衣角。喜得李局长拍着狗头说，有灵性，有灵性。

这只狗对李局长这样，对李局长的那只小哈巴狗也是这样，前后奉迎，巴结讨好。

外人不知道，其实，这都是王副局长鞭敲棍打出来的。每次，这只狗朝着李局长和他的小哈巴狗凶一次，王副局长回去后，就把它捉住，朝死里打一次。狗也怕打，时间长了，也有了记性。

其次，这一主一狗都会喝酒。狗开始也没有酒量，是王副局长训练的，拿一杯酒，让狗张开嘴，倒进去，开始狗还不大情愿，可喝一杯酒，就有一只鸡腿。不久，狗的酒瘾就上来了，放开量，能喝半斤。

这天，是元旦，局里会餐，全局职工参加，王副局长的狗也跟来了。

王副局长那天喝得高兴了，也为了博李局长一乐，就让他的狗在李局长面前表演喝酒绝技，一杯一杯又一杯，看得李局长呵呵直乐，喝得那只狗东倒西歪。

宴会即将结束，王副局长发了酒疯，王副局长的狗也发了酒疯。

王副局长在桌上拉住李局长的耳朵，就往嘴里灌酒，灌又灌不准，一杯酒全倒进李局长鼻孔里，呛得李局长脸都成了猪肝色。就这，王副局长还不依不饶，说，一个破——破局长有啥了不得，鸟大个官，我是——不当。——不然，早干上了。

气得李局长一拂袖，走了。

最了不得的，是那只大狼狗，酒后露真相，不咬别的鸡啊猫啊的，偏瞄上了李局长的小哈巴狗。那小东西看见大狼狗一溜歪斜走来，还以为老朋友又来舔鼻尖呢，就伸过头去。谁知那家伙把平日挨揍后的仇恨都积压在胸中，借酒劲发泄出来，过去一口，那么小一只哈巴狗，一伸脖子，就死了。

第二天，一人一狗酒醒，都吓得不轻。人请了病假，狗藏了踪影。

一直过了近一周，王副局长才来上班，如霜打的茄子，小心翼翼地来到李局长办公室，敲敲门，进去。

李局长抬抬眼皮，说，病好了？

王副局长忙点头，说，好了好了，今天特来向局长赔罪的，那天喝多了，请局长大人别见小人过啊。

局长说，我怎么敢见你的过，我，鸟大个官哪。

王副局长忙道，局长，我那是醉话胡话狗屁话，你别往心里去。

酒后吐真言哪。李局长翻了一下眼皮说，而且越说越气，想起自己那只小哈巴狗，小小的，多讨人喜欢啊，竟然被那只大狼狗一口咬死，你人会报复，狗也会报复嘛，啊？去，把你那只狗找来。

它——它来了，局长。王副局长弓着腰，闪开身。

身后，站着那只大狼狗，这会儿威风全无，眼角里一滴滴滚出泪来，两条前腿突然一曲，跪了下去，俯首帖耳，做出一副悔之莫及的样子。

李局长傻了眼，许久，摆摆手，你们这一对搭档啊，我怎么说你们呢？去吧去吧。

一人一狗站起，点点头，轻轻走出。

离开李局长办公室，王副局长擦擦头上的汗，心说，这六天，请了个马戏团的演员驯狗，给了三千元，没白花啊。

告　状

公安局进了石井组。一时间，石井组人闹哄开了，一个个冷着的脸，现在都露出了笑，像云破月来的一丝丝光线一样，干净，明亮。

石井人前段时间冷脸，是气不顺啊。

石井是个小组，牛屁子大，窝在一个山沟里，四山一围。这么小的村子，却茶叶遍山，一趟一趟儿的绿，像是水洗过一样，映绿村子，映绿了鸟鸣，也映绿了声声山歌和笑声。

这，是退耕还林的结果。

退耕还林，上面是给钱的，每家每户都有。可是，这次，石井人把钱领到手，私下一打听，和邻组的不一样，几乎每户都少了二百来块。

不用问，这钱让组长朱记挪用了。

石井人很生气，就去找朱记。朱记老婆说，朱记走了，打工去了。

"这还行，这不是贪污嘛！"石井人一个个气愤地说，唾沫星子喷得老高，泛着亮亮的光。

于是，石井人派出代表，拦一辆车，上县把朱记告了。这个代表，就是石根。

于是，公安局就进村了。

大家想，这次，朱记算惨了，大概要坐黑屋吃牢饭的。

王婶站出来，滥充好人说，让他还了钱就算了，都是一个组的嘛。

五爷也点着头，喷口烟道，对哩，一个组哩。

石根不同意，眼睛一白说，不，绑一绳子。

石根生气是有原因的，这次竞选组长，算好是自己的，可是结果出来，竟让朱记得去了，因此一直顺不过气，腮帮子一鼓一鼓的，蛤蟆一样。

可是，公安局来了后，第二天就走了，走时开会告诉大家，人家开了欠条，放在老婆手中，说回来就还。

说完，公安局的人让朱记老婆拿了朱记走时留的欠条，一张张送到大家手中，并当场表决，朱记回来后一准还钱，不再拖欠。

大家都是左邻右舍，告后就后悔了，现在一听，都嘘口气，一个个接了欠条。

王婶拿了，五爷也拿了。

石根不愿意接，可又碍不过面子，他脸拉得老长，驴脸一样，告诉大家，自己的就不说了，自己哥哥石牛的，还不知咋整的。“我哥一个光棍，还供着一个读大学的儿子，朱记这家伙如果连他的也扣了，这德就缺大了。”

大家听了，也都点头长叹，好在石牛也出去打工了，大家只有不了了之。

下半年年底，石牛回来，一家一家还钱，一家一家感谢。

原来，朱记挪用那钱，不是自己花了，是借给石牛用了。石牛儿子上大学，拿不出一分钱，手里穷，也借不来。朱记知道了，宽解他说："这是我们组考出去的第一个大学生，是好事，我想办法。"

于是，他就想了那么个办法。

一组人知道了，都低下了头，其中，石根头低得更低。

带 子

开车时,小豆坐在座位上,无一刻安闲。他要看窗外,有时,甚至在座位上一蹦一跳的,很是高兴。这小子,一旦出外玩,高兴得什么似的。

我说:“小豆,系上安全带。”

他不,偏着脑袋问:“为什么?”

我告诉他,这样才安全。可是,他仍不,说自己才不要绑着呢。他指着外面说,他要看外面,然后,指着外面惊叫起来:“鸟儿,两只小鸟。”

树枝上,两只小鸟叽叽喳喳的,黄嘴白羽,一闪而过。

生命,如此美好。

出游,让人心情如洗。

今年暑假出游,是我们给小豆许下的一个诺言。妻子说,小豆如果能在考试中,考出好的名次,暑假,我们就出游。

小豆在一年级。

妻子说:“孩子不能输在起跑线上。”

我听了，暗笑，不过，能在暑假出游，当然也是我的渴望。于是，我瞪大眼，盼着小豆考试成绩出来，而且是好成绩。然后，我们去旅游。

地方都计划好了，去洛阳，看龙门石窟。

期末考试成绩出来，小豆拿着通知书，低着脑袋回来。我一看，心发凉，悄悄问："怎么啦？"小家伙低着脑袋，不说话。

我要通知书，他不给。他给了他妈。

妻子接过来，打开一看，"哇"一声惊叫，当即宣布："旅游，明天出发。"原来，小豆这小子每科为A，竟然故意做丧气状，哄我。

我抱着小豆，大叫胜利。

可是，真开始旅游时才发现，小豆这小子一点儿也不守规矩。

我们开着自己的车，我坐前面，妻子和小豆坐后面。我严格规定，必须系好安全带。妻子遵守，可小豆例外，拒绝系安全带。我无奈，望着妻子，小豆有时不听我的话，他妈的话，他还是很听的。妻子对小豆说："小豆豆，乖，系上安全带。"

可是，这次小豆坚决不。

他眼睛咕噜着，告诉他妈妈，自己要看花，要看来来去去的人。

我不同意，一定要他系上安全带。他就扭着头，噘着唇。这一招很见效，以至于他妈妈马上倒戈，成了小豆的帮手，将安全带又给小豆解下。

而且，妻子理由很充足："儿子在学校整天被管，现在出来了，又被安全带管着。"

一句话，让我无言以对。

看见发生车祸，是半途上的：一辆小车翻在路边，几个人被抬下来。一打问,好在不重,警察说:“幸亏他们系了安全带。”

我和妻子默默无言,也为伤者暗松一口气。

可是,小豆在车上,并不知道这一切,我们不想让他看见这样的场面。上了车,妻子给小豆系上安全带。小豆又不高兴了,自己解了。他妈妈劝:“豆豆,刚才那辆车发生车祸,车中叔叔阿姨系了安全带,才保住了生命。”

小豆眨着眼,不说话,许久道:“爸爸开车可以慢一点儿啊!”

他认为,只要我开车慢,一切绝对安全。

这小人,这话真没法反驳。

说完,他又眨着眼睛,望着外面的青山绿水,听着一路的蝉鸣。

让小豆接受建议的目的最终实现了,我采用了一个很简单的方法。

在一次启程时,我买了两个瓷器熊猫,一个是小豆的,一个是我的。

我将瓷器熊猫分别装入两个包中,一个包用安全带固定住,一个放在后座上。车子猛地开动,又一下子停住,妻子和小豆惊叫一声,同时,一个包掉下来,传来瓷器破碎的声音。小豆惊叫:“我的熊猫,我的熊猫破了。”

我们停下车,拾起滚落的包,里面的熊猫玩具果然破了。

小豆眼圈红了。

我忙打开那个固定的包,拿出里面的瓷器熊猫,告诉他,这个是他的,打碎的是我的。他忙抢过瓷器熊猫,高兴地笑了。我问他:“小豆,如果做瓷器熊猫,你愿做哪只?”

小豆指着手中的,就做这只。

我告诉他，这个玩具完好无损，是因为系着安全带，不然也碎了，所以啊，坐车时，无论是谁，都应该系好安全带。

小豆眨着眼，不反对了。

我给他系上安全带，也把一个安全常识牢牢系在他的心中。

臭　弹

南寨在高坝古镇对面山上。这儿山很高，林很密，一棵棵松树都有合抱粗。这儿，垒着高高的石墙，雉堞隐然，被一股强人占据着。

强人，就是土匪。

强人的大当家名叫刘一枪，因为靶头准，有一把盒子枪，指哪儿打哪儿，弹不虚发，所以有这个外号，名字反而没人叫了。

本来，在南寨，他是二当家的。

大当家的是石大胆，这小子带人抢劫，远近通吃，得了财物，胡吃海喝外，全送到几百里外郧西的一个窑子里，扔到一个叫“小飞仙”的白嫩肚皮上去了。至于山上兄弟缺衣少穿的，他才懒得管呢。

刘一枪特意劝他，别这样，替兄弟们想想啊，大家因为吃不饱肚子，才将头拴在裤腰带上，跟着大哥搞这营生的，别把弟兄们舍命弄来的东西不当东西啊。

刘一枪一劝二劝，不但不见效，还惹得石大胆起了杀心。

那个晚上，刘一枪刚劝罢转身，听到后面有枪机声“咔嚓”一响，接着“啪”一声子弹飞出。刘一枪大叫一声倒下。石大胆哼哼一笑，吹了一下枪口的蓝烟,走过去,弯下腰检查刘一枪的尸体,一支冷冰冰的枪口对准他额头,“啪”一声响,石大胆睁大眼睛倒在地上。

至死他也没弄明白,自己究竟是怎么死的。

原来,就在枪机“咔嚓”一响时,刘一枪已飞快倒下,假装死去,子弹打到门外的夜空里去了。

石大胆死去,刘一枪当了大当家的。他订的第一条山规是有了财物兄弟平分,不许私藏,不许贪污,不然,自己认子弹不认人。

兄弟们一听都很高兴,没有不遵从的。

可是,二当家的却不遵从,竟悄悄偷盗财物。

二当家的是在一个黑夜被抓住的。当时,他趁着夜色刚走下南寨门,下到一个沟槽里,就被放哨的兄弟发现了。大家不知是谁,一声喊扑上去抓住,接着一愣。这时,刘一枪恰好也赶来,打开二当家肩上的包袱,白花花的都是袁大头啊。二当家专管山上粮秣,也就是内管,他做贼,还不将山寨偷出个大窟窿。刘一枪带人一查,顿时瞪大眼睛,整个山寨收入的一半,凭空没了影儿。

刘一枪让捆来二当家的,“哐”一声将枪拍在桌上道:“兄弟,我认你,枪不认你。”

二当家的低着头,一声不吭。

二当家在山上人缘好,弟兄们有个什么头痛脑热的,他都想法下山搞药;大家手上缺一点儿零用钱,他都会拿出自己的垫上。因此,大家听说刘一枪要处死二当家的,一个个赶来叩头求饶。

刘一枪愣愣,阴阳怪气地道:“二当家的,你人缘好得很啊,看来我不饶你,是和兄弟们过不去啊。”

刘一枪说到这儿,眼睛转了转,冷哼一声:“家有家规,国有国法，寨规不能破！”

他说，二当家的能否活命，就看他自己的造化。

在大家大惑不解中，刘一枪告诉大家，二当家的站在十步外，自己开枪，枪膛放一颗子弹，如果一枪命中，是他命该如此，兄弟们须怪不得自己心狠手辣。当然，如果子弹落空，就饶他不死，绝不放第二枪。

大家一听，再次睁大眼。

刘一枪百步穿杨，十步内能击不中二当家的？

大家怀疑，刘一枪一定是知道二当家的人缘好，怕他日后夺权，才下此狠手，以绝后患。

大家望着二人。

二当家的按照规定转身，走了十步，站定，慢慢闭上眼。刘一枪缓缓举起枪，眯着一只眼，瞄准二当家的扣动枪机，枪机“咔擦”一响，子弹没飞出来。他愣了一下，狠狠道：“娘的，臭弹！”

二当家的一愣，缓缓睁开眼。

兄弟们都鼓起掌来。

刘一枪狠狠一挥手，大吼道：“该你命大，滚下山去，以后不许再出现在我面前。”

二当家的回身一抱掌，又对大家一抱拳，转身走了。

刘一枪回房一笑，其实，他早知二当家的偷盗银元。近年，高坝镇一带旱灾频仍，百姓难以为生。二当家的盗了银元，下山救济百姓。

对准二当家的那一枪，枪膛里根本就没子弹，是空的。

消失的顾大刀

高坝是一个古镇。镇在山阳城东边二十多里地。这儿，四山一围，一条名叫银花河的水白白净净地流着，在镇前一直流向山的那边去了。

位于山水间的高坝街，如一条长蛇。

这儿，是去西安府的陆路要道，从南方上来的客商，在不远处一个叫漫川的地方的水码头停船，下了货物，用马车装了，鞭子一甩，半天工夫就到了这儿，住店休息，明天再走。从西安府去武汉，也是在这儿住宿，第二天动身去漫川。

因此，高坝人烟辐辏，十分繁华。

郭家大院，是高坝镇最大的邸店，客商来此，必来此店居住，尤其乱世，更是如此。因为，郭家大院四墙一围，十分牢固，等闲山匪，无法进入。

郭大爷会刀枪，还有一群徒弟，一个个舞刀弄枪的，也很厉害。

大家住在这儿，谁有胆子来强抢货商。

可也有不信邪的，是丰阳大匪顾大刀。顾大刀仗着一柄刀，带着一群兄弟打家劫舍，官兵追捕，奈何不得。而且这个顾大刀上阵冲锋，不声不吭，面戴黑纱，十分勇敢。也因此，从无人见过他的真面目。

这天，顾大刀将信送给郭大爷：不许保护客商断我财路，否则，死！

郭大爷一笑，撕了书信。

顾大刀发下狠话，十天之内，一定打下郭家大院，取郭大爷项上人头。

郭大爷一笑，仍如往常，无事时背着手上街闲转，东看看西看看。这天，刚走到街心，突然听到众人传来惊叫声，他忙问怎么的。有人告诉他，一卖唱女子，带着一个小儿，走在这儿，女子突然晕倒，小孩吓得哇哇大哭，十分可怜。

郭大爷听了，忙走过去看，果然如此。

一街人围着，都叹息不已。

郭大爷看出女子是饿昏的，忙叫人拿了豆浆给灌下。不一会儿，那女子悠悠醒转，流着泪告诉大家，自己丈夫被逼债寻了短见，自己带着儿子逃难到这儿，几天没吃饭，以至于饿晕过去。

一街人听了，再次长叹，都望着郭大爷。

郭大爷也长叹一声，告诉那女子，既然无处可去，就带了孩子住进郭家大院吧，放心，有自己吃的，就有你们母子吃的。

一街人听了，都连连点头。

女子也感激不尽，带着小儿进了郭家大院。

女子很勤快，洗衣抹桌，样样都干。

但是好景不长，几天后，顾大刀的人捎来口信，十天已到，今天晚上一定打下郭家大院，鸡犬不留。郭大爷听了，想了想，叫来那女子,长叹一声告诉她,本想留她住在这儿,可强人来攻,只怕到时玉石俱焚。

郭大爷说:“你们还是逃命吧!”

女子不,叩头要求留下。

郭大爷说:“孩子还小,不能受害。”说完,让下人拿了五十两没开封的银子,交给女子,告诉她,别走大门,外面已被围住。说完,他引着母子二人从地下通道出去,反复叮嘱,这条路是一院子人的逃命路,千万保密,不要泄露出去。

女人流着泪,连连答应,带着小儿离去。

当天,顾大刀的人马撤走了。

就在大家大惑不解时,家丁送来一包东西,是顾大刀给的,打开,是一锭五十两没开封的银子,竟然是郭大爷送给那对母子的。银子上放一纸条,上写:盗亦有道,不伤仁义之人,不扰仁义之地。

郭大爷怔忪许久,长叹一声道:“谁能想到,顾大刀竟然是个女子啊!”

是的,顾大刀不是男的,是一介女子,在丈夫被逼债死后无路可走,带一队人打家劫舍,过起盗匪生活。对于郭家大院,她知道很难攻下,于是,化装成一卖艺女子,带着孩子,趁机混入大院,想里应外合攻下目标。可是,她自己终被郭大爷以仁义感化,放弃计划。

以后,顾大刀不见了。

高坝一代也再无匪事。

青花瓷佛

那是一个夜晚，四下里黑得不见五指，只有猫头鹰在黑暗里哼哼着。忽然，一溜儿灯笼火把，照得一片光亮。亮光中，一队人马嘶吼呐喊着冲上山，围住了高坝镇对面双乳山上的一座小庙。

这是一队土匪，首领名字叫赵月田，杀人放火，无恶不作。

庙小如斗，里面只住着一个老僧，一个弟子。

赵月田走过去，对着老僧嘿嘿一笑，伸出手道："拿出宝物。"

老僧双手合十念声阿弥陀佛，问道："施主，小庙什么也没有，哪来宝物？"

赵月田急了，他打听到，庙中有一尊青花瓷佛像，高两尺，是元代湖田窑烧制的，真正的古董。这事本来很秘密，可一个日本名叫小田一郎的文化人知道了这事，特意找到赵月田，告诉他，如果能弄到青花瓷佛给自己，自己保证暗送他二百支枪。

赵月田一听，知道小田一郎是干什么的。

当时，日本文化特务遍及中国，不弄别的，专弄古董。

赵月田可不管什么日本人中国人，他只知道有枪就是草头王，就无人敢惹，因此，在这个晚上特意带人赶来，围住了小庙。看见老僧摇着头，一问三不知的样子，他火了，大吼一声："将小和尚绑了，烧死。"

小和尚被绑在柴堆上，吓得大叫饶命。

老和尚一见，忙喊道："阿弥陀佛，施主住手。"

赵月田一笑，眯着眼，伸出一双干瘦的手道："拿宝物换人，不然，你弟子就成为烧烤了。"

老和尚愣愣，慢慢走进小庙，不一会儿拿了个木盒，一步一步走出。赵月田接了木盒，打开一看，一尊洁净的瓷佛，色彩犹如天青色的烟雨，清净而透明。

他哼哼一笑，手一挥，让放了小和尚，然后带着人拿了盒子就走。

第二天天还没亮，小庙再次被围，响起了急促的敲门声。老僧听到声音，急忙赶去开门，顶头就挨了两个耳光。他一抬头，来的仍是气势汹汹的赵月田，指着他大骂道："老东西，竟然敢骗我。"

他瞪着眼珠子一声吼："你自己不想活了，真也不顾弟子了。"

老和尚望着被拖出来的小和尚，连声念着罪过啊罪过，对赵月田说："放了我弟子，我给你想要的东西。"

赵月田哼哼一声，告诉老和尚，这回再拿假的，自己让小和尚生不如死。

老和尚轻轻点点头，表示明白了，然后转身进了佛堂。再出来时，他恭恭敬敬抱了一尊青花瓷佛，一步一步走到赵月田面前，却没将瓷佛交给赵月田，而是一松手，瓷佛落地，雪花粉碎。他一笑道："宝物岂能落入贼人之手。"

赵月田大吼一声，甩手一枪，老僧应声倒在地上。

小和尚见了，扑上去，抱住师父大哭。老和尚靠在小和尚怀里，胸口咕嘟咕嘟冒着血，轻轻呢喃了几句经文，闭上眼，停止了呼吸。小和尚明白，师父之所以这样做，是既不想将瓷佛送给赵月田，又不想连累自己啊。

可是，师父却至死也不知道，青花瓷佛的事，是小和尚自己透露出来的，他是被银元迷花了眼。

赵月田最终什么也没得到，带着手下悻悻地走了。

小和尚为师父起了一座小小的佛塔，日日在塔前敲着木鱼，念经忏悔。

过了多少年，国事太平，在一个朝阳初升的早晨，小和尚走下山，抱了一个盒子去了文管处。盒子打开，里面是一尊瓷佛，真正的元代青花瓷佛。老和尚送人的，还有摔碎的，都是赝品。

真正的瓷佛，放在殿中泥佛的肚子中。

直到圆寂前，老和尚靠在小和尚怀里，才用手指在小和尚手心比画着，将消息悄悄告诉了他。

·神　药

程豫是一个早晨病倒的。当时，他早早起来，泡了一壶茶，坐在椅上，刚喝了一口，大叫一声，瓷壶落地，摔得雪花粉碎。他自己也口吐白沫，倒了下去。一家人顿时慌了神，忙七手八脚将他抬到床上，找来医生救治，可来了几个名医，望闻问切之后，都捋着胡须摇着脑袋，找不出病因。

一家人急得团团转，一个个唉声叹气的。

这时，程豫沉吟了一声醒了，病显然仍没有减轻。他听了医生们的话，轻叹一口气，吩咐儿子道："准备后事吧，医生治得了病治不了命！"

儿子一听傻了眼，望着他流着泪。

整个高坝镇人听了，也都傻了眼，一个个红了眼圈。

程老爷子年轻离家，在外仕宦，最后官居四川布政使，算得一方大员，也算是高坝镇走出的最大的官啊。最主要的是，程老爷子为官一生，清风两袖，让古镇的人感到很有面子。他回来后，整天乐呵呵的，和大家聊天下棋的，多亲热啊，怎么说不行就不行了啊？不行，得治。

可是，名医尚且不行，其他江湖郎中，更是摇手退避，远远躲开了。

就在一镇人即将绝望时，一个青衣书生出现，身背药囊缓缓而来，告诉镇人，程老爷的病自己能治。大家一听，睁大眼上下打量着他问："真的，别吹牛啊？"

书生一笑，很笃定地道："一试便知。"

原来，书生有一祖传秘方，名"还魂丸"，治病救人，屡试不爽。镇上的人忙带着书生来到程家，介绍给程少爷。程豫听了儿子的介绍，轻轻摇摇手道："江湖术士的骗人鬼话。不用望闻问切，一丸药就行，岂能信得？"

儿子急了，苦苦哀求："爹，你就试试吧！"

镇上的人也都苦苦哀求："你就试试吧。"

无奈，程豫只有点点头，一丸药送上。药为白色，指蛋大，捏碎后兑水喝下。过了一会儿，程豫突然咳嗽起来，咳得上气不接下气，然后，一口痰吐出，摇摇头望着儿子，眼光由混浊渐渐变得清亮起来。

程少爷见了忙问："爹，咋样？"

程老爷挥着手说："快请秀才，快谢！

程老爷的病竟然减轻了，第二天就喝了两碗粥，笑声朗朗的，下地转悠了。程少爷感激得什么似的，拿了百两银子奉给秀才，以表谢意。

这一下，整个山阳县，不，整个商州府都轰动了：一个书生有一种神药，能够包治百病，程老爷已经奄奄一息，离死只有一步之遥了，硬是让一丸药给喝好了。那些达官贵人富商大贾一听，忙纷纷找到秀才，掏银购药。

书生一一接下银子，送上丸药。

两天后，书生将银子拿了，送到商州府“怡红院”的老鸨手中，替自己心上人梅姑赎回了身子。当夜，两人坐一辆马车，离开了商州城。

临走，书生没忘记来到高坝，拜别程豫。

敲开程豫的房门，书生和梅姑“咚”一声跪在程老爷子面前，流着泪叩头道：“谢谢老先生想法玉成我们夫妻，谢谢。”程豫忙一把拉住他们，笑道：“能看到秀才有情人终成眷属，不枉老夫装病一场啊。”

然后，程豫送二人出门，看着那辆马车消失在暗夜中。

身后，一人问道：“那是假药啊，爹？”

程豫回头一看，是自己的儿子程少爷。

他无声地笑着点头。

儿子急了，告诉他，胡乱喝药是会坏事的。

程豫得意地告诉儿子，那是红薯粉，不会坏事的。

儿子一愣道：“爹，你不是经常教育儿子做人要诚实吗？”

程豫拍着程少爷的肩，告诉他，那是行善，不是骗人。

半仙县令

李士珍是个官，不大，是个县官。

过去的官，都是书生，磨穿铁砚，八股文章做得很好。李士珍也一样，文章写得不坏，于是离开山阳的高坝，来到偏关做了县令。那时是清末，盗匪一股一股的，可着劲干坏事。可是，偏关很安静，仿佛被盗匪遗忘了。

李士珍告诉大家，得组织团勇。

大家一听，简直多此一举。一个叫张齐的道："屁事没有，训练团勇干吗，有瘾啊？"这个张齐使得刀枪，在当地很有威望。他一说，大家脑袋都点得木鱼一样，是呀，这个县令真是有瘾。

李士珍告诉大家，盗匪来了，可就完了。

张齐瞪大眼问："在哪儿？吓唬小孩去。"

大家听了，都嘎嘎地笑。

李士珍长叹，无奈。

谁知，盗匪没来，却来了盗马贼。

那天，一个年轻人来到张齐院子，看见家里没男人，一把牵了拴在树下的白马，翻身跃上，加鞭而去。张齐出外了，张齐女人急得呜呜哭。这时，李士珍恰好骑马经过，听了大怒道："光天化日之下，竟敢如此。"也一踢马肚子，骑着马绝尘而去。

大家想，一个县太爷追盗马贼，悬乎。

可是，一顿饭工夫，李士珍骑着马回来了，身后拉着一匹白马，马背上绑着一人，正是那个盗马贼。县城一下轰动了，大家都瞪大眼睛，看着李士珍。

更让大家瞪眼的，是李士珍和盗马贼搏斗经过。据看到的人说，那简直是传奇啊，李知县骑马追上盗马贼，拦住其去路。盗马贼一见，眼睛瞪圆，抽出腰刀，抡起膀子"呀"一声叫，向李知县砍去。李知县长剑出手，一挡，那把大刀"咣当"一声落地。接着，李知县长剑一转，剑身在盗马贼背上一拍，盗马贼就倒在马下。

这剑术，简直比张齐的还厉害嘛。

李士珍听了大家议论，没说什么，一笑，将盗马贼带回衙门审问。审问的结果，让大家再次瞪大眼睛：那个盗马贼并非盗马贼，是盗匪派出的探子，来这儿踩探的。他威胁说，快放了自己，不然，不久盗匪就会血洗这儿，鸡犬不留。

李知县没被吓住，一声令下，将盗马贼关入死牢，然后招来大家，询问怎么办。

张齐建议："组织团勇啊。"

李士珍问："谁来训练？"

大家望着李士珍，这事当然李知县担当啊，那么高的功夫，不担任教练，那不是浪费嘛！李知县笑着摇头，自己一天到晚忙着衙门的事，哪有工夫哟。大家听听，觉得也对。这时，张齐站起来自告奋勇道："要不，我来？"

大家都点头，李知县忙，看来只有张齐行了。

于是，团勇组织起来，每天训练着。

张齐训练得很认真，一举一动，都很到位。

别说，半年后，这支团勇的战斗力很强。

也就是一个夜晚，一股盗匪围住偏关县城，摇旗呐喊，牛角号吹得呜呜的，十分惊人。谁知，盗匪还没攻城，城里冲出一队团勇，在张齐带领下，大刀如风车一样翻滚过来。盗匪平时攻城，哪遇到过这样的对手？眼睛一眨，已经倒下去许多兄弟。盗匪也是人，也怕死，发一声喊，跑了。当然，也不是全跑了，有个头目被活捉了。

那头目很迷惑，说："我们打听清楚了，这儿没什么兵力啊，你们哪儿来的？"

张齐嘎嘎大笑，告诉对方，李知县半年前就知道盗匪要来，特意做好了准备。那个头目不信。他们来这儿，还是最近决定的。李知县不是半仙，怎会算出来。

张齐眼睛一白，告诉他，他们的探子半年前就被抓了。

说完，张齐命令，在死牢里带出那个盗马贼。可是，盗匪头目眨巴着眼睛打量着对方，摇着头说不认识。大家听了，都有些糊涂，盗匪怎么不认识盗匪啊。

李士珍呵呵笑了。

原来，那个盗马贼并不是真的盗马贼，是李知县的一个仆人。李士珍看大家面对安静，已经习惯，一点儿也不把盗匪的事放在心上，很着急，就和自己仆人上演了一曲双簧。

李知县当然不会剑术，是仆人自己扔了刀掉下马的。

至于说盗匪来攻，也是提前编排好的。

张齐很不解，事后问李士珍："你让仆人说盗匪半年就来，是怎么猜测出来的？"

李知县告诉他，团勇半年后一准练成，到时，自己可以派人散播假消息，就说偏关没兵力，很好拿下，不就将盗贼引来了吗？这样一来，正可趁机除掉百姓心头之患。

拈　阄

风大，浪高。一只船在浪尖和浪谷间翻转，如一枚树叶。船出现一个洞，在进水。船上有两人，一个年轻人，一个老人，都紧张地忙碌着，想堵住船上的漏洞，可堵不住，水仍在流着。

两人对望一眼，茫茫大海，渺无一人，他们有些绝望。

可是，希望还是有的：一只小船在浪涛里游走，在迅速靠近。

显然，对方驾船技术很娴熟，小船如一粒弹丸，在风浪中弹跳着，游走着，不一会儿，弹跳到这一老一少的船边。

两人脸上的希望随之消失，冷凝成失望。

这是一个海盗。

不久前，海上出现一个海盗，驾着一只小船，来往海面，抢劫渔民财物，然后飞速离去，消失在海上。为此，当地警察下发通缉令，广贴各处，老人和青年都见过，当然清楚。

海盗看见他们脸色，冷哼一声道：“你们认出了我？”

两人不说话，点点头。

海盗告诉他们，今天自己不打劫，只救人。

两人对望一眼，眼中有亮光闪烁一下。

海盗带着促狭的口吻告诉他们，自己决定，只救一人，留下一人。年轻人一听，一愣，随即指着老人道："他……"话未出口，海盗一瞪眼，大吼一声道："住嘴！"海盗说，这是自己的船，自己自有主张，别人不许插嘴，不然自己转身就走，谁也不救。

老人和青年知道，这个海盗无情，冷酷，言出如铁，说到做到。

他们闭上嘴，望着海盗。

海盗很满意于他们的表现，吩咐，将纸做成两个阄，一个里面写着"走"，一个里面写着"留"，拈着哪一个的，就按里面的字办。

老人一听，忘记禁忌，忙说："我做。"

青年也抢着道："我做。"

海盗白白眼，指着老头道："你做。"

老人高兴地笑了，按照要求做了两个纸团，放在手心。青年瞪大眼，望望这个，又看看那个，游移不定。海盗急了，喊道："别磨蹭，拈。"

青年拈起一个纸团，打开，上面写着"走"字。海盗眼睛一翻，讥讽道："你真幸运，可以逃得性命了。"

青年眼眶红了，请求海盗，打开另一个阄。

海盗疑惑地望他一眼，命令老人："打开！"

在海盗逼迫下，老人打开阄，纸上也写着一个"走"字。青年落泪道："我不走，大叔，我陪着你。"

老头摇着头说："快走，你年轻，你家里人离不开你。"

青年站在那儿不动。船在慢慢下沉，水已淹没了脚面。老人急了，吼道："走哇，有这个机会怎么不走？"可是，青年仍站在那儿，任老人怎么推搡，就是不动，钢铸一般。

海盗眼角跳动了一下道："都上船吧。"

老人和青年愣了一下，猛地醒悟过来，连声答应着，相扶着上了海盗的船。回过头，他们的船在风浪中慢慢下沉、下沉，不一会儿没了痕迹，只留下一个水涡，旋转一下，不见了影子。

海盗的船在风浪中如一片羽毛，随着波涛浮荡，不久，到了岸边。

老人和青年惊魂稍定，回过头，海盗船已不见了影子。两人叹息一会儿，各自回家，不久就分别接到警察电话，说一个罪犯想见见他们，以表感激之情。

两人疑惑着，去了警察局。

在那儿，他们看到了那个的罪犯，不是别人，竟然是海盗：他，投案自首了。

海盗说，他有一个生死朋友，好得一个人似的。可是，就是这个朋友，给自己下了个大套，让自己公司倒闭，自己负债累累。而朋友却卷走巨款，没了影子。

他无路可走，仗着水技过人，下海做了海盗。他出手无情，心想，世人都是如此冷酷，自己何必不忍。

说到这儿，他对二人深深鞠了一躬道："谢谢你们，是你们让我知道，世界上不只是算计和背叛，更多的是呵护、关心和善良。"

他说时，脸上露出了笑。

老人和青年也笑了，他们发现，海盗笑时，还是很帅气的。

长长的刘海

她是来除掉他的。她的眼前，再次闪现出他的眉眼，俊俊的，一笑，嘴角微微勾起。

本来，他教书。她在家里做饭，绣着鞋垫。他回来，晚上备课时，她坐在旁边，刘海后长长的睫毛一眨一眨地望着他。他抬头，看见她那样，就笑了道：“傻妮子，发什么呆啊？”

她低下头，长长的刘海罩着大大的眼睛。

他们的生活啊，美好如青花瓷一般。

可是，小鬼子打来，青花瓷“咚”一声碎了。有一天，他告诉她，他要走了，去打鬼子。她愣了一下，眼圈就红了，一颗晶亮的泪珠“噗”地落下来，炸成一朵梅花。许久抬起头说，好，我等你回来。

她知道，不打走日本鬼子，他们无法活；将来有了孩子，又怎么活啊？

他走了，挥挥手。

她远远送他，一直送出岛，看不见了，她的心空落落的。

她为他骄傲，又为他担心，怕战场刀枪无眼，怕他有什么闪失。

因此，每次遇见那边来的人，她都要打听他的消息，听说他很好时，她笑了，拂一下长长的刘海。

可是，当再次听到他的消息时，她傻眼了，他竟投靠了小鬼子，成为伪军一个营长，据守在城里。而且听说，他在战场上舍生忘死，竟然还救出了日军中队长牛岛。

她泪如雨下，咬着牙骂："狗！"

第二天，她走了，离开小岛，进了城，去了他的营部。看见她，他一惊问："干啥？"她一笑道："想你了啊。"她做得一手好菜。有一天，她整了桌好菜，告诉他，让他请来牛岛，还有他的其他同事聚聚，把自己介绍给他们，认识一下啊。这样，她脸上也有光啊。

他冷笑一声道："怕不是为了认识吧？"

他慢条斯理夹了片肉，扔给一只狗。那只狗吃了，惨叫一声，倒在地上死了。他说："你来，是为了毒死我和牛岛吧？你到时怎么办啊？"她流着泪狠狠道："陪着你死。"说着，她拔出一把匕首，向他插去。他手一伸，一支手枪顶着她的脑袋，狠狠道："看在过去情分上，不杀你，明天一早滚回去。"

可是，她没有回到小岛。因为，天未亮，他的营部被围，他被抓了起来。接着，牛岛走进来告诉他，这儿有间谍。他一惊，问谁。这时，她也被抓来。他忙告诉牛岛，这是他的内人，不会是间谍，绝对不会。

牛岛一笑："我的知道，她的不是。"

牛岛说，最近皇军打一仗败一仗，自己怀疑有内鬼，派出便衣，跟踪寻找，终于找到了内鬼。说完，牛岛掏出一张纸，指着纸上的字道："张营长，你敢说这字不是你的？"他学的颜体，这点，深通汉文化的牛岛清楚。

他看看纸条，摇着头道，有人捏造。

牛岛拍拍掌，一个人走出来，正是传递情报的老张，显然已叛变。他冷哼一声对牛岛道："既然知道了，你们就开枪吧。"

牛岛摇着手道："不，我听说张营长的刀法好，我想和你比刀。"

他一愣："比刀？"

牛岛道："你胜了，离开这儿；败了，必须和皇军合作。"

他长叹一声，告诉牛岛，自己刀术虚有其名，怎会是太君对手。说到这儿，他道，如果自己败了，随牛岛处置。如果侥幸胜了，自己也不打算离开这儿，只希望牛岛放了她。

牛岛点点头。牛岛曾得过刀术冠军，战刀一挥，骄傲地对他道："来吧，张营长。"说完，刀光如风，席卷而来。他提着刀步步后退，突然一个踉跄倒地。她吓得大叫："张普，小心。"

牛岛刀光一闪，斜劈过去。他倒在地上的身子一闪，牛岛刀子落空。他这是诱敌，同时长刀划过一道光圈，横扫过去，牛岛一声大叫，倒在地上。

几乎同时，日军枪响了，他缓缓倒下。

她扑过去，抱住他，轻声道："张普，张普。"

他断断续续道："多想回去，多想……陪着你啊！"

她流着泪告诉他，她会陪着他，永远，永远。

他脸上带着微笑，停止了呼吸。

她抱着他，一动不动坐在那儿，刘海后是幸福的笑。几个小鬼子跑过去一看，她的胸口插着把匕首，已停止了呼吸。

理 发

旗袍女人来时，槐花正开，一片洁净，犹如雪花一般，一瓣瓣地飘着。旗袍女人如另一片雪花，干干净净，往街上一站，就吸引了一街人的眼睛。旗袍女人的一抹旗袍如水，一闪一闪的。旗袍女人的微笑也如水，打湿了一街男人的心，水灵灵的。

旗袍女人是短发，时髦的学生头。

在这儿，这种发型很少见的，只有曾家四小姐是这样的发型——读书的女子嘛。

旗袍女人不是读书的，是个理发的。这，在这儿更是独此一家，开了丰城的先例。

在丰城，理发是爷们儿的活儿。剃头匠拿了剃刀，在人脑袋上飞快一旋，一个光头。再一旋，又一个光头。旗袍女人却不这样，她用推子、剪子，长长的手指翻飞着，一根手指高高跷起，姿势很优美，不一会儿就理好一个脑袋，是分头，四六的。男人的脑袋被这样一理，眉眼就俊了，就有了种书卷气。

相应的，旗袍女人收价就高一些。

这是一个乱世。乱世，大家以保命为主，谁还有那些穷讲究。因此，丰城人一个个是葫芦头，也就是光头，太阳光一照，锃光瓦亮的。

但，也有讲究的人。

一些小老板理分头，一些学生理分头。分头理好，对着镜子仔细照照，一脸的笑，找了钱，高高兴兴地走了。

除了这些人，小鬼子也来。

当时的丰城，驻扎着一百多个小鬼子，整天没事，枪尖上挑着面膏药旗，皮靴吭哧吭哧响着在街道上踏过，一个个挺胸凸肚的，很是威风。见到不顺眼的人，他们会大吼："八格牙路。"刀光闪闪地刺过来，让一街人吓得张着嘴，钻进家里发抖。

可是，小鬼子虽缺人性，可也是人啊。是人，就有爱美之心。小鬼子的爱美之心，一点儿不比其他人差，甚至有过之而无不及。于是，一个个也去女人理发店理发。

女人不知是为了平安，还是讨好小鬼子，竟然在店外挂了一面牌子，上书：皇军理发，一律免费。

丰城人一见，一个个气得咬牙。尤其男人们，暗暗长叹，人不可貌相，这么美的女子，怎么有人样无人心，自愿做起汉奸来啦，真是不知羞耻。

丰城的女人们呢，见了旗袍女人，眼睛一白，狠狠唾一口：呸——

旗袍女人对丰城人的谩骂和白眼，恍若不闻，仍然如一片槐花，脸上带着干干净净的笑，和理发馆外一瓣瓣盛开的槐花相映衬。不过，在丰城男人们看来，那笑不再媚人，而是恨人。

日军进入理发店，女人一笑，给小鬼子认真洗头，然后拿了梳子、推子，手指翻飞着，一会儿工夫，一个平头理好，点点头，表示结束。小鬼子忙到镜子里一照，跷着手指道："吆西，吆西。"

女人一笑，一脸阳光，好像得到了多大奖赏似的。

事情，就在那晚发生了。

小城还有一个保安中队，队员一个个理着光头，锃光瓦亮的。他们善于舞刀，舞起刀来，白亮白亮的一团水，只见刀光不见人。

那一晚，保安中队突然发动暴动。队员们不动枪，动的是刀子。当时，天黑得漆一样，伸手不见五指。保安队的士兵冲入日军军营，伸手一摸，是平头的，刀光一闪，就砍了下去。是光头的，是自己战友，递个暗号，双双杀向别处。

天亮，一百多个日军，无一人逃跑，一个个全倒在地上。

夜战中，整个保安中队的战士，竟无一伤亡。

部队胜利，迅速撤离丰城。当时，是另一个槐花盛开的时节，整个丰城，笼罩在一片花海和花香中。整个队伍在花海里前进，带队的政委是个女人，一身灰布军装，戴着一顶军帽，骑在马上，回首对丰城人一笑，如一朵槐花盛开。

大家眨巴眨巴眼睛，这才认出，这个女政委正是旗袍女人。

夺　经

黄店是个小小的村子，隔一条河，有一座崖，高耸云天。崖半腰上有座小庙，叫观音寺。观音寺很小，寺里有两个和尚：一个老的，明海法师；还有个小和尚，出家前俗名吴宝，黄店村人，当了和尚后，明海给剃了度，法号宝和尚。

一师一徒，敲着木鱼，诵着经文，守着小庙。

不知何时，有外界传言，别看观音庙小，可有镇庙之宝：当年三藏和尚西去取经，路过小庙，挂过单——行脚僧到寺院投宿——在小庙中住过，临行，写过佛经一篇，放在此寺。

消息一出，小庙再难安静。

一时，盗贼纷纷，光顾小庙，可惜，一个个乘兴而来，败兴而归。庙里，除了两个和尚，什么也没有。

那夜，月色如霜，一个蒙面人一闪，进了明海法师禅房，刀子一摆，架在法师脖子上。

“阿弥陀佛，施主如此，为了何事？”老法师疑惑不解地问。

那人嘿嘿一笑，闷着嗓子道：“拿出那篇经文，不然，一刀两断。”

明海法师听了连连摇头，表示没有。

那人一笑，恶狠狠地道："老和尚，你想学你的弟子。"

"他——他怎么啦？"明海法师胆战心惊地问。

黑衣人道："问他经文，他不回答，我一刀劈下，送他上了西天。"说完，黑衣人弹刀大笑，声如枭鸟，嘎嘎刺耳，在月下格外惊人。

明海法师无语，低声诵经："阿弥陀佛，罪过罪过。"

"告诉我，经文在哪儿？"蒙面人阴森森地问。

明海法师仍摇头，过了一会儿问："你要经文，究竟干啥？"

"卖钱。"

"经乃诵佛，不为卖钱，以经卖钱，亵渎佛祖，罪过罪过。"明海法师如对弟子，讲起佛法。黑衣人大怒，手一伸，"咔嚓"一声，明海法师左胳膊脱臼。法师脸色惨白，可咬紧牙关，不哼一声。

黑衣人无奈，狠狠道："不说是吧？"

明海法师依然摇头，一言不发。

黑衣人道："两条路，要么给经，要么跳崖而死，粉身碎骨，死后也难入西天。"

明海法师无言，慢慢站起来，左手侧端着，右手数着念珠，一步一步走出禅房。蒙面人跟在后面，手拿刀子，紧紧相逼。

观音寺沿崖凿洞，依岩建成。外面，没有院墙，三尺之外，就是万丈悬崖，从此下去，粉身碎骨，再无生机。

到了岩旁，明海法师依然一脸淡静，数着念珠。

"老和尚，死脑子。"蒙面人气急而骂，伸脚去踢，明海法师轻轻一闪，黑衣人一脚踢空，再加上白天刚下大雨，泥湿地滑，一脚没踩住，一声惨叫，头上脚下向崖下直飞下去。

明海一见，眼光一亮，已不见龙钟之态，一声大吼，随手抓起地下一根葛藤，顺手向下一摔，葛藤一卷，卷住黑衣人一条腿。明海法师提着葛藤这端，手使劲一抖一扯，将蒙面人提了上来。电光石火间，蒙面人二世为人。

蒙面人汗珠滚滚而下，呆了一会儿，突然跪下叩头道："法师，你这么高武功，为什么当时不出手啊？"

明海法师长叹一声："你也是生活所迫啊。"

"你——我杀了你的弟子啊，你不仇恨我？"黑衣人问道。

"他没死。"明海法师数着念珠，微微一笑道。

"在——哪儿？"

"你就是。"

蒙面人无言低头，揭下面纱，正是宝和尚。

原来，从吴宝剃发入寺，明海法师就知道他为佛经而来，今夜不见他人影，也没听到打斗声，所以，知道他没被杀，也断定来人就是他。明海法师告诉他，庙中有三藏手抄经，实属空谈：三藏法师西来时，还没观音寺呢。

宝和尚听了，满脸通红道："师父，能原谅弟子吗？"

法师呵呵一笑，告诉他，佛祖都原谅有错之人，何况自己。

宝和尚从此留在庙中，一心向佛，再无他念，终成一代大师，被后人称为宝大师。

忏　悔

经过长途跋涉，汉子来到了这儿。茫茫戈壁，一眼望不到边。在一道沙梁的背面，一湾清水，一丛树林，树林深处，红檐一角高高翘起，有钟声传来，当当地响。清水池边，芦苇丛中，不时有几只白色的鸟儿飞起，盘旋一匝，又敛着翅膀落入林中。

林中有一座寺庙，精致小巧的寺庙。庙里，住着个老和尚——智大师。

汉子来到了寺庙，遇见智大师，“扑通”一声跪下，道：“大师，我想出家。”

智大师望着眼前的汉子，衣衫褴褛，满面灰尘，显得疲劳、沮丧、无神。大师缓缓地数着佛珠，望着他。大师的眼睛澄澈如水，无风无波，良久良久，摇摇头。

“为什么？”他沙哑着喉咙问道。

“心存善念，我佛在此。”大师用手指指自己的胸口，一字一顿说，“若存恶念，出家为何？”

汉子无言地望着大师，良久道：“难道连佛也不收留我吗？”语言有气无力，恍若迷蒙之中。然后，他站起来，悠悠乎乎向山门外走去。身后，智大师一声长叹："西天地狱，一念之间，心净即是入佛。"

汉子没有听见，汉子的背影，已走出山门，隐入暮色苍茫的林子中。

汉子并没有走远，就住在林中，结一草棚，每日打鱼，聊以为生。闲暇时，折一根芦管，放于唇上吹起，芦管呜呜作响，声音显得苍凉忧伤，在黄昏里，或在月光下，倍增凄苦。智大师站在院内，低眉敛目，数着念珠，他不知道，汉子的心中究竟有如何的困扰和纠结。

一日，智大师的侄子来寺院小住，他是画院学子，暑假期间来此写生。

那日，仍是黄昏，霞光如一片胭脂，把无边沙漠沁染得一片潋滟，几棵胡杨树在夕光中伸展着树枝，苍劲如铁，清晰如画。突然，一声芦管声响起，在夕光中倏忽而起，凄凉而恓惶，如一只无助的大鸟，张翅在黄昏中盘旋漫飞。

智大师的侄子悄悄走近，是那个汉子，吹着芦管，满头乱发在夕光下飘飞。

智大师侄子一时为眼前景色倾倒，不由得赞叹道："这简直就是一幅天然的油画啊！"飞快回到寺庙，取出画夹画笔，唰唰唰画了起来，三天之后，画已作成，取名为《吹芦管的汉子》，然后作别大师，回了画院。

原来，他这次来是为了寻找绘画的材料，参加一次国内著名的画展。

不久，智大师的侄子来信，告诉智大师，自己那幅参赛作品获得特等奖，受到各地绘画爱好者的关注，同时也引来了知情人的目光。

原来，画中的汉子是一个在逃的罪犯，他酒后开车，碾死了一个小孩，弃车出逃，至今还在通缉之中。

大师无言，默默收起信。

第二天，他去了汉子草棚。汉子见了他，又一次跪下，请求出家。他须发纠结，满面凄苦，看得出精神上苦闷不堪。

“为什么？”智大师轻声问。

汉子低下头，喃喃道：“一双亮晶晶的眼睛，一直在望着我。”

智大师无言，只是长宣佛号。“阿弥陀佛！”

“我该怎么办？”汉子抬起头，满眼乞求地问。

“苦海无边，回头是岸。”智大师捋捋洁白的胡须，“否则，佛又何用？”

那人无言，低垂了头。智大师摇摇头，轻轻地走出草棚，一直走向寺庙。

寺庙前的池子，水很深，常常会有附近放牧的小孩来游泳。这日，一个小孩下了水，本来是在浅处扑腾着，突然一脚踩溜，滑入了深水，只喊了声“救命”，就没了人影，只有水泡一个个冒出。

就在这时，一个人从树林中飞奔而来，“咚”的一声跳入水中。

这人，正是汉子。

孩子被汉子用头顶了出来，而汉子自己，却脚被稀泥吸住，再也没能出来，待到被拉出来时，已停止了呼吸。

智大师赶来，坐在汉子尸体边轻轻地诵着经文，临了，看着汉子双眼仍然睁着，伸出手给轻轻阖上，道：“火化吧！”有人反对，说，凡俗之人，不是和尚，不能火化。

“他已成佛了。”大师轻声道。

·村长长根

长根这家伙不像村长,像狗。塔元村人想。当然,这话没有说出口,只是在心中狠狠地想。

狗当然有狗性,表现在长根身上,是最明显不过了。

首先,长根像狗一样欺凌弱小。狗东西,谁不好欺负,偏选中了村后的王老五。王老五还不够可怜吗?一个老汉,还有一个瘫儿子,两人住在一起。两间房子,烟熏火燎,摇摇欲倒。这样的人家还不够可怜吗?他偏选中这家下手。

换句话说,不是这样的人家,他敢下手吗?

他干什么?愣让人家搬家,王老五当然不,吸着烟袋锅子,一口口地喷烟,许久问:“凭什么?”

“这儿危险。”长根说,皱起了眉,做出苦口婆心的样子道,“好王叔哎,要下暴雨了啊。”

“这青天白日的,说梦话吧?”王老五说,仍吸着烟,白了长根一眼。

“乡长来电话说的。”长根祭起了尚方宝剑,拿乡长吓唬人。可王老五不买账，说："也只有你，乡长放个屁，你都当雷。"言外之意，你是乡长的狗啊，乡长说啥就是啥。

长根脸红了，擦了一把头上的汗，道："今天，走，你也得走，不走你也得走。"说完，就搬起一张饭桌向外面走，王老五一把抓住桌腿，红了眼，问："你咋的？"

"搬家。"长根说。

"放下！"王老五牛劲上来，抓住桌腿一推，没推到长根，自己却一退，一屁股墩儿坐在地上，急了，忙一把抱住长根，喊："你村长还打人啊。"

长根还没说话，腿上就挨了两棍，忙一声叫跳出门外。原来，王老五的瘫儿子听了，爬出来，拿着拐棍就向长根抽去。

长根挨了打，引来很多村民，大家都看戏一样。当然，也有几个人指责长根，村长嘛，就该有个村长的样子，你两家过去有过节，也不能公报私仇啊。说得长根满脸是汗，无言以对，掏出手机，就给乡长打小报告。

"狗！"有人骂。人们有点怕乡长，也慢慢散了。

不一会儿，一辆车奔来，停下。车门一开，乡长下来，进了王老五家，展开三寸不烂之舌，谈了安全的重要性，又谈了他住房的不安全性：房子破旧；在山坡最上头，后面又陡，滚坡水一来，一家就完了。

王老五梗着脖子："我一家住了几十年，几时出过事？"

乡长嘴干了，急眼了，让长根叫几个人来给搬家。人来了，王老五红了脸，拿着一把菜刀守着门，扬言，自己活着，谁也休想进来；死了，就埋在这儿。

说到底，王老五不是对抗乡长，是让长根下不来台。两家有过节，他对长根当村长感到气不顺，这样做，就是照着村长脸上打耳光呢。

村长长根脸气得乌青。

王老五看了，心里感到很舒畅。

无奈，乡长一挥手道："这是个老牛筋，别和他硬碰，但要时刻预防啊，别出事。"乡长嘱咐完，又有电话来，就忙上车走了。

那晚上，半夜，一声惊雷把黑夜撕开一道口子，接着，"哗哗啦啦"的雨倒了下来，正像天气预报的一样，这是百年不遇的一场暴雨。

王老五醒来，听到"呼呼隆隆"的响声时，水已进了屋。老汉急了，忙去喊瘫儿子，可瘫儿子却干着急找不着拐杖，拐杖让水给漂走了。

两人正急成一团时，一个黑影冲进来，正是长根，打着电筒，喊一声快走，背起王老五，就向门外跑。

"田旺，我的田旺。"王老五喊着自己儿子名字。

"你先走，别耽搁。"长根背起老头子，任他在背上踢叫着，吼着，一直背到安全处。王老五爬起来，又一声号叫，向自己的屋子扑去。长根一把抓住他的胳膊，吼道："别叫了，我去找。"说完，一头撞入雨帘子中，进了王老五的屋子，刚刚背出田旺，身后，一道闪电中，只见那两间房子"轰"一声倒了下去。

在雷声轰隆中，人们都呆住了。

只有王老五，一把拉住田旺，父子俩"扑通"一声跪在雨中，泪水，和着雨水长流。

第五辑

永远的母爱

爷说，你奶动了胎气，出现难产。送到医院，医生征求意见，说是只能保住一人：是大人呢，是小孩呢？爷说当然保大人。奶听了，一口唾沫吐过去，说，要娃，娃还没活人，还没看够呢。一句话，爹活了，奶死了。爷说到奶，九十多岁的人了，还哭鼻子，这会儿，我再也找不着一个成语来劝爷了。

·职　责

叮咚，叮咚——驼铃如水，在沙漠响起。一只驼，在沙漠里缓慢地走着，背上驮着被毯，还有水囊和食品。它的后面，跟着一个人——探险家。

明显的，驼已负伤。

那是不久前的一个晚上，他们遭受到一只狼的偷袭。当时，探险家已睡熟，打着鼾声。一只狼借着云的影子，悄悄逼近，龇着牙，在月影下发出白森森的光。

驼醒了，喷了一下鼻子，仰起脖子，叮当一声，驼铃响了。可是，探险家仍在打着鼾声，沉入梦乡。

狼，在一步步逼近。

驼站了起来，一蹄子，把狼弹出一溜跟斗。同时，自己的腹部也被狼咬了个大口子，长长的，血肉模糊。听到动静，探险家醒了，和驼一块儿赶走了狼。

然后，一人一驼依然走在沙漠上，但速度明显慢了。因为，驼走起来步子很迟缓，一下一下的。也因为这样，到现在，他们仍没走出沙漠。

他们已经陷入绝境：食物还有，可是，水已经不多啦。每喝一次，探险家心中，就会弥漫起一种绝望，一种恐惧。

水囊里的水只有一小半了，他矛盾了，他知道，就这点水，无论如何供不了一人一驼走出沙漠。

他静静地拍拍驼，驼停住啦，望着他。他轻轻解下驼背上的被毯，还有食物，然后提着水囊，又拍拍驼，让它卧下。驼很听话，乖乖地卧下。他叹口气走了，走向山丘那边。

走了一会儿，听到声音，他转过身，驼已经慢慢跟上来了。

他摇摇头，又长叹一声。这只驼，没忘驼的职责，它跟人一直都跟得很紧。这是驼的主人告诉他的，现在看来，是真的。

他想甩脱它，很难。

无精打采地，他和驼一块儿走着。茫茫大漠，风刮起，有驼铃声响起，当啷，当啷——

夕阳慢慢落下，落在地平线上，大如一盆，血红血红。他和驼，在天地之间小如两只蚂蚁，慢慢蠕动。

月亮，在天的另一边升起，光亮亮的，如水洗过一样。他们终于停下，倒在沙上睡了。驼仍没忘记自己职责，紧紧靠在他身边。沙漠夜冷，它在为他取暖呢。

驼慢慢睡着了，闭上了眼睛。

他也睡着了，轻轻打起鼾声。

沙漠静静的，只有月光如水，映照着无边的沙砾。

他打着鼾，过了一会儿，悄悄坐起来，看到驼仍睡着，就背着食物，还有水，趴在地上，一寸一寸向前移动，如一只蜥蜴一样，移向那边。终于，他移过一个沙丘，嘘了口气，站起来，向远处地平线走去。走了好远，回过头，白亮亮的月光下，沙漠如无垠的海浪。海浪上，再也不见了那只驼。

他心里感到一阵轻松，同时，又有说不出的沉重。

靠着水囊的水，还有食物，一步步，他走出了这片从无人穿越的死亡沙漠，回到城市。顿时，他成了传奇，成了英雄，受到功臣般的待遇。每到一处，都有鲜花、美酒和掌声，还有女孩清凌凌的目光。

他成了征服这块沙漠的第一人。

那天，他应邀出席一个集会，受到如潮般的掌声。市长代表民众给他颁奖，因为，他也是这个市的市民，更是这个市的光荣，也是这个市市民的光荣。

拿着奖杯，还有花环，他坐着车回到家。当走下车时，他惊呆了，一只驼蹲在他的门外。风吹过，脖上驼铃响起：叮当，叮当——

这只驼，真是他扔在沙漠上的驼。

它又回来了，在孤独和干涸中回来了。它的背上，驮着他的一些东西。一直，这个有灵性的生命，都没忘记自己的职责。

他跑过去，泪流满面，抱住那只驼。那只驼一动不动，已停止了呼吸。它的致命伤，仍在腹部，狼咬中的地方。那个伤口，已烂成碗大一个洞。

它就是带着这个洞，在生命最后一刻，挣扎着赶到这儿，来完成了自己一生最后一个任务的。

拯救猴子

白小暖是个心地善良的女孩，她见不得鸟儿受伤，虫儿断腿，一见，泪水哗哗的，水龙头一样流个没完没了。

这次，不是虫子受伤，不是鸟儿断翅，是一只小猴挨打。

小城里，经常有耍猴人出现，但鞭打猴子，白小暖倒没见过。

这是一只小猴，大概刚出生不久，蓝汪汪的眼睛，滴溜溜地转，很活泼。但这会儿，那双干净的眼睛中，满是哀求。小家伙已经学会了几招人的动作，这会儿在作揖，不是向别人，是向耍猴人，嘴里吱吱地叫着。

耍猴人并没有停止手中的鞭子，高高举起，挽起一个鞭花，“叭”一声响，又脆又亮，抽在小猴身上。小猴“吱”一声惨叫，一跳，想跑，可又被绳子扯回去。“叭”的一声，身上又是一下。

每一鞭，白小暖感到，都好像抽在自己身上。

白小暖哭了，尽管十八岁了，可她仍像小时候一样，容易落泪。

耍猴人对白小暖视而不见，仍鞭子挽着花儿，一下又一下，打在小猴身上，好像没有停止的想法，也好像不准备停止。

"叔叔，别打它了好吗？"白小暖求起情来，眼泪巴巴地说。

"让它学耍戏挣钱，它不学。不打，哪来钱？"耍猴人说，手却没停。小猴，仍吱吱乱叫，用双手捂着头团团转，望着她。

她用牙咬咬唇，想了想，掏出兜里五十元钱，递给耍猴人："给你，求你别打它了，好吗？"

耍猴人拿了钱，嘿嘿地笑，连忙点着头，拉着小猴走了，一路上，小猴还吱吱叫，白小暖的泪又"哗"一下流下来了，好像这只小猴是自己弟弟一样。

那天，白小暖上课老走神，一双蓝汪汪的眼睛，在自己眼前一个劲地晃动，还转啊转的。

晚上，回到家里，梦中，她看到那只小猴在作揖，还流泪，求她救援。

第二天一早，她忙向学校跑去，在那个地方，又遇到耍猴人，一鞭又一鞭，在抽打着那只小猴。

"你——我给你钱了，你咋又打它？"白小暖很生气。

"今天没饭钱啊！"耍猴人见了她，眼光一亮，鞭子落得更快了。

白小暖咬咬牙，又掏出四十元钱，耍猴人收了钱，拉着小猴走了。

一定要拯救这只猴子。她想。

白小暖的老爸是一个公司老板，很有钱。过去，白小暖很少向老爸要钱，可现在不行，每天，她要五十元，经过那儿时，都给耍猴人五十元。

每次，当耍猴人接过钱，停下鞭子时，白小暖都十分高兴，因为，她又解救了小猴的一次灾难。

这样过了半个月。

那天，白小暖一如过去，走过街角时，耍猴人仍在打猴。白小暖走过去，忙递过钱，可是，就在耍猴人接钱时，小猴一跳，抢过了耍猴人手中的鞭子。

两个人都愣住了，白小暖有点幸灾乐祸，想耍猴人这回惨了。

谁知，小猴没打耍猴人，鞭子如雨，向白小暖打来。白小暖愣了愣，身上很痛，忙落荒而逃。

晚上回到家，爸爸听了她的遭遇后，想了一会儿道，每次小猴挨打后，你就给打猴人钱，小猴也会思索，那小家伙一定以为你在唆使它挨打呢。

真没良心。白小暖想。

但想归想，白小暖仍很担心小猴。第二天一早起来，她就忙忙赶去，耍猴人还在，小猴却不在了。白小暖一惊，问你把小猴怎么了？

我能怎么？被公安局强送了动物园，也不知是谁告的密。那人垂头丧气。

真的？白小暖笑了。昨晚，是她按爸爸的办法，向公安局告的密，她可没想到，公安局的速度那么快。

有时，善良，还是要讲方法的，不然，会适得其反。她想，爸爸说得真对。

毒 珠

观音岩是一座岩，岩腰上有一座庙，叫观音庙，乃凿洞而成。洞外，再顺着岩势筑墙，高低曲折，造成佛堂。

庙很小，只有一个和尚，叫智能。

智能和尚每天没事时，就守着观音洞，敲着木鱼，诵着佛经，很少走出岩洞，除了化斋，还有上厕所外。

有人说，观音洞里有宝呢。

原来，一年前，人们修佛堂时，在观音岩的石洼间刨啊刨的，后来一锹刨下去，只听"当"一声响，是一块石板。大家互相望望，又搬起石板，果然，下面藏着一个小小的铁盒子，三寸见方，已被铁丝捆死。大家拿了盒子，准备撬开，这时智能和尚赶到，见了，变了脸色，连声道："阿弥陀佛，罪过罪过。"拿了铁盒，转身走了。

"是宝贝，"有人猜测，"一定是那颗珠子。"

"是的，一定是智上人拾的那颗珠子。"另外有人马上猜测。

大家所说的珠子，是指智能和尚的师父智上人当年拾得的一个宝物。

据上辈人亲眼所见，智上人一日行医归来，路过一道溪水边时，突见水中有颗珠子，黑黑的，圆圆的，忙捞起来，拿回庙里。不久，大师圆寂，珠子，也就落在了智能手中。

为了这个传闻，观音岩旁一个叫王名的缠着智能和尚，问是什么珠子，能看一下吗？

智能和尚双手合十，连连宣着佛号道："阿弥陀佛，小寺哪来的宝？"

"和尚可不能打诳语啊。"王名激他。智能不说话，只是摇头，数着念珠，进了观音洞，端坐洞中，敲着木鱼，"哪，哪"地响。木鱼声在青山绿水间回荡，很有韵律。

王名只有摇摇头，离开了。

那是一个月黑风高的晚上，一伙蒙面人一拥而入，进了观音庙，从观音洞中一把抓起智能。智能念声"阿弥陀佛"，问道："施主们夜闯小庙，究竟为了什么事？"

带头的那人哑着嗓子恶狠狠地说："小秃驴，快把你师父留下的宝贝拿出来，不然，有你好看的。"说完，明晃晃的刀子在火把下晃动了一下，直刺人的眼睛。

智能忙解释："小庙一穷二破，哪来的宝贝啊。"说完，仍轻轻地敲着木鱼。一个蒙面人见了，一把抓过木鱼，一下子扔在地上，摔得粉碎，火光之下，木鱼里赫然滚出一方小小的铁盒子。

"珍珠！"大家惊叫道。

"别，有毒。"智能叫着，扑了上去，迅即，腿上着了一刀，一个踉跄，倒在地上，又挣扎着坐起来，道："有毒。"

所有盗贼呵呵大笑，道："和尚，有毒，你为什么收藏着呢？"

智能告诉他们，这是一颗有毒的珠子，里面含有一种叫汞的东西，还有别的剧毒成分，师父那天见了后，把它拾起来，用盒子装着，埋了起来，怕的是被别人拿到手，放在家里，日久中毒而死。

“师父说了，世人爱珠子，不管有毒无毒，这样的话，这颗珠子流传世间，流毒无穷，所以，让我看住它，别让它流传出去。”然而，最近，大家为了这颗珠子，到处寻找，弄得智能拿在手里，扔不能扔，藏又无处藏，只有藏在木鱼中。

大家听了，又一阵呵呵大笑，打开盒子，拿起宝珠就准备走。

智能急了，忍痛跳起来，一把抢过珍珠，一口吞进肚子，道：“阿弥陀佛，这珍珠真的有毒。”然后缓缓转身，含笑端坐，不言不语。

“快，剖开他的肚子。”有人喊。

大家扑过去，才发现，智能已圆寂了。他的脸上，渐渐布满了一层青黑之气，显见是中毒而死的。

一时，观音岩上静悄悄的，没了一点儿声音。突然，领头的那人扯了蒙面纱巾，跪下大哭。那人，正是王名。所有强盗见了，都跪下，摘下面纱，他们是这一带的地痞。

不久，观音岩上立了一座塔，里面埋着智能和尚。塔名洗心塔，守塔的和尚，是王名，佛家名叫心空。

观音岩左近地面，以后，再也没有发生抢劫事件了。

猎人与猎狗

茫茫沙漠，蠕动着两个小小黑点：一个是猎人，一个是猎狗。他们被困沙漠，已经整整四天了。

他们有肉干，可是，水已经不多了。不大的水囊已经见底，每喝一口，猎人的心中就会有一种绝望悄悄漾起，就像溺水的人，有种窒息的感觉。

猎人望望猎狗，舔舔干裂的唇。

猎狗望望猎人和那水囊，也舔舔舌头。

这儿是北方大沙漠，千里纵横，沙砾无边。生命进入这儿，就如一蚁，随时有被天地捻碎的感觉。想到这儿，猎人忍不住浑身激灵灵打个冷战，有种欲哭无泪的感觉。

夕阳慢慢落下，浑圆，血红，十分壮观。可是。猎人已经没有了观看夕阳的兴致，他望着血红的地平线，仿佛听到了魔鬼的叫嚣，听到了死神的狞笑。

他定定地坐着，望着猎狗。猎狗也定定地坐着，望着他。

夕阳落下，月亮升起，圆满，洁白，这是沙漠上一个少有的好天气。沙漠上，顿时月光如水。水中，有两粒浮萍：一粒是猎人，一粒是猎狗。他们躺下，挤在一起，相互取暖。不一会儿，一人一狗响起了鼾声，就如水面泛起的一个个水泡。

沙漠很静，被大天覆盖着，如洪荒世界。只有几颗星，在偷偷窥视着人间。其余的一切，都睡熟了。

猎人嘴里打着鼾声，悄悄坐了起来，手腕一翻，亮出一柄匕首。眼光，锥子一般，扎向猎狗。

他想下手。

杀了猎狗，就用它的血为饮料，走出沙漠。他想。

即使不杀它，它也会渴死。他在心里安慰自己。

他举起匕首，又停下。这是一只灵性的狗，一次，在雪山上，他晕倒了，是它拖着自己，硬是从死亡边缘将他拖了回来：对它，他下不了手。

可是，不杀它，又怎能走出这沙漠呢？再说，今天一天，这狗都望着自己的水囊，明显的，它也感觉到水快没了：它可能在打水囊的主意呢。

他不断地给自己寻找着下手的理由，终于咬咬牙，再次举起了手。

月光下，猎狗停止了鼾声，眼角滚出两滴泪水来，大大的，银钻一样。他心头一抖，匕首"哐啷"一声落在地上，抱住猎狗，泪流满面。

天，慢慢变亮，一轮烈日又暴晒在沙漠上。

他和它，在沙漠上蠕蠕而动，小如两只蚂蚁。终于，他们不动了，都趴在那儿大口大口地喘息着。

水囊中还有一口水，不，是小半口。他舍不得喝，不到生命的最后关头，这水，就是希望。

猎狗突然耸耸鼻子，有气无力地叫了两声。见他不动，它跌跌撞撞跑过来。他一惊，心想，狗东西，果然来抢水了。可是，这会儿，他已没有了一点儿力气。

猎狗跑过来并没有抢水，而是撕扯他的衣服。他不动，动不了。他的心中，一股寒气透骨袭髓。这猎狗，看样子和他想的一样，想吃掉他，使自己活下来。他没杀它，看样子，它却准备咬死他。恐惧，灌满了他的双眼。

猎狗并没咬他，扯了一会儿，扯不动他。突然，它叼起水囊，转身跌跌撞撞跑了，跑向沙丘。

“停下！”他喊，声音如丝。

猎狗没停，转身望望他，仍朝沙丘跑去，一跌一撞的，喝醉了酒一般。

“停下，我——开枪啦——”他喊，用尽力气。

猎狗没停，仍在跑着，已上了沙丘顶。“啪”的一声，枪声响起，在空寂的沙漠上久久回荡。猎狗回过头，望着他，叼着水囊缓缓倒下。

击毙猎狗，他鼓起最后一点儿力气，移动着身子，一寸一寸移向沙丘。好在沙丘不大，他终于爬到沙丘上，顿时呆住了：沙丘后，有一片青草，青草中间，汪着一塘清泉。水塘很小，簸箕大，水面平滑，反射着阳光。

猎狗鼻子灵，嗅着水源了，来拖他，拖不动，就想了一法，叼走水囊，引他来追。可惜，没引来他，却引来了一颗子弹。

这东西，有灵性呢。

他跪下，抱着猎狗，号啕大哭。

· 炒鱿鱼

炒了王经理后，我踌躇满志，找了份工作，准备大显身手。当然，我找的依然是一份餐饮工作。我要让王经理看看，我究竟怎样。

原以为，以自己的学历和能力，无论如何，也得当一个部门主管，或者干其他轻松的工作。可是，失望得很，我仍被安排在外面当服务生。本来想一挥手，再次炒老板鱿鱼。可是，又鬼使神差地留了下来，不为别的，只为争一口气。

上任第一天，就认识了吴毅，一个很潇洒的男孩，和我一样，也是大学毕业，和我干一样的工作，端盘子拿碗。有时，客人进出，给开门关门。这是个分店，才开业不久，服务员不多。

开始几次，有客人上门，我去开关门。每次，吴毅都要朝我望一会儿，望得我莫名其妙，问："怎么？我做得不对吗？"

他笑笑，道："最近和谁产生矛盾了吗？"

"没有啊！"我诧异，"你从哪儿看出来的？"

他笑着说那就好。正在这时，有客人来，他走过去，微笑点头，把玻璃门轻轻拉开，客人进来后，又轻轻关上。休息时，他对我说：

“客人来，享受生活的同时，也是在享受着我们的服务态度。开关门重了，会让客人产生误会。”一句话，让我低下了头。开关门重，是我的习惯。真的，我也感觉不好，可并没有认为这么重要。

以后，有意无意的，我注意着吴毅的一举一动，并认真学习起来。

他不只是开关门轻，就是让客人点菜，声音也很轻。走过去弯下腰，低声询问：“请问，需要什么吗？”客人见他声音低，自然而然，也放低了声音。因而，他走过的桌子，从没嘈杂的声音。

几天下来，我开始深深检讨自己。其实，原来的老板对自己并没有苛责。自己有很多不好的习惯，又把这些坏习惯带到了工作中。又加上一直认为自己是个大学生，做服务员，有点降低身份。所以，时不时的，会在态度不好的客人面前，显出自己的不满。

想想自己炒老板的鱿鱼。如果不是自己走得早，只怕迟早会被老板炒鱿鱼。

想到这儿，无来由的，自己竟然一身大汗。

以后，我就学着吴毅的样子，轻轻地开门关门；对待客人的询问，也轻轻弯下腰，放低声音。渐渐的，我成为店里最受客人欢迎的服务员。

一天，吴毅上班告诉我一个消息：“经理表扬了你，而且，还准备给你提薪呢。”

“真的吗？”我很高兴，这说明，我的工作得到了公司的肯定。

“真的，老板亲口说的。”吴毅很肯定。

“刘经理真是个不错的老板，比——比我过去的那个王经理好多了。”我由衷赞道。

吴毅笑笑,点着我的鼻尖:“这次可不是刘经理的意思,是总经理说的。”

“总经理? 都没见过我啊,知道我吗?”我惊讶道。真的,来之后,我知道这个店是个分店。可是总经理,一直未曾见面。

吴毅笑笑,道:“总经理来了,今天在1号单间专门设宴招待客人呢。”说完,和我一块儿拿着盘子,向1号单间走去。我的心里“怦怦”跳,怀着一种好奇的心理。到了1号单间,我们敲了敲门,门开了,见两个人坐在里面,一个是我们店的刘经理。另一个,则是前面被我炒鱿鱼的王经理。

“总经理好!”吴毅喊,王老板点头。我一惊,手一晃,盘子里的汤泼出来,泼在手上。手一抖,盘子掉在地上,碎了。我呆住了,不知怎么办好。

“怎么? 没有烫着吧? 怪我, 提前没让吴毅告诉你, 让你吃惊了。”王总忙道歉。

我嗫嚅着,说不出话来。

“来,赶紧坐吧。”刘经理让着我和吴毅。我丈二和尚——摸不着头脑,道:“总经理不是请客人吗?”

“就是你啊。”总经理笑了,“我们公司有规定,每一个职工生日,作为总经理,都应当招待职工一次。祝你生日快乐,白真。”

一句话,提醒了我:今天,是我的生日。在这座陌生的城市,第一次,我享受到了生日的幸福。

事后,吴毅笑问:“还炒老板的鱿鱼吗?”

我笑着连连摇头。他道:“你不走了,我却要走了。”

“你? 怎么? 想炒老板的鱿鱼?”我惊讶地睁大眼睛,望着他。

他笑了，说："你想到哪儿去了？公司新近招了一批大学生，需要做好工作培训，总经理给安排了新的培训对象。"

我终于明白过来，原来，吴毅是公司派来专门指导我的工作的。

吴毅走了，我的心终于安定下来，因为，在这样的店里当服务员也很不错啊。还是吴毅的一句话说得好："炒了工作还可以找，炒了单位还可以寻，炒了好老板就很难遇见了。"

莫子瞻逸事

莫子瞻，丰城望族子弟，平生无所好，唯好品茶。

据丰城人传说，莫子瞻少年时，读书归来，没有其他事，就一头扎进自己房中，再不出来，且声息俱无。莫老爷子十分高兴，一日在客人面前夸口道：“我儿学习，手不释卷，像一个女孩子一样。那成绩，大概是不会错的。”说完，捻须大笑，十分得意，可笑声未停，莫子瞻下学归来，递上成绩单，莫老爷子傻了眼，脸也红一阵白一阵，哑口无言。

莫子瞻的成绩，门门不及格。

莫老爷子从此多了一个心眼，一日瞅莫子瞻进了房，不一会儿，也突然来到，只见莫子瞻躺在竹椅上，拿一把茶壶，有滋有味地，正在品茶呢。

莫老爷子大怒，胡须直抖，冲过去，抓过茶壶就准备往地上扔，莫子瞻一把拉住，威胁道：“爹，你要是不砸壶，我就给你好好读书；你要砸了壶，就等着我回回拿零蛋吧。”

一句话，让莫老爷子泄了气，长叹：“玩物丧志啊，玩物丧志啊！”

退了出去。

莫子瞻说话倒还算话，以后，成绩日长，一直读到中学、大学，成绩一直处于前列，喜得莫老爷子逢人就夸：“我莫家看样子要出红顶子了，呵呵！”

可莫子瞻又一次让莫老爷子大失所望，并没有做官，更别说戴红顶子。

当时，已是民国，社会混乱，官场险恶，莫子瞻谢绝了部长的聘请，一身长衫，回到家中，守着莫老爷子，和偌大一份田产，吃不愁，穿不愁，日日品茶绘画，好不清闲。

这样大概过了三年，心闲生事，莫子瞻告诉莫老爷子，自己想到东洋留学。

莫老爷子说：“读书，为了做官耀祖。你不当官，读那么多书干吗？”

莫子瞻说：“东洋茶道，非常兴盛，儿十分羡慕，想去瞻仰瞻仰。”

莫老爷子知道儿子的脾气，打定主意，十头牛也拉不回，一声长叹，任他去了。这一去，又是三年，再回来，莫子瞻已不是一身长衫的莫子瞻了，而是一身燕尾服，一顶礼帽一根手杖，外带唇上一撮仁丹胡。

整个丰城人都摇头长叹，背地里暗骂“假洋鬼子”，莫老爷子没有他法，唯长吁短叹。

最让丰城人和莫老爷子看不过眼的，是这小子还带回个日本娘儿们，一身长衫大袖，携一把蝙蝠伞，拉着莫子瞻的手，走出一路的招摇。

莫子瞻不当官，莫老爷子发愁；莫子瞻当官，莫老爷子更生气。

因为，莫子瞻当的，是日军的维持会会长。

莫子瞻回到丰城，几年后，日本人打到了丰城，听说城里有一个日本留学生，还娶了一个日本女人。日军小队长小野听了，带了礼物，急急来拜访，请莫子瞻出山，说："为了中日亲善，为了大东亚共荣，无论如何请莫先生出山，力撑乱局。"

莫子瞻还没听完，一口应承下来，说："早应该如此，中日亲善，是我的夙愿啊。再说，我也算日本人的女婿啊。"说完，拉着日本妻子，陪小野喝酒，聊天，朋友一般。

小野高兴地哈哈大笑，放下礼物走了。

莫老爷子知道了，直翻白眼，指着莫子瞻，骂"畜——生——"话未说完，鲜血狂喷，当夜身亡，死时，遗言："生儿不忠不孝，自己愧对祖宗，用布盖脸，不入祖宗坟茔。"

莫子瞻一一照办，这一点倒做得毫不含糊。

以后，莫子瞻无拘无束，整日出入日本军营，如常客一样。小野队长也是茶道中人，特爱品茶，所以，每次来时，莫子瞻总会提着一盒子，里面或是茶叶，或是点心。小野接了，哈哈大笑，拍着莫子瞻的肩道："你的，皇军的朋友，我的朋友。"

莫子瞻总会点头哈腰，如一个大虾米，道："谢太君过奖，谢太君。"满脸阳光，仿佛得了一个金元宝。气得丰城人背后暗骂："狗！"

一日，是重阳节，莫子瞻又去了日军军营，提了一坛酒、一个大纸盒子，放下，对小野说："今天是重阳节，按风俗，要喝酒，要品茶，要登高。所以，我就给太君送来了酒和茶。"

小野很高兴，留莫子瞻共饮，莫子瞻说还有朋友要会，一弯腰，匆匆走了。

莫子瞻走后不到一个时辰，一声巨响，那个茶叶盒子爆炸，竟是一枚改装的炸弹。日本军营，一片狼藉，小野和几个卫兵，都倒在血泊中。

日军气势汹汹，围了莫子瞻的院子，可大门敞开，连一声狗叫也没有，更别说人了。

莫子瞻早已进了山，参加了游击队。多年后，莫子瞻成了一位将军，仍然热爱茶道，戎马之余，总会让自己的日本妻子按日本茶道烹茶，品得有滋有味。

·戒　茶

饮茶,是有品位的:下品讲水质,上品讲心境。

水质中,泉水第一,井水其次,自来水最次。

这些,是陆仪说的。听听,蛮是那么回事的。

泡茶的水,应用炉子煮最好。一壶泉水,一个火炉,一把破蒲扇。不说喝,单是往那儿一坐,就是隐士中人。

但,煮水火候要掌握好哟。文火用不得,武火用不得。用文火,水沸较慢,水味含铁,泡茶时易坏了茶味。用武火,水沸过度,泡茶时易烫伤茶叶,败了茶色。

陆仪说完,抿一口茶,不喝,在嘴中轻轻一转,咽下,一脸高古像,让我怀疑茶圣陆羽就是这个样子。

因为这,我称他“小茶圣”。他很不高兴,说茶圣就茶圣,咋还小茶圣。

陆仪是我的室友。刚刚参加工作时,我们俩分在一个单位,房子紧张,领导让挤在一室。搬到同一个房间时,我们相顾大笑,原来,我们都是一床被子,几本书,寒酸得可怜,但却都有一套讲究的茶具。一谈之下，原来都是茶道中人。因此，我们把自己的小房命名为“双茶庐”，很优雅的名字。

以后，每日工作结束，我们就对坐饮茶，大谈茶道。陆仪谈起茶，头头是道，还暗自告诉我，茶是他家事，他研究过，自己是陆羽的嫡系后代。说时，一脸得意，一脸阳光，让我很妒忌。

陆仪泡茶，用一只口杯，捏半把茶叶，放猪饲料一样。

最让人过意不去的是那只口杯，茶垢之厚，让人惨不忍睹。

一日泡茶，我看着自己刚洗的瓷杯，又看看他的口杯，讥笑道，陆仪，口杯要洗洗了。

他看看自己的口杯，又看看我洁净的瓷杯，有点不好意思，但迅即消失，继而得意地哈哈大笑，说，小子，这是茶功，懂吗？

一句话，让我哑口无言。

日子，就这样如杯中的茶水，由绿变黄，由黄变白。

其间，我辗转各校，依然白衣一个。上课教书，下课饮茶，闲时写写文章。

陆仪那小子，自从走出“双茶庐”，一路春风得意，先是教导主任，继而校长，不久当了教育局局长。

当了局长，茶瘾没断，回回检查工作下来，断断少不了要到我这儿喝茶。而且，知道我家有茶园，走时，一定要搜刮一点儿好茶，喜滋滋地，顺便多句嘴，什么时候到我那儿去啊，去喝茶。

我说一定的，看看别人给领导贿赂了些什么好茶。

说归说，去的次数很少。一次，因小事路过，打个电话，他接了，力邀我去，说有好茶啊，不来可惜了。

我听了，鼻端无端地茶香缭绕，高高兴兴地去了。办公室里，不刚有他，还有一人。

见了我，他很高兴，让座，拿来杯子，一人一杯白开水。

我说，你不是让品茶吗，咋喝白开水？

他淡淡一笑，说，不品了，我早戒了。

我心说，你不久还在我那搜刮一包茶叶，什么时候戒了。可话到嘴边，看他一副正经样，又咽了回去。

哎——，官做大了，摆谱了。我想。

一杯水罢，那人起身欲走。他一把拉住，把椅上的一个包塞在那人手里。

那人说局长你收下吧，听说你爱喝茶，我特意送一点儿好茶，毛尖。

他笑了，说，你看，我已戒茶了，老朋友来，都陪着喝白开水，要茶没用啦。

那人看他态度很坚决，笑笑，尴尬地走了。

那人走后，我也站起来，说，局长，水也喝了，我该走了。

他拉住我，大笑，说，咋？叫你品茶，就一定有好茶等你。没品就走，你要后悔死的。说完，打开柜子，拿出一包，打开，青青的，一股醇香悠然而来，让人唾液满嘴。

这是地道的铁观音，稀罕物。妻子前几天在外面捎回来的。他说。

我诧异，你不是戒茶了吗？

他狡猾地一眨眼，说，在别人面前戒茶，在你小子面前，我依然是“小茶圣”。

一句话，说得我恍然大悟。

那天泡的茶，我俩喝得涓滴不剩。走时，他又送了我一包。可是，回来后，我怎么也没有喝出那天的味儿。

事后，我想，那天，我们不是品茶，而是在品一种心境，一种风清月白、冰雪梅花般高洁的饮茶境界吧。

那么，我们可真算茶圣了，尤其他。我想。

青瓷赝品

小镇漫川，五水环绕，地灵人杰，其中名人，首推王三奇。王三奇原名王子翰，年老退休，赋闲在家，日常无事，画几笔画，赏几件古董，把个小日子过成了隐士。

王三奇的奇，一是绘画。散淡几笔，几茎兰草，无风自摇。叶间淡淡几点，几瓣兰花如蝶，清新淡雅。画旁题诗“兰生空谷，无人自芳”。

王三奇画画，不卖不送，独自赏玩，自得其乐。

二奇是赏古玩。一日，在古玩摊经过，见一破损瓷器，内画一鱼。瓷器已残缺，放在那儿，无人问津。王三奇拿着敲敲，袖中伸出二指，说两千元，卖不？

摊主大喜，想这破瓷，从无人问，两千元就两千元。

成交之后，王三奇拿着青瓷，回家一洗，倒上一杯陈年老窖，只见清冽的酒内，杯中鱼儿须尾皆动，活了一般。

据说，这瓷，竟是当年元代宫廷珍品，第四天，就有人上门来买，给价十万元，王三奇捋须一笑，道，万金不卖，遑论十万元。

来人无语，悻悻而退。

而最让漫川人津津乐道的，莫过于第三奇了，那就是倔。老头子的倔，达到了极点，算得上小镇古今无二。

据说他当校长时，一日在教室外经过，听一年轻的生物教师上课，给生物定义道，这么说吧，天上飞的，地上跑的，都是生物。

他瞪圆了眼，敲门喊，小伙子你出来，出来！

小伙子不知发生什么事，忙忙跑出。他问，天上飞的飞机，地上跑的汽车是生物吗？一句话，让小伙子目瞪口呆。

还有一次炊事员抱些柴进厨房，枝梢向后翘着，他见了说这样稍不注意，枝梢就会伤到学生的眼睛。

炊事员偏不认错，以为没啥。

这让老头子十分生气，为了让炊事员牢记这事，马上命令把柴抱出来，重新按他的要求，截短了再抱回去。

气得炊事员当天饭也不做了，辞职回家。而这炊事员，正是他的妻子，

最倔的，莫过于后来发生的事。在他获得青瓷不久，儿子王小小就官运亨通起来，由教师改行，进入政界，副科长、科长，最后一跳，做了市长办公室主任，别说镇里县里，就是市里，也成了风光人物。

这其中，不说别人啧啧称奇，就连王三奇也连连称叹，说论才吧，儿子才能也并不突出啊；说是后台吧，数遍三服之内，自己也没一个台上人啊。

这实在只能归结为这小子命好。王三奇想。

大概在王小小当主任半年后吧，王三奇过生日，市长亲自来祝寿。市长出马，全市官员，谁敢落后？一时车水马龙，兴奋得王三奇老脸发光。

酒过三巡，菜过五味，市长提议看看那青瓷。

王三奇趁着酒兴，进了内室，拿出一个绸包，打开，一个檀木盒；再打开，一件青瓷赫然在目。王三奇得意地拿出，倒一杯烈酒，那尾鱼在酒中展翅摆尾，栩栩如生。看罢，马上宝物归盒，抱入内室。

再出来时，市长连夸宝物宝物，难怪王老先生十万元不卖了。

王三奇一愣，问不知市长怎么知道？

儿子压低声音说，那是市长派的人。

王三奇一言不发，儿子在旁边扯扯衣袖，说爹，市长今天给你这么大面子，再说没少照顾我，那瓷器——

王三奇抬头，见市长火辣辣的眼睛望着自己笑，就一咬牙，说，好的，既然市长要，老朽礼当献上。

说完，进了内室，再出来时，抱着绸包，可人老体衰，一不小心，摔倒在地，大家忙去拉起，打开木盒时，青瓷已经雪花粉碎。

满堂人长叹，市长更是脸色灰白，转过身，一甩袖子走了。

几天后王三奇抱着一个木盒，去了省博物馆，打开木盒，里面，赫然是那个青瓷珍品。

小镇汤铺

小巷一曲一折，再曲再折，折到极处，就有一个院子，很幽雅，也很安静，有一种古色古香的韵味。这，就是王一手的家。

王一手，不是真名，是小镇人起的绰号。

小镇，位于豫陕交界，一圈小山，如女人眉毛一样秀气，一曲一绕一弯，圈住这个小镇。小镇白墙黑瓦，小巷深深，透出一些岁月的沧桑。小镇古，小镇的居民，也一个个如古诗词中走出来的，一身书卷气，生活得悠闲，舒适，且讲究吃喝：就是吃糊汤，也必得摆一张小桌，放四盘菜，吃一口糊汤，夹一点儿菜，有滋有味。

当然，高兴了，就相约："走，去王一手那儿喝一碗汤。"

王一手的汤，是羊肉汤。在王一手院子正屋侧面，三间小屋，粉墙纸窗，一片素净。里面不卖别的，单卖羊肉汤。

常言说，酒香不怕巷子深，同样的，羊肉香也不怕巷子深，王一手的生意很红火。一早起来，就忙碌着架火，炖汤，一牛头锅羊骨头，再加上五香作料，"咕嘟咕嘟"，让一条巷子都罩在一片薄薄的香味中。

汤炖好，太阳刚出来，一个巷子在白白的亮光中，照出一片祥和。小巷里，也就热闹起来，一个个小镇人，沿着小巷的石板路，一步一步走来，走进王一手羊肉馆。

王一手也嘻啦着圆团团的一张脸，忙碌起来。

“一手，来一碗汤。”有人喊。

“好的，马上来！”王一手应，不一会儿送上，薄薄的汤，玉色，上面漂几根葱花。坐在凳上，缩着脖子嘬一口，一股香味，混合着暖热，直透全身血脉。

“好汤，香。”来人夸。

王一手双眼眯着，笑成一尊弥勒佛，有时，顺手会再给客人添一勺汤，一牛头锅卖完，汤铺打烊，解了围腰，换一身轻轻爽爽的衣服，陪街上的老少爷们儿下棋去了，或者说古今去了。

有人劝：“一手，生意再扩大点吧？”

王一手摇头，不答，只是微微笑。

“一手，钱多咬手啊？”有人揶揄。

王一手仍微笑不答。

王一手就这么悠闲地做生意、喝茶、下棋，把个小日子过得行云流水一般自自在在。

至于张小蛮子汤铺的出现，是在一天早晨。

那天早晨，王一手刚起来，准备熬汤，一阵鞭炮，把小巷的宁静炸得支离破碎。王一手系着围裙，参着双手出去看，就看到了张小蛮子汤铺的招牌，锃光瓦亮，比自己的那块黑木招牌气派了许多。

张小蛮子见了王一手，笑笑，拱手招呼。

王一手也忙拱手招呼，而且转身回家，拿了一个红包上门，跟着别人一块儿随喜了一番。

古话说，同行是冤家，可王一手并没有这种感觉。仍然，他一天一锅羊肉汤，卖完，打烊。倒是对面，生意一天一天红火：人，越去越多；王一手的生意，渐渐有些冷淡了。

有人告诉王一手，对面的汤卖得比你的价钱低，拉走了顾客。

王一手笑笑，没说什么，继续按原价卖他的汤，一点儿也不着急，而且卖完，关了汤铺门就去下他的棋。这样过了一个多月，王一手的生意又恢复了过去红火的样子，相反，张小蛮子的生意渐渐没了。

张小蛮子急了，脸整整瘦了一圈，整日过来讨教，问王小手下了什么作料，有什么特殊手法？

王小手笑，说："不就是用金钱河的水，金钱河畔的羊，慢慢熬慢慢炖么。"

张小蛮子说："着啊，我也是这样啊。"

"不就是下茴香、花椒、葱花么。"

"着啊，我也是啊。"张小蛮子说。

"那不就得了。"王一手仍笑眯眯的。

张小蛮子失望而归。

不久，小镇传开了一个谣言，王一手的羊肉汤之所以香，让人喝着上瘾，舍不得不喝，是因为里面掺的有鸦片熬的汤。

一句话，让小镇人睁大了眼，去王一手的汤铺人又日渐减少了。

王一手不争辩，不理论，笑笑的，熬汤，炖汤，下棋，过他的小日子。

一日，卫生局人上门，说，听人举报，你的汤里掺了鸦片煎的汤，这是违法的。王一手笑笑，说，你们检验吧，是黑白不了，是白黑不了。

卫生局的干部舀了汤，一番化验后，拍拍王一手的肩，笑笑地走了。

王一手仍然笑笑地卖他的汤。

卫生局人离开的那个晚上，王一手没出门下棋，办了一桌菜，热了一壶酒，请来张小蛮子，几盅酒下肚，王一手停了杯，望着张小蛮子的眼睛，说："老弟，其实，你做了假。"

张小蛮子睁大了眼问："做什么假啊，无空无影的？"

王一手拍了拍张小蛮子的肩，眯着眼解释："金钱河羊是高山寒羊，味质天然，再用天然的金钱河水炖煮，味道鲜美。但这儿羊生长慢，因而羊价就高。可你的汤价钱特贱，不用假的，就会亏本，做生意的有一个做亏本的吗？"

张小蛮子低下头，红了脸。

"再说，我和这儿养羊户都熟悉，算过账，这儿喂养的羊，卖来炖汤，一天勉强也只够煮两锅，这就是我不扩大经营的原因，怕再有人掺和进来，不够用。"

张小蛮子脸上流下了汗，嗫嚅："我——"

"还是一天卖一锅吧，这样，生意会好起来的。"王一手仍眯着眼，缓慢地说。

"大哥，我瞎了眼——"张小蛮子红了眼眶，想说什么。

"啥也别说了，好好做生意吧。"王一手拍拍张小蛮子的肩。

张小蛮子点点头，站起来，一鞠躬，走了。以后，小镇就有了两个汤铺。一样的格局，一样的规矩：一天只卖一锅汤。而且，两家生意一样红火。

更让小镇人惊讶的是，两个同行竟成了铁哥们儿。

·小莲老师

小莲老师，确切地说，应叫小莲嫂子，是山根哥的屋里人。

小莲嫂子是人贩子卖来的，不然的话，山外女子谁愿到我们这个鸟不生蛋的地方来，更何况是高中毕业生，又是小莲嫂子那样的人。

反正不知用什么方法，小莲嫂子被人贩子骗到了我们这儿，从此成了我们的小莲嫂子。

成为我们的小莲老师，那是以后的事，是小莲嫂子回娘家又回来以后的事。

小莲嫂子在山根歌一家的看护下，生活了一年多，生了个娃娃，大家说，这回好了，可以放心了，有了孩子，打她她也不会走了。

山根哥家就不再看管她，不再看管她了，她就逃走了。

这一走就是半月，就在山根哥全家绝望，全村人都料定这个狠心的女人不会再回来时，小莲嫂子回来了，瘦得失了人形，抱住自己的娃娃，亲啊舔啊，仿佛几千年没有看到。

原来，小莲嫂子回去了，可回去了又舍不得孩子，就又回来了。

回来以后的小莲嫂子从此安安心心地和山根哥过起了生活，脚勤手勤脑子勤，把小日子归置得水响磨转。

大家都说山根哥前辈子修福积德，得个好媳妇，有文化，又斯文，又好看，打着灯笼也难找。那时，我还小，别人要笑我，说给我找个媳妇，我说："要找就找小莲嫂子那样的人，大大的眼睛，画个鸟雀都能飞。"我妈就笑骂，说："美得你，鼻涕流到嘴唇上，心气还怪高的呢。"

小莲嫂子听了，笑笑，清亮亮的眼睛一眨一眨的，说："好好读书，读成器了，到城里说个城里妹子。"

话是这样说，可不久我们就停课了，我们那个头发花白的老教师退休了，别的老师都不愿意到这山旮旯来。每天没事，我们就到河里抓鱼，上山逮蝎子，或者帮家里扯猪草。

村长急了，说在本村请一个人吧，上一辈睁眼瞎，总不能让下一辈人也成为睁眼瞎。

在一个傍晚，村长和村里的大人小孩都来到了小莲嫂子家里。当村长说出自己的想法时，小莲嫂子直摇头，说，不行不行，我不行。

村长说，你要是不愿意，娃们只有当睁眼瞎了。

我们急了，都带着哭腔，说："小莲嫂子，你就当我们老师吧，我们听你的话，我们要读书。"

小莲嫂子望望我们，长叹一口气，对村长说："那我就试试吧，不行了，你们再换。"

就这样，山外来的小莲嫂子当了我们的老师。

小莲嫂子教书，笑眯眯的。我们呢，不叫她老师，仍叫她小莲嫂子，“小莲嫂子，这道题咋做的？”“小莲嫂子，他刚才骂我癞皮狗。”小莲嫂子笑着，引导着我们：引导我们学，引导我们玩。仍是嫂子，不像老师那样严肃。

我们不像山外的学生，因为大人一般都在外面打工，所以，很多学生读一天书，回家干一天活，再读一天，交替进行。这样，小莲嫂子就得经常给学生补课。我，就是小莲嫂子补得最多的，因而，大家都叫我“缺粮大户”。我很难受，小莲嫂子知道了，在班上说：“大家不要笑话李大石，李大石条件艰苦，可学习用心，我们应向他学习。”一句话，让我除掉了绰号，挺起了胸。

小莲嫂子有个收音机，课余，她就放给我们听，听相声，听歌曲，听山外的事。在元旦全乡的文艺汇演中，我们按收音机中的《吹牛》排演的节目，还获得全乡一等奖呢。

可就在第二年的下半年开学时，小莲嫂子却离开了我们。

那时，我们的课本是在乡教育组领。吃过早饭，小莲嫂子就走了。我们要一块儿去，她说：“几本书，我一个人就挑回来了。”

她拍拍我们的头，笑笑，踩着亮亮的朝阳走了，走了就再也没有回来。

她走后不久，下了一场暴雨，村里人也没往心里去。可到了下午，还没见她的影子，人们才慌了神，沿着去乡里的路上找，在村子那边竹林的河沿上，找到了一捆书，湿漉漉的，扔在河岸上，而她却不见了影子。

几天后，河的下游人们捎来信，说他们发现了一具尸首，怀里还抱着一捆书。我们赶去看时，果然是她，静静地躺在那，怀里抱着一捆书，紧紧的，不放。

下葬时，这捆书怎么也扯不下来。有老人在她耳边说，小莲老师，放心吧，书是拿去给学生娃用的。轻轻一抽，书就拿了出来。

那一刻，一村人都哭了。

永远的母爱

爷死时，九十三岁，活到现在，也是一百好几的人了。活着时，爷挂在嘴边的一句话是，猪啊，也有感情。

爷说着，吸一口烟，烟从鼻孔和嘴巴吐出。爷的嘴巴和鼻孔像我家的烟囱，烟末一撮一撮添进烟锅，烟一缕一缕喷出来，呛得爷“呵呵”地咳嗽。

吐一口痰，爷说，日怪的，猪还有感情呢。

爷说，那是一个冬天，大概已进了腊月吧，还没下雪。可到了那一天，冷风呜呜地刮着，云一层一层地堆起来，那阵势，像——像——

爷没读过什么书，形容不出来。我忙说，黑云压城城欲摧。

爷瞪我一眼，爷讲故事最不喜欢别人打断他的话。爷说反正那天的云很厚，很黑，到了天近黑，那雪片子就有铜钱大，一片一片向下砸。一碗饭工夫，外面就变得白亮亮的了，屋里也亮堂堂的，你奶切菜都不点灯了。

爷爱卖关子，不就是说雪厚嘛，偏不那样说，偏要说亮。我不爱爷说话卖关子，但我爱听爷讲故事。

那天天日怪地冷，爷说，我让你奶整了四个菜，暖了一壶酒，喝酒前，你奶偏让我到圈里去看一下母猪和猪崽，说别冻死了那些小家伙。

你奶那心眼，针鼻子一样小。爷说。

没办法，爷“哧哧”地踩着雪窝子，下了猪圈，往洞里一瞅，亮亮的雪光照着，老母猪睡在那，哼哼着。十个胖乎乎的猪崽吃着奶，你顶我，我挤你，哼哼唧唧一洞。

狗日的，美得你。爷笑了，又抱了一把干草放了进去。爷回屋，舒心地嚼着盐炒黄豆，品着小酒。奶也抿了几盅：天冷，御个寒。一壶苞谷酒见底，爷睡了；奶收拾完盘盏，也踉踉跄跄去睡了。

梦里，爷说，听到老北风狼一样地吼，震得窗户纸哗哗直响，不时，还有“咯吧、咯吧”的断竹声。那一场雪，嘿呀，我活了九十来岁才见到的一次。

早晨起来，雪已齐腿胯子了。奶上完茅厕，边系着裤腰带边往猪圈跑，去看她的猪。

奶站在圈外，一叫，没见猪出来。再叫，没见猪出来，慌了神，就喊来爷，让下去看。爷下圈朝洞里一望，洞口有血。爷心里一惊，想，一窝猪怕完了，被狼吃光了。可再一听，哼哼的鼾声响得挺欢实，忙拔开草看，十个胖乎乎的猪崽子像胖萝卜一样并头并脑睡在那儿，有的咂嘴，有的还摆摆耳朵，睡得很沉。

爷想，有血，老母猪怕是被狼叼走了。没有脚印，没有叫声，四下里一片白，到哪去找？没法。自己赶紧和哭哭叽叽的奶一块儿回去磨豆浆去了。不然，这窝猪崽吃什么？

一直过了四天。老太阳晒着，雪才慢慢化去。第五天，奶去喂猪，看见圈里有两个雪堆，还显出黑黑的毛，就下圈去看，拂开雪，一屁股墩儿坐在地上。接着，就死鹅一样地叫，快来呀，打狼啊。

爷拿着杠子，急三火四地跑来。圈里，老母猪把一头大灰狼顶在石头跟下。狼眼睛睁得圆圆的，嘴上沾满了血。猪顶着狼脖子，一点儿也不放松。爷拿起杠子去打狼时才发现，猪和狼都已没了气。

爷说，那天夜里梦中听到风吼，其实是狼叫。大概母猪发现了危险，就用草藏好了小猪，然后跑出来和狼放对。猪最怕狼呢，可那夜它却自己走了出来。最终，狼咬断了它的喉咙，在临死前的一刹那，它一下子顶住了狼的脖子，为了孩子的安全，它到死都没放松，以至于死后都是那样子。

爷说，那只老母猪其实是能逃走的，它常翻圈呢，可那一次它偏没有翻圈。

我说，它怕自己跑了，狼会吃它的儿，这叫“舐犊情深”。

这次，爷没瞪我。爷坐那儿，木桩一样，脸上有泪。哎，一窝猪崽，亏得你奶伺候。猪活了，你奶却死了。

爷说，你奶在猪圈翻上翻下，动了胎气，出现难产。送到医院，医生征求意见，说是只能保住一人：是大人呢，是小孩呢？爷说当然保大人。奶听了，一口唾沫吐过去，说，要娃，娃还没活人，还没看够呢。

一句话，爹活了，奶死了。

爷说到奶，九十多岁的人了，还哭鼻子，这会儿，我再也找不着一个成语来劝爷了。

一个叫梅的女人

梅是女人，一个很韵的女人。

梅在雪天出生，也喜欢雪，但并不喜欢在雪山驻防的肖白。

梅嫌肖白是死脑子，木头人。

梅要肖白回来。梅说，城里没有你那儿好吗？死守在那儿？哪年哪月是个头？可肖白在那头只笑，就是不回来，还说傻话，他走了，大黄孤单，哨所谁守？

大黄，是哨所中除了肖白之外的第二个生命，一只狗。

梅就流泪了，一滴滴，落在衣服上，梅花瓣瓣。

肖白也回来过，陪着她，不是像别的恋人那样，挎着胳膊搂着腰，问女朋友爱吃什么，爱穿什么。而是一头钻进狗食店，买了一大包东西，说给大黄的，可怜大黄在雪山上，没吃过一点儿肉。说完，回过头，早不见了梅的影子，只有路灯亮了一地水色。

肖白就站在路灯影里，看着自己长长的影子，挠着头发。

给肖白打过几次电话，可有一句话，梅总是吐在舌尖，打一个滚，又咽了回去。梅觉得，这仿佛有点残酷，毕竟恋爱了三年了。

梅爱上了另一个人，文人刘复。

刘复能画梅，一支笔，蘸上墨，在宣纸上几笔点染，一枝墨梅，香气袭人，看得梅眼光一闪一闪的，有一种水汽弥漫着。

刘复毛笔不停，题一行字：梅香如荷，梅心如雪。是夸花，也是夸人，然后，题上年月日，钤上印，双手捧了，递给梅。

梅淡淡一痕笑浮上面颊，如梅萼初开。

刘复会吹笛，月夜下，一支笛，吹得水流花漂，不着痕迹。往往，梅坐在楼上，听着笛子，一颗心就漂浮在水面上，漂啊漂啊，一直漂到天尽头。

在一个月圆的日子里，刘复捧了一束玫瑰花，很绅士地献到她的面前。

梅接下，一颗心，也被幸福笼罩着。

为此，梅想，她要到雪山上去，把她和肖白的事情给解决了。

刘复要跟着，以他的话说，让梅一个人跋山涉水，一想，心就会疼，陪着，心里反而安然。

梅又一次被幸福笼罩着，眩晕阵阵。

经过了几天奔波，他们终于到了那个哨所，终于见到了那个人。肖白看到梅，咧着厚厚的嘴唇，笑了。大黄也跟来了，兴奋得又跳又叫。

在肖白面前，她没说刘复是她的恋人，说是同学，来旅游的。她想，到适当的机会再告诉他，更好。

雪山很白，在白雪茫茫中，闪一片银光。

梅感觉到，在雪的映衬下，自己确乎是一枝梅了。

第二天，刘复建议，他们到雪山上去转转。梅答应了，陪着他，两人向雪原那边走去，两人感觉，如在水晶仙境中一般。

大概到了上午，两人游兴才减，决定回去。

可雪原天气，说变就变，晴朗朗的天，不一会儿阴云密布，雪花大团大团飞舞，四野一片迷茫。

在铺天盖地的大雪中，两个人迷迷瞪瞪地走着。

他们喊，声音被风顶回，只有雪在四周密匝匝地下，天昏地暗。天，也黑了下来，没有方向，没有声音，在雪原中，只有死路一条。

突然，远处一点儿亮光，接着大了起来。

他们大喜，朝着火光走去。

他们赶到时，看到一个人，直直地坐在雪地里，已经成了雪人。喊，不应；拉，也不动。拂去脸上的雪花，是肖白。他的面前，有一堆黑灰，是棉袄烧过的痕迹。他来找他们，没有找见，赶上大雪突变，就点着了自己的棉袄。

他的旁边，大黄蹲着，"呜呜"地叫，眼睛中竟蓄满了泪。

梅叫，大黄不动；拉，大黄也不走。

雪越下越大，无奈，梅和刘复只有离开大黄，踉踉跄跄下了山。走了很远，仍听到大黄在悲怆地叫着。

带着忧伤，还有疲惫，梅回到哨所。单人哨所里，静静的。桌上，有一张纸，上面写着字，显然是肖白的，还没有写完，上面道：梅，如果你觉得刘复好，就和他好吧。她的心中，突然一痛，泪水，又一次模糊了双眼。窗户没有关严，隐隐约约，有狗的叫声，在雪山上顺风传来，悠长悠长的，一直贯穿着人的灵魂。

·万民伞

他叫吴盛，吴县人。

他叫周至，也是吴县人。

他们是同窗，小时，一个私塾，一个先生教，一个房内坐，背的是同一篇文章，挨的是同一把戒尺。

他们同年束发，同年举行成人礼。

老师说，他们是吴县两颗星，文曲星下凡。那年，乃大比之年，他们作别故乡、父母和老师，同租一条船，扬一帆风，去了京城，参加科考。

一切，都顺利得异乎寻常，他们考中进士，帽插宫花，跨马游街，好不风光。

发榜做官的时候，又是出乎意料，两人竟是邻县，都担任七品县令。七品县令，那也是官啊，治理百里之才，可出得将，也可入得相，当年刘备手下的庞统不就是这样嘛！

他们一脸阳光，又合租一条船，去了任所，挥别之时，互相发誓，做官，就做好官，做百姓爱戴的官。

可是，好官，并不容易做。

吴盛去后，不久，一个官绅相请，去府里小坐，一而再，再而三，盛情难却，就去了，山珍海味，活色生香一桌。

更活色生香的，是一个歌妓，眼波一瞥，歌喉一转，春暖花开，万般风情。

吴盛醉了，心醉了，在那个歌妓的频频劝杯中，酒也喝醉了，醒来，睡在乡绅的床上，怀中抱着个娇滴滴的女子，是那歌妓。然后，乡绅出现了，双眼大睁，愤怒地大喊道："堂堂县令，睡人小妾，成何体统？我——要上告——"

这，当然是吓唬吴盛。

吴盛一听，立马软了，哀求乡绅高抬贵手，放自己一马。乡绅捋着胡须说可以，但是，县衙左近有一块地，自己很想盖房，如能到手，此事权当子虚乌有，到时生意做成，利息平分。

吴盛看着跪在旁边的小妾，梨花一枝春带雨，不胜凉风的娇羞，一咬牙，应了。

乡绅呵呵大笑，扔下两人，转身离开。

有了一次，就有二次、三次——吴盛的进项，滚滚而来，溪水长流。此县百姓，大灾连连，嗷嗷待哺，吴盛却闭耳不闻，弦管丝竹，无日无之。

周至听了，又着急，又气愤，一咬牙，大量购买粮食，用船一条一条运往邻县，赈济百姓。同时，一声长叹，让一个差役送一封书信给吴盛。吴盛接过，一手搂着美女，一手展开信封，里面，是一张纸，上写吴盛周至二人名字，一条横线将之分开。

他知道，这是绝交信，一条线表明，二人泾渭分明。

吴盛又气又恼，骂声死脑筋。

三年县令，两人一直如此。三年后，二人同时调动。

周至走时，一县百姓，夹道流泪，送出城门，送上一顶万民伞。吴盛呢，白天不能走，百姓扬言，将放鞭炮欢送瘟神，于是，晚上偷偷离去。

那夜，风很猛，浪很大，吴盛的船竟遭到风浪，沉没江心，连同船一起沉没的，还有吴盛。大家听了，拍手称快，在县衙前的城隍庙里，连唱三天三夜大戏，以示庆贺。

周至离开，来到吴盛落水的地方，流着泪，焚上一沓纸钱。

只有他知道，吴盛贪污，是一种无奈。

他所在的县，三年大旱，颗粒无收，朝廷一文救灾银子不给，而且赋税照收，此县百姓流离失所，已无活路。吴知县知道后，长叹一声，没有他法，唯有弄脏自己，做个贪官，专受富户银子。

他所受的银子，每一文都悄悄托人交给周至，让他买成粮食，送到本县，救济百姓。

为了做得逼真，吴盛让周至写了一封绝交信，掩人耳目。

祭拜完毕，周至把万民伞拿出，悄悄沉入江底。他想，吴盛比他更有权利享有这项殊荣。

第六辑

夜晚的影子

周眉一回头，一个人影一闪，不见了。是晚上，她走在一个小巷中，心里有些慌。这是一个僻静的小巷，绝少人迹。周眉用牙咬一下唇，继续向前走。风悠悠地吹着，稍微有些冷。这时，暗暗的，她后悔不该穿一条超短裙，好看，却冷。身后，脚步声快起来……

老王的秘密

镇处南北，水路通船，旱路通车，因而人多。人一多，商铺就多，一个挨一个，鳞次栉比，很是繁华。

税务所在镇的西头，门前一道水，一排柳，一弯小桥。过了桥，就到了镇上，风景很美。所以，调到这儿，小李很满意。

小李一来，就被分到老王一组，在镇上收税。

老王四十多岁，笑眯眯的，一副弥勒佛的样子，可嘴皮子挺能说，什么税收取之于民用之于民啊，什么经商交税天经地义啊，头头是道。再加上，他在这儿人缘好，见了商户，哈哈一笑一提醒，税就交了。

小李很佩服，说，王哥，教教我，怎么干的？

老王满脸放光，眉飞色舞，扳着指头一条条往下教，首先，要和商户交心；其次，要想他们所想。然后，指指心，一颗心要放正。

小李听了，连连点头说，收税还有大学问呢。

老王笑，当然，跟着王哥学着吧。

学着学着，小李就发现了个秘密。收税时，有家叫“湘湖服装超市"的商铺,老王特怕,总是绕着走,不去硬碰。暗地里却指使小李,这一家,你去收,把关要严噢。

一次,老王从镇上回来,愤愤地说,瞒税不报,还动粗。

小李一听,问,怎么的?

老王指指自己的耳朵,问,是不是红了?

小李一看,哟呵,耳朵明显被人扯过,不但红,还充血了,忙问,哪一家?

老王没好气,说还不是"湘湖服装超市"。小李一听,拿出手机就拨号。老王问,干什么?小李很生气,说给派出所,打税务人员,这还了得。

老王急忙放下茶杯,一把拉住,说老弟,千万别打。

小李望着他,很是不解。

老王笑笑,解释,揪一下耳朵没啥,人民内部矛盾嘛,千万别打,否则,加深税务人员和商户矛盾,不利于工作,不利于和谐啊。说完,他一拍脑袋,对小李说,通过一段时间观察,自己觉得,小李工作能力超强,有足够能力拔除钉子户。

小李笑笑,说,给我戴高帽子,不会让我去"湘湖服装超市"拔钉子吧?

老王一听,连连点头,许下重赏,拔下这颗钉子,自己晚上在"好再来"为他庆功。小李被一夸一诱惑,一拍胸脯,走了。

老王不放心,送他出门,叮嘱道,那娘儿们刁,眼睛放亮点。

小李点头而去,没想到,去了,一切办得出乎意料地顺利,他很激动,忙给老王打个电话,说拿下了。

老王问,拿下了?地下仓库还有衣服,知道不?

小李说，啥，还有地下仓库？

老王说咋样，那娘儿们刁，快去查。小李一听，去找老板娘。老板娘听了，叹口气，带他去了地下仓库，里面果然存着衣服。一清点，五千来件。小李正登记着，老王又来电话了，听说五千件，马上断言，货物转移了，还有五千件。

小李说地下室就这么大啊。

阁楼，狡兔三窟，她还有个小阁楼。老王提醒。

小李转身，提出去阁楼看看。

老板娘又叹口气，说，看吧看吧，我知道瞒不了。

小李完成任务，兴冲冲回到税务所。老王一见，呵呵直乐，一把拉了他下馆子，道，拔了钉子户，王哥给你庆功。二人坐下，三杯两盏，小李又疑惑了，问王哥，她进货的情况，你咋那么清楚？

老王得意地道，她咋会瞒我？

小李呆了，她扯你耳朵，啥事又不瞒你，王哥，别——别是相好吧？

老王一皱眉道，做我相好的，她呀——不配。

那顿酒喝的并不多，老王走出来，却摇摇晃晃。小李忙去扶，老王说不用，我是装的。看小李疑惑不解，解释道，醉了，就不会受惩罚；不然，这耳朵怕不得让"湘湖服装超市"女老板给揪掉。

她敢？小李问。

她就敢，刁着呢，而且经常这样。老王摸着耳朵道。

为什么？

她是我——老婆！

羊儿的乳名

他进了城。

城，离老家并不太远，高速路修通后，也就是三个小时的路程。可是，一年里，他很少回去，一般都是过年回去一次。平日里很忙，在城里有工作，有交际，有朋友。总之，城里有他的一切，走不开。

娘就打电话，娘说，儿啊，啥时候回来啊？

他说忙呢，走不开呢。

娘说，你不是说喜欢吃山里的羊肉吗，娘准备喂一只羊。

他听了急了，娘已经近七十岁的人了，身体又不好，喂只羊，那咋行？到时候羊绳子一绊，娘就会摔倒，那可不是小事啊。因此，他忙劝道，娘，要注意身体，千万别养羊。

可娘不听。娘一旦主意定了，谁也扭不转。

娘买了一只小山羊，用根绳子牵了，整日拉着上坡去。以后每次来电话，娘总会高兴地说，小山羊长得很快，还很听话，自己走到哪儿，它总是跟到那儿，一会儿不见，就会叫，像个恋娘的孩子一样。

妻子在旁边听了通话，咯咯地笑，说老人如小孩，真逗。

他也无奈地笑笑，挂了手机。

爹过生日的时候，他打电话回家，让爹和娘进城来住段日子。爹来了，娘却没来。爹说，你娘没空，说自己走了，小羊没吃的。然后，爹就摇着头，说为这只羊，你娘可上心了，每天一早起来，拉上羊出去吃草，自己吃没吃都不放在心上。还说，一次，小羊病了，娘竟喂小羊豆浆喝，怕烫了，还自己尝尝。

妻子听了，又笑，说老人真逗。

他也笑，觉得娘真的越老越像个小孩了。

到了腊月，娘又打来电话，又说起小羊，说有小贩上门，想买羊呢，一斤二十块，贵着呢。妻子在旁边听了，笑着轻声对他说，老太太动心了，想卖钱了。

他一笑，在电话里随口道，那就卖了吧。

娘说，卖？不卖，舍不得。

他关了手机，望着妻子，满脸幸福。妻子也一笑道，过年有羊肉吃了。

他听了妻子的话，也满是向往地说，到时，我要吃清蒸羊肉、红烧羊肉、烧烤羊肉。说着说着，大吞馋涎。现在，羊肉涨价了，在城里，一顿羊肉要花几十块呢。而且，城里的羊肉总少了山里羊肉的那种味，不像个羊肉。

因此，年假一放，他就和妻子回家了，进门就喊，娘，炖羊肉吃。

娘迎出来，伸着双手，张着嘴，只是笑。

爹说，羊没杀。

为啥？他不解地问，卖了？

娘摇着头说，它像个娃儿一样，紧恋着我，我下不了那个念头。

他和妻子对望了一眼。

这时,那只羊儿也跑来凑趣。羊儿不大,却胖,浑身雪白,脖子上挂着一串铃铛,一路跑着,洒下一串清凌凌的铃声,跑到娘跟前,抬着头,咩咩地叫着,还用嘴拱着娘的手,如一个撒娇的娃娃。

娘满眼慈爱,摸着羊儿的头说,看看,多像个懂事的娃儿啊。

这时,他才注意到,羊儿脖子上挂着的那串铃铛,竟然是自己小时,娘戴在自己手腕上的那串小铜铃。那时,他张着手,跟着娘在田野里跑着,一串铃声流淌,如一串花朵在风中盛开。

田野里,有他稚嫩的笑声,有娘幸福的笑声。

这一切,都消失了,消失在岁月深处。

娘说,羊儿饿了,要吃的。说完,拿了些晒干的青草向外走去。羊儿没跟上,娘回过头喊:“旺儿,快!”羊儿听了,“咩”的一声叫,飞快地跟了上去。

望着娘的背影,和紧跟在娘腿边的羊儿,他的泪突然滚了出来。

羊的名儿叫旺儿。

他的乳名,也叫旺儿啊!

你若盛开，清香自来

大学毕业，分到单位，他做了冷总的助手。

冷总，是大家对冷总工程师的简称。他以为冷总是个老头子，见了面，则大惊，眼前是个三十岁左右的书生，一副眼镜，见人一笑，很少说话。

这样的人，做学问可以，在外面搞规划搞建设，悬乎。跟着他，能学到什么？他的心中，有些微失望。

他想，现在，自己和这位冷总算是一根线上拴的蚂蚱了，他得替冷总悠着点，努力向外推介冷总：推介冷总，也算推介自己。

他觉得冷总的话太少，对个人介绍得很少。因此，每次参加什么研讨会学术会，他会极力钻进人群，尽心尽力指着冷总向大家介绍，什么国内著名建筑大师啊，曾经获得过什么奖啊等等，一一道来。每每说到这些，冷总都会拦住他，悄声问：“说谁啊？”

他得意地道：“说你啊！”

冷总摇着头，连连道：“没有的事，别胡吹。”

他却大不以为然，现在这社会，什么都可以不需要，唯独不能不包装。他看了冷总名片，也十分不满：一张破纸片，上面印一个名字，一个电话号码。这怎么行？

他重新设计了一套名片，装潢精美，银线镶边，上写：国内知名建筑大师冷星，总工程师。然后，印上电话号码。当然，也没忘了在下面印上冷总助手的名字和电话号码。这样做，一石二鸟，冷总扬了名，自己也逐渐为人所知。

他把这沓名片送给冷总，满心以为，冷总会十分满意，大夸特夸。谁知冷总却很不高兴，说道，人应走扎实点，怎可大吹特吹呢。说完，把这沓名片锁进了办公桌。对外，仍用自己的旧名片。

他长叹，这孩子看不清市场形势，跟不上社会大势，看样子，活该他"冷"，只是害得自己受憋。

可是，事实恰恰相反，几个月下来，他惊讶地发现，这位冷总的生意格外火爆，来找冷总规划工程的人络绎不绝，有一件还是本市标志性建筑。

他跟在冷总身后，一时乐呵呵的，忙得不亦乐乎。

私下里，他请教冷总，询问他工作业绩如此显著人气如此之旺的原因。冷总推了下鼻梁上的眼镜道："你若盛开，清香自来。"

这句诗一样的语言，让他如品橄榄。

随着时间流逝，逐渐的，他也想主持一项工程。他想，这样一来，自己也就可以像冷总一样了。可是，想法刚端出来，就遭到冷总的批评："你这是侥幸，是冒险，坚决不行。"

"为什么？"他问。他的理由很充足，自己名牌大学建筑系毕业，导师也是建筑界元老。现在自己出学了，又跟着冷总一起，实战演习一年，可以接一件工程了。

“你那么多生意，分一项我来干，不是很好吗？”

冷总摇摇头，仍不答应。

“怎么，我不会抢你的饭碗。”他有点愤怒。虽说，他是冷总助手，可由于年龄相当，两人几乎成了无话不谈的朋友。

冷总并没生气，翻出个笔记本，一条条指给他看，哪月哪日，在一项工程中，他提议所用钢筋标号不行；哪月哪日，在一项工程中，他所提议的水泥质量不达标；哪月哪日，在一项设计中，他的建议没被采纳。

事情记得清晰明白，让他目瞪口呆。

冷总拍拍他的肩，告诉他：“建筑无小事，稍一侥幸，事关人命，大意不得。”冷总说话，句子很短，很干脆。

又过了一年，一日，市委搞一项工程，点名要冷总主持。冷总愉快地接受了任务。可是，天有不测风云，突感身体不适，一检查，需要住院一年，面对工程，冷总犹豫不决。

他见了，劝冷总住院，工程，自己可以主持，翻不过梁的，可以请教冷总。冷总想了一会儿，拉着他的手道：“就这样。”于是，工程，以冷总的名义，在他的主持下，一步步展开。

半年后，工程圆满结束。全市电视抽查，市民对工程质量满意度竟达到百分之百，一时，轰动全市建筑业。大家议论纷纷，都说冷总又放了颗卫星。

为此，市里召开了一场新闻发布会。会上，大家纷纷请冷总做经验介绍。冷总一笑，推出他道：“这是我的助手小李主持的，其间，我一直住在医院。”

他被推上前台，一时，大家睁大眼睛，掌声如雷。

他成功了。会议结束，他送冷总回医院，冷总笑了，告诉他，不用了，自己本来就没病嘛。他愣了一下，接着醒悟过来。原来，这是冷总在给他创造机会啊。

“谢谢你，冷总。”他感谢地道。

“要谢应谢你自己，是你自己给自己创造了机会。”冷总笑着说。

这一刻，他理解了冷总那句“你若盛开，清香自来”的意思了。要赢得机会，赢得成功，首先，自己应有实力，有才能。这，才是推介自己最好的方法。

小狗淘淘

女人走在前面，细细的鞋跟叩击地面。小狗淘淘不知是什么，就追，就捉，如一个雪绒球，脚前脚后跳着，扑女人鞋尖，憨态可掬。

突然，链子绊住鞋跟。淘淘不知道，还狂。女人喊，淘淘，淘淘。淘淘停下，一对蓝汪汪的眼睛望女人。女人弯腰，抬脚，抱起淘淘，用温润的红唇在淘淘鼻尖上撮一下，一笑。

这一刻，一街男人的心里都爬满蚂蚁，恨不得自己就是淘淘。

女人抱着淘淘走回家，长长伸个懒腰，一欠腿，一双高跟鞋落在地上，那团洁白的绒球跳下，叼起鞋，滚到鞋架边，放下，又叼来一双大红绒面的拖鞋。

女人高兴了，说，淘淘乖，淘淘懂事。抱起来，在那黑黑的鼻尖上吻一下，算是奖赏。

人和狗疯累了，就坐在沙发上看电视。有鹿啊狼的从屏幕跑过，淘淘就叫，很勇敢。

男人呢，瞅空往女人身边凑，想尝尝小狗的感觉。还不等坐近，淘淘就发现了，耸着鼻尖，一声声叫，抗议。

女人“咯咯”笑，说淘淘真好，淘淘是我的保护神。

男人很尴尬，很无奈，酸溜溜地说，我还不如淘淘呢。

女人白了男人一眼，说，你如淘淘吗？你有淘淘机灵吗？要有，怎么现在还是个小职员？

一句话，戳到男人的软肋，男人一言不发，默默吸烟。原来，男人有过一次提升的机会，可死清高，当出手时不出手，那职位被另一个家伙接飞。

女人说的，就是这事。

女人看不起男人，觉得他窝囊。跟着这样没出息的男人，受罪。

男人呢，爱女人，极力讨好女人。可每次，女人总眼皮一拉，不领情，高跟鞋叮叮，走了。

男人无奈，退而求其次，讨好淘淘，以此讨女人欢心。男人给淘淘买狗食，给淘淘洗澡，有时，也吻淘淘鼻尖。开始，淘淘反抗；渐渐的，淘淘不叫了。后来，变被动为主动，反而生分了女人。气得女人说，淘淘，你个小没良心的。

不管男人怎样讨好，也拢不住女人的心。一天，女人终于提出离婚，说什么也不要，只要淘淘。

男人无言。女人有相好的，男人知道，男人从没点破。

楼下有喇叭声，一声声传来，很急。女人说，就这样吧，你要是个男人，就高姿态一点儿，过几天把手续办了，好合好散。

女人说完，抱起淘淘，鞋声叮叮，下楼去了。

男人愣在那儿，有一会儿，突然看见桌上坤包没拿。男人想，谁要你的东西。拿起来，就去追女人。

男人下楼，女人已到了路那边小车边。

车上下来一个胖子，问女人好了吗。女人说好了，分手了，我的话他一向都听。女人说时，眼睛里蒙上一层雾。

胖子说，吆，藕断丝连哪。就去拥抱女人。淘淘不干，耸着鼻尖叫，很凶猛。

胖子皱着眉说，嗨，怎么抱着这么一只笨狗，多掉价！说完，从女人怀里接过淘淘，一下扔在地上。淘淘打个滚，站起来，“汪汪”地叫。

路那边，男人举着包，喊什么。

淘淘咬着女人裙角，向那边拉，胖子一脚，淘淘一溜跟斗，翻起来，又叫两声，转过身，一团雪球，向路那边的男人滚去，在一声刺耳的刹车声中，飞了起来。

男人女人都惊叫一声，向淘淘跑去。

女人身后，传来胖子的叫声。女人不应，抱起淘淘，如抱起一个熟睡的孩子，一步步，向路那边走去。

女人想，淘淘真是有灵性呢，有时，竟远远地超过人。

掉啥别掉身份证

我去办事情，走在半路上，把手往衣袋里一伸，呆住了：身份证丢了。

身份证丢了，这还了得。我的汗“唰”地一下，前赴后继地出来了。忙低着头，沿着自己走过的路线寻找，忙中出错，一头撞在电线杆上，眼前金星直冒。顾不得痛，我继续寻找着，可寻了半天，也没见身份证的影子，暗自想，是不是丢在家里了，还是回家去找找吧。

走到家门口，按了门铃。门开了，走出来一个老太太，是我母亲。

我忙往进走，边说：“妈，我回来拿个东西。”

老太太手一伸，拦住了我，问：“你喊谁妈？你是谁？”

我吃惊了，心说，老太太真是人老糊涂了，连自己儿子都不认识了，就说：“我呀，你连自己儿子都不认识了？”

母亲仔细地打量我，很坚定地说：“有点像我儿子，不过不是我儿子。”

我有些急了，说：“我真是你儿子啊。”

老太太手伸出来，说：“拿来！”

我问什么。老太太理直气壮地说：“身份证！”一句话，让我张口结舌半天，嗫嚅着：“身份证让我弄丢了。”

“哼，骗子都是这样说。这点小伎俩骗得过我老人家吗？知道我是什么出身？干了一辈子银行工作，和身份证打了一辈子交道，没少遇见过你这样的人。”看着我灰头土脸的样子，老太太得意地背着手，回了家，“砰”地关上门。

我在门外傻傻地站着，过了一会儿，听到脚步声，一抬头，心里一喜，对面一个老头提着个鸟笼子走了过来，是我父亲。

我长出了一口气，可以进门了。

“爸，你怎么才回来啊！”我埋怨道。老爷子抬起头，盯了我一会儿，自言自语道：“这小子眼熟，是谁啊？喊我爸。”

我急了，说：“我是你儿子啊，只一个早晨工夫，连我都不认识了，怎么了？”我伸手想去摸摸我爸的额头，看是不是老爷子发高烧。

老头子很生气，一掌打落我热情的手，说：“放严肃点，嬉皮笑脸的，从哪儿来的？说，干吗要假装我儿子？”这位老公安又恢复了本来样子，围着我，双眼如鹰，很审慎地观察着。

“我真是你儿子。”我很委屈，伸着双手申辩。

“有点像，不过，不一样的特征也是一眼就能看出来的。有身份证吗？”老爷子想想，拿出了撒手锏，

“让我给弄丢了。”我有气无力地说。

“干了几十年公安，这样的借口我没见一万，也见了九千，赶紧走，不然我打电话告诉警察了。”一句话，让我很无奈地退出了楼道。

身后，传来我爸的话：“现在的小伙子啊，什么不好干，要当骗子。”说完，进了门。

我躲在楼道外的假山后，假装没听见。我想，再等一会儿，妻子回来后，什么都可以大白于天下了。正想着，高跟鞋声“叮叮”地响，一个苗条的身子走了过来，正是妻子。

我很高兴，一下子跳了出来，叫道：“终于回来了，你。”

妻子停住，水汪汪的眼睛审视了我一会儿，把手袋紧紧抱在怀里，说：“你干什么？你想干什么？告诉你，我可是体校毕业的。”

“我啊，你老公啊。”我说着，很动情地想拥抱一下她。

“站住！”她一声喊，吓了我一跳。只见她马步下蹲，粉拳紧握，柳眉倒竖，吓得我连退了几步。她真的会几招，虽说“三脚猫”，对付我还是绰绰有余的。

“我真的是你老公啊，你怎么了？”我急忙表白。

“拿出身份证！”妻子命令。

“丢了。”我耸耸肩。

“骗子，我在工商局没少见你这样的骗子。”妻子说完，出其不意一个扫堂腿，让我一下子倒在地上，待我爬起来，早已不见了妻子的影子。

我很失望，也很饥饿，垂头丧气地向单位走去，现在唯一的办法，就是让同事们集体到我家去，向我家人证明我是谁。

进了单位大门，照壁上有一面大镜子，我一照，吃了一惊：一个人，额头上一个大大的包，细看，有点像我。再看又有点不像我：这是谁啊？我又是谁啊？

我急了，忙把手伸到衣袋里，想拿身份证来证明我的身份，可，摸了个空。

我究竟是谁啊？

无法，我把整个民政局的同事都喊来，让他们认认我是谁，全局七十多人摇头，都说面熟，可不认识。

“我在你们这儿工作了十多年了啊，你们不认识？”我提醒他们，让他们想想。

“你是谁？”他们睁大眼睛。

“是你们的同事啊！”我辩解。

“拿出身份证来！”他们异口同声地喊，声音空前地响亮。

狐媚子

荼蘼是狐媚子。全市人都这么说。

怎么个狐媚子啊？我问。答案是多种多样，但有一条异口同声，不当茶馆服务员，却去当舞女，不是例子吗？

这女人，骚哪，老吴，你去一见，一准发软。有熟悉的人笑着说。

我不信，凭我，走南闯北，什么女人没采访过，岂能躲着她走？再说，我从省城里来，是有任务的啊：这个市，对下岗女职工再就业的安排，是全省闻名的，我就是冲着这来采访的。

我去了“红樱桃”舞厅，对老板说，我要见荼蘼。

荼蘼出来了，一件短裙，很短，紧紧箍在臀上，迈着一种舞女特有的步子，走到我跟前，手指一扬，“哒”一响，道：“哥们儿，有言在先，本美女卖艺不卖身。”

我脸红了，忙说我不是为这来的，不是为这来的。

“不为玩乐？”她眼一挑，有些不信，“男人都虚伪，尤其文化人。”

“你咋知道我是文化人？”为了搭上话，我忙问。

“有一股书卷气啊。”她说，看我很惊讶的样子，她得意地一笑，道，自己过去也读书，还写诗，不过很少发表，所以，是文化人不是文化人，一眼辨个透。

“我干啥的？”我觉得轻松了一点儿。

她做个请的姿势，说，边舞边聊，不然，别人怀疑是小夫妻在拌嘴呢。说着，眉毛又一挑，笑了。她爱挑眉毛。

我将手搭在她细细的腰上，随着她移动，然后问，还没告诉我刚才的问题呢。她笑了，仰起头，暖暖的鼻息吹在脸上，如春风。舞厅里，是忧伤的轻音乐《舞女泪》：“一步踏错终身错，下海伴舞为了生活。舞女也是人，心中的痛苦向谁说。为了生活的逼迫颗颗泪水往肚吞落，难道这是命注定一生在那红尘过——”

她说，过一会儿就猜出来了，不要说话，多温馨啊。然后，她闭上眼，红润的嘴唇抬起来，半张半合道：“吻我！”

我红了脸，忙移开头。

她“噗嗤”一声笑了道，是老师吧？

我问，为什么？

她说，现在的文化人，和政府官员一样，见了美女，就如猫儿见了鱼，丑态百出，唯一在女人面前还能端得住神的，只有老师。

我说，你错了，我是记者。

她不信，说上次来采访的那个姓余的记者，见了自己，眼睛像狼，借跳舞时，在自己身上又是捏又是揉，讨厌死了。

我疑惑了，问她为啥不当服务员，要当舞女？

她又笑了，笑声里有丝冷意，道，不是都说我是狐媚子吗？离不了男人啊！脸上虽然笑，眼圈却慢慢红了，良久道，上班，也不容易，得到劳动局王局长那签名。

签个名值什么啊？很容易嘛。我说。

她不说话，踏着音乐，慢慢动着。过了一会儿，又无来由地一笑说，好哇，明天你陪我一块儿去好吗？

我想，刚好我也要采访王局长，就答应了。

第二天，我按约定去寻她，没见到她。这时，她的手机响了，说她已到了王局长办公室门外了，马上就要签字了。“你要抓拍有价值的镜头，就得赶快来啊。”说完，又是“咯咯”地笑。

我忙坐车去：真的，我太需要第一手材料了。

到了王局长门外，已不见了她。我想，她一定进去签字了，忙举了相机，一推门，进去了，镜头一闪，同时，自己也愣住：王局长把荼蘼箍在怀里，死死的，一双手正伸在短裙中乱摸。

见了我，王局长忙松了手，尴尬地问：“你是谁？想——想干吗？”

荼蘼回过头，望着我一笑，仍对着镜头，就如主持节目一般道，这，就是王局长让我签名的过程，你敢报道吗？

我不敢报道。

但不久，这张照片传入网上。再不久，王局长从位置上下岗。

夜晚的影子

周眉一回头，一个人影一闪，不见了。

是晚上，她走在一个小巷中，心里有些慌。

这是一个僻静的小巷，绝少人迹。

周眉用牙咬一下唇，继续向前走。风悠悠地吹着，稍微有些冷。这时，暗暗的，她后悔不该穿一条超短裙，好看，却冷。

身后，脚步声快起来。

周眉回过头，隐隐的灯光下，一个人走近了，是个年轻的男人，一双眼睛顺着周眉的高跟鞋往上看，到腿，再到鼓蓬蓬的胸部，他的眼睛里，射出凶狠而火爆的光，嚓嚓冒着火花。

周眉望着那男人，满眼惊喜，娇嗔道："打了一上午电话，怎么不接啊？"

男人睁大眼睛，有一丝疑惑，他猜测，眼前这个美女大概认错人了。

"坏蛋，人家老公出门去了，你不接电话，别后悔。"周眉噘起嘴唇，在隐隐的灯光下，湿润而娇艳。

男人暗喜，看样子，这小女人有红杏出墙的情史，而且，打过电话，准备和情人幽会。也就是说，自己长得和一个人特别像，这个人，就是眼前这个美艳少妇的情人。

他决定还是试探一下，小心无大错嘛，所以道："嗯，我当时手机放在家里了，后来才知道，有事吗？"

"傻子，你说会有什么事，才几天，就忘了对人家做过什么。"周眉很幽怨地说，显然，对情人的薄情不满了，"还有，你不是说要借两万块钱吗？人家可给你准备下了，爱要不要。"

男人的心"轰"地一响：天哪，有这样的好事，人财两得，这是哪个长得和自己一样的小子，艳福不浅啊。

甚至，他心里都醋意弥漫了。

他把那只放在兜里的手很自然地伸了出来，顺势搭在周眉细得只有一把的细腰上，很色情地捏了一下道："别生气，宝贝，我这不是来了吗？"

"坏蛋！"周眉扭了一下腰，葱一般的手指在他额头上点了一下。

男人一把将那个葱嫩的身子箍在怀里，力量很大。周眉娇柔地"哎哟"一声，靠在他怀里，嘴唇飞快地在他脸上吻了一下，道："馋嘴。"

那人的手在周眉的腰上捏了两下，有些迫不及待。周眉一下打落他的手，声音腻腻地说："馋猫，这里不行。"

男人的手仍不停。

周眉一下冷了脸，道："听话，我老公走了，今晚，家里只有我们两人。"

男人的手停下了，仍恋恋不舍地吻了两下周眉。

"你说实话，借两万块钱，是真做生意，还是另养了小情人？"

周眉拢拢头发，开起玩笑，如一个吃醋的少妇一般。

“做生意！”男人忙顺杆上道，“有你这么美的情人，天下再好的女人我也不要。”

周眉嫣然一笑，眉风一扫道：“贫嘴，走吧！”一扭腰，在前面走着。

男人，在后面紧紧跟着。

突然，手机响了，周眉从小坤包中掏出手机。男人脸色一变，走上前一步，问：“干什么？”

周眉一根手指伸出，竖在嘴前，顽皮地“嘘”了一声，示意男人停声道：“是我老公，一定是不放心，在查岗。”然后，打开手机，对着里面道：“你在外面放心做生意吧，放心，我正走在回家的路上，不会在外面给你戴绿帽子的。”说完，咯咯咯一笑，关了手机，食中两指伸出一弹，“哒”地一响，回头道：“一切搞定，大吉大利。”

男人被她逗笑了，长长出了口气，加快了步子。

到了家门，周眉掏出钥匙开了门，男人跟着她走进去。一片黑灯瞎火中，男人忙着去抱周眉，但是，迅即一声叫，脸上挨了一拳，倒在地上。

这一拳很重，以至于男人脑袋嗡嗡地响。

灯亮了，男人面前站着一个小伙子。周眉站在旁边，笑吟吟的。男人还想反抗，小伙子上前，又是一拳，刚劲有力，男人晕了过去。

在男人身上，小伙子找出一把刀。

那小伙子，是周眉男朋友，体校教师。

事后，周眉问：“小子，你怎么知道本美女被劫持了？”

“我是干什么的？”周眉男朋友道，“一听这么聪明的女孩说话颠三倒四，就提高了警惕。等你们走近，我再在窗玻璃后一张，什么都明白了。”

“不傻啊，小子，护花有功，奖赏你一下。”周眉夸奖道，看恋人闭上眼，把头伸过来，“嗒”地在他额头上敲了一指，笑着跑了。

第二天，小城电视台播报一个消息，昨晚，一个在逃强奸犯落网，是一对青年恋人捉住的。

左雅的电话

走出办公室，我百无聊赖地走着，怕回家。虽说三十岁，已经成了市城建局长，可官场得意，情场失意：一直，我独身一人。

手机响了，是一个陌生号码，接通，一个女人的声音，带着妩媚的笑，道："马局好啊，猜猜我是谁？"

我努力地猜，猜不出是谁，问："请问——"

"哟，官当大了，认不得同桌了。我啊，左雅啊！"那边，语言中，带着一种娇媚，一种幽怨。

一刹那，我呆住了，我感到我的心被什么撞了一下，是幸福，正如一支歌中所说，我被幸福撞了一下腰。

那边，笑声咯咯咯，泉水叮咚，流淌一地。

我醒了，忙颤着声问："你在哪儿？"

"'红樱桃宾馆'，能见见你吗，嗯？"左雅问，"嗯"用鼻音发出，让人想到了牛奶、红酒，或者唇膏的色韵。

我忙说："我就来，马上来。"说完，上车，不一会儿到了"红樱桃宾馆"，远远看见一个少妇，站在那儿。风，吹一头黑发如水，一副倚门望归的样子。可惜，我再也无福消受那种倚门等待的幸福了，我的心，酸得如一颗汪着水的葡萄，一弹就破。

十年没见，左雅一如当初分手时，时间，在她身上已经失了填山移海的作用。

在“红樱桃宾馆”，左雅已定了一个包间。

我望着她，道：“什么时候回来的，王信也回来了吗？”

她道：“才回来。他还能不回来？”

两人对坐，先是沉默，接着她长叹，道：“你真傻，该成个家了。”

我揉揉脸道：“曾经沧海难为水。”

她又望了我一眼，摇着头，轻轻道：“没见过你这么死心眼的。”然后，过来，接过我的包，放在一边，动作轻柔得如一只蝶儿。

菜上来了，依然是我大学时爱吃的菜，她还记得那么清。酒，是白酒。我不爱喝红酒。当年，恋爱时，我曾喝着白酒，豪迈地对她说，喝白酒，携美女，走江湖，才是男人的风格。谁知，曾几何时，她却携着王信，远赴江南。

随着喝酒深入，谈话，也逐渐深入。

她告诉我，江南也不是机遇遍地，金钱如土。

从她的叙说中，我得知，他们办的一个建筑公司，在南方维持不下去了，不久前，又回到了本市。

“哎，王信——不善经营。”她说。

“商场失意，可情场得意啊。”我不无醋意。

她“噗”地笑了，白了我一眼道：“像个男子汉吗？小心眼。”

我没说什么，但，我能不小心眼吗？我的恋人，恋爱四年的恋人，说一声被他横刀夺爱，就夺走了，害得我至今还是光棍一条，独守空房。

“你们走的那天，你知道吗？我的心千疮百孔。”我道，眼圈有些酸涩。

她不说话，望着我，很感动，轻轻把手伸过来，放在我的手中，揉捏着。然后，拉起我的手，放在自己白嫩的脸颊上，一颗颗泪滑下，热热的，湿了我的手，也湿了我的心。

“其实，知道吗，十年了，我——也从没忘过你。”她喃喃道，头，靠在我的怀里。由于酒精和爱的双重作用，我一把抱住她，把唇猛地贴上去。她的唇，温润，火热。

我的手在她的身上游走。她鼻翼翕动着，然后嘤咛一声道：“上楼，我订了房间。”

进了房间，我们滚在一起。就在这时，她的手机响了，她一笑，挣脱道：“听话，等一会儿，接完电话就来。”说完，一笑转身，进了洗手间。

我随后悄悄走过去，想给她开一个玩笑。

洗手间的门没关严，她的声音传出来，虽轻，仍能听清：“放心，只要他进了这房间，我们承包的这件工程，他不答应也不行了。”

那边，不知说了句什么。左雅一笑，酽酽地道：“为了钱，王八也愿当啊？”

我感到浑身的火一刹那间冷却下来，没说什么，悄悄拉开门走了。走到街上，手机响起来，打开，是左雅的，问：“在哪儿？快，人家等你呢。”声音腻腻的，风情万种。

可我，一点儿也没有了那兴致。

我翻出刚保存的左雅的手机号，删除了，同时，也在心上删掉了她，我青春的爱情。

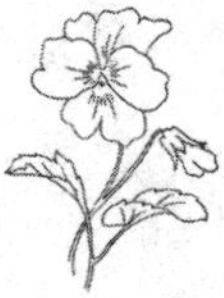

· 小城文人

古玩一条街，在城的背水处。沿河走去，一座石桥，桥那边，垂柳依依，街铺古旧，有一种燕子来去、古巷幽然之感。

王布衣在星期天，爱去转转。

王布衣不叫王布衣，原名王亮山，平时教书，写写字，喝喝茶，喝着喝着，就喝出了一种世外味，自名王布衣。一般人喊王亮山，答应。文化圈人喊，是万万不应的，道，喊王布衣。

一来二去，当校长的王亮山，就成了王布衣。

王布衣教书之余，爱逛古玩街。

每天，下班之后，王布衣不坐车，款款地迈着步子，去了古玩街，一个铺面一个铺面看，有时，也淘点小玩件，或一个鼻烟壶，或一个笔插，总之，花钱不多，纯属消遣。

“布衣，世外之人，也好此道啊？”有朋友讥笑。

王布衣微笑，掸掸衣袖道：“不在别的，在陶冶心身而已。”说得大家点头，都说是是，玩物而不丧志，才是真名士。

王布衣挥挥衣袖，施施然而去。

一日，在古玩街漫步，忽见一书画店名“翰墨轩”的，走进去，一个白发长髯老头端坐椅上，双眼如电。面前桌案上，放一幅字，老人凝目细思，不时用手指敲敲额头。

王布衣迈步过去，也细看那字帖，一看之下，大惊，只见宣纸之上，烟云满纸，下面题款：眉山苏氏。

“不像啊！”老人自言自语，“可印章又不假。”

“绝非大苏手笔。”王布衣细细揣摩，终于忍不住了，接茬。

老人抬起头，望着王布衣，等待他说下去，王布衣用手点点字，道：“此字虽有东坡先生笔法，但字体不够丰润，须知，东坡先生自称其字为‘墨猪’，可见其肥。”

老人点头，道：“老朽也是这样想的，可印章是苏子手法不错。”

王布衣一语道破：“此为东坡先生之子苏迈之作，苏迈笔记载，他有一方印章，为东坡先生手刻。”

一语惊醒梦中人，老人连敲额头，道：“闻君一席话，胜读十年书。”忙请屋内坐，一人一杯茶，谈起书画典故，不时互叹相见恨晚。

以后，无事时，王布衣必去老人处小坐一会儿。

一天去时，看到老人案头有一花瓶。走进细看，王布衣眼睛睁大了。

花瓶为白色，通体有裂纹，细小如蚊足，却又清晰可见，敲敲，叮叮作响，有金玉之声。不由得脱口道：“冰裂纹瓷。”

老人捋须微笑道：“清代瓷器！”

王布衣细看，杯底果有印章，道：“乾隆三十八年制。”拿在手里，迎光细看，胎薄如纸，但条条裂纹清晰可见，赞叹再三，道：“有一事恳求，不知老先生能答应不？”然后，告诉老人，自己最近有一难事，想求人,那人特爱古董。

老人一愣,微笑道:“理当相让。”

王布衣呵呵大笑,掏出一万元成交,小心包好,出了店,并不回家,拦一辆车,直接去了城里最著名的“城建建筑公司”经理家。

忽一日,“翰墨轩”主人正在饮茶,门外人影一闪,一人走进,正是很久不见的王布衣,拿着那件瓷器,放在桌上:“老人,你这是赝品。”

“一万元岂能买得冰裂瓷花瓶?”老人撩起眼皮道。

“幸亏人家没见怪,否则,就坏了事了。”王布衣长叹。

老人没说什么,援笔铺纸,吟一下诗:我卖赝品,君做假人。同出一辙,何所言云?然后,做一个送客的手势。

王布衣想说什么,可叹口气,走了。

两天后,老人来到王布衣家,道歉道,老朽用世俗眼光看先生,以为你巴结领导,去送古董,没想是为了改建教学危楼,去求助犬子,老朽今天特来赔罪。

原来,老人,就是教育局局长的父亲。

白合的百合茶

于品爱喝百合茶。在清亮的早晨，或者安静的黄昏，坐在办公桌前，品一杯百合茶，看一份报纸，是一种最惬意的享受。

可惜，于品享受不上。因为，于品是职员，不是领导。不是领导，就无法享受领导的待遇。

所以，喝百合茶，坐在办公桌前，看一份报纸，就成了于品挥之不去的梦想。

每次，泡一杯百合茶时，于品都会这么想。

于品看着水冲进杯子，一粒粒茶芽在水中展开，如波光潋滟的美目，于品就会想起白合水汪汪的眼睛，就下决心，一定要坐在办公桌前，让白合在人前有面子。

于品品一口茶，一种百合花的香味，直透舌尖，沁入脑门；另一缕穿喉过胃，渗入脾脏。一个人，也在一缕百合香中，空灵剔透。

于品所喝的百合茶，是妻子白合焙制的。

于品家在山里，山水青葱，空气如洗。这儿，是茶乡，漫山遍野都是茶树。一到三月间，茶芽如蚁，鹅黄嫩绿，正是采茶的好时候。

这时候，白合就会提着篮子，上了山坡，在清清的露水中，采摘茶芽，一个早晨一篮，回到家，焙了，揉了，阴干，放在瓮里。然后，再抓把前一年焙制好的百合花，放在瓮中。封住瓮口，半月之后，就可泡喝。

百合茶的美，不只在香味上，也宜于观赏。

一杯百合茶泡开，茶汤嫩绿，如山里女子的爱情，洁净，透明。水里，漂浮着一朵两朵百合花，红的，如宝石；白的，如珍珠。

每天早晨，于品上班，必泡一杯醒神。

那天，刚泡好，局长路过，看见，眼睛一亮。

局长好茶，全局闻名。

局长笑笑，拿起于品的杯子，看看，又细细地嗅着，赞道："好茶，隽品！"

于品也一笑，局长走时，于品很随便地从抽屉里拿出一包，说："局长喜欢，就拿去尝尝。"

局长没有推辞，很愉快地接受了。

以后，隔三岔五，于品就会往局长那儿跑。局长的杯子里，再也不缺百合茶了。随后，党委书记的杯子里，副局长的杯子里，都出现了百合茶。

采茶的季节，白合就更忙了，在电话里发牢骚："茶，茶，哪来那么多茶？"

于品就软软地求："白合，好白合，你就辛苦点吧。"

白合无法，就请人采，或者收购别人的茶，制好了，包装好，一盒一盒送了上去。单位的局长、党委书记、副局长，也都有了百合茶，隔三岔五地，还给上头送一盒。

大家喝着百合茶，觉得于品很会做人，都很喜欢他。

不久，于品就当了科长；再不久，副局长调走，于品就当了副局长。

当了副局长，于品终于实现了自己的愿望，坐在桌前，一杯茶，一份报纸，生活得很惬意。

有时，还可以到外地去考察考察，玩得潇洒，而且快意。

一次，当着白合的面，于品接了一个红包，打开，四千元钱。

白合见了，心惊肉跳："你，你怎么干违法的事？"

于品笑了，很得意："现在都是这样，不然，当官干啥？你以为那些百合茶白送人的吗？我要本利兼收。"

白合默默地睡了，那夜，辗转反侧，怎么也睡不着。第二天一早起来，就回了乡下，说茶能采了，焙一点儿，好送人。

于品听了，眉开眼笑。

一个月后，茶叶送到，一盒一盒，黄丝带扎着，很好看。上面标注了，给局长多少包，党委书记多少包，上头的领导多少包。

茶叶送上去，几天后，于品的副局长被撤了。

原来，盒里不是茶叶，是一些树叶。

再半年，单位几位领导被捕：在建筑上合伙受贿。而于品却一杯百合茶，闲闲地喝着，喝得滋润，喝得坦然。

·美女周小艺

我失恋了,失恋的原因,是由于周小艺。

我爱周小艺。

周小艺结婚那天,我喝了十瓶啤酒,砸了一只杯子,然后走到五楼的窗口前,扬言,我准备跳楼。我扬手,阻止大家别来拉。

其时,并没人来拉。

然后,我跨在窗口旁,扯着公鸭嗓子喊,我马上就要跳了,而且,目标就是五楼下,花坛旁那个凸起的山石一角上,“我说到做到,我是投篮高手,一定会投得很准的。”我的声音,在整栋大楼上回荡着,收到了很好的效果,果然,有几个人跑过来,准备拉我。

“别来,你们靠近,我就跳。”我很英武地喊。

他们跑了,我心里暗喜,他们一定去喊周小艺去了。如果周小艺来,就说明她还在意我,我还有夺回爱情的希望。

周小艺来了,不是一人,是两人,另一个是新郎。

周小艺很缠绵地靠在新郎肩头,从我旁边走过,理也不理,还咬着耳朵嬉笑:“这样的白痴,怎能和你比呢?他要跳就跳好了,与我何干？”

一句话，把我的希望吸纳一空。

我愣在那儿，一动不动，一位哥们儿跑过来，说：“轩哥，可别跳。”

我说：“跳你个头！”然后悻悻走了，既然周小艺都走了，还嚷着跳，给谁看啊？

但是，我仍然不死心。

和周小艺的新郎莫山比，哪一样我都不输于他，甚而至于可以说比他强。

他是农村土特产。我是什么？城市原装居民，往上数三代，根红苗正，都住城中。他是大学生，我也是大学文凭。

我不死心，我还有机会，成婚了怕什么？成婚了可以离婚嘛。

我就写信，一封又一封，从她的办公桌缝中塞进。信里，我调动了自己所有的感情，和所有美好的辞藻，叙说着自己的相思，叙说着自己刻骨的痛苦。

我觉得自己这样做，特下作。可是，有什么办法呢？谁让周小艺那么可爱，谁让我那么钟情呢！

我这样写了半年信，一天，收到回信，也放在我办公桌内，约我下午到枫林见面。

我欢呼，大笑，觉得自己终于可以抱得美人归了。

在枫林中，我没见到周小艺，却见到了王丽。

说实话，暗恋上周小艺之前，我先是爱上了王丽，可人家已有恋人，我那也属于单相思。半年前，王丽男朋友写了绝交信，扔下她，出了国。我没想到，她会来，而且含情脉脉望着我，满眼水色，一汪一汪地道：“经过一次挫折，自己才清楚，要找还是找一个对自己有感情的。”

我无言,但明显感到心跳加快。

“你那些信我已收到,你真那么爱我吗?”王丽问。

我吞着唾沫,终于醒悟过来,我那些信,开头都没署名,只以“你好”二字开头,原来都被周小艺送了人。我听了,忙拼命点头。

就这样,王丽顺理成章成了我的老婆。

结婚那天,周小艺避开众人,笑问我怎么感谢她这个月老。没说的,我拿起杯子,“咣咣咣”三杯白酒,以示惩罚。同时,请她原谅。

“放心吧,以后别心存不良就行了。”周小艺拍着我的肩,拍得我满脸通红。

从此,我做起了一个循规蹈矩的男人,一心拜倒在王丽的石榴裙下。

可是,周小艺这么美的少妇,我不眼馋,自有眼馋的人。

据知情者说,一天,我们经理过来,偷偷拿着一张电影票,塞到周小艺手中。然后,用手机约会:“小艺啊,今晚有好电影哟,《西西里的美丽传说》,去看看哟。”

周小艺笑了,说不了吧。

“很好看的,不看,会遗憾的。”经理在手机里劝,很殷勤的。

周小艺“咯咯”一声笑了,说好的,晚上一定去看。

经理很高兴,说,不见不散哟。

周小艺也说不见不散。

那晚上,经理梳洗一新,西装领带地去了,到了地方,看见周小艺坐在那儿,一袭旗袍如水,望着他微微笑,笑得经理心中一漾一漾的，一抬身子，坐下来。手，刚准备找个地方放时，发现周小艺身边还坐着个人，正是周小艺的老公，在对他点头微笑。

“经理，下次给电影票，可得两张哟，我们莫山也是电影迷哟。”周小艺风姿绰约地笑。经理也笑，可那笑比哭还难看。

剪掉的树枝

朱泾喜欢弹钢琴。而且，他知道谁钢琴弹得好，就是王老师。母亲说，王老师的钢琴连妈妈也比不上。

朱泾不信地问："真的？"

母亲点点头。母亲告诉他，跟着王老师学钢琴，一定要认真啊。他点着头，为了能跟随王老师学习，母亲专门带着他去拜访王老师，还给王老师弹奏了一曲钢琴曲《今夜月光如水》。

那是妈妈最擅长的曲子，他小时就开始弹的。

王老师眯着眼，坐在椅子上，一只手轻轻在椅子扶手上打着节拍，结束，睁开眼道："好哇，孺子可教。"

妈妈听了，一脸的惊喜，忙让他喊老师，给老师鞠躬。

就这样，他成了王老师的弟子。

他想，跟着这样的名师，一定能学出高超的技巧。两个月后，市少年宫就要举行钢琴比赛了，他希望，到时自己能一举夺冠。

每天，他都跟着王老师学两个小时的钢琴。

王老师教钢琴很认真，首先要洗净手，也让朱泾洗净手。他告诉朱泾，弹钢琴时，要聚精会神，不要想别的事，一门心思放在手指上。

朱泾听了，连连点点头。这些，母亲都说过的，他懂。

王老师满意地点着头，让他将《今夜月光如水》再弹一遍。他坐在钢琴前，手指翻飞，如蝴蝶一样，一缕琴音飒飒而出，飘荡满室。

弹罢，他望着王老师，心想，王老师一定会夸奖他的。可是，王老师并没有，而是告诉他，他在穿指时，手指还有些不够自然。他想，怎么会啊，自己刚才的曲子很流畅的，和母亲的几乎不相上下了：母亲可是全市有名的钢琴家。

王老师坐下，屏声静气，三指一点，一滴音符滴落，如一滴圆润的露珠，划着五彩光线落下，仿佛就落在朱泾的面前。接着，五指翻飞，来去如风，却又丝毫不乱，一颗颗音符跳跃而出，如一声声鸟鸣滴在树叶上，如一粒粒冰珠落在玉盘中。其中，没有凝滞，没有艰涩，有的是轻云流水，风行水面。

最后，王老师双手高高抬起，一切都静止了。

朱泾站在那儿，他有些怀疑，这是自己弹的那支曲子吗？他想，一定是王老师改编了的，加入了自己的指法和领悟。

王老师笑笑，告诉他，他将来指法娴熟，领悟渐深，也会弹出这样效果的。

王老师说，就用《今夜月光如水》作为训练指法的曲子，什么时候练得和自己的一样了，再练别的曲子。

他急了，他来是学习王老师的经典钢琴曲《芭蕉雨声》的，他想到时候凭借此曲，夺取冠军的。

王老师摇头，告诉他，按照自己要求训练。

无奈，他每天训练着那支《今夜月光如水》。窗前，花儿凋谢，芭蕉叶已经展开，映绿室内，可他一直没有学到那支《芭蕉雨声》。

那天，他求王老师，教自己《芭蕉雨声》吧。

王老师不说话，正面对着一棵金橘树。金橘树不大，也就酒杯粗，绿色的叶子如碧玉雕琢，甚至叶脉都沁入绿色。叶面上，散发着淡淡的香味。金橘树的一根树枝，直直标上去，肥嫩粗壮，已经远远超过其他树枝。

王老师叹息一声，拿把剪刀，咔嚓一声，剪掉了这根树枝。他大惊，询问原因，王老师告诉他，这样的树枝，使劲地长，养分都被树枝吸跑，只会长高，不会结果。

他站在那儿，一言不发。

王老师拿了那根枝条看看，摇摇头："做任何事情，别追求速度。"

他轻轻点点头。

那次市里的竞赛，他没参加，他觉得自己不够格。他坐在窗下，面对窗外芭蕉，一天天练着琴，春雨飘飞，秋阳朗照，从未间断。十五岁那年，市里再次举行钢琴赛。他去了，他一曲《芭蕉雨声》，轰动全场。评委们一致认为，他弹奏此曲技巧、指法，已经不亚于自己的老师。

只有他知道，自己能有今天，是王老师一句话润泽的结果。

他还知道，母亲也是王老师学生，鉴于他求快心理，母亲无奈，将他托付给自己的老师指导。王老师于是弄了棵金橘，想出这么个方法。

不会变质的爱

七十多岁时，他终于回来了，回到隔海的故乡。

他走时，十九岁，是个春暖花开的日子，桃花梨花云霞一样，罩着一个村子。那时，他出去，拿了一张药单，是给父亲捡药的。父亲是白内障，一直忍着，不治疗。这天，突然想开了，找老中医开了一张药方，让他去捡。

他去了，可是，走在半路上，就遇见了一群兵。

这是一群拉壮丁的士兵。

他被一绳子绑了，拉着就走。他急了，挣扎着大喊："让我回去，我爹病了。"可是，这些兵仿佛没听见，连拉带扯，将他扯入军营。

他穿上军装，拿起了枪。

他哭了，泪水哗哗的，不想打仗。他告诉军官，他自己也有病，腰摔坏过，让他回去吧！可是，谁敢放他啊！他于是随着部队，一路打一路败，一路撤退，最后过了海峡，去了那座孤岛。

他想爹，想家。

娘死得早，爹将他辛苦养大。现在，爹得了白内障，找不到自己,不知如何地难受啊。

没有雾的时候,他站在高山上,望着对岸。他家在海峡那边,一水之隔,站在金门岛上,甚至能清楚地看见他家的屋顶。春季里,能看见彩霞一般的桃杏花。可是,咫尺之间,波涛弥漫,难以回家。

他扯着喉咙喊:“爹!”

他流着泪说:“爹,你要保重啊!”

他的声音远远传开,扩展在空中,和海鸥一起飞翔,然后又被海浪吸纳。他的泪,一颗颗落下,落在衣襟上,绽开朵朵花瓣。泪光中,他仿佛又看见爹,摸着墙,一步一步走着,在喊着自己;他仿佛看见爹,在一家一家打听他的信息。

时间,在思念中一寸一寸走过,蚂蚁爬行一般的慢。

五十多年后,他终于回来了。

他的头发已经雪白,眼睛已经昏花,手里提着几包中药。这些中药,是他按药单买的。五十来年了,那张药单,他仍折叠得整整齐齐的,藏在箱子里,就如当初一样。现在,他终于买到药了,终于可以提着药走向老家,走向思念中的爹了。回到老家,一切都变了,家不在了,爹也不在了。村中,老了一茬人,也长大了一批人。

只有村头的桃杏树,在春天里,依然花事繁盛,一片霞光。

在一些老人的指导下,他找到了爹。

爹死了,爹在他离开不久就死了。爹的坟就在屋后坡上,一抔黄土,一片青草。坟前一棵梨树,梨花白得如雪,一瓣瓣落下,落在地上,也落在他的身上,怎么拂也拂不完。

这儿的坟,一律坟头向北。而爹的坟头相反,对着海,对着那个孤岛。爹一直在望着他,在等着他回来。

他匍匐在地,号啕大哭。

他让堂侄把药拿来:活着,他不能给爹买回药治病。他想,现在,他把药烧了,让爹在那个世界治病,将眼睛治得亮亮的,再也不用拄着拐杖走路了。堂侄是个医生,看了药,摇摇头,问他是不是弄错了。

看他满脸疑惑,堂侄告诉他,这药不是治白内障的。

他不信,爹专门找老中医开的,怎么会错?

堂侄仔细看了,告诉他,这是治跌打损伤的。

他愣了一下,老泪又一次涌出来,落在衣襟上。十九岁那年,他上山砍柴,腰摔伤了,由于心疼钱,就一直强忍着。他没想到,爹弄的药单,不是为自己,竟然是为他准备的。

五十多年来,那张药单一直存在衣袋里,他没想到,那是爹的一颗心啊。

五十年,爱没变质。爱,无论存放多长时间,也新鲜如初,永不变质。

·才　能

那年，小毛毕业了，很幸运地进了一家国企大公司，公司老总姓赵，是一个很重视人才的人。但是，小毛刚进公司，成绩平平，也只够做一个职员的资格。

公司有明文规定，是什么等级的职员，就享受什么等级的待遇。

小毛也就接受了最低等级的待遇，每天夹着一个公文包，按时上班下班，一天八个小时，随波沉浮。

本来，小毛一生可能就这么平平淡淡地过了，和其他职员一样，退休后领着一份养老保险，安度晚年，浇花养草，逛街遛鸟。

谁知，平地陡然起了波澜。

一个更大的公司出现了，该公司的秦总，凭借强势，一路在商场上东拼西杀，几乎打败了所有的同行业公司。这时，他瞄准了小毛所在的公司，想一口吞下它，组成一个大托拉斯。赵总当然不答应，极力抵抗，无奈势力不如人，只有徒唤奈何。

就在这时，小毛扔下保温杯，敲开赵总办公室，献出一策，为什么不联合一个被秦总打败过的公司。因为道理很简单，那些被秦总打败的公司，每一个势力虽有限，可只要和赵总联合起来，势力也就超过秦总了。

赵总挠着后脑勺，苦恼地问：“联合谁啊？”

小毛说，最近秦总不是打败了你的朋友楚总吗，他瘦死的骆驼比马大，联合他啊。

赵总摇摇头，心说，小毛你好傻哟，商场哪有真朋友啊？同行是冤家，过去拍膀子称兄道弟的，现在哪一个不眼巴巴地望着，巴不得我被打得满地找牙。

小毛却不这么认为，他提议，多派几个公关人才去劝劝楚总，说不定会结成联盟的。赵总抱着试试看的态度，派去了公司里几个特别善于公关的人，谁知这些人一个个红光满面而去灰土头脸回来：楚总铁了心，就是不答应联合。无奈之下，小毛劝赵总亲自去一趟。赵总摇着头，如果喝酒聊天，搂着美眉跳舞，自己是内行，这公关的事自己怕不行。小毛一拍胸脯，豪气干云地说：“我陪你去。”

赵总白了小毛一眼，不放心地问：“行吗，你来我公司，一直也没见能说会道啊？”

小毛一挺胸道：“你就瞧着吧。”

于是，赵总就去了，可楚总仍是那个态度，任赵总说破嘴唇皮，就是不答应。楚总表面上显露出一副心有余而力不足的样子，心中却嘿嘿直乐，心说，老赵，你不是很牛吗，现在遇着斗牛士了吧？

赵总只有叹口气，望望小毛，心说，该你小子上阵了。

小毛缓缓开口了：“楚总，你应该和赵总联合。”

楚总嘴角噙笑：“为什么？”

小毛也笑笑，慢条斯理地回顾起楚总公司被秦总打败的往事：

你们公司当年多厉害啊，生意兴隆通四海，红红火火半边天，可是秦总公司一做大，第一个就吃定了你们，几次将你们的买卖搅黄，你们前任老总无奈之下只有和他们坐在谈判桌前谈判，最终没谈成，连气带急，一口鲜血吐出来，死在谈判桌前。干不过人家，无奈之下你们把公司总部迁到这儿，现在人家秦总又找上门来了，我们赵总一完，你还有好日子过吗？说白了，我们来这儿是为了自己，更多的是为了替贵公司报仇。

一席话让楚总面红耳赤，同仇敌忾之心顿起，当场签约，决定和赵总强强联手，共同对付秦总。最终，遏制了秦总的咄咄逼人之势。

小毛也因此立了大功，在公司得到赵总超强重视，不久，担任起公司副总经理来。

小毛是战国人，名叫毛遂，佐赵联楚，一举打败秦国，赢得人们的赞扬。他通过自己的职场成功经验告诉我们，进入公司后，应当将能力悠着点儿，不必处处锋芒毕露，但必要时一定要抓住时机将锋芒狠狠露一把，让老总和同事牢牢记住自己。这样，既能成功，也少招人忌恨。

第七辑

开花的义务

他听了，心中“轰”的一声，一块顽石重重落下，一扇大门也随之轰然打开。是呀，不管美丑，是草都得开花，这是它们的权利，也是它们的生命价值。人，不也是一样嘛！无论美丑，都应当实现自己的价值，这是权利，也是义务。

智　商

王敦是东晋权臣，招兵买马，锻造武器，积极准备搞叛乱。他的营中，有个左司马，叫温峤的，非常着急。原来，他是东晋皇帝明帝派来专门干卧底工作的。

现在得到真实消息，他想马上离开，可又没有借口。

就在这时，丹阳尹调职了。丹阳，就是今天的扬州，是东晋经济发达区，是东晋经济命脉所在；军事地位，也十分重要，它处于王敦掌控地武昌和东晋首都健康之间：掌握这个地方，可以直接关系到健康的安全。

温峤想了想，马上去找王敦，告诉他，如果不想革命就罢了；如果想革命，赶紧趁此机会，把丹阳拿过来。

“怎么拿？”王敦很虚心地问道。

“派一个心腹去担任丹阳尹，否则，迟了一步，朝廷就派人啦。”温峤进一步建议。

王敦犹豫了，挠着脑袋想，这个地方，派谁去合适啊？温峤告诉他，派钱凤去。钱凤，是王敦的军师，心腹中的心腹，最合适不过。

当时，钱凤坐在旁边，也很想去，可是看温峤如此推重自己，也假意谦让，说温峤适合去，他也是王大将军的心腹啊，更有文武才。

王敦犹豫了一会儿，他离不开钱凤，有些造反计划，是他和钱凤一起敲定的，还要进一步完善。当即决定，派温峤去。

钱凤听了，十分失落，也十分不满。

临行前几天，王敦在府上举行饯别宴会。温峤站起来，拿着大杯，各处敬酒，而且一边敬，一边陪喝，喝得酩酊大醉，摇摇晃晃，来到钱凤面前，说："钱——钱兄，敬你。"

钱凤摇摇头，很不爽地告诉他，自己不会喝。

温峤马上翻了脸，勃然大怒，指着钱凤骂道："好你个家伙，看不起我，竟然不喝我——我敬的酒。"说着，扯着钱凤的胡须就灌，由于站立不稳，一杯酒全倒在钱凤脸上，手一扫，又打掉了钱凤的头巾：总之，十分的不礼貌。钱凤大怒，面红耳赤，挥动拳头，就准备打过去，让温峤得个脑震荡。

这边，王敦一看，忙赶过去，拦住钱凤的拳头，劝道："温峤喝醉了才这样的，你别和喝醉的人一般见识啊。"说着，劝走了钱凤。

温峤却不依不饶，仍要着酒疯，嘟嘟囔囔道："钱凤，你等着，哼，看不起我。"一边说，一边被大家劝走，回到府上，倒在床上呼呼大睡起来。

钱凤气鼓鼓地回去，怎么也睡不着，毕竟是摇羽毛扇的军师，想起王敦的任命，总感觉到不妥：毕竟温峤不是王敦的老兄弟老班底啊，难保他这样做不是涮我们，让我们上当的！于是，天一亮，就急忙起来，去见王敦，劝他收回成命。王敦听了，很不满地白了他一眼道："温峤昨天醉了，才侮辱了你，你怎么现在还记着呢？"钱凤傻了眼,无话可说。

不一会儿,温峤赶来辞行,拉着王敦和钱凤的手,泪水长流,舍不得离开。王敦也红了眼圈,望着钱凤,心想:怎么样,心腹就是心腹。然后,送温峤上船,嘱咐多多打探朝廷动静,速来汇报。

温峤连连点头,撑一帆风,昼夜不停,赶到丹阳上任去了。

王敦做梦也没想到,温峤一到丹阳,就把王敦要谋反的消息透露给朝廷,让朝廷做好了充分准备。同时,自己也积极在丹阳挖战壕,搞战备,准备反击王敦。

至于推荐人,喝醉酒,都是温峤的计策。

温峤窝在王敦那儿,无法脱身,眉头一皱,给晋明帝想了一法,送去信件,请求调走丹阳尹。趁此机会,温峤赶紧给王敦建议,让选一个心腹去代替,而且积极推荐钱凤。这样做,只不过是欲擒故纵罢了。但是,他又怕过后钱凤明白过来,说自己的坏话,所以故意装醉,得罪钱凤。这样一来,钱凤再说自己的坏话,王敦就以为是报复,就不会听了。

一切果然不出温峤所料,王敦上了当,没听钱凤的劝告,让温峤去了丹阳。最终,温峤由于熟悉叛军的情况,帮助晋明帝很快镇压了叛乱。

王敦不是败在战场上,是败在和温峤智力 pk 上。

王敦一直以智力著称的,可在温峤面前,处处上当。原因无他,权力当前,判断力马上变得迟钝起来。

下　钓

大亚决定做一件坏事，一件小小的坏事：在大路的水窝里，栽一枚铁钉。原因很简单，大亚想当优秀。

栽下铁钉，大亚就天天在路边等待，如渔人，等鱼儿上钩。

一天过去了，没有鱼儿游过水窝。两天过去了，仍然没有鱼儿游过。

大亚一点儿也不气馁，大亚很有耐心，因为大亚经常钓鱼，早已钓出了经验钓出了技巧。钓鱼，就得要有耐心，要和鱼儿比拼耐力。小猫钓鱼的童话，知道吧？大亚可不是那只傻傻的小猫，而是一只老猫，一心一意等待猎物上钩的老猫。

大亚有的是时间，每天，都要在那儿转一趟，看看是否有鱼儿上钩。

第三天，有鱼儿咬钩了，是个小学生。可在大亚看来，她就是一条鱼，一条即将上钩的鱼。而且，终于，小鱼游了过来，走过水窝边，脚一滑，跌倒了，爬起来，大哭，一脸的血，挺吓人。

大亚跑过去，二话没说，抱起小孩就向医院跑去。这个过程，很美，他感觉到，有点像渔人收线。

大亚想，不久，这个小女孩的爸爸就会赶到医院，向他道谢；记者呢，也可能登门采访；电视台更会进行新闻报道。那时，一夜之间，他就会成为小城的名人了；先进，更不用说，非他莫属。

大亚想着美好的收获光荣的未来，得意的脚步飞舞得更轻快了。

为了达到最佳效果，从小孩那儿，大亚没忘了弄来她爸爸的手机号，叩了一个电话，告诉那位爸爸，他的女儿被铁钉扎着了眼角，很危险，现在正在送往医院的路上。伤情，说得很严重。当然，越严重才会越加显现出他救人的作用嘛。

那头接了电话，果然声音打颤，说，大哥，谢谢，我——我马上就到。

大亚暗暗好笑。大亚要的就是这种效果。

大亚觉得，那位爸爸也是一条鱼，是他要钓的第二条鱼，现在，也如愿以偿地上钩了。

大亚背着孩子，汗流浃背气喘吁吁地来到医院。

大亚跑进跑出，如踩着风火轮一般，找医生，挂号，交费，满脸惶急。

当得知大亚和女孩萍水相逢素不相识时，医院的医生一个个都睁大了眼睛，望着大亚，那态度也顿时柔和多了。尤其那位漂亮的女护士，望着大亚，一对大眼睛水汪汪的，都能照得见大亚的人影。大亚心里软绵绵的，鼻端，无来由地钻入一缕薄荷味，撩拨得他狠狠地打了几个喷嚏。

大亚心里暗笑，他知道，这些医生其实也成了鱼，上钩了。

当然，大亚最终要钓的，是先进，是表扬。这，才是最后的鱼。

大亚一边飞马扬鞭漫无边际地想象着，一边耐心地等着女孩的爸爸。

女孩的爸爸来时，已是两个多小时之后。这家伙，却并没有直接奔向病房，向他道谢，这让坐在病房中等待的大亚很不高兴。他走出了病房，听见了哀哀的哭声，而且医生们跑进跑出，很忙。

他忙拉住那位大眼睛护士，一问，才知，原来，发生了车祸——

女孩的爸爸接到电话后，驾上车，就向医院直奔而来。由于心急车快，又由于精神恍惚，在一个路口，撞倒了一个小男孩。

“我，我他妈的怎么那样不走运哪，孩子被钉子扎伤。现在——现在又伤了人。”那人坐在医院前厅里，吸着烟，不停地扯着自己的头发，唉声叹气。

大亚很想劝劝那男人，可他却又不知为什么没有劝，而是摇摇头，唉声叹气，做一脸同情状，向后面走去。

哭声，是从后面的手术室走廊里传来，听说，是被撞孩子的妈妈，悲伤，而又有些嘶哑，听在耳朵里，隐隐的，还有一些耳熟。他忙走过去，想看看，是不是熟人。他走到那个女人的身后时，心，突然“咚咚”地跳起来；腿，也无来由地打着颤；浑身的力气刹那间消失得无影无踪，像被吸铁石吸去了一般。

他暗暗地在心里劝慰自己，不会的，一定不会的，世间绝没有这么巧合的事，是自己想得太多了。

女人擦泪时，回了一下头。他的脑袋“嗡”地一响，他清清楚楚地看到，那个女人，就是自己的妻子。

大亚倒了下去，昏倒前，朦朦胧胧的，他感觉到，自己也是一条被钓的鱼儿。谁下的钓钩呢？他说不清。

送一串真情

单位组织一次旅游，他参加了，她也参加了。但临了，她却退了出来：两千多元哪，她有点舍不得。

他劝她去，她不，说晕车。并对他说，你去吧，看了什么风景回来对我讲讲，就等于我也去了一趟。无法，他只有一个人头戴旅游帽，身挎旅游包，跟着大伙儿，向着一个半岛浩浩荡荡而去，狠狠地潇洒了一把。

但在旅游期间，他时时感到心中有一种愧疚消解不开。每次，他出外旅游；而她呢，总在家留守，结婚这么多年了，她从没远游过一次，只是紧紧围绕着厨房、孩子和老公转，从没想过这样该多么委屈了自己。

看着旅游时一个个女性傍着自己的丈夫，很幸福的样子，他的心里就酸酸的。他觉得，自己该买点什么东西给她，聊以表达自己的心意。

下山时，他顺道进了一家珠宝店。

珠宝店里陈列着戒指、项链、耳坠等首饰，他选中了一条白金宝石项链，那洁净的链条，猩红的宝石，若挂在她那修长的脖子上，一定很美的。一千八百元的价格，在讨价还价中，最后他以四百元买了下来。

当他喜滋滋地将项链捧回宾馆时，别人讥笑道，书呆子，那不是真货，想想，若是真的，怎会四百元？

他目瞪口呆，惊佩于这些人的真知灼见，怎么自己就一点儿都没想到呢？但他一点儿也不后悔，他想，在这次旅游中，若不买点什么送给她，会是他一生中的一个遗憾。为了她，即使自己再被别人哄几次也没什么大不了的。

有好心人给他出个主意，回去别说只用了四百元，就说是一千多元，否则，一定露馅儿。

他摇摇头，这是一份心意，心意是不能渗水分的。

一周之后，他回到家，将这串项链挂到了她的脖子上。她很高兴，在镜子前照了又照，嫣然一笑，很美。看着她很高兴的样子，他滑到嘴边的一句话又咽了下去，他不想败她的兴。

然而，很长一段时间之后，他仍然忍不住，对她说，有些人说这条项链是假的呢。她一笑，说，自己早就知道是假的，想想，四百元怎能买到真货？

“那你为什么还戴呢？！”

“东西是假的，可心意是真的啊！送东西本来送的就是一份情意，只要情意是真的，又为什么要在乎东西的真假呢？”

一番话，让他心中豁然开朗：爱情就是一份情意，情意真，即使送块顽石也是无价之宝；感情虚假，即使送连城之璧，也一文不值。

我们的合唱队

市里要组织一台文艺晚会，开头是一个大合唱，来个开门红，大合唱要二百人。市领导说，这样才有气势，才会产生一种排山倒海摧枯拉朽的震撼力，才能给新年来一个开门红。二百人的合唱队，要团结一致，上下齐心，就必须是一个单位的人，这样才能配合默契，才能引人注目。

这样的大单位，数遍本市，只有一个，我们单位。

我们单位领导接到命令，兴奋得鼻尖发紫，紧张得脑门冒汗，抱着花名册熬更守夜，数了几个晚上，能吼两嗓子的也仅仅只八十人，离二百人的数字还整整差了一百二。

领导急了，吸了三盒烟之后，一扔烟屁股，有了办法。

领导在八十人之外，又抽了一批人，让参加合唱。这些人从没想到过自己还能上台，一个个大眼瞪小眼。有一个小伙子哀求说："领导，我们不会唱歌啊，就是勉强吼两嗓子，也像对面坡滚下的烂南瓜啊。"

其余的人也应声，说是的是的，真像烂南瓜。

领导不信，让大家试唱了一首《两只蝴蝶》，那歌声坎坎坷坷东拉西扯，惨不忍听。大家唱罢，望着领导，以为领导准会生气。谁知领导却越听越高兴，到大家破破烂烂的歌声刚一停，领导一拍腿，赞道："好极了，比我想象的还要好！"

大家睁大了眼，没想到自己的歌声竟能得到领导表扬，一个个兴奋得双颊发红。领导接着说："大家唱得虽不像歌，可毕竟能唱啊。"

大家听了领导的话，一个个丈二和尚——摸不着头脑。

领导得意地一笑，说："这说明我这几夜没有白熬，眼光很准，选得很好嘛。"

"我们唱得不像歌啊。"有人小声说。

"不要紧，你们起码总会唱一支两支歌吧？"领导问。大家点点头，领导很满意，"这就得了，到登场唱时，你们就轻轻哼你们会唱的歌吧。"

"行吗？那可是大型文艺晚会啊。"有人问。

"行的，一定行的，不过声音不能大。"领导说完，一挥手，让大家下去了。大家那个高兴啊，既不需要练歌，又能出头露面，何乐而不为？

可是，不一会儿，领导又皱起了眉头：人数还差几十个呢，单位能哼两声歌的都抽来了。这下咋办？

不一会儿，领导就展开了眉。领导毕竟是领导，方法信手拈来，轻易得很。

领导又抽出了剩余的人，包括我在内。那一刻，我急死了。长这么大，我可真的一嗓子都没有吼过。我可怜巴巴地求领导："领导，饶了我吧，刚才那些人还唱过歌，可我一嗓子都没唱过。"

“我们也是呀，领导。”我的朋友王文山也跟着说。

领导不高兴了，脸红了，批评道：“什么思想，拈轻怕重。——你们吃过饭吗？”一句话，让我们张大了嘴：长这么大，不吃饭是充气长大的吗？

领导胸有成竹地说：“能吃饭就能参加合唱团，到时不必出声，只需像吃饭一样，嘴一张一合，会吧？”

我们热烈鼓掌，全力拥护领导的英明决定。

可领导又愁容满面，因为，我们单位老弱病残一齐上阵，也才一百九十九个人，还缺一人呢，领导能不着急吗？正在领导一筹莫展时，我弟弟来了，找我有事。领导一见，眼睛一亮，忙把我叫过来，说：“让你弟弟也参加我们的合唱团吧，以解燃眉之急。”

我慌了，忙摇手：“不行的领导，我弟弟是哑巴。”

领导胸有成竹地说：“不要紧，到时候让他站在团队中，只张嘴不出声就得了。”没法，我只有把弟弟叫过来，打着手语把领导的话告诉了他。弟弟很听我的话，高高兴兴地点头答应了。

二百人的合唱队组成了，演出的晚上，一登场，那气势，那阵容，赢得了阵阵热烈的掌声。我们一个个穿着笔挺的西装，挺着胸，凸着肚，抻长脖子张大嘴，连唱了三支我们从没唱过的歌，最后，在大家滚雷般的叫好声中，一齐鞠躬，谢幕，退出舞台。

那次大合唱，取得了空前的成功。

几天后，市里为这次晚会举行了颁奖仪式，我们的大合唱用市长的话说，因为“万众一心，配合默契，表现了时代精神和风貌”，所以毫无悬念地获得了特等奖。最出人意料的是，我弟弟获得了最佳个人表现奖，颁奖辞是“演唱神态自然，大方得体，有一个歌唱家的风范”。

我弟弟倒还罢了，毕竟是我弟弟嘛。我还容忍得了，最让我妒忌的，是王文山那小子，也得了个奖，据评委解释说：“该同志志气昂扬，精神风发，充分体现了歌词鼓舞人心的内涵。”

我暗暗纳闷，这小子从未唱过歌，怎么一夜间成了歌唱家了，偷偷询问原因。他笑，然后说，领导不是让自己按吃饭的口型一张一合吗？那天上场前吃的是蒸馍，所以唱歌时按吃蒸馍的样子，嘴张得特别大。

这让我非常埋怨妻子，不该让我上场前吃的是面条，否则，哼，我也会得奖的。

· 开花的义务

当时，大火突然燃烧起来，封住了楼，一个女人哭着叫着告诉大家，自己的孩子还在屋内，还没有抱出来。果然，熊熊的大火里传来哇哇的哭声，如一股溪水断断续续的。他一听急了，顾不得多想，一头冲入火中，找到孩子，抱着就向外面跑。

可是，火很大，已经彻底封住了楼门，冲不出去了。他冒着烟火跑回去，到处寻找着，最后将孩子放在一个水池中，放了一些水。可池子很小，只能容下孩子一人。安顿好孩子后，他再转身找地方躲藏时，衣服已经着火。

最终，孩子得救，毫无伤痕。

而他，却在昏迷中负伤住进了医院。

伤痛逐渐消失，他也逐渐恢复。在揭开绷带的那一刻，面对着镜子，他几乎不敢相信眼前看到的一切：过去，一个帅气阳光的小伙子，在镜中的面目竟然如此狰狞，如此丑陋。

他一下扔掉镜子，用被子蒙着脑袋，成串的泪水流下。

回到家后，过去那个活泼阳光的他不见了。整日里，他独自坐在房中，哪儿也不去，默默地不说话。父亲见了，轻声劝他出去走走，散散心。他摇着头，一言不发。父亲让他看书，或者看看电视，他仍摇摇头，一言不发。突然，父亲眼睛一亮，建议道："你不是喜欢书法嘛，练书法啊！"

他撕扯着头发喊道："我丑八怪一个，练什么书法啊？"

父亲望望他，轻声叹口气走了。

第二天，父亲搬进一个花盆放在他房间的窗台上，告诉他，花盆中撒了一些种子，开出花朵后，会治他的伤痕的。他不信，问究竟是什么？父亲轻轻一笑道："秘密！"

时间到了春天，一阵春风，一阵春雨，窗外有了青嫩的颜色，花骨朵也吐出了微笑。

几天后，在鸟鸣声中，花盆中发出了草芽，上面挑着几颗小小的露珠，晶亮晶亮的，反射着一丝丝晨曦的白光。

他眼睛睁大了，闪现出一丝期待。

父亲告诉他，好好照看着，这小东西开花时，他的病一准就治好了。

他望着父亲，看见父亲一脸笃定的样子，更是多了几份渴望。

花盆里的草儿一天天长大，是一种青嫩的绿，绿得清，也绿得净，仿佛每一根叶脉都沁着绿色。草儿在他的注视下，渐渐长大，抽结，细细的秆儿，细长的叶子披离着，随风摆动。待到吐穗时，他睁大了眼，这草竟然是野地里的狗尾草。自己从未听说过，狗尾草能开花，开出的花朵还能治疗烧伤。

他找来父亲。

他不解地问，狗尾草怎能开花？

父亲一笑，反问："狗尾草怎么就不能开花？"

狗尾草上，一些细密的米状东西，白色的。父亲说，这就是狗尾草的花儿。

父亲说："这草美吗？"

他摇摇头，一点儿也不美。

父亲说，可是它却开花了，和牡丹、月季一样开花了，不管美丑，是草都得开花，这是它们的权利，也是它们的生命价值。

他听了，心中"轰"的一声，一块顽石重重落下，一扇大门也随之轰然打开。是呀，不管美丑，是草都得开花，这是它们的权利，也是它们的生命价值。人，不也是一样嘛！无论美丑，都应当实现自己的价值，这是权利，也是义务。

第二天，他开始练起书法。

多年后，他已成为一名书法大家，在给一群残疾人演讲时，他讲到自己的经历，讲到自己当年的心结和醒悟，最后赠送大家一句话："是草，就得开花，这是草的权利，也是草的义务。"

月到中秋

时间已老，中秋已老，可思念不会老去。

走在异地，时时，我会回望故土，回望天尽头那一方土地，回望暮霭下的炊烟，回望我童年的记忆。这时，中秋依然，明月依然。

娘，依然在月光下留守着故园。

那时，小村该多寂静啊。

那时，小村又多热闹啊。

月亮，从东山顶上慢慢升起来，将一片片白净的光泼洒在山顶，泼洒在哗哗流动的河面上，泼洒在村庄上。月光照到的地方，一片白亮，纤毫毕现。月光没照见的地方，就有点阴暗。而笑声、闹声，在有月光和没月光的地方响起。

而香味，在有月光和没月光的地方淡淡浮荡。

小村，荡漾着一片温馨。

童年的小村，一般不卖月饼，是自己做的：将芝麻炒熟，和白糖一起，放在臼窝里捣碎，做成馅儿，包在包子里。然后，将包子压平，在锅中加油烤熟，就成了。

这月饼又香又甜，还烫。

每到月半，我们知道有月饼吃，都很高兴，就在院子中打闹着，嬉笑着。可是，我们又时刻仄着耳朵注意着，听到娘喊一声："吃月饼了！"我们一声喊叫，吱溜一声分散着跑了。

当然，也有其他玩伴想吃我的月饼，我双腿叉开，坚决不让。娘见了，会拉开我，把那孩子拉进来，塞上两个月饼，拍着他的头笑笑，让他走了。

多年后，长大了，我走遍各地，吃了各种月饼，可没一种比娘做的好吃。

那月亮也没有童年的大，也没童年的圆和亮。

童年的那轮月亮，一直贴在天上。

我打闹时，它在空中朗朗地照着；我吃月饼，它在门外白亮亮地照着；我吃完跑出来，它依然在空中洁净地照着。只不过，它这时更圆了，更亮了，已经不再在东山顶上了，而是在二叔家的椿树枝丫上了。

它仿佛被树枝挂着了，一动不动。

娘洗了碗，收拾停当一切，搬着一把椅子坐在院子中，坐在明月光中。

我靠在娘怀中。

娘教我："月亮走，我也走，一直走到家门口，捡根猪尾巴，给我娃儿做头发。"娘说着，还伸手在地上一捞，好像捞到了一条猪尾巴，在我头上按了一下道："按上了按上了。"

我知道娘逗我，就嘎嘎嘎地笑了。

娘拍着我的头，也呵呵地笑了。

小村静静的，夜已经深了。远处的山，近处的水，还有房子，还有树木，都被如水的月光照着。月光下有虫鸣，一声一声响起，在台阶下，在草丛里，在远处的沟沿里，露珠一样零落。

娘说，月亮中有一个女孩，名叫嫦娥。

我抬起头瞪大眼望着，可就是看不见。我问娘在哪儿啊？娘指着月亮里的黑影说那就是的。我使劲看，可还是看不见，但我仍相信有，因为这是娘说的啊，娘说有就一定有。我问娘，夜深了，她咋不回家啊？

娘说，她走远了，忘了回家的路。

我心中有一点儿小小的忧伤，为月亮中的那个女孩。一个寻不到回家路的人，是多么可怜，多么孤独啊。她不想家吗，她不想娘吗？一直到今天，月到中秋，望着那轮圆月的时候，我的心中仍有着一点儿淡淡的忧伤，为月中的那个女孩，虽然我知道，那只不过是娘的一个故事而已。

后来，我也渐行渐远，离开了故乡，离开了娘。

可是，我始终没有迷路，因为，我有娘在，有中秋在，有故土在，即使远行千里万里，也能找到回家的方向。

狐仙恩师

那年，他做了考官。本来，他不应做考官的：考官，应是文坛宿老，名声隆盛。他年轻，才二十岁多一点儿，写过几首诗，却无什么文名。但是，当主考是有很多好处的，所有考生，以后都是自己的门生，无形中就织下了一张关系网。另外，如果考试不出意外，主考官会随即升官的。

一朝官员听到消息，一时都傻了眼，心想，一个刚刚步入官场的年轻人，凭什么当了考官？

甚至有眼红的断言，这小子一定有背景。可是，大家私下细细一查，他的祖上三代都是捏锄把的，毫无背景，只是到了他这辈才改行读书，子曰诗云的。

大家弄不清，这小子运气为何如此好，一手就抓了个香饽饽。只有他知道，他能做主考官，是因为接受了秦桧的条件的。秦桧找来他特意说，选他做主考，是自己定的。原因嘛，自己有个孙子，也参加了考试，希望名列第一。

秦桧说，他如果答应，主考就是他；不答应，另选。

他不笨，一听就明白了，秦桧找他，是因为他年轻，容易指使；一般文坛名宿，绝不会买秦桧这个账的。再说了，一旦事发，身败名裂，谁愿担这个风险？

他一脸微笑，连连点头，并发誓一定让秦桧满意。但是，他又担心，怕到时记不住秦桧孙子的名字。秦桧一笑，那好办。秦桧拈笔濡墨，沉吟了一下，风流潇洒地在纸上写下几个：将秦埙托付陈大人。

秦桧虽是奸相，书法却出众，当世第一。

他一见，跷起大拇指连连惊叹，将纸条小心叠起，收好，连连道："如此墨宝，下官当早晚展读，铭记五内。"秦桧被拍，十分舒畅，呵呵一笑。

一杯茶后，他站起躬身离开。

第二天朝廷发文，他就成了主考。

几年一度的科考，在大家的等待中静静进行。他坐在场屋里，不时掏出纸条，仔细端详着，连连长叹道："好字啊，真正的好字。"

然后，考试结束，考生鱼贯出场。

然后，考官开始阅卷。

最后，发榜。

榜文一出，举世瞩目，秦桧也早早派出家人前来观看。可是，榜文上高居首位的并非秦埙，竟然是江南陆游。家人不甘心，再往下看：榜眼、探花……都不姓秦。

家人一溜烟地跑回秦府，告诉了秦桧。秦桧火冒三丈，立马派人叫来他："你……为什么骗老夫？"

他一笑，一掸衣服答道："我若不假装答应，你会另选他人，这样就会徇私舞弊，埋没人才。"言外之意，他是为了考试公正，才故意答应下来的。

他说:“贬我官吧!”

秦桧哼哼一笑:“这次考试作废,另考。”

他也哼哼一笑:“你不敢。”

秦桧掀髯鼓眼瞪着他,在大宋朝还没有自己姓秦的不敢做的,眼前这小子简直狂妄至极。可是,这次秦桧真没敢那样做。因为,他随即一笑,告诉秦桧,那一张纸条在自己手中。“那书法真的很好,我会让天下士子都怡瞻仰一番的,如果丞相废除考试结果的话。”说完,他又一次轻轻一掸衣袖,转身长衫飘飘地走了。

秦桧无奈。秦桧生气。他要弄回那张纸条,否则,一旦纸条张扬出去,自己将不齿于天下读书人,也将影响到自己的官位。他咬牙想想,派出一个刺客。谁知刺客赶去,却跑了空,他的府上已人去楼空,只有一片竹影姗姗,一片芭蕉青葱;只有一张纸放在桌上,上写一首诗:我家三十六湖东,一帆清水一帆风。劝君莫问归何处,坐卧白云听晚钟。

秦桧几把撕了诗,切齿大骂:“真狐精也。”

秦府人不知缘由,听了这话,以为他是狐狸精变的,一时传出去,都下士人以讹传讹,都称之为狐仙。有的考生竟称之为狐仙恩师,香烟袅袅,供在神龛上。

一双眼睛

爷爷说，那双眼睛又亮又大，一直望着自己。爷爷说，自己最后一次看到那双眼睛时，小叫花子已经死了，睡在那儿，一双大眼望着天空。天空啊，又高又远又蓝，上面飘着一朵朵白云。

爷爷说时，混浊的泪水又一次流了出来。

他说，都怪自己啊。

他说，自己不该做那样的事啊。

爷爷的眼光又一次望着远处，仿佛又一次回到了几十年前，回到那个炮火硝烟的岁月。那时，一支红军队伍经过这儿，打了一仗，死了很多人，然后就撤走了。

然后，爷爷就出现了。

爷爷是个小叫花子，肚子饿，就上街要了一点儿吃的。当时街上，保丁四处抓人，看见可疑的人绳子一绑扯了就走。爷爷要了两个冷蒸馍就跑了，跑到镇外一个草堆旁，听到一声轻微的呻吟。

爷爷眨巴一下眼睛，想了想，顺着声音找去，最终找到了小叫花子。

小叫花子睡在草窝里，已经昏迷了。

爷爷背着他，一直背到自己的家里，也就是一个寒窑里。

爷爷摸摸小叫花子的额头，很烫手。

爷爷急了。他说，人在江湖，得有侠义心啊。

爷爷于是放下小叫花子，扭头又一次去了镇上的徐家药铺。爷爷给坐堂郎中说了病情，郎中开了药方捡了药。可爷爷没钱，爷爷一笑，拿了药，转身冲出药铺。药铺侧面就是一汪水，长着一片芦苇。爷爷“咚”一声跳入水中，药铺伙计追出来，看见水上一件衣服漂啊漂的漂向远处。他们就一路喊叫着追下去。

爷爷在苇丛中，光了上身悄悄溜了。

爷爷讲到这儿，停了一下，长长叹口气，因为一服药，要了一个人命。

我一惊，望着爷爷道，是毒药啊？

爷爷摇头说，是中药，药铺咋能卖毒药啊？爷爷将药拿回去，生了火用个破铁锅煎了，给小叫花子喂下去。下午，小叫花子就好了，很感激地一笑，露出一对虎牙。

爷爷很高兴，得意地说，费了一件破衣服。

小叫花子问怎么了？爷爷就叽叽嘎嘎一说。小叫花子不笑了，冷了脸道，你怎么能那样？骗人家的药。

爷爷火了，不那样怎么办？

小叫花子说，你这是违反……说到这儿，小叫花子不说了。许久，他抬头对爷爷一笑，说自己出去一下。说完，他站起来走出窑洞，消失在蝉鸣声中。谁知，小叫花子一走，就再也没有回来。

爷爷急了，第二天去找，找到镇上，找到了小叫花子的尸体。

我一怔，他怎么死了？

爷爷又一次流下了泪。他说，小叫花子那天是去了镇上，找到药铺还了药钱，同时，也暴露了身份：这样的陌生人，弄了点中药还来还钱，这不是明显告诉别人自己是红军战士嘛！保丁们得知消息围上来，小叫花子没跑掉，被抓住，毡帽露下，一头长发披下来，大家才知道她是个小女孩。保长审问她来的原因，她只说了一句话：“不拿群众一针一线。”

当天，她被枪毙。

爷爷看到她时，她躺在那儿，一双眼大大地睁着，望着天空。爷爷再也忍不住了，跑到镇外，跪着哇哇大哭，当天离开小镇，去了远方，去寻找红军队伍。

爷爷呜咽着说，几十年过去了，那双眼睛一直望着自己。

听了爷爷的故事，我也流下了泪。

我出去，给养老院的刘院长打了一个电话。不一会儿，他高高兴兴来了道：“县长，养老院缺乏资金的事解决了？”

我点点头，拿出一张一百万元的银行卡告诉他，这是本县房地产大老板周明捐献的。

刘院长走后，我给周老板打了电话，告诉他，一切按照规矩办。他急了：“县长，我那卡……”

我一笑，告诉他，那张卡已捐献给而来养老院。

斩 叔

北宋灭亡，南宋迁移临安，在青花瓷般的江南站住脚。可是，金人不甘心，铁甲如水，号角雷鸣，准备进入汉中，攻下蜀地，然后沿着长江，取高屋建瓴之势，驾着战船，借一帆风，顺水而下。那样一来，青花瓷一般的江南，就会被金人马蹄踏碎，“山外青山楼外楼”的临安，就会毁于战火。

而泾源，则是固守蜀中的要塞。

守将，是南宋名将曲端，此人“警敏知书，善属文，长于兵略”，因此，成为金人的魔咒，屡次出兵，大败金人。

一次，金人进攻，曲端派出军中偏将，也是他的叔父，带着军队迎敌。他的叔父胆小如鼠，看见金军旗帜，听到金鼓之声，还没交锋，转身就跑，马蹄哒哒，不见了人影。将军如此，士兵可想而知，一个个扔掉兵器，脱去盔甲，也跟着撒丫子就跑。这一仗就这样哗啦啦雪崩一般失败了。

顿时，军中寂静起来，所有人都望着曲端。

大家都知道，曲端父亲曲涣任左班殿直，“战死。端三岁，授三班借职”，也就是说，曲端三岁的时候，就没有了父亲。谁将他带大的？当然是他的叔父。那时，正是靖康年间，金人铁骑横扫，中原尸横遍野，血流成河。一个三岁的孩子，能够躲过兵灾，存活下来，他的叔父可算是费尽了心血。

艰难岁月，曲端和叔父相依为命，才得以走到今天。

大家想，“端号令素严”，他的军纪虽严，大概不会对自己的叔父开刀的吧。

他的叔父，敢于在战场上扔掉军队，转身就跑，大概也依仗着这点吧。他想，我是你叔父，养大了你，你还能把我咋样！难不成真把我军法从事了。

谁知，叔父回到军中，还没有坐下，曲端就命令，将其推出去斩首。大家一听，都惊呆了，接着纷纷劝说，希望饶这位偏将一命，以观后效。

曲端摇着头，坚决不答应，他问大家，今天如果不斩自己的叔父，将来如何要求别人。

大家面对此问，一时默默无言，退了出去。

曲端的叔父被捆绑起来，拉出军营，按照军法被处死。

曲端流着泪，披麻戴孝，为叔父料理后事，并深情地写下祭文，回顾叔父是如何含辛茹苦地将自己带大，回顾自己和叔父相依为命的人生经历，十分动人。临了，他在祭文中道：“斩偏将者泾源都统制曲端也；祭叔者侄曲端也。”

全军将士，一时肃然，再也没有敢违犯军纪的。曲端的军队，成为护卫泾源的铁军。他死后，他的部下吴玠统率此军，依然守卫此处，屡败金军，以至于金军欲从此地进军，进入汉中，攻下四川的计划成为泡影。

曲端一军,成为南宋存在一百五十多年的西北长城。

曲端用自己的行动告诉后人,亲情,必须为法律让路,而不是反之。否则,一支军队也就瘫痪了,毫无战斗力了。

交　税

这天，正写作时，手机响了。接通，对方告诉我，我参赛的征文获得三等奖。我一听很高兴，连忙谢谢。对方说，有一千元奖金。

我听了，再次感谢。

对方告诉我，一千元收入，已经到了要扣税的数目，让我去税务局，交税后，将交税单据汇过去，奖金才能汇来。

我愣了一下，这可是新闻啊。

过去，我也参赛，甚至还得过几万元的奖金，可从没听说有这样的要求。对方解释，那可能是举办方已经交了。

为了一千元，我还得去城里，来去十几里，再说最近我还在赶一篇稿子。我告诉对方，就在一千元奖金里扣除吧。对方说不行，评委会当时这么决定的，不能更改。我说，不行的话，汇来我再去交税。对方说不行，必须有交税单据，才能给钱。

一时，我没办法了。

我觉得对方实在是不知变通。

甚至，我怀疑，对方不想给我那笔奖金，故意刁难。

我气愤地想，不给就算了。

我接着开始写文章，谁知，第二天对方电话打来，继续催促。我说算了，我没办过这些，不知怎么办。对方给我说了其中的过程，有点繁琐。我不高兴了道："算了，那笔奖金我不要了。"对方显然当真了，告诉我，不要不行的，已经公布了名次，就得按制度办。

无奈中，我只有去了税务局，交了税。

办公人员连夸："写文章的人就是懂法，提前纳税。"

我笑笑，将其中的缘由说了，并说出自己的不满。谁知，对方听了，连夸举办方，说对方什么事情都依法办事，值得学习。

见我仍不解，他问我："你过去每次参赛，举办方是不是都按自己说的办到了？"

我摇着头，有的举办方，举办的时候说得天花乱坠，可是，等到结果出来，却不给奖金，有的甚至就不见了影子，电话也没人接。办公人员说："是呀，如果都如这个举办单位，你不就不用担心了吗？"

我听了，心里释然了。

同时，内心也有着一种愧疚。

是的，每个人遵守法律，依法办事，才会很好地规范司法，世界才会少了欺诈，少了犯罪。

樱桃叹

那一年的那一天，我花蕾初绽。

那时，我年轻，纯洁，每一个梦，都在心中拂起一丝涟漪。梦中，我看见你，对我轻轻一笑，洁白纯净，天朗气清。顿时，我感到，我的心中，有一丝萌动，有一丝温馨。

你，慢慢融进我的心里。

我有时轻问，是你吗？在我心中。

我的微笑中，就有一丝痴迷，有一丝沉醉。

我盛开了，在风中隐约坦露着自己的心思，一如所有的怀春女子，带着一缕羞涩，还有少女的梦想，每一天独立梢头，等你路过，或等你嗒嗒的马蹄到来。

跫音不响。

三月的春帷不揭。

一阵风，一场雨，我成为一粒青豆，把那份思念，那份情愫，暗自品咂。我也把你，还有对你的思念，无声包容在年轻的心里。

如果说，青色，是我的生命；思念，就是我的心。

如果说，青色，是我的容颜，玉白，就是我的情。

我依然立在枝头，等你。

那次梦中，你曾说过，你会来寻我。

梦中，你曾拉我的纤纤素手，告诉我，不见，不散。

我，立在枝头，独守着那个梦。

我，独守枝头，守着那份思念。

鸟儿来过，劝我，别傻了，一切都是一个梦。我依然站在枝头，苦苦等待。雨来过，悄悄劝我，痴妮子，那真是一个梦。可是，我仍然置身树梢，望眼欲穿。

我相信，有一天，你会骑着马，踏着青石板而来。

我相信，梦落的日子，一切，都会柳绿花红。

思念，总是那么样损耗生命，鸟鸣花落中，我感觉，我的心中，思念在一寸寸咬啮，一寸寸吞噬。我感觉到，我的心，已被思念咬得千疮百孔。

我无悔，忍住疼痛。

我无怨，任相思成灰。

终于有一天，所有的姐妹面对着我，都喟然长叹，我回头，这才注意到，我已老了容颜，已成了青绿黄润中最猩红的一点。

"红豆生南国，春来发几枝"，是谁，在我的心里平平仄仄地长吟？是谁，独立枝头，等老了容颜？

我知道，自己不是红豆，是一粒将落的樱桃，一粒早早夭折的樱桃。

有人经过说："可惜长虫了，不然，不会红得这么耀眼。"

其实，谁知道，我是被思念咬伤。

我落在地上，当别的樱桃还丰盈美丽时，还青春莹润时。

我含着一粒昨夜的露，心，仍没有死去。

你来了，在一个早晨，踏着清清的露珠。你已是一个佛子，轻轻弯腰拾起我，诵声佛号："阿弥陀佛，凄艳如血，似曾相识。"

我破碎的心轻轻一抖。

当年，在江南相遇时，你是书生，我是踏青的少女。我手拈一粒樱桃，见你痴痴呆望，纤指一弹，那粒樱桃飞落地上，被你拾起，笼进袖中。

以后，再不见你，我恹恹一病，离开这个世界，灵魂，化为一粒樱桃，在三月里等你。

后来听说，你得知我死，削发为僧，遁入深山。

日日，我立在枝头等你，可总是阴差阳错，错过花期。

如果有来生，我仍化为一粒樱桃，高高地站在枝头，置身在三月里。那时，你来，不要太早，也不要太迟。

· 断　臂

在山城，周三蛇羹，十分出名。

周三蛇羹，出自家传。当然，也加入个人独创，极具特色，声名传遍南北十三省。因此，来山城的人，找个店住下来，一壶茶后，无论如何要去周三小馆，尝尝蛇羹。尝罢，一抹嘴，满意地道："不虚此行。"

周三蛇羹出众，首在选蛇上。

周三用蛇，只选一种——桑树根。桑树根，那可是巨毒蛇。是剧毒，才有鲜味，有仙味。吃后，可补肾壮阳，化毒治病，活血生津。常吃周三蛇羹，身体倍棒！

周三用蛇奇，斩蛇更奇。

周三斩蛇，不是技术，是艺术。小城人爱艺术，什么事，都讲究自然流畅水流花落。周三斩蛇，手法行云流水，毫不拖泥带水。右手执刀，左手一闪，伸入布袋，捞出一条扭动的蛇，刀光一晃，蛇头划出条优美的弧线，远远飞开。周三眼皮也不动一下，左手一翻，扭动的蛇身，已挽在胳膊上，如麻绳一般。右手抓住蛇皮，一扯，"呼啦”一声，完美无缺拿在手上，像女人脱健美裤一样利索。

大家一见，连连赞道：“周胖子，好功夫。”

周三一笑，撇一下胖嘴，右手刀顺着左手臂的蛇身盘旋滑动，一条蛇一剖两半，手臂毫发无损，甚至没有白印。继而，刀尖一挑，一个东西，“咚”一声，划过空中，飞进旁边一个酒碗里。周三拿起酒碗，咕咚古咚半碗酒下肚，那东西也囫囵吞下，“咕”一声响。

那是蛇胆，蛇胆能解五毒。

蛇皮，可以卖钱。小城人买去，包了二胡，拉着咯咯吱吱响，很是那么回事。

蛇肉，当然做蛇羹。周三蛇羹，做法细致，一丝不苟：先把蛇肉上了笼屉，小火蒸熟，拿出，拉着蛇脊椎骨，轻轻一扯，一根骨刺扯出，没一星精肉。蛇肉白嫩如玉，用刀划丝，油炸，再蒸后取出，兑入高汤，放上香菇，还有葱花，小火慢煮。不用吃，远远一闻，人的哈喇子就出来了。

因为这，周三成了小城名人。

也因为这，有人说，周三手里剁下的蛇头，至少能堆成一座小山。

久在河边站，哪有不湿脚的。周三也一样，一次，他一如往常，在布袋中扯出条蛇，刀光一闪，蛇头飞起。可是，那蛇头在空中，竟然一扭，又飞回来，直直落下，落在周三胳膊上，一口咬住，再不松开。

周三脸如死灰，扯下蛇头，转身飞奔着跑去找吴中医。吴中医看了说：“好悬啊，不是蛇胆解毒，死定了。”不过，反复劝告他，算了吧，别做这生意了，幸亏是桑树根，要是七步红，命就没了。

周三听了，也擦把汗，点着头。

回到店，几天后，他改行卖起豆浆来。至于蛇羹，提也不提。有人想吃，出再高的价，周三也摇着肥胖的脑袋，坚决不做。

大家无奈，摇头叹息，怏怏而去。

那年，皇帝东巡，来到山城，听到周三蛇羹，顿时唾液满嘴，让周三做来尝尝。周三摇头，自己已封刀多年，不做了。皇帝很不爽，后果很严重。

皇帝道，不砍蛇头，朕就砍你的头。说着，眼里白光跳跃。

周三脑门出汗，无奈答应，这次要七步红：蛇越毒，味越鲜！

蛇来了，周三接过，一手抓住，一手提刀欲砍。突然，七步红头一昂，咬在周三左胳膊上。

大家顿时傻住，都“啊”的一声。周三也“啊”了一声，左手迅即麻木起来。他一咬牙，一刀斩下，左胳膊落地，血如泉涌，大叫一声，晕倒在地。

皇帝一看，残疾了，做不成了，叹口气，悻悻离开。

以后，这道菜在山城绝迹。

给成功加肥

汪曾祺是闻一多先生的学生，很佩服自己的老师，可也对闻一多有意见。在汪曾祺看来，一个学者，就应该待在书房里，心无旁骛，认认真真地做学问。至于政治，让政治家去关心好了，学者不用掺和。闻一多知道后，很不爽，将汪曾祺批评了一顿，大意是说，读书人要做文，更要做人，也要关心政事，否则，怎么能写出好的文章？

当然，汪曾祺是个有主见的人，也不是能轻易被说服的。回到宿舍后，他越想越不甘心，为说服闻一多，提起笔，给他老师去了一封信，告诉老师，自己回来时想了一路，政治还是扔给政治人物好了；一个学者，只有静下心来，“独坐小楼成一统”，才能在学问上做出成就。

然后，他把信送了出去。

汪曾祺很得意，将之称为“俯射”，给了老师一梭子意见。

闻一多接到信，觉得汪曾祺想法有些偏颇，需要改正，于是，也提起笔给汪曾祺回了一封信，将之称为“高射”。在信里，闻一多再次说明，学者也别将自己局限于书中，局限在书斋里，应当走出去，看看外面的世界，看看百姓的生活。

怕汪曾祺不理解，当晚晚饭后，闻一多又特意跑来，找到汪曾祺，对其进行说服教育。可是，从以后的经历来看，效果不大。

闻一多对汪曾祺这点，大概很有些不满，可又无可奈何：一个人的人生观点，无论如何是无法改变的，也是强迫不来的。

但是，对于汪曾祺的文学才气，闻一多先生一直极为欣赏。

汪曾祺曾写过一篇文章，论及《庄子》，以及庄子的思想，将哲理性和文学性充分结合。闻一多读了，拍案叫绝，见人就夸。期末考试时，竟破天荒地宣布，汪曾祺可以不参加这次考试，直接过关。而且，面对大家不解的眼光，竟堂而皇之地宣布，谁如果能写出汪曾祺那样的文字，也可以不考试，也可以直接过关。

大家无奈，只有低下头。

汪曾祺喜欢玩耍，这一下，可是高兴得不亦乐乎。

闻一多对汪曾祺的赏识，达到一种极限。

他甚至带着一种发掘比较的眼光，到处寻找着，希望在自己的学生中，发现能够超出汪曾祺的人。这在他，既是对汪曾祺的欣赏，也是对后来者的期望。一次，一个学生写了篇李贺诗的读书报告，文字清新，自然如水。闻一多拿到后，一边吸着烟，一边看着那篇文章，看着看着，烟也不吸了，闭上眼反复赞叹，满意至极。第二天，到了班上，他毫不吝啬地使劲表扬这位学生，表扬的时候，也没忘了拿自己的得意门生汪曾祺去比较，摇着脑袋说："比汪曾祺写得还要好。"话没说完，引得大家都呵呵大笑起来，笑得闻一多先生一脸惶惑。

后来，有人告诉他，那不是别人写的，就是汪曾祺当枪手，代劳的。

闻一多先生笑笑，长叹一声："这个汪曾祺啊。"言语之中，有责怪，但更多的则是满意和赞叹。

大师的高尚，固然在于学问，更在于对后进的奖掖上。见别人长处，如同自己的，极力扶持，揄扬；见别人缺点，如自己的错误一般，耐心说服。

潇洒

金岳霖先生是讲哲学的，每次课堂上提问问题时，他都不看点名册，而是即兴找人。当然，这样的时候，让很多学生感到既兴奋，又紧张。

有一次讲课时，遇着个问题，他突然停住，笑着对大家道：“今天，我提问问题，专请穿红衣服的学生回答。”大家听了，一愣之后，男生们首先带头欢呼鼓掌起来。原来，当时西南联大的女生中，最时髦的装束，就是穿一条蓝阴士林旗袍，上面罩着一件红毛衣，素净热烈大方，很好看。金岳霖先生这样说，无疑表明，这次他要专门提问女生。女生们一听，也紧张兴奋起来，一个个脸蛋红扑扑的。因为，金岳霖先生讲课很生动，很吸引人，听的学生也很多，几乎挤满教室。能让他提问，如果回答正确，当然很出风头的；既然是提问，也不可避免地会出现难以回答的问题，这当然很尴尬。好在，金岳霖先生提问之后，会怜香惜玉的，看情况不妙时，会从旁时时点拨，直到学生回答完毕，望着他，这时他总会很礼貌地点点头道：“Yes，请坐。”

所有的人见了，都会长长吁一口气。整个教室，响起一片掌声。

金岳霖先生的课堂很民主，老师提问学生，是家常便饭。同样的，学生提问老师，也是司空见惯的，有的学生甚至提问一些匪夷所思的问题，让金岳霖先生张口结舌，回答不出来。其中有个华侨学生，名叫林国达，他私下里认为逻辑学很奇怪，很玄乎，因此，他操着一口福建方言，会经常询问金岳霖先生一些奇怪的问题，这些问题，有的竟然是闻所未闻的。金岳霖先生面对这样的提问，和所有人一样，睁着眼睛，一句话也答不出来。

下面，学生们会发出善意的笑声，整个课堂一片热闹。

有一次，正在讲课的时候，林国达再次举手，然后站起来，提出自己想出的一个问题。对于这个问题，金岳霖先生像过去一样，回答不出来。他想了想，得意地一笑，也提出个问题道："林国达同学，我也提问一个问题，请你回答。林国达垂直于黑板，请问是什么意思？"

林国达听了，站在那儿傻眼了，自己怎么可能垂直于黑板呢？他挠着脑袋，也嘿嘿笑着回答不出来。

金岳霖先生得意地一笑，衣袖一挥道："你回答不出我的问题，同样的，我也回答不出你的问题，我们俩扯平，不分胜败。"

大家听了，知道金岳霖先生是为了扳回面子而搞的恶作剧，都笑起来。

当时正值抗战，昆明虽说是大后方，可是物质生活仍然极度穷困，很多教授一件衣服穿在身上，几乎换不下来洗，如朱自清先生穿着马帮的毡袍，如一个独行侠一般；闻一多先生一件长袍不离身，成为标志性服装。金岳霖先生也一样，长期一件衣服，优哉游哉度日，不改名士潇洒气派。可是，时间长了，衣服里免不了生出寄生虫来，在身上咬着痒得难受。一次，金岳霖先生正在讲课，讲到兴致飞扬时，突然停住话头不说了，将一只手伸进衣领里慢慢地摸着，嘴里不停地向学生们道歉："对不起，我这里有个小动物。"说完，将手伸出来捏了捏，展开一看，是一只跳蚤，已经奄奄一息躺在金先生的手掌里。

所有同学见了，更是哄堂大笑。尤其女生们，一个个咯咯嘎嘎的，如一群喜鹊一般，给教室带来一片喜气。

金岳霖先生笑笑，没有丝毫的尴尬，继续讲起课来。

名师风采，不是装出来的，是面对贫困，丝毫没有气馁，也丝毫没有感到难堪。西南联大的教授是这样的，学生们也是这样的：这，才是一种贫贱不能移的文化人本性。

国　骂

刘文典的国骂，在西南联大是很出名的，也很是让人头疼的。最典型的一次，是跑警报躲避日军飞机轰炸时，那么匆忙中，看见沈从文跑来，他竟然马上拦住道："你跑什么？我跑是替庄子跑。"言外之意，自己被炸死，没人讲《庄子》，言语之中很有一种天下英雄，讲《庄子》者舍我取谁的骄傲。

其实，在讲课时，他完全不是这样骄傲。不但不是这样骄傲，相反还很谦虚。

他对于古文化，几乎是广泛涉猎，当年就受到陈独秀、刘师培等人的赞赏，尤其对于《庄子》的研究，他更是首屈一指。可是在讲庄子时，他却非常谦虚，上堂开讲之前，一定要说上一句："《庄子》嘿，我是不懂的喽，也没人懂。"以此告诫学生，学问是无边的，研究也是没有止境的，对于《庄子》如此，对于其他学问也是如此。

他爱发脾气，爱骂人，可是骂得最多的，倒不是和自己意见相左的人，更不是和自己关系不好的人，而是那些不负责任的校勘编辑，和不负责任的教授。有一次，他拿着一本书，放在同学们面前，指着校勘编辑数说一通，当然，也少不了自己的国骂。数说完毕，他才拍着书本告诉大家，这是自己的一个朋友校勘的一本书，赠送自己，说是让自己指教，这就是自己的指教，也是自己对他的建议。

大家听了，目瞪口呆，不知他为什么对朋友如此。事后，他才气愤地告诉大家，现在的一些搞校勘书籍的人，拿着工资，却一点儿也不负责任。原来，很多校勘者，在文中遇见一处疑难，或者别人不了解的东西，总会搜罗出这个问题的很多出处，在文中详细注明，说甲本怎么讲，乙本怎么讲，至于校勘者自己，根本不拿出观点。刘文典说，这叫什么校勘？一点儿不负责任。由此，他又引申到一些注解家，拿着一本书给读者注解，从来不动脑筋，人云亦云，标明甲如何说，乙如何说，从来没有个人见解，不敢告诉读者自己的看法。他唾沫四溅，满脸溅珠地拍着书本，面对学生仿佛在质问那些人一般说："你怎么说？为什么不拿出来？拿不出来吧？"在他认为，这也是极端不负责任的做法。

当时的一些教授，在讲授古文时，为了省事，总是把古文发给学生，自己拿着有着注释的书籍走上课堂，摇头晃脑，给学生大讲特讲。刘文典十分反感，曾经在大众场合下，拦住一个教授，脸红脖子粗地指责："你把注解发给学生！要不，你也拿一本白文（没注释的文字）去讲！"那种认真负责的态度，好像自己就是校长似的，让这个教授很是下不来台，一时满头大汗，尴尬不已。

在刘文典看来，作为老师，上堂就应当准备充分，应当拿着书本，随意讲来。照本宣科，毫不加入个人见解，是不需要老师的。

他曾经给学生讲解《文选》，半篇《海赋》，竟然讲了很长时间，单就一个"拟声法"，就足足讲了很多节课，其中事例的列举，马牛羊人等不胜枚举，蔚为大观。由此可见，讲课之前，他准备的是何等充分。

人人谈到刘文典，都说他爱骂人，却没有多少人知道，他的很多国骂中，掩藏着一种精神，一种西南联大教授的负责和担当精神，以及认真治学的精神。这，恰恰是现在文化人身上所最为缺少的。

桥　梁

黄权是刘备部下，很得元首的信任。可是，有一次，两人却搞翻了。至于原因，就是刘备决定出兵攻打东吴，因为东吴下黑手宰了刘备大将关羽。

刘备说，不让孙权这小子为他的卑鄙行为付出惨重的代价，自己会吃嘛嘛不香的。于是，排兵点将，准备出兵。黄权一听，忙跑来劝道，元首，别这样，我们的对手是魏国啊。

刘备摇摇头，说，别劝，劝也白劝，我不会接受的。

见元首气昏了头脑，一意孤行，听不进劝。黄权退而求其次，告诉他，东吴人强悍至极，很是善战，我们要攻打他们，必须顺流而下，胜了当然很好。可如果一旦战败，想退回来就不容易了。因此，他建议，刘元首带兵在后观战，自己带兵向前，去试试火候。

再次，刘备头摇得拨浪鼓一般，拒绝了。

刘备说，要报仇，自己得亲自动手，这样才解气，才爽。至于黄权嘛，官封镇北将军，去防备魏军，千万别让魏军在软肋上给自己来一刀。布置完毕，刘备带着大军，雄赳赳气昂昂地出发，向江南进军。进军的结果十分悲催，让东吴人一把大火，将他烧得灰头土脸的，大败而归。

刘备跑回来，一头扎进白帝城，卧床不起。黄权却惨了，他和他的军队让孙权的军队拦住了归途。唯一的途径就是投降，不过这可是个选择题：要么投降魏国，要么投降孙权。黄权毫不犹豫，带着大军举着白旗投降了魏国。

几天后，蜀国间谍将消息传入蜀国，蜀国大臣们一听炸开了，纷纷跑到刘备面前建议："元首，黄权投降魏国了，宰他全家。"

刘备气得一瞪眼睛，反驳道："他不投降魏国，难道还投降孙权啊？"

"可，他背叛了我们啊！"那些人仍不服气，嘀咕道。

刘备长叹一声，挥挥手，告诉他们，好好对待黄权家小，至于俸禄嘛，仍一如黄权在这儿时供给他家。其中原因，用他的话说："黄权对得起我，是我对不起他。"说完，想到黄权出兵前的劝谏，后悔得直扯自己的胡须。

当然，蜀国在魏国有间谍，魏国在蜀国也有间谍。这个卧底很马虎，听到风声就下雨，忙通过鸡毛信，把信息送到魏国：完了，刘备一生气，把黄将军全家给宰了，那简直是血流成河惨不忍睹啊。

鸡毛信送到魏文帝曹丕手中，曹丕拿着让黄权看，低沉着声音道："我打算给你家小开个追悼会，以表示本元首沉痛的哀悼之情。"

黄权笑笑，忙劝道，不用，我家小很安全。

曹丕摇摆着情报，告诉他，真的，我的情报百分之百的准确哟。

黄权告诉元首，自己和刘备关系很铁，两人推心置腹互相信任，自己相信刘备，就如刘备相信自己一样，因此，自己的家小绝对没事。魏文帝摇头不信，可是不信不行，几天后，新的情报再次送来，告诉他，前一次情报有误，黄权全家现在很平安。至于血流成河等等，是虚夸之词。

魏文帝尴尬地笑笑，魏国大臣们也哑口无言。

那段时间，对蜀国而言，确实是多事之秋。刘备败后，气得呼呼的，不久就死了。魏国人一听，哇，老对手死了，真好！于是，一个个满脸阳光，载歌载舞。魏文帝也乐得嘎嘎的，准备搞一次庆祝大会了。可是，商量这事时，黄权却迟迟不来，一催两催三催，来了后，黄权满脸悲戚，不胜悲哀。

魏国君臣面面相觑，他们第一次真正见识了什么是互信，感动之余，自动取消了这次庆祝活动。

互信是一道通往灵魂的桥梁，它不会因时间，不会因境遇的改变而改变，也不会因谣言的出现而变质。

世界多些互信，人间多些温情。

拯救老妈

他特别烦老妈，一会儿敲门进来，让他吃饭；一会儿又拿一件衣服，给他轻轻披在肩上。他屡次受到影响，气坏了，一白眼睛说："老妈，你不能安静一点儿啊？"

老妈拿着一盘水果，长叹一声，张张嘴，想说什么，又没有说，无声地走了出去，轻轻地关上门。

他安下心来，又进入了新的战斗中。

这是一款新开发的游戏，叫作《拯救母亲》，大概是从一个古老神话《沉香救母》中衍生出来的。老妈被捉，压在一座名叫"千仞不倒山"的大山下，受尽折磨和苦难。作为儿子，必须去救老妈。他披盔戴甲，手里拿着一把威力无穷的降魔刀，亮光闪闪，一路冲杀过去。路上，有雷神，有雨神，有二郎神，甚至还有齐天大圣拿着金箍棒赶来拦阻。

他用尽全力，可是，沿路总有杀不尽的妖魔鬼怪，打不完的各路神仙。

他有些心焦火气，一头汗珠。可又沉浸其中，难以自拔。

天黑了，他打到深夜，实在受不了，他会趴在桌上，打上一个哈欠。天亮了，他揉一下眼睛，接着开始。饿了的时候，手一伸，旁边放着吃的东西，是老妈悄悄送来的。老妈每次来，站在他身边望一会儿，想说什么，怕他生气，又没有说，轻轻走了出去。

他拿过东西，两下吞咽下去，接着又开始了游戏。

渐渐地，他感到，老妈没再来啰唆了。

屋子里静静的，甚至没有了老妈的一丝声音。

老妈已经出去了。当时是他闯关最紧张的时候，隐隐约约中，他听到老妈一声叹息。然后，门响了，又轻轻关上了。

太阳光照在窗户上，亮亮的，如一片温馨的水光。然后又移到椅子上，接着又慢慢移到脚下。天，再次黑了，他感到有些饿了，甚至能听到肚子里咕咕地叫着。他本能地伸伸手，去拿旁边的食物吃，可是旁边空的，什么也没有。

他的手机此时响起来，他没工夫接，继续忙着。

手机响个不停，真讨厌。他想，将手伸进兜里，关死手机。

费尽九牛二虎之力，他终于打败了二郎神，接着又打败骑着风火轮冲来的哪吒，让他提着他的火尖枪，逃回姥姥家去了。最后，他腾云驾雾，极尽变化，与斗战神佛大战一千回合，两人惺惺相惜，结成生死之交，相偕飞向千仞不倒山。站在山顶，他大喊一声："老妈，我来救你了。"随着喊声，一刀剁下去，神山被缓缓剖开，老妈从山中缓缓走出。

他和老妈相拥，泪如雨下。

他胜利了，伸伸腰，走出游戏。

天，已经彻底黑了。他感到一种前未有过的荣耀，同时也有一种虚脱，一种彻心彻肺的饥饿。他终于想起老妈，大声喊道：“妈，妈——”没人答应，屋内是一片怕人的空寂，还有浮荡周身的孤独。

他猛地想起，老妈出去两天多了，怎么还不回来，甚至也不来个电话？

他转了两圈，突然一拍昏沉沉的脑袋，忙打开关死的手机，叩响了老妈的号码。手机响了一会儿，那边通了，他问：“妈，你在哪儿？”

那边，是一个陌生的声音，告诉他，这是医院，赶快来。

他一惊，愣了一会儿，然后疯了一样向医院跑去。赶到地方，在走廊里，他看到，几个护士，用一张白床单包裹着一个刚刚停止呼吸的女病人，向外缓缓推去。那人，正是他的老妈，患急性病死去的老妈。

他睁着眼睛站在那儿，耳边一片空静。

手机突然又响了，一个声音问：“有人给你订了份外卖，请问，你在家吗？现在可以送来吗？”

他的泪一涌而出，扑过去喊道：“妈，别离开我。”

他知道，那份外卖，一定是老妈临死前担心他没吃饭，在病床上给他订下的。那时，当老妈挣扎在死亡线上时，他正在网上，竭力拯救着那位虚幻的老妈。

世界少年经典文学丛书

水晶球

[德]格林（Grimm,J.）［德］格林（Grimm,W.） 著
韩 芳 编译

中国出版集团 现代出版社

图书在版编目(CIP)数据

水晶球／（德）格林（Grimm,J.），（德）格林（Grimm,W.）著；韩芳编译. —北京：现代出版社，2013.2 （2025.1重印）
ISBN 978－7－5143－1278－2

Ⅰ. ①水… Ⅱ. ①格… ②格… ③韩… Ⅲ. ①童话－作品集－德国－近代 Ⅳ. ①I516.88

中国版本图书馆 CIP 数据核字（2013）第 021764 号

作　　者	格　林
责任编辑	刘春荣
出版发行	现代出版社
通讯地址	北京市安定门外安华里 504 号
邮政编码	100011
电　　话	010－64267325　64245264(传真)
网　　址	www.xdcbs.com
电子邮箱	xiandai@cnpitc.com.cn
印　　刷	三河市嵩川印刷有限公司
开　　本	700mm×1000mm　1/16
印　　张	9
版　　次	2013 年 2 月第 1 版　2025年 1 月第 4 次印刷
书　　号	ISBN 978－7－5143－1278－2
定　　价	39.80 元

序　言

孩子是未来的希望，是父母心中的天使，是充满快乐的精灵。小学阶段更是孩子最快乐的时光，是孩子成长发育的黄金阶段。为了让孩子学习更多的课外知识，享受更加丰富的学习乐趣，我们策划了本丛书！

从小让孩子多读课外书，对培养孩子健康的心态和正确的人生观无疑将起着非常重要的作用。自《语文课程标准》公布以来，不少富有敬业精神、有才干的教师，在他们的教学中，担当起阅读教育的重担。他们在严谨的选材中，利用丰富的文学资源，向学生推荐了大量优秀的课外读物，实施了以“练成阅读和作文的熟练技能”为重要内容的阅读教育。大千世界充满了丰富的知识。阅读能丰富小学生的语文知识，增强阅读能力，提高写作水平，开阔视野，增长智慧。阅读本丛书，能够使孩子享受到阅读的快乐，激发起更浓厚的阅读兴趣，孩子的生活将充满新的活力与幸福！本丛书精选了世界名著和中国经典书目中流传最广、影响最大、最脍炙人口的作品，是培养小学生理解能力、记忆能力、创造能力的最佳课外读物。

最后需要指出的是，本丛书把世界上流传甚广的经典童话、寓言等也尽收其中，并将这些文学作品重新编写审订，使作品在不影响原著的基础上更适合少年儿童阅读，在丰富他们课余生活的同时提高语言和文字表达能力。本丛书通过科学简明的体例、丰富精美的图片等有机结合，使小读者不仅能直观地领略作品的精髓，而且还能获得更为广阔的文化视野和愉快体验。希望本丛书能成为孩子生活的一缕阳光照亮孩子前进的道路，能成为一丝雨露滋润孩子纯净的心灵。

编　者

目 录

穷人和富人

远古时代，当仁慈的上帝还亲自在人间游历的时候，发生了这样一件事：

一天晚上，他赶路走累了，天色已晚。这个时候，看见路上有两所房子相对而立。从远处看，有很大差别，一座富丽堂皇，一座矮小破旧。大房子是一个富人的，小房子是一个穷人的。仁爱的上帝想：“假如我去富人家，应该不会给他添太多的麻烦。”于是他敲响了富人的大门。富人听到敲门声，于是打开窗户，问陌生人有什么事。上帝回答说：“我希望能够在这借宿一晚。”富人仔细地打量这个陌生人，发现他衣衫褴褛，不像个有头有脸的人，于是摇了摇头说：“我无法接待你，因为我的房间里堆满了烟草和种子，假如谁来敲门我都留他过夜的话，那我自己也只能够去讨饭了。你还是去别的地方吧！”他一边说，一边关上窗户，把仁爱的上帝关在了门外。于是，上帝转过身，走到对面的矮房子门前。他刚一敲门，穷人就打开了他的小门儿，把上帝请了进去。“今天晚上，您就在我家过夜吧，”他说，“天这么晚了，您不能够再赶路了。”上帝听了之后非常高兴，就走了进去。穷人的妻子向他表示欢迎，叫他不必拘束，并且请他将就一些，虽然他们并不富裕，可是他们非常乐意与他分享。然后，她拿出土豆放在了炉子上，趁着烤土豆的功夫，她又去挤了些羊奶，好让大家能够喝上一些奶，虽然他们没有多少羊奶。当饭菜上来后，上帝坐下来和他们一起共进晚餐。虽然都是非常普通的饭菜，但上帝觉得好吃极了，因为吃饭的时候两位主人都和颜悦色地陪着他，他受到了世上最热情的款待。

他们吃完晚饭，准备上床睡觉的时候，妻子悄悄地把她的丈夫叫到一边，说：“听着，亲爱的老头子，今天晚上我们还是搭个草铺吧，让那个可怜的旅行者躺在我们的床上，好好睡一觉，他赶了一天的路，肯定累坏了。”丈夫回答说：“好的，我也是这么想的。”他来到上帝面前，把人请到他的床上去睡，好让他休息。虽然上帝不想占用这两位老人的床，可是他们坚持着，直到他答应睡在他们的床上为止。随后，他们自己便在地上简单搭了个草铺。第二天早上天还未亮，那位老人就起床了，他们用自己能够拿出来最好的东西给客人做了一顿早饭。当阳光从他们破旧的小窗户照进来的时候，仁爱的上帝也起了床。他和两位老人一起吃早饭，吃完便想继续赶路。他已经走到了门口，又转过身来，说：“你们如此善良和富有同情心，我能够实现你们三个愿望。”穷人说：“我一直希望能够永远幸福；再就是希望我们老两口一辈子健康，衣食无忧；至于第三个愿望我就不知道了。”上帝说：“难道你不希望在你们年老的时候住进一间新房子吗？”穷人说：“哦，假如，有一间大房子的话，那我一定非常开心。”上帝确实很快实现了他们的愿望，把他们的小房子变成了一所又大又新的房子，并且再次祝福他们，然后就上路了。

当太阳升起很高的时候，富人才从自己的美梦中醒来。他打开窗户，发现原来是旧茅屋的地方，现在却矗立着一所整洁的新房子，房顶上还盖着红瓦。他把眼睛睁得大大的，叫来妻子说：“告诉我，这是怎么一回事？昨晚还是一所又破又旧的茅屋，今天却变成了一座又新又漂亮的大房子。你赶快跑去问一下，到底发生什么。”

于是富人的妻子便向穷人打听，穷人说：“昨天晚上有个借宿的人，在我家住了一夜。早晨离开的时候，满足了我们的三个愿望：一是永远幸福，二是终生健康，并且每天都不会饿着；三是把我们的旧茅屋变成一座新房子。”富人的妻子赶快跑回去，把穷人的话原原本本告诉了丈夫。富人听完后说：“我恨不得撕碎、掐死自己。我如果早知道这件事就好了！那个外乡人先到我们这里来过，希望在咱们家借宿一晚，可是我一口回绝了他。”妻子说：“你赶快骑上马，也许还能够追上他，你也要他满足咱们三个愿望。”

富人接受了这个好主意，骑上马便追了上去，并且很快就追上了上帝。他这个时候说话态度和蔼，谦恭有礼，并且请上帝千万不要介意，说他当时没有立刻请他进去，是因为他当时在忙着找钥匙，等他找到钥匙的时候，上帝早已离开了。如果上帝回来时路过的话，请他一定要在他们家过一夜。上帝说：“好的，假如我原路回来的话，我想会这样做的。”于是富人又问，他是否能像他的邻居那样，也提出三个愿望呢？“好吧！”上帝说，“你当然能够，可是这样并没有什么好处带给你，所以我劝你还是不提为好。”富人却在想，如果他的愿望能够实现，他一定要选能够给他更多幸福的东西。上帝说：“回去吧，想好以后许三个愿，我会让它们成为现实的。”

富人达到了他的目的，就立刻骑马往回赶，在路上考虑到底该提什么愿望。正在他这样想的时候，一不小心缰绳掉了，于是他的马开始蹦跳，这让他不能够集中精力。他拍拍马脖子说：“安静些，莉泽！”然后没过一会儿，他的马又来了脾气。最后他实在忍无可忍了，非常不耐烦地大喊起来：“我真希望折断你的脖子！”话音刚落，只听到扑通一声，马倒在了地上，一动不动，死了，当然，他也掉了下来。他的第一个愿望就这样实现了。因为这个富人一直非常吝啬，舍不得丢下马鞍，于是把它剪下来，系在背上，步行回家。中午的太阳如同火炉一般，烤得他大汗淋漓，马鞍沉重地压在他的背上，而他，还是没有想出第二个愿望。他暗自说：“即使我现在希望得到世界上所有的财富还有宝贝，将来我还是会想要这样或者那样的东西，这是肯定的事，所以我得好好考虑考虑，让以后希望能得到任何东西的时候都能得到。”接着，他叹了一口气，心里想：“是啊，假如我是巴伐利亚的农民就好了。如果能够提三个愿望，这个时候我就知道要怎么办：第一个愿望是有非常多非常多的啤酒，第二个愿望是喝不完的啤酒，第三个愿望是最后再加一桶啤酒。”好几次他都认为自己已经想到了，可是后来又觉得自己的要求实在是太低了。这个时候，他不禁想到，他老婆现在可真舒服，坐在家里一间非常凉爽的屋子里，或许还在吃着什么好东西呢。于是他怒火中烧，不自觉地说出：“我真希望她在家里坐在鞍子上，下不来，免得我背上扛着鞍子。”他最后一个字刚说出口，他背上的马鞍子就不见了。这个时候他才发现，自己的第二个愿望也这样实现了。

这个时候，他热得实在难以忍受了，于是便开始往家里跑，想独自一人坐在自己的房间里，要为自己最后的愿望想出一件伟大的东西来。可是，当他打开家里的房门时，发现他的妻子正坐在鞍子上面下不来，在那里悲叹哭诉。于是他说："你放心好了，我发誓让你得到这世界上的一切财富，你就只管坐在上面吧。"妻子却痛骂他，说他是个大傻瓜。"如果我一直坐在这个破鞍子上，世界上所有的财富对我来说也毫无意义。是你许愿让我上来的，所以你就必须把我再弄下去。"于是，不管他愿意还是不愿意，他只能说出第三个愿望来，让自己的妻子离开马鞍再回到地上来，而他这个愿望立刻就变为现实了。

这样一来，这个富人除了招来很多麻烦和痛苦，还又遭到了一顿痛骂，丧失一匹马以外，没有得到任何好处。而那对穷人夫妇则过着知足常乐、平平静静的生活，直到生命的结束。

放鹅姑娘

有一年，国王死了，由王后代理朝政。王后有一个非常漂亮的女儿，到了出嫁的年龄，王后把她许给遥远地方的一位王子。出嫁的日子到了，王后为女儿准备了丰富的嫁妆，有很多贵重的家具、漂亮的金银首饰，总之，应有尽有。另外还派了个侍女陪嫁。公主和侍女各骑一匹马，公主所骑的马叫法拉达，它会说话。

临行的夜晚，王后把女儿叫到面前，用小刀割破手指，让血滴在白布上。然后把白布交给女儿，说："不要小看了这块布，虽然只有三滴血，但在你危难的时候，它会帮助你，不要丢失了。"

第二天，公主将白布珍藏在胸前，告别王后，带着侍女出发了。公主与侍女走了没多久，公主热得口渴，她对侍女说："你去用我们从宫里带来的杯子，到小河里舀点水来，我太渴了。"

侍女说："你若渴得厉害，自己到河边喝好了，我不想当你的侍女了。"

公主渴得难受，只好自己来到河边，她边喝水，边哭着说："啊，上帝！"小白布听了，叹息说："如果你母亲知道了，她一定非常担心。"

公主性格温柔，默默喝完水，又骑马往前走。她们走了十几里，天气温暖，阳光灼热，公主又觉得口渴。她对侍女说："你去用金杯子给我弄点水来。"她似乎忘记了侍女的不恭。

侍女骄横地说："你口渴，就自己去喝水，我才不愿意侍候你呢！"公主只好下马，走到河边，伏下身来喝水。她边喝水，边哭着说："啊，上帝！"

小白布听了，叹息说："如果你母亲知道了，心里一定非常痛苦。"

公主在喝水时，滴有三滴血的小白布从胸前滑落，顺水漂走了。公主心里紧张，没有察觉，侍女却把一切看在眼里，她心中十分欢喜；因为公主一旦失去小白布，会更加懦弱，如此一来，公主的命运就完全操纵在侍女手中了。

公主回来，又要骑上那匹叫法拉达的马。侍女说：“法拉达是属于我的，你去骑那匹劣马。”

公主不敢反抗，后来，侍女又蛮横地逼迫公主与她互换衣服，并且要公主在露天宣誓，永远不把这件事说出去，法拉达将一切看在眼里，记在心里。

侍女穿着华贵的衣服，骑着会说话的法拉达，公主穿着旧衣服，骑在劣马上，一路来到王宫。

王子听说新娘到了，高兴地从宫里迎出来，扶着侍女下马，把她引上楼梯，公主则留在下面。老国王坐在窗前观望，他看到站在院子里的姑娘更显得气质高贵、文雅沉静、端庄美丽。他立刻到王子的房里询问新娘，站在院子里的姑娘是谁。

新娘说：“那是我从宫里带来的侍女，你最好给她找点活干，免得她待懒了。”

老国王说：“那么就让她和小昆尔特一道去放鹅好了。”

不久，假新娘对王子说：“亲爱的，你能够帮我做一件令我高兴的事吗？”

王子说：“当然，只要你说出来，我会为你做任何事。”

假新娘说：“你去叫个杀马的人来，将我骑来的马杀掉，在路上，它把我气坏了。”

假新娘害怕法拉达说出真情，所以下决心杀害它。忠实的法拉达被杀掉了，消息传到公主那里，公主偷偷找到杀马的屠夫，给他一些钱，请他把马头挂在城门上。城门又大又黑，公主与小昆尔特放鹅，每天都要从这里经过。

早晨，公主同小昆尔特赶着鹅从城门经过。公主望着马头说：“唉！法拉达，你竟挂在这里。”

马头说：

“年轻的王后，

你每天从这里走。

一旦你母亲知晓，

一定非常难受。”

公主听了，默默赶着鹅群走出城外。她来到草地上，打开头发，头发闪出金光，小昆尔特看到了大为惊奇，他要拔下几根来玩耍。

公主唱歌道：

“风儿，你快些跑，

把小昆尔特的帽子吹掉。

待他追帽子回来，

我已把头发梳好。”

公主的话刚说完，忽然来了一阵大风，吹掉了小昆尔特的帽子，帽子飞过田野，小昆尔特拼命追赶，待他回来时，公主已将头发梳好了。

昆尔特没有得到金发，心里非常不高兴，拒绝与公主交谈。

第二天，他们赶着鹅群再次从黑暗的城门经过。公主看了马头一眼，说：“唉！法拉达，你竟挂在这里。”

马头说：“年轻的王后，

你每天从这里走。

一旦你母亲知晓，

一定非常难受。”

公主来到草地上，打开头发，小昆尔特急忙跑过来抓头发，公主立即唱歌道：

“风儿，你快些跑，

把小昆尔特的帽子吹掉。

待他追帽子回来，

我已把头发梳好。”

于是，风吹起来，小昆尔特的帽子被吹出很远，待到他追回帽子，公主早已把头发梳理整齐，小昆尔特连一根头发都弄不到。这使得小家伙非常恼火。

晚上回到宫中，小昆尔特面见老国王，说：“我不想再跟那个女孩一道放鹅了。”

老国王问："为什么？"

小昆尔特说："她气了我整整一天，我怎么会还和她在一起？"

老国王说："你详细说说，到底是怎么回事？"

小昆尔特就把经过城门遇到马头说话，以及公主梳头的种种奇异情况告诉给老国王。老国王听了，若有所思地点点头，说："明天你还要去一天，其他事情以后再说。"

第二天，老国王悄悄坐在城门后面，他听到公主与马头的对话，然后又跟到草地，看到了小昆尔特诉说的一切，老国王觉得这个放鹅的女孩有着谜一样的身世，他下决心要弄个水落石出。

晚上，公主回到宫中，老国王把她叫到面前，询问她与马头的对话到底是怎么回事。

公主说："我曾在露天发过誓，我不敢向您说出我身世，更不敢对任何人倾吐我心中的痛苦。因为，我一旦说出去，就会死掉。而我还不甘心现在死去，我太委屈了。"

不论老国王怎样劝说，公主都不敢吐露真情。最后，老国王无可奈何地说："好吧，既然你不肯对任何人倾吐苦闷，那么你对火炉去说吧。那不算违背誓言，又能够减轻你的痛苦。去吧，孩子，祝你好运。"

老国王说完走开了，公主对着火炉号啕大哭，她边哭边说："我本是一个公主，是凶狠的侍女逼迫我在路上互换了衣服，骑我会说话的马，冒充新娘，嫁给了王子。还强迫我发誓，不准向任何人说起。火炉啊，有马头做证，它清楚事情的全部经过。"

老国王听了公主哭诉之后，从门外走进来，命令宫女为公主换上最美的衣服，这才发现，公主是他从没见过的美女。

老国王将儿子唤到面前，指着公主说："这才是真正的公主，而你娶的那个不过是公主的侍女。"

小王子见公主衣冠华贵，透出一种清雅而又高贵的气质，容貌美丽非凡，立刻相信了老国王的话。老国王马上命令举行盛大的婚礼，亲王和大臣都应邀赴会。假新娘不知发生了什么事，也赶来凑趣。客人们喝酒、跳舞，个个兴高采烈。

这时，老国王请大家安静下来，他要为众人讲一个有趣的故事，于是他讲了公主与侍女的故事，讲完后，老国王问假新娘，应该如何处置这个狠毒的侍女。假新娘说："应该扒光她的衣服，把她放进钉满钉子的桶里，然后套上马，拖死她。"老国王说："很好，就照这个办法来处罚你，你就是那个侍女嘛。"

判决得到执行。公主从此得到幸福，她没忘记将法拉达埋葬。

生命之水

很久以前有个国王，他病得很严重，大家都认为他快要死了。他有三个儿子，因为父亲生了重病非常伤心，便跑到王宫的花园里去哭泣。

他们碰到一个老人，老人问他们为何如此伤心，他们告诉老人，他们的父亲病得非常重，快死了，可是自己却无能为力。

老人说："我倒知道一种非常神奇的药，那就是生命之水，只要他喝了这水，便会药到病除，但问题是这种药非常难找。"

长子说："我一定会找到它的。"于是他跑去找病重的国王，请求国王答应他去找生命之水，因为只有这种水才能治好他的病。

"绝对不行！"国王说，"这事太危险了，我宁愿死也不要你去。"

可是长子一直恳求，直到国王表示同意。王子想："只要我把生命之水取来，父王一定会最喜欢我，并且让我做继承人的。"

他立刻便动身上路，当他骑着马走了一段时间后，他在途中遇到一个站在路上的矮子。

矮子跟他打招呼道："你为何如此着急地赶路呢？"

"矮子，"王子非常傲慢地说，"你无须知道。"说着，径自骑马走了。

小矮人非常生气，便念了一个恶毒的咒语。

没多久，王子走到一个山峡里，他越是往前走，山峡就越狭小，最后路变得十分狭窄，王子简直寸步难行，这时已无法调转马头或跳下鞍来，他坐在马上好像被禁锢在那里一样。得病的国王一直等待着他，但他始终没有回来。

这时次子说："父亲，让我出去找生命之水吧。"他心里却暗暗地想："如果我的哥哥死了，我就是这个王国的继承人了。"

国王最初也不让他走，但最后还是答应了。次子走上哥哥走过的那一条路。路上他也遇到了那个矮子，矮子拦住他问，这样匆匆地要去哪里。

“小矮子，”国王的次子说，“这个你用不着知道。”说着便头也不回地径自骑马走了。于是矮子诅咒他，他像他哥哥一样陷入了一个峡谷，进退不得。傲慢的人往往会落到这样的下场。

次子也没有回来，幼子主动要外出去取生命之水，国王最后迫不得已也让他走了。

他也在路上遇到了那个小矮子，矮子问他匆匆忙忙去哪里，他停下来对矮子说：“我去找生命之水，因为我父亲病危，只有它才能够治好他的病。”

“那你知道去哪找生命之水吗？”

“不知道。”小王子无奈地说。

“因为你非常有礼貌，跟你那两个哥哥不一样，所以我要给你指点，告诉你如何去取生命之水。那水是从一个魔宫院子的井里喷涌出来的。如果我不给你一根铁棒和两个椭圆形面包，你是进不去的。你用铁棒在宫廷铁门上敲三下，门就会自动打开，门里躺着两头凶猛的狮子，张着血盆大口，如果你给每头狮子的嘴里扔进一个面包，它们就会安静下来，这时你就赶快去取生命之水，一定要记住十二点之前把水取出，否则，大门会重新关闭，而你会被关在里面。”

小王子向矮子表示感谢，他拿起铁棒和面包重新出发了。他到了目的地，果然和矮子说的情形一模一样。在敲了三下宫门后，门打开了，他把面包扔进狮子的嘴里让它们安静下来，便走进宫去，来到一个金碧辉煌的大厅，里面坐着两个被施了魔法的王子，他拿下他们手上的戒指，并且顺手带走了旁边的一柄宝剑还有面包。他再往前，来到一个房间，房里站着一个漂亮的公主，她一见他，便兴高采烈地吻他，并说他拯救了她，应该获得她的整个国家。要是他一年后再来，那她就嫁给他。然后她对他说了生命之水的水井所在位置，在钟敲十二下以前，他得赶快去把水取出来。他继续向前，最后来到一个房间，那里有一张刚刚铺好的漂亮的床铺，由于他已疲惫不堪，想先在床上休息一会。他便躺倒在床上睡着了，当他醒来时，已经十一点三刻了。

他惊慌失措地跳起身来，奔到井边，用身边的一只杯子舀起水，然后急忙离开。他刚出铁门，钟便敲响了十二下，大门猛地关上了，把他的鞋后跟撞掉了一块。

小王子非常高兴，因为他已经取到了生命之水，在他回家的途中，又遇到了矮子。当矮子看到宝剑还有面包时，便对他说：

“你得到了非常大的一笔财宝，你能用这柄宝剑击败任何一个军队，而这个面包是永远也吃不完的。”

小王子一定要找到两个哥哥才肯回家，他说：“亲爱的矮子，你可不可以告诉我，我的两个哥哥在哪里？他们在我之前便出来寻找生命之水，可到现在还没有回家。”

“他们被禁锢在两座山之间，”矮子说，“因为他们太傲慢了，是我念咒语把他们困在那儿的。”

于是小王子不停地哀求矮子，最后，矮人终于答应放了他们。矮子警告小王子说：“你要小心他们，他们是没有良心的坏蛋。”

他的两个哥哥回来了，他非常开心，把自己的经历告诉了他们，说他已找到生命之水，并且取了满满一杯，还救了一位漂亮的公主，她愿意等他一年，然后和他结婚，让他统治她的国家。

随后，他们一起骑马走了，来到了一个国家，那里充满了饥荒和战争，国王认为灾难过于严重，国家肯定完了。

于是小王子去找国王，借给他面包，让他用面包养活整个王国里的老百姓，他也把剑借给了国王，国王用这剑战胜了敌人的军队，让人民安居乐业。然后小王子又拿回面包和剑，兄弟三个继续骑马赶路。然后他们又分别到了两个国家，那里也到处都是饥荒和战争，小王子又借给那两个国王面包和宝剑，就这样，他就拯救了三个王国。

然后三兄弟乘船渡海。船在海上航行时，两个哥哥暗中商量：“弟弟找到了生命之水，我们没有找到，父亲一定会让他继承王位，他把我们的幸福抢走了。”

两个人决定报复，他们商量好如何陷害弟弟。他们等待着，直到弟弟熟睡之后，他们偷偷地把杯里的生命之水倒出，藏了起来，然后用苦味的海水取代。

当他们回到家里，小王子把杯子里的水递给生病的国王，希望他尽快恢复健康。国王喝下一点有苦味的海水之后，病得更厉害了。正当国王为此叫苦连天时，两个大王子来控告他们的弟弟，说他想把父亲毒死，而他们取来了真正的生命之水，他们把水递给了老国王。

国王把水喝下，他感到疾病痊愈了，身子变得结实和健康，就跟年轻时一样。

然后两个哥哥去找弟弟，嘲笑他说："你虽然找到了生命之水，可是太笨了，如果你聪明些，就该张开眼睛。你在船上睡觉的时候，我们就用海水把生命之水换过来了。一年以后，我们中的一人将要和美丽的公主结婚。可你注意了，你不许泄露半点，反正父亲不会再信任你了，如果你不说，我们就饶了你。只要你说出一个字，我们就杀了你。"

老国王十分生气，认为小儿子要毒害他。于是他把廷臣召集过来，商量如何处决他，最后决定秘密将他处决。

一次，小王子骑马去打猎，不知道有人要杀他，国王派了自己的猎人跟着他。当他们两人到了宫外，单独来到森林里时，猎人的脸色变得沉重起来，小王子对他说："亲爱的猎人，你为何脸色沉重?"

猎人犹豫地回答："我不能说，虽然我应该说出来。"

于是小王子说："说吧，无论是什么，我都不会责怪你的。"

"啊，"猎人说，"国王命令我杀了你。"

小王子大吃一惊，说道："亲爱的猎人，你放过我吧，我把自己的王服给你，你把破衣服给我。"

猎人说："好的，我根本不愿杀你。"

于是两人交换了衣服，猎人回到家去了，小王子却躲进森林里。

没过多久，有三辆装着黄金和宝石的车子来找老国王，说是送给他的小王子的，这三车财物是由小王子曾拯救过的那三个王国的国王送来的，他们要感谢小王子为他们做的一切。

老国王想道："难道我误会我的儿子了?"他对属下说：

"要是他还活着多好啊，我太后悔让人杀了他。"

"他还活着，"猎人说，"我没有办法违背良心执行您的命令。"他把事情的经过一一告诉了国王。

这样，国王就放心了，他向所有王国宣布，允许他的儿子回国，他会好好对待他。

公主派人在她宫前用金子铺筑了一条大道，金光闪闪。她对随从说，谁骑马直接向她奔来，就是她的救星，就让他进来，谁若是从旁边进来，那就不是她要等的人，就不要让他进来。

一年即将过去了，最年长的王子想，他要赶快去找公主，假装自己是搭救过她的人，这样他就能与公主结为夫妻，还能够拥有一个王国。于是他骑马出发了。可是当他来到宫前，看到这条金光闪闪的大路后，心里想："如果马蹄踩在这条大路上，该有多可惜啊。"因而他便拨开马头，从右边进去。可是他到了宫门前，人们告诉他，他不是公主的救星，让他离开这里。

又过了没多长时间，第二位王子也去找公主了。当他来到这条黄金大路，马儿刚把一只脚踩上街道时，他心里想："如果把金路踩坏了，那真是可惜。"于是他也拨开马头，从左边进宫，他来到宫门前的时候，门卫上前告诉他，他不是公主的救星，让他离开这里。

一年已经过去了，小王子从森林里出来去找他的爱人。他想到她那里忘掉自己的痛苦。于是他出发了，他一心想着她，迫不及待地想立刻找到她，没有注意到脚下的金路。他骑的马正好走在路中间，他到宫门前的时候，门打开了，公主兴高采烈地出来迎接他，并说他是她的救星，是她王国的主宰，于是他们就此举行了盛大的婚礼，过上了着幸福的生活。

婚后，公主告诉他，说他的父亲要他回去，并且不再责怪他了。

于是他骑马回到家，告诉父王两个哥哥怎么欺骗了他，可是父亲一声不吭。

老国王想惩罚他那两个儿子，可是他们已经乘船逃到海上，从此音讯全无。

乌 鸦

从前，一位王后有个女儿。她女儿刚出生不久，经常要有人抱着。有一段时间，女儿非常调皮，不管王后怎么哄，她就是吵闹个不停。王后实在不耐烦了，刚好当时正有一群乌鸦围着王宫飞来飞去，她便打开窗户说："我真恨不得你变成一只乌鸦飞走，让我安静一会儿!"话刚出口，女儿真的变成一只乌鸦，离开她的怀抱飞走了。她飞到一片黑压压的森林里，在里面待了很久，从此父母没有她的任何消息。

后来，一位男子在路过森林时，听到有乌鸦叫，于是随着叫声，走到了乌鸦跟前。那乌鸦开口说："我原来是位公主，只因为受了诅咒才变成这样，不过你能救我!""那我要怎么救你呢?"那人问。"继续往森林深处走，"乌鸦回答，"你会看到一所小房子，屋里坐着个老太婆，她会给你吃的、喝的，可是你不能接受。如果你要吃了喝了什么，就会立刻睡着，也就不能救我了。在小屋后边的园子里有一个大土堆，你必须站在上边等我。一连三天，我每天中午都会乘着车来。第一天拉车的是四匹白马，第二天是四匹红马，第三天是四匹黑马。可是你不能睡觉，否则我就没救了!"那男子保证都会照她所说的去做。可乌鸦说："唉，我知道你救不了我，你一定会吃老太婆给的东西!"那男子再次保证，不管是吃的还是喝的，都一点不碰。然后他走进那所小屋，老婆子迎上来对他说："可怜的人啊，瞧你累成什么样子了！快来休息一下，吃点喝点吧!""不，"他回答，"我不饿也不渴。"老婆子不肯放过他，说："你如果不想吃，那就从这杯里喝一口，一口没多少。"他被说动了心，喝了。下午快两点了，他进园子里爬上土堆，等着乌鸦到来。可他刚一站到上面，忽然觉得非常困乏，非常想躺下休息，他想只要决心不睡着就是了。谁知道，他刚一伸开四肢，眼皮立刻自动合拢来，他睡着了，而且睡得非常香，什么声音也不能够把他弄醒。两点整，乌鸦驾着匹白色的马驶来，在路上她非常伤心地说："我知道他肯定会睡觉！"她驶进园子，看到他真的在土堆上睡着了。她下了车，走上去摇他，喊他，他就是不醒。第二天中午，老婆子又给他送来饮食，开始他不要，可她走上去摇他，不让他安宁，对他说啊、劝啊，直到他终于又喝了一口酒。近两点，他走进园子，爬上了土堆，等着乌鸦到来，谁想忽然又困得要命，双腿已站不稳，没办法，只好躺到地上，一会儿便又陷入了沉沉的睡梦。乌鸦驾着四匹棕红色的马驶来，她在路上就难过极了，说："我知道，他又睡着了！"她爬上土堆，他真睡在那里，无论怎么叫他也叫不醒。第三天，老婆子说："这是怎么啦？你不吃也不喝，想死是不是？"他回答："我不想吃喝，也不能吃喝。"可老婆子却把一碗菜和一杯酒摆在他面前，等香味飘进了他的鼻孔里，他就又禁不住诱惑，大大地喝了一口。时间到了，他走进园子，爬上土堆，等着乌鸦公主。他比前两天更加疲倦，往地上一倒就睡得像块石头。两点整，乌鸦驾着四匹黑马来了，连马车还有所有的配件也全是黑的。她在途中已伤心欲绝，说："我知道他已经睡着了，不能救我了！"她走到他身边，发现他躺在地上睡得死死的。她推他，喊他，但都叫不醒他。这个时候，她在他身边放了一个面包，一块肉还有一瓶酒，这三样东西，他想吃喝多少就能够吃喝多少，而且永远也吃喝不完。然后，她从自己的手上取下一枚金戒指，把它戴在男子的指头上，在这枚戒指上边，刻着她的名字。最后，她还在他身边放了一封信，信上是她写给他的话，说这些东西他永远不会用完，还写着："我看出来，你在这儿是救不了我了；可要是你还愿意救我的话，那就上急流山的金宫去。我知道，在那里你有能力救我。"所有的东西都放好了，乌鸦公主便坐上马车到急流山的金宫去了。

那男子醒来，见自己又睡了一觉，从内心深处感到难过，说："她肯定来过了，我没能救她。"然后，他看到了放在旁边的那些东西，他读了信，知道了是怎么回事。他立刻从地上爬起来，打算出发去金宫，却不知道金宫在哪里。

他在世界上到处流浪。很久之后他走到了一片幽暗的森林，在森林中一直走了十四天都没有走出去。这时，天又黑了，他很疲倦，往小树丛旁边一躺便睡着了。第二天，他接着走，天黑后他又准备躺在小树丛边睡觉，却听到一阵吼叫和哀叫声，让他睡不着。等到了该点灯的时候，他看见前方亮起了一盏灯，便从地上爬起来，向灯光走去。走着走着走到了一所房子前面。那房子看上去非常小，可是面前站着一个巨人。他暗想：要是进屋去，那巨人会看见，小命儿就难保了！但他最终还是鼓起勇气走向巨人。巨人一见他说："你来得正好，我已经很长时间没吃东西了，你就让我饱餐一顿吧！""最好别这样，"他回答，"我可不愿意被吞到肚子里去！你要吃东西我有的是，肯定让你吃饱。""假如这是真的，那就保你安全，"巨人说，"我只是因为没什么吃的，才打算吃你。"于是他俩走进屋，坐在桌边。他拿出面包、肉还有酒，他们怎么吃都不见少。"这让我非常满意。"巨人边说边尽情吃喝。吃完后，他问巨人："你能告诉我，急流山的金宫在哪儿吗？""让我在我的地图上找找，"巨人回答，"所有的城市、村庄还有房屋在上面全找得着。"他去房里拿出地图，找急流山的金宫，可是找不到，后来，又拿来了所有的旧地图，终于找到了金宫。可是，路途非常远，有几千里。他问巨人："我怎么才能到那里啊？"巨人说："我用两个时辰把你背到金宫。然后我要回到家，喂我孩子！"于是巨人背那人到了金宫，放下他回去了。金宫的宫殿在一座玻璃山上，被施了魔法的公主，坐着马车，围着宫殿绕了一圈，然后进去了。他看见了公主，非常喜欢，想到公主身边去，可是，每次都从玻璃山上滑下来。他无法接近公主，十分悲哀悔恨，自言自语地说："我要住在山下等她到来。"于是，他在山脚下搭了个草房子，在里面住了整整一年，每天只能看到公主，却不能接近。

有一天，他在草房子里看到外边有三个强盗打架，就喊道："上帝保佑你们！"他们听到喊声就停下来，没有看到人，又打了起来，打得非常凶恶。他再次在房子里喊："上帝保佑你们！"他们听到喊声，就停了下来，待看到周围无人，又打了起来，他第三次喊起来："上帝保佑你们！"然后决定出去看看他们为什么打架。

第一个强盗说他找到了一根棍子，如果用棍子敲门，门就打开了；第二个说他找到了一件斗篷，披上这斗篷，他便能够隐身；第三个强盗说，他有一匹好马，骑上这马去哪里都行，包括上玻璃山。现在他们不知道是共同拥有这些东西好呢，还是分开更好些，于是打了起来。那人听后，说："我想换你们这三样东西。虽说我没有钱，但我有一样东西，它比钱更有价值，只不过，我要先验证一下，看你们讲的是不是真话。"随后，强盗们让他骑上了马，给他披上斗篷，把棍子递到他手中。他刚拿到所有的宝物，强盗就看不见他了。接着，他狠狠地揍了三个家伙一顿，说："喏，你们这些混蛋，这就是你们应有的下场，这下该满意了吧！"然后骑着马立刻上了玻璃山，来到金宫门前，见门锁着，用宝棍一敲，就把门打开了。他跨进宫门，踏上台阶，来到了一座大厅，厅内坐着那个被诅咒的公主，在她面前放着一只盛着葡萄酒的金盏。可她看不见他，因为他披着隐身斗篷。他走到她跟前，摘下她给他的金戒指，扔进金盏中，"叮当"响了一声。她喊出来："这是我的戒指，来救我的那个人来了！"她立刻在厅里四处寻找，可是没有发现任何人。他已经走出宫去，骑着马，脱下了隐身斗篷。现在，公主也来到宫门外，一看见他，兴奋得跳了起来。他赶紧下马拥抱公主。她亲吻着他说："现在你救了我，明天我们就结婚吧！"

聪明的农家女

很久以前有一个贫穷的农夫，他没有土地，只有一所小房子和一个独生女儿。女儿说：“我们最好请求国王给我们一块荒地。”国王听了他们贫困的情况，就送一块草地给他们。女儿和父亲去翻地，想种点粮食之类的。那块地快翻完时，从地里掘出一个纯金的臼。“你听我说，”父亲对女儿说，“我们的国王非常仁慈，送给我们这块地，我们得把臼送给他表示感谢。”女儿不同意，她说：“父亲，我们有臼，没有杵，还得去找杵，所以不要声张为好。”但父亲不肯听她的话，带上金臼去见国王，说是他在地里找到的，为对国王表示敬意，请他收下。国王接过臼，问还找到别的什么没有，农夫回答说：“没有。”国王说：“你还得把杵拿来。”农夫说他们没发现杵，可是没用，就像是说给风听似的。他被关进监牢，要他拿出杵来，才放他出去。仆役天天给他送水和面包，蹲监牢的人能得到的就是这些。他们听到农夫不停地喊道：“唉，要是听我女儿的话就好了！唉，要是听我女儿的话就好了！”仆役去见国王，说犯人不吃也不喝，不停地喊：“唉，要是听我女儿的话就好了！”国王叫仆役把犯人带来，亲自问他：“你为什么老是喊：‘唉，要是听我女儿的话就好了！’你女儿到底说了些什么？”

“她说我最好不要送臼来，要送也得等找到杵再送。”

“你真有这么聪明的女儿，就叫她来见我。”于是她来见国王。国王问她是不是当真那么聪明，说要给她一个谜语，她若能够猜中，就和她结婚。她立刻说她能猜中。国王说：“你到我这里来，不穿衣服，不赤裸身子，不骑马，不乘车，不从路上来，也不从路外来，如果你能做到，我就娶你为妻。”女儿回去了，脱得赤条条一丝不挂，她没穿衣服，拿了一张大渔网，坐在渔网里面把自己包起来，她没有赤裸身子。她雇了一头驴，把渔网绑在驴尾巴上，让驴子拖着渔网和她一起走，她没骑马，也没乘车。驴子走在车辙上，她只让双脚大拇指着地，不在路上，不在路外。她这样前去，国王说她猜中了，满足了一切要求，于是把她父亲从监牢释放出来，娶她为妻，命令她管理王室的一切财富。

过了几年，有一次国王去阅兵，刚巧有些农夫卖完木材，他们的车停在王宫前面，有的车是公牛拉的，有的是马拉的。有一个农夫有四匹马，其中一匹生了一只小驹，小马驹跑到一辆车前面，在两头公牛之间躺了下来。农夫聚拢来，开始争吵、摔东西。有公牛的农夫想要小马驹，说马驹是公牛生的；另一个农夫说不对，是他的马生的小马驹，小马驹是他的。吵吵嚷嚷的声音传到国王那里，国王传下口谕：小马驹躺在谁那儿，它就是谁的。于是有牛的农夫得到了小马驹，可马驹确实不是他的。另一个农夫走了，为失去小马驹而哭泣、诉苦。他听说王后也是穷苦农户出身，十分仁慈，于是去见王后，请求她帮助他要回他的马驹。王后说："可以，如果你答应我不说是我说的，我就告诉你该怎么办。明天一早，国王检阅卫队时，你在他一定经过的大路上站住，拿一张大渔网，不停地撒网打鱼、抖渔网，好像打了满网鱼的样子。"她还告诉他如果国王问话，他应如何回答。于是，农夫第二天就站在一块干地上撒网打鱼。国王看见了，派传令兵去问那个傻瓜在干什么。农夫回答说："我在打鱼。"传令兵问，这里并没有水，怎么能够打鱼？农夫说："两条公牛会生一匹小马驹，我在干地也能打鱼。"传令兵回去向国王报告，国王就把农夫叫去，说这话不是他自己想出来的，要他立刻说出是谁教他的。农夫不说是谁教的，只是翻来覆去说"上帝保佑"，这话是他自己想出来的。他们把他放在一捆干草上拷打了很长时间，直至他供认是王后教他的。国王回到家里，对王后说："你为什么对我这么虚伪！我要把你休了，你的美好时光结束了。你从哪里来，还回哪里去，回到你的农夫小屋去吧！"但他仍允许她带走一件她认为最可爱、最美好的东西，作为别离的礼物。她说："好吧，亲爱的丈夫，如果你这样命令，我也愿意遵命照办。"说着，便扑过去抱住他亲吻，说要同他告别。她叫人送来效力非常强的安眠药酒，和国王饮酒道别。国王喝一大口，她只呷了一点儿。国王很快睡着了，睡得很沉。她叫来一名侍役，用一条洁白美丽的亚麻床单把国王包裹起来，叫侍役把他抬进停在宫门前的一辆车里。她驾车回到家，回到她那小小的农舍。她把他放在她的床上，他日夜熟睡，醒来时望着周围，说："上帝啊，这是什么地方?"他呼唤侍从，但这里一个侍从也没有。他的妻子终于来到床前，说："亲爱的国王，你曾经命令我，要我带走宫中一件我最心爱、最美好的东西，除了你，再没有什么是我更心爱更美好的，所以我把你带回来了。"国王眼睛里饱含热泪，说："亲爱的妻子，你是我的，我是你的。"他把她又带回王宫，和她重新举行婚礼。他们很可能直到如今还在人世。

老喜尔得布兰

很久很久以前，有一对农夫和农妇。村子里的神甫特别喜欢那个农妇，他很想和她在一起快乐地过一天。那农妇也一样。有一天，他对农妇说："亲爱的朋友，你听我说，现在呢，我想了一个法子，可以让我们在一起快快乐乐地过一天。也就是到了星期三，你就躺在床上，对你丈夫说，你生病了；然后你大哭，并一直装病持续到星期天。当我布道的时候，我会向大家说，要是谁家里有一个生病的子女、生病的老公、生病的老婆、生病的爸爸、生病的妈妈、生病的姐妹兄弟，或无论任何其他什么人，只要他去意大利格克里山朝山进香，并在那里用一个铜元去买一斗桂树叶子，那他生病的子女、生病的老公、生病的老婆、生病的爸爸、生病的妈妈、生病的姐妹兄弟，或无论是其他任何什么人，立马就能恢复健康。"

农妇说："我一定照你说的办。"于是到了星期三，农妇就躺到床上，开始大哭，她丈夫把他所知道的药都拿给她吃，但都没用。到了星期天，农妇便说："我很难过，感觉快要死了，我在死之前，还有一个心愿，我想听神甫今天的布道。"农夫说："啊，妻子，你不要去了，要是你起来，恐怕要病得更厉害。就让我代你去听布道吧，我会用心听，等我回来把神甫说的话转达给你。"农妇说："好的，你去吧，一定要用心地听，回来后把你听到的话说给我听。"农夫便去听了。神甫开始布道，说要是一个人家里有一个生病的子女，生病的老公、生病的老婆、生病的爸爸、生病的妈妈、生病的姐妹兄弟，或无论是其他任何什么人，只要他去意大利格克里山朝山进香，并在那里用一个铜元去买一斗桂树叶子，那他生病的子女、生病的老公、生病的老婆、生病的爸爸、生病的妈妈、生病的姐妹兄弟，或无论是其他任何什么人，立马就能恢复健康。谁要想到那里去祈祷，在做过弥撒后，就可以到他那去，他可以给他桂树叶袋和铜元。这个时候没有人能比农夫听过之后更快乐了。于是弥撒之后，他立刻到神甫那去，神甫就给了他桂树叶袋和铜元。

然后他便回家，刚到门口就朝里边喊："啊，我亲爱的老婆。你的病可以说是已经痊愈了。今天神甫说道，说是谁家里要有一个生病的子女、生病的老公、生病的老婆、生病的爸爸、生病的妈妈、生病的姐妹兄弟，或无论是其他任何什么人，只要到意大利格克里山去朝山进香，并在那儿用一个铜元去买一斗桂树叶子，那么他生病的子女、生病的老公、生病的老婆、生病的爸爸、生病的妈妈、生病的姐妹兄弟，或无论是其他任何什么人，立马就能恢复健康。现在呢，我已经在神甫那里领了桂树叶袋和铜元，所以要赶快出门去，让你早日恢复健康。"于是他便去了。

他刚出门，农妇就立马从床上爬起来，神甫也赶来了。但是现在我们不讲他们两个人，只说那个农夫。这个时候，他正不住地往前走，想要更快地赶到格克里山。就在他走的时候，遇到了一个朋友，那朋友是卖鸡蛋的，他刚刚从市场上卖完了鸡蛋回来。他对农夫说："赞美上帝，老弟，你走得这么快，是要到哪去呀？"农夫回答他说："永远赞美上帝，老哥，我妻子生病了，今天我听见神甫说道，说，要是某人家里有一个生病的子女、生病的老公、生病的老婆、生病的爸爸、生病的妈妈、生病的姐妹兄弟，或无论是其他任何什么人，只要他到意大利格克里山去朝山进香，并在那里用一个铜元去买一斗桂树叶子，那他生病的子女、生病的老公、生病的老婆、生病的爸爸、生病的妈妈、生病的姐妹兄弟，或无论是其他任何什么人，立马就能恢复健康。我已经从神甫那里领来了桂树叶袋和铜元，现在正准备赶去意大利格克里山。"那朋友对农夫说："老弟呀，你想得也太简单了，竟然相信这种事情？你知道他这是什么意思吗？神甫想要跟你妻子快乐地过一天，所以才这样骗你，把你支开。"农夫便说："我想要知道这话是否正确。"朋友说："你听我说，你就坐在我的这个鸡蛋筐子里，我把你背到你家里去，那么你就可以亲眼看见了。"于是他答应照朋友说的方法办。朋友便把农夫放到他的蛋筐里，背他到他家里去。

当他们到农夫家的时候，家里明显显得很快乐。农妇已经把院子里能杀的东西差不多都杀了，而且烤了甜饼子。神甫已经过来了，还带着他的提琴。朋友敲了敲门，农妇便问外面是什么人。朋友说："嫂子，是我，唉，今夜，就让我在你这里过夜吧，因为我没有在市场上卖完我的鸡蛋，而我现在还得背回到家里去，实在太重了，我已经背不动了，而天又黑了。"农妇便说："大哥，我很想帮你，但你来得不巧。没有别的办法，那你就进来坐到那火炉旁边的凳子上吧。"于是那朋友就带着他的鸡蛋背筐，乖乖坐在火炉旁边的凳子上。农妇和神甫都非常快乐。最后神甫对她说："你听，亲爱的朋友，你唱得很好，唱首歌给我听吧！"农妇说："啊，我现在不能唱了，年轻的时候我特别会唱，但现在早已经不行了。"神甫又对她说："唉，你只管唱罢，就只唱一段吧。"于是农妇便唱道：

我已经把我的丈夫送走了，

把他送到那遥远的意大利格克里山去了。

神甫便接着农妇的话唱道：

希望他在那里住上一年，

我不会问他要回那个桂树叶袋。

赞美上帝呀！

然后那朋友也跟在后面唱起歌来（我还得说一声，农夫叫做喜尔得布兰）。他便唱道：

唉，我最亲爱的朋友喜尔得布兰，

你还在火炉旁边的凳子上坐着干什么呀？

赞美上帝啊！

于是那筐子里的农夫便唱道：

现在我也不愿意再听那些歌了，

我马上就从筐子里走出来。

于是农夫从筐子里走出来，拿着棍子把那可恨的神甫赶到了房子外面。

三只小鸟

大约在一千多年以前，我们的国内有很多小国王。其中有一个小国王住在鱼网山上，他非常喜欢打猎。有一天，他带着猎人们从宫中出去。这时，有三个女孩正在山下放牛，她们看到国王和很多侍从人员。大女孩指着其中的国王对另外两个女孩说："喂！喂！要是我得不到这个人，我就发誓不结婚。"这时第二个女孩，指着国王右边那个人说："喂！喂！要是我得不到这个人，我就发誓不结婚。"小女孩则指着国王左边那个人说："喂！喂！要是我得不到这个人，我就发誓不结婚。"在国王左右的是两个宰相。这些话让国王听见了，在他打猎回来后，便把三个女孩叫来，问她们昨天在山上说了什么话。她们不愿说，国王问大女孩，她是否说要嫁给他。她回答说是的，于是，他们结婚了。两个妹妹也嫁给了两个宰相，她们姐妹三个都非常漂亮，特别是王后，她的头发就和亚麻一样。

王后的两个妹妹都没有生下孩子，当国王要出去旅行的时候，便把她们叫到王后那里来，为她解闷消愁，因为她刚刚怀孕。后来王后生下了一个小男孩，男孩身上长着一颗有明显特征的红痣。两个妹妹商量说，要把王后那漂亮的男孩丢到河里去。当她们把他丢进河里（我想她们是把男孩丢在了威悉河里）时，一只小鸟飞过来唱道：

你就快要死掉了，
以后你就会知道，
去做一束美丽的百合花吧！
我的好男孩，那是你吗？

她们听到了，心里很害怕，就立刻跑开了。国王回到了家里，她们便欺骗国王说，王后生下了一条狗。国王说："上帝做的事情，都一定是正确的。"

河边住着一位渔夫，他把男孩捞了上来，男孩还没死，还有口气，因为他妻子没有生孩子，于是他们就抚养了他。一年过去了，国王又出去旅行了，王后又生下了一个男孩，她那两个恶毒的妹妹，又一次把他丢进河里。小鸟又飞来了，并唱道：

你就快要死掉了。
以后你就会知道，
去做一束美丽的百合花吧！
我的好男孩，那是你吗？

当国王旅行回来的时候，她们又对他说，王后生下了一条狗，国王说："上帝做的事情，都一定是正确的。"渔夫又把这个孩子从河里捞出来抚养着。

国王又一次旅行去了，王后这次生下了一个小女孩，她那两个恶毒的妹妹再一次把她丢进河里，小鸟又飞过来，并且唱道：

你就快要死掉了，
以后你就会知道，
去做一束美丽的百合花吧！
我的好女孩，那是你吗？

国王再次回到家里的时候，她们又向他说，王后生下了一只猫。国王这次终于生气了，便命人把王后关进监狱里，她在里面一待就待了很多年。

这个时候，孩子们都已经长大了。有一天，大孩子和别的男孩一起出去打渔，但是那些孩子不要跟他在一起，他们说："弃儿你给我们走开！"他很悲伤，问老渔夫他到底是不是个弃儿。渔夫便告诉他，事实上有一天打渔，是他把他从水里面捞出来的。男孩便吵着要去找他的生父。渔夫让他不要去，但男孩坚持一定要去，最后渔夫也没办法，只好答应了。他于是起身上路，一连走了好几天，终于来到了一条大河边，看见有一个老太婆正在那里打渔。男孩便说："日安，妈妈。""谢谢。""你想要捕到一条鱼，恐怕还要捕很长时间呢。"老太婆也很不高兴地说："你想要找到你的爸爸，恐怕还要找很长时间呢。你怎么过这条河呢？""唉，恐怕只有上帝知道。"老太婆便把他背过河去；他找了很久，但是也没有找到他的父亲。

过了一年，二儿子要出去找他的哥哥，他也来到了河边，遭遇到和他哥哥一样的情形。而现在只有女孩独自一个人待在家里，她老是想念着她的两个哥哥，并一直在那儿哭。最后她也请求仁慈的渔夫放她，让她去找她的两个哥哥。她同样也来到那条大河边，问候那个老太婆说："日安，妈妈！""谢谢。""上帝会保佑你打渔的。"老太婆听到这句话，表现得十分和气，背她过河，还给了她一根树枝，对她说："我的好女孩，我会帮助你的，你从这条路上一直往前走，从一条大黑狗身旁经过的时候，你不要作声，也不要害怕，也不要笑，更不要看它。然后你会来到一座大门敞着的宫殿面前，你把这根树枝丢到宫殿的门限上，然后一直走绕过宫殿，再从那边走出去。那里会有一口古老的井，井里会长着一棵很高大的树，树上还挂着个笼子，然后笼子里面有一只鸟，你把它取下来；再从井里取杯水。然后你拿着这两样东西再从原路回来，记得把门限上你丢的那根树枝带着，再后来你从狗身边经过，就用你手里的树枝打它的脸；但是你要小心，请务必一定要打中它，然后再回到我这来。"女孩照着老太婆所说的一切做了，在她回来的路上，遇着了她失踪的两个哥哥，他们互相找了半个世界。她现在和他们一起走，来到躺着狗的路旁，用树枝打它的脸；狗变成了一个漂亮的王子，他便和他们一起走到河边去。老太婆还是站在那里，她非常高兴，因为看见他们兄妹三个都回来了，她便背着他们过河，她也离开了，因为现在连她也一起被解救了。大家都回到了老渔夫那儿，非常高兴，他们又都在一起了。他们还把那只鸟挂在了墙上。

但二儿子不肯留在家里休息；他拿起了一只弓出去打猎。他累了，便把他的笛子拿出来吹了一回。同时国王也在外打猎，听见了笛声，向声音的方向走去，看见了少年，就问："是谁准许你在这里打猎的呢？""哦，没有人。""那你是来自哪一家的？""我是渔夫的儿子。""不可能，渔夫是没有孩子的！""若你不相信，可以和我一起回家。"国王便问渔夫，渔夫也一五一十地把事实向他讲了，这时候墙上的小鸟开始歌唱道：

可怜的母亲独自一个人，
待在寒冷的监牢里。
哦，亲爱的国王，您高贵的血统，

这些都是你的好孩子啊，
你那两个恶毒的姨妹们，
害了你可怜的孩子们，
把他们丢到了很深很深的水里，
好心的渔夫把他们都捞了起来。

他们都很惊讶，于是国王便带了鸟、渔夫还有三个孩子回到了宫里，派人打开牢门，放他的妻子出来，但她病得很厉害，十分瘦弱。于是她的女儿把从古井取来的水拿给她喝，她就立马恢复健康了。最后，恶毒的两个妹妹被大火烧死了，女孩也跟王子结了婚。

熊皮人

很久以前，有个年轻的小伙子是个士兵，每当打仗的时候他都表现勇敢，总是冲在最前面，穿梭于枪林弹雨中。有战争的时候，他还能够勉强过日子，可是在和平的时候，他就被打发回家了。上尉对他说："你想去哪就去哪。咱们不打仗了，你不能再继续留在这里了。"他没有家，父母早死了，只好去找他的哥哥们，求他们让他住在那里，等到有战争时就去部队。没想到，哥哥们一点同情心也没有。他们回答他："你对我们一点用处都没有，还是另谋出路吧。"

小伙子除了一杆枪以外，什么也没有。于是他把枪扛上肩头，四处流浪。他来到一片广阔的草原上，这里只有一棵树，别的什么也没有。他悲伤地坐在地上，想着自己渺茫的未来。"我只会打仗，没有其他一技之长。现在一停战，我就英雄无用武之地了，这么下去，我该怎么活呢?"他正琢磨着，忽然听到喘气的声音，小伙子往后一看，一个陌生人正站在他身旁，身穿绿衣服，看上去非常体面，却偏偏长着一对非常恶心的马蹄子。"我知道你需要什么，"长着马蹄子的人说，"你能从我这里拿到用不完的钱和东西，放心地花吧。可我必须知道，你会不会害怕我这一举动，我得看看自己这钱花得是不是地方。""一个士兵连死都不怕，还怕什么呢?"小伙子回答道，"你要是不相信的话，就来考验考验我好了。""那当然了，"长着马蹄子的人说，"你看看有什么东西在你身后!"退伍兵扭过头去一看，只见一只大狗熊咆哮着向他冲过来。"嘿，"士兵大叫，"让我给你的鼻子挠挠痒儿，看你叫不叫了!"说完端起枪，一枪打中了熊鼻子，熊立刻被他打趴下了。"从你的表现看，你有足够的胆量，"绿衣人说，"你还必须答应我一个条件。""可是不能够违背我的良心，做违法的事儿。"士兵说，此时他已经猜到绿衣人是谁了，"否则我不会和你做任何交易。”“那就看你的了，”绿衣人说，“从今年开始，七年内，你不能洗脸，不能理发，不刮胡子，不能剪指甲，不能念‘我的圣父’那段祈祷词。在这七年里你必须穿我给你的衣服，披我给你的斗篷，你如果活不过这七年，你就属于我了；如果你度过这七年，你将重新获得自由，而且一辈子过着富裕的生活。”士兵想到自己已经穷途末路了，于是决定尝试一下，他便同意了绿衣人所提的所有要求。于是，绿衣人把自己的绿衣服脱下给小伙子，说：“穿上这件衣服，任何时候只要你把手放进口袋，里面都会有钞票。”然后他又把大狗熊的皮撕下来，说：“这张熊皮给你当斗篷，你必须睡在熊皮上，而不能够睡在床上。看你这身打扮，直接叫你熊皮人好了。”说完这话，绿衣人就消失不见了。

小伙子把绿衣服穿上，把手放进衣袋里，果然摸到了大把的钱。然后，他披上熊皮，来到人群里，大把地花钱，尽情地享受生活。在第一年，人们还能够接受他的样子。但到了第二年的时候，他的样子就像个妖怪。他整个脸几乎全让长长的头发给盖住了；胡子又长又脏，粘在一块像粽子；指甲也很长，脸上的脏东西厚得能种出青菜了。看到他的人无一不吓得扭头就跑，不过因为他总是接近那些穷人，让他们为他祈祷，祈祷他能够活过这七年，而且，他对任何人都很有礼貌，所以也不难找到住宿的场所。第四年，他来到一家旅店，店老板怎么也不让他住下，甚至连马圈都不肯给他一个角落，店老板害怕熊皮人吓到他的马。可是，后来熊皮人从衣袋里抓了一把金币给他，店老板立刻就转变了态度，他在后面楼里找了个房间给他。但他要求熊皮人不能被别人看到，影响店里生意。

夜晚时分，熊皮人独自坐在房间里，期盼着七年期限快点到。突然，他听到有人在隔壁房间里哭泣。熊皮人心地善良，他推开门走到那间屋里，只见一个老头正在哭泣，熊皮人缓缓走近老人，老人闻声抬头一看是个怪物，吓得拔腿就跑。当他听到这披着熊皮的怪物会说人话时，才停下了脚。熊皮人耐心地和老人交谈了好长时间，老人才慢慢道出他在这里痛哭的原因。原来，他的钱已经用完了，又没有其他收入，如今他和他的女儿们饥寒交迫，甚至连房租都交不出了，如此下去，他们都会被抓进监狱的。熊皮人说：“这有什么好担忧的，我给您钱就好了。”说完，就把店老板叫过来，替老头付了房钱，还给了老头一袋金币。

面对自己的救命恩人，老人不知怎样才能够表述自己的感激之情。“和我一起走吧，”他告诉熊皮人，“我的女儿们都非常漂亮，你随便选哪个做老婆都行，她们要是知道是你救了我们，都会同意嫁给你的。虽然你的样子与众不同，可是她们能帮你收拾干净。”熊皮人很高兴地答应老人，并且和他一起回到家。没想到大女儿一看到他的模样，就惊吓得哭着跑开了。二女儿倒是比较勇敢，上上下下打量了他一番，可她说：“我怎么能嫁给这样一个没有人样的男人。如果有一个拔光了毛冒充人的熊，与你相比，我可能更喜欢它，起码它穿的是骑士的装束，还戴着白手套呢。假如他只是丑一些，或许我还能忍受。”只有最小的女儿对她的父亲说：“亲爱的爸爸，他救了我们，一定是一个心地善良的人，既然你答应他，让他和你的一个女儿结为夫妻，我们绝对不能失信。”遗憾的是，熊皮人的脸被他的长头发和脏东西给遮住了，否则，老头还有他的小女儿就能看到熊皮人听到小女儿说的话时他有多么高兴！于是，他摘下手上的一枚戒指，掰成两半，一半刻着他的名字，另一半刻上姑娘的名字，他把刻有自己名字的那半只送给了姑娘，让她好好收藏，而自己留下了刻有姑娘名字的另一半。之后，他向姑娘道别，说：“我需要再过三年时间才能回来娶你。三年后假如我没有回来，那么我一定是不在人世了。愿上帝让我活过这三年吧！”

善良的姑娘从此穿上一身黑色的衣服，每当想到她的未婚夫，她都会伤心地流泪，而她的姐姐们，不但不安慰她，还都讥讽挖苦她。“小心点！”大姐说，“当心牵你手的是只熊掌！”“你防着点，”二姐说，“熊是喜欢吃甜东西的，他喜欢你，恐怕就要吃掉你。”“你这辈子也不能有自己的想法，”大姐又开了口，“否则他会对你叫喊的。”二姐同时说：“啊，婚礼当然会不错，狗熊们的舞姿都非常好。”小女儿总是不说话，也不被两个姐姐的话所左右。而熊皮人四处流浪，闯荡。不管走到哪里，他都尽自己所能去帮助别人，他把钱分给穷人，穷人就会为他祈祷。七年的时间终于到了。最后一天，他又来到那片原野，坐在那棵树下。一会儿工夫刮起了大风，魔鬼立刻出现在他的面前，气愤地望着他，收回了绿衣服，还给了熊皮人的旧衣服。“等一下，等一下。”熊皮人说，“你首先要把我弄干净才行！”不论愿不愿意，魔鬼还是打来了水，帮熊皮人把全身洗干净，为他梳了头，剪掉指甲。经过这么一打扮，他又同从前一样，还比从前更帅了。

从魔鬼的魔法下逃脱后，熊皮人非常高兴。他来到城里，买了身华丽的天鹅绒外衣穿上，又驾着由四匹白马拉着的车子向他的未婚妻家驶去，大家都没认出他就是从前的熊皮人。未婚妻的父亲认为他是一位尊敬的上校，把他带进了女儿们的屋里，让他坐在老大和老二之间。老大与老二为他倒满葡萄酒，并且将自己最擅长的好菜摆在熊皮人面前，奉承地说他是她们见过的最英俊的男人。而小女儿则身着黑衣，一言不发地坐在他对面。最后，他向她们的父亲求婚，问他是否同意他从她们中选一个做妻子。老大和老二听了立刻跳起来，跑回自己的屋里，换上好看的衣服。很明显，她们都希望这个英俊的男子能够选中自己。而小伙子见房中只有他和他的未婚妻了，就偷偷拿出带在身边的那半只戒指，丢在葡萄酒杯里，并且把那酒端给她喝。她接过酒杯一饮而尽，看到杯底上的半只戒指，激动万分，她把另外一半戒指拿出来，还有杯底那半枚拼凑一起，正好是一枚整戒指。这时，英俊的小伙子才开了口："我是你的未婚夫啊，我就是从前那个熊皮人，感谢上帝保佑，我重新做人了，再也不会像过去七年那样脏了。"边说，他边走近他的未婚妻，热烈地拥抱她，亲吻她。就在这时，两个女儿打扮得妖艳华丽，冲进房来，看到这英俊的男人爱上了她们的妹妹，知道他就是从前的熊皮人，气冲冲转身地跑了出去。一个投了井，一个上了吊。夜晚时分，有人敲门，小伙子开门，看到那个穿绿衣服的魔鬼站在门外，魔鬼得意地对他说："看到没有，尽管我没有得到你的灵魂，可是却用它换了另外两个灵魂回来，不是吗？"

鹪鹩和熊

很久以前，在一个炎热的夏天里，一头熊和一只狼在树林里散步，熊听到一只鸟的歌声非常动听，就问道："狼兄弟，这是什么鸟，歌声这么动听？"

"这是鸟中之王，我们必须向它鞠躬致敬。"狼说。其实那只不过是一只鹪鹩。

"真的吗？你带我去看看它的宫殿。"熊对狼说。

"事实没有你想象的那么简单。"狼说，"你必须等到王后来。"

过了一会儿，王后也来了，她把食物含在嘴里，和国王一起喂他们的小鸟。熊想立刻进去，但狼拉了拉它的袖子说："不行，你必须等国王和王后飞走。"

它们记住鸟巢的洞口后便离开了。可是熊还是吵着要看国王的宫殿，于是没过多久，它就又回到那里。

这时国王还有王后果真飞出去了，熊从洞口窥视，发现鸟巢中躺着五六只小鸟。

"这就是宫殿吗？"熊喊道，"真够寒酸的！你们肯定不是王家的孩子，你们是不光彩的私生子！"

小鹪鹩们听后非常气愤，纷纷反抗："才不是呢，我们才不是不光彩的私生子，我们的爸妈是老实的人，熊，你给我搞清楚了！"

熊和狼听后非常害怕，连忙转身逃回了自己的兽穴。

但小鹪鹩继续大声吵闹，等它们的父母再次带着食物飞回来时，就说："你们老实说，我们是你亲生的孩子吗？否则我们即使饿了，我们连苍蝇的腿都不碰一下。熊来过这里，把我们骂了一顿。"于是老国王就说："别吵了，我立刻解决这个问题。"

于是它和王后一起飞到熊穴，气冲冲地向里边叫道："老狗熊，你干嘛要骂我们的孩子？你会有报应的，我们之间将会发生一场浴血的战争。"

鹪鹩向熊宣战以后，熊把所有的四条腿动物都召集过来——公牛、驴子、小牛、雄鹿、狍子以及地上全部的动物。

鹪鹩把会飞的动物都叫来了，不单单是各种大鸟、小鸟，而且还有蚊子、黄蜂、蜜蜂和苍蝇。

即将开战的时候，鹪鹩派出探子侦察谁是敌军的指挥将领。蚊子是最聪明的，它们聚集在敌人驻扎的林子里，蚊子最后停在一张树叶上，叶子下面就是发布命令的地方。

那儿站着熊，它把狐狸叫来说："狐狸，你是动物中最狡猾的，你就当我们的指挥将领，指挥我们作战吧。"

"没问题，"狐狸自信满满地说，"可我们的联络暗号是什么呢？"大家谁都想不出来。狐狸于是说："我有一条又长又好、毛茸茸的尾巴，看着跟一撮红羽毛差不多，我的尾巴翘直时，表示情况非常好，你们必须立刻前进，我的尾巴如果下垂，那你们就应尽快撤走。"

蚊子听到后，就直接飞回到家，向鹪鹩报告情况。

天刚蒙蒙亮，所有的四腿动物都赶到战场上，它们踩得大地都震动了。

鹪鹩还有它的军队也布满了空中，它们挥动着翅膀，发出叽叽喳喳的叫声，让人心惊肉跳，然后它们从两面包抄敌人。

鹪鹩派黄蜂去攻击狐狸的尾巴，黄蜂用尽全力刺狐狸。

黄蜂第一次蛰狐狸时，狐狸颤抖一下，并且把一条腿翘向空中，但它忍着疼痛把尾巴翘得笔直。它受到第二蛰时，它只得把尾巴稍稍下垂，可受到第三蛰时，它再就也不能忍受了，它边叫着，边把尾巴夹在两腿之间。四腿动物一看见狐狸尾巴垂下来了，认为它们一切都完了，便慌慌张张地各自逃回各自的巢穴。

于是鸟类战胜了四腿动物，获得了最后的胜利。

战争结束后，国王还有王后飞回到家去见孩子，叫喊道："孩子们，欢呼吧！敞开胃口痛快地吃吧，我们赢了！"

小鹌鹑们说道：“我们要熊来这里向我们道歉，承认我们是合法的孩子。”

鹌鹑飞到熊穴威胁道：“老狗熊，你到我的窝前来，给我的孩子们道歉，承认它们是合法的孩子，否则，就踩碎你的肋骨。”

熊连滚带爬地爬到鸟巢前向小鹌鹑们道了歉，这时小鹌鹑们才高兴起来，它们坐在一起尽情吃喝玩乐，一直到深夜。

可怜的磨坊徒弟和小花猫

很久以前，一个磨坊里住着一个老磨坊主，他没有妻子，也没有孩子，只有三个学徒为他干活。过了几年之后，有一天，磨坊主对他们说：

“我的年纪大了，该歇一歇了。你们谁能在外边给我弄一匹好马回来，谁就能得到这个磨坊，但他得养活我，直到我去世为止。”

第三个学徒汉斯是穷人的孩子，另外两个都认为他非常傻，不想让他得到磨坊，想把他赶出去。

于是他们三人一起出门，当他们走到村前，那两个人对汉斯说：

“你只能留在这里，不要说最好的马了，即使是一匹又瘦又弱的马你也不可能弄到。”但是汉斯还是跟在他们后边。

天快要黑的时候，他们一起到了一个洞边，三个人进去到洞里躺下睡觉。那两个聪明人一直都没有睡，一直等到汉斯睡着。然后他们离开洞，留汉斯一个人睡在洞里。

他们认为干得不错，可是他们后面也没好下场！

天亮了，汉斯醒了，他发现自己躺在了一个很深的洞里，他向周围看了看，大声喊叫：

“啊，老天，我这是在哪里啊！”

然后他艰难地爬出洞，走到了树林里，心里想：

“我现在被人抛弃，在这儿想找到一匹马是不可能了！”

他正一边走一边想的时候，遇见了一只小花猫，那猫十分友好地问：

“汉斯，你到哪儿去？”

“啊，你是无法帮助我的。”

“我已经知道你最急切的心愿了。”小猫说，“你想要一匹最好的马。跟我来，给我做七年忠实的仆人，那我就会给你一匹世界上最好的马。”

“哦，真是一只奇怪的猫，”汉斯想，“不过我倒是想看看，它说的是不是真的。”

于是小猫把他带到它的小魔宫里，那里有很多服侍它的小猫。一些小猫灵巧地在楼梯上跳上跳下，非常有意思。

晚上，当他们吃饭的时候，有三只小猫为它演奏，第一只弹低音琴，第二只拉着提琴，第三只鼓起高高的双颊吹着喇叭。

他们吃完晚餐，小猫们把桌子还有杯盘碗匙撤走。

然后猫说：“现在来吧，汉斯，我们跳舞。”

“不，”汉斯回答，“我不和猫跳舞，从前从未跳过。”

“那就带他睡觉。”猫对小猫们说。

于是有只猫给他掌灯，将他带入卧室，另一只替他脱下鞋子，还有一只给他脱袜子，最后一只把灯吹灭。

第二天早晨，它们过来帮他起床穿衣：一只为他穿袜子，一只为他系袜带，一只给他拿来鞋子系上鞋带，一只给他洗脸，还有一只用了尾巴把他的脸擦干。

“这样服侍我，真舒服啊。”汉斯说道。不过他也要帮猫们做事情，每天把大木柴劈成小木柴，他得到了一把锋利的银斧，一根银楔，一把银锯还有一柄铜制的锤子。他的任务是将木柴劈小，留在这里，同时有好饭好菜吃，有好饮料喝。除了那只小花猫还有小猫外，在这里没见过任何人。

一次花猫对他说：

“你去我的草地割草，并且把草晒干。”它给了他一把长柄银镰刀还有一块用金子做的磨刀石，叫他用完后再还回来。

于是汉斯跑去做花猫交代的事情。做完以后，他把镰刀、磨刀石还有干草带回到家，并且要求花猫付工钱给他。

“不，”花猫说，“你还得为我做一件事情，这里有银子做的建筑材料、银斧头、曲尺还有所有必要的东西，请你用这些东西给我造一幢小房子。”

汉斯把小房子造好，所有的事都做完了，但还是没有获得那匹马。

七年很快过去了，汉斯非常快乐，觉得只有半年那么短。

花猫问他，想看看那匹马吗？

“要看。”汉斯说。

花猫打开小房子的门，汉斯看到里面有十二匹马，它们又肥又壮，毛发发光，光亮耀眼，他的心里面非常非常的高兴。

紧接着花猫给他吃，给他喝，并且说：

“你回家去吧，你先不用带马，三天之后我亲自把马给你送过去。”

于是汉斯出发了，花猫告诉了他去磨坊的路。它没有给他一件新衣服，他只好穿他那破烂的旧褂子，那件衣服穿了七年，如今穿在身上对他来说实在太短了。

他回到磨坊时，另外的两个磨坊学徒也回来了，虽然他们都带了马回来，但是一个学徒的马是瞎的，另外一个学徒的马是跛的。

他们一起问：“汉斯，你的马在哪里？”

“三天后会送来的。”

于是他们嘲笑他说：“是吗，汉斯，你在哪里找到的一匹马？那肯定是匹了不起的马！”

汉斯走进房间，磨坊主说：“你衣服太破，如果有人进来，会叫人笑话，所以你不该坐到桌上来。”

于是他们给了他一点吃的东西，让他到外边吃，晚上他去睡觉的时候，另两个徒弟不给他床睡，最后他不得不爬进鹅棚里，躺在有点儿硬邦邦的麦草上。就这样度过了三天时间。

三天后，六匹马驾着一辆马车驶来了，其中的一个仆人还带来了第七匹马，这是属于那个可怜的磨坊徒弟的。

一位漂亮的公主从马车里走出来，她走进磨坊，其实这个公主就是那只小花猫，这是可怜的汉斯以七年的时间换来的。她问磨坊主，最小的徒弟在哪？

磨坊主说：“我们磨坊不能收留他，他的衣服又脏又破，他躺在鹅棚里。”

公主说：“你们要立刻把他找来。”

于是他们把他从鹅棚里叫出来，他必须把破小的上衣使劲拉，才能够遮住身子。

公主的仆人们立刻给他洗澡，并且给他换上为他准备的衣服，他穿好衣服后，比任何一个国王都英俊。

然后，公主看看其余那两个磨坊学徒带来的两匹马，一匹是瞎的，另一匹是跛的。

这时公主叫仆人把第七匹马牵来。磨坊主一见这匹马就说，他的院里从来没有来过这样漂亮的马。

公主说："这匹马是第三个磨坊徒弟的。"

磨坊老板说："他应当获得这座磨坊。"

可是公主说："这匹马让你用，磨坊也让你保存。"然后她把忠实的汉斯接进马车，带他离开了。

他们回到小屋，这是汉斯很久以前用银制工具造的。这时小屋已经变成了一座大宫殿，里面的东西都是用金子和银子做的。公主和他举行了婚礼，从此过上了幸福的生活。

因而有人说，即使是样子愚蠢的人，也可能会大有作为。

汉斯我的刺猬

很久以前有一个农夫，他有的是钱和田产，但尽管他富有，可还是不够幸福：他们夫妇没有孩子。他和别的农民一起进城时，他们常常嘲笑他，问他为什么没有孩子。他终于被激怒了，回到家时他说：“我要个孩子，哪怕是个刺猬也好。”他的妻子果然生了个孩子，这孩子上身是刺猬，下身是人，她一见这孩子，惊骇异常，说：“你看，你诅咒我们了。”农夫说：“有什么办法呢？孩子得受洗礼，可是我们没法请人当教父。”妻子说：“我们只能叫他汉斯我的刺猬了。”洗礼完毕，牧师说：“他身上有刺，不能睡人睡的床。”于是，农夫在炉灶后面铺些干草，把汉斯我的刺猬放在上面。他也不能吃母乳，因为他的刺会刺伤母亲。就这样，他在炉灶后面躺了八年，父亲对他感到厌烦，恨不得他死了才好。但他没死，一直躺着。有一次，城里有集市，农夫要进城赶集，问妻子要他带回什么东西。“带点肉和面包，都是日常用的东西。”她说。接着他问女仆，女仆要一双拖鞋和后跟加厚的长袜。最后他跟儿子说：“汉斯我的刺猬，你要什么东西啊？”

“父亲，”他说，“给我带一个风笛吧。”农夫回到家里，把为妻子买的肉和面包给妻子，接着给了女仆拖鞋和袜底加厚的长袜，最后走到炉灶后面，给了汉斯我的刺猬一支风笛。汉斯我的刺猬接过风笛，说：“父亲，你去铁匠铺子里让他给我的公鸡钉脚掌，我要骑着它出去，永远不再回来。”父亲为能够摆脱他而高兴，就给他的公鸡钉脚掌。钉好脚掌，汉斯我的刺猬跨到公鸡背上，骑着走了，他还带着猪和驴子到森林里放养。在森林里，公鸡和他一起飞到一棵高高的树上，他坐在那儿看着猪和驴子。他在那里待了几年，一直到畜群长大，他的父亲完全不知道他的情况。他坐在树上的时候，就吹风笛，奏出美妙动听的音乐。有一天，一个国王在森林里迷了路，从那里路过，听到音乐，感到惊奇，派仆人去附近看看音乐从什么地方传来。仆人查看了周围，只见一棵高高的树上有一只小动物，像是一只公鸡，它身上有一只刺猬，音乐就是他奏出来的。国王叫仆人去问他为什么待在这儿，是不是知道他回王宫应该走哪条路。汉斯我的刺猬从树上下来说，如果国王立下字据，答应把回到家后在宫中庭院里最先遇到的东西给他，他就愿意给他指路。国王心里想："这事好办，汉斯我的刺猬不识字，我想怎么写，就怎么写。"国王拿起笔，写了几个字，写完了，汉斯我的刺猬便给他指路，他顺利地回到家里。他的女儿远远地看见他回来了，非常高兴，跑去迎接他，吻他。这个时候国王想起汉斯我的刺猬，便对她讲在路上的情况，说一只奇特的动物像骑马一样骑在一只公鸡背上，奏出优美的音乐，要他立下字据，把他到家时最先遇到的东西给他，但他写的是：他要的，不能给。因为汉斯我的刺猬不识字。公主听了很高兴，说这样很好，她是绝对不会去的。

汉斯我的刺猬放养他的猪群还有驴子，他总是高高兴兴地坐在树上吹奏风笛。有一次，另一个国王带着侍从和士兵乘车在森林里迷了路，因为森林很大，他们不知道怎么回去。这时他也听到远处传来美妙的音乐，他叫随从去看看是怎么回事。那随从走到树下，看见树上的公鸡和骑在公鸡身上的汉斯我的刺猬。随从问他在树上干什么。"我在放我的猪和驴，你有什么事吗?"随从说他们迷路了，回不了王宫，问他能不能给他们指路。汉斯我的刺猬听了，带着公鸡从树上下来，对老国王说，如果国王答应把回到家后在宫中庭院里最先遇到的东西给他，他就愿意给他指路。国王答应了，并立下字据，交给汉斯我的刺猬。办完这事，汉斯我的刺猬骑上公鸡，走在前面给国王指路。国王顺利地回到他的王国。他回到王宫，宫中一片欢腾。老国王有一个独生女儿，长得非常漂亮，老父亲回到家了，她高兴极了，跑上前去迎接他，搂着他的脖子吻他，问他为什么在外边这么久才回来。他告诉她他迷路了，差点儿回不了家。他乘车穿过一座大森林的时候，一棵高高的树上，有个一半像刺猬一半像人的人骑在一只公鸡身上，奏出美妙的音乐，就是这个人帮助了他，给他指路，为此他许诺把回到家后最先遇到的东西给他，他最先遇见的是她，这使他心里非常难过。可是公主说，为了她的老父亲，如果那人来了，她愿意跟他走。

汉斯我的刺猬仍在放猪，猪生小猪，小猪长大又生猪，猪多得整个森林到处都是。汉斯我的刺猬就不想再在森林里住下去了，他让人捎口信给他父亲，要村里家家户户都清理猪圈，因为他要带一大群猪回去，谁想宰多少只猪都行。他的父亲听了，心里发愁了，原来他认为汉斯我的刺猬早就死了。汉斯我的刺猬骑着他的公鸡赶着猪群进村，让村里人宰猪。嘿！那大屠宰还有剁肉的声音，十几公里外都能听到。随后，汉斯我的刺猬对他父亲说："父亲，让铁匠再给我的公鸡钉一回掌，我就骑着它走，一辈子不再回来。"于是，父亲带着公鸡去钉脚掌，心里很高兴汉斯我的刺猬不再回来了。

汉斯我的刺猬骑鸡去了第一个王国，国王下令：如果有人骑一只公鸡，带着风笛，大家都要朝他射击、砍他、刺他，叫他无法进入王宫。汉斯我的刺猬骑鸡前来时，他们端起刺刀向他冲去，但他用马刺刺了一下公鸡，公鸡飞起来，从大门上方飞过去，飞到国王窗前停下。他向国王喊话，要他把答应给他的东西给他，否则他就要杀死国王和他的女儿。这时，国王向他的女儿说好话，叫她出去见他，这样才能救他们俩的命。于是，她穿上一身白衣，她的父亲给她一辆六驾马车、漂亮的侍从和金银财宝。她坐上马车，汉斯我的刺猬坐在她身边，然后他们告别而去。国王以为他再见不到女儿了。其实不然，他们了出城，走了一段路，汉斯我的刺猬就脱掉华丽的衣裳，用他身上的刺刺得公主浑身是血，他说："这是你虚伪的报酬，滚，我不要你！"他把她赶回去，叫她终生受辱。

汉斯我的刺猬骑着公鸡继续走，带着风笛去了第二个王国。他给这个国王也指过路。国王事先交代下来，如果有一个像汉斯我的刺猬这样的人来了，众人都要举枪致敬，让他进城，高呼万岁，带他进宫。公主见到他时，大吃一惊，因为他的样子确实太奇特了，但她已答应了父亲，不能变卦。汉斯我的刺猬受到公主的欢迎并和她结婚。他也得赴国王的盛宴，公主坐在他身边，他们一起吃、一起喝。夜幕降临，他们要睡觉了，公主害怕他身上的刺，他说她不用害怕，不会伤害她的。他要老国王派四个人守卫在他们卧室的门口，生一堆大火，他走进卧室躺在床上的时候，会从那身刺猬皮脱离出来，刺猬皮一扔在床前，那四个人要赶快冲进去，把刺猬皮扔进火里，并且守着它，直至它烧成灰烬。钟敲十一点时，他走进卧室，脱下刺猬皮，它掉在床前，卫兵迅速把它拿走，扔进火里。它在烈火中化为灰烬的时候，他获救了，躺在床上，完全恢复了人形，但皮肤仍然像煤炭一样乌黑。国王派人请来御医，用上好的香膏给他洗浴、擦抹，他成了一个肌肤白皙的美少年。公主见了，无比欣喜，第二天早晨，他们高高兴兴地起了床，宴饮一番，热热闹闹地庆祝婚礼，汉斯我的刺猬继承了老国王的王位。若干年过去了，他和他的妻子乘车去看望他的父亲，告诉他他是他的儿子。父亲说，他没有儿子，很久以前他只有一个生下来像刺猬的孩子，他已到远方去了。他设法使父亲认出他，老父亲十分高兴，跟他一起去了他的王国。

我的童话结束了。

有本领的猎人

很久以前，有一个年轻小伙子，学了锁匠的手艺，他对父亲说，他要去外边闯一闯，碰碰运气。“好，”父亲说，“我同意。”并拿一些钱给他去旅行。于是他到处游历找活干。过了一段时间，锁匠的活不好找了，他也不太乐意干了，却对打猎非常感兴趣。他在漫游途中遇见一个穿绿衣的猎人，猎人问他是哪儿人，要到哪里去。小伙子说他是锁匠，但他不喜欢这门手艺了，非常想去打猎，问他能不能够收他做徒弟。“哦，能够，能够，如果你愿意跟我走的话。”于是年轻人跟他走，在他那儿干了几年之后，学习打猎。后来他要再去试试运气，猎人只给他一支猎枪作为工钱。这支猎枪有一种特殊的性能，用它射击，弹无虚发，百发百中。年轻人走了，走进了一座一天也走不到头的大森林。晚上，为了防备野兽侵害，他坐在一棵高高的树上。午夜时分，他觉得远处似乎有灯火闪烁，就透过树枝看，注意灯火的位置，摘下帽子，往灯火的方向扔下去，作为自己从树上爬下来以后往那个方向走的标志。然后他从树上下来，朝他的帽子走去，戴上帽子，径直向前走。越走火光越亮，走到近处一看，原来是一堆大火，火堆旁坐着三个巨人，一把长枪上插着一头公牛，架在火堆上烧烤。一个巨人说：“我得尝尝看肉是不是快能吃了！”他撕下一块肉，正要塞进嘴里的时候，却被猎人从手里击落了。“嘿，”巨人说，“风从我手里把肉刮跑了！”他又拿了一块肉，张口正要咬下去，猎人又把它射掉了。巨人朝坐在他旁边的巨人打了一记耳光，怒喝道：“你为什么夺走我的肉？”

“我没拿你的肉，”另一个巨人说，“大概是一个神枪手把它打掉了。”巨人拿起第三块肉，猎人又把它从他手里打飞了。巨人们说：“能够把食物从嘴边射掉，这一定是个神枪手，这样一个人对我们非常有用。”他们大声喊道："过来吧，神枪手，和我们一起烤火，吃饱肚子，我们不会害你的。要是你不来，给我们捉住，你就完了。"于是年轻人走上前去，说他是个本领高强的猎人，他的猎枪打什么都能够百发百中。他们说，如果小伙子愿意跟他们走，他们不会亏待他，并且对他讲，森林前面有一条大河，河对岸有一座塔楼，塔楼里面有个美丽的公主，他们要把她抢过来。"好，"他说，"我很快就把她弄来。"他们又说："不过还有点小事，那儿有一只小狗，有人走近，它就叫起来，它一叫，王宫里所有的人就都醒了，所以我们没法进去。你敢射死那只狗吗？"

"没问题，"他说，"这对我来说就像玩儿一样。"之后，他乘船渡河。上岸不久，小狗就跑过来，没等狗叫，猎人一枪把它打死了。巨人见了，十分高兴，认为公主一定是他们的了。可是猎人要先看看究竟情况如何，他要他们先待在外边，等他叫他们再进去。他走进王宫，宫中寂静无声，所有的人全都睡着了。他打开第一个房间，房间的墙上挂着一把纯银的战刀，上面有一颗金星，还有国王的名字，旁边桌上放着一封封好的信。他拆开信看，信中写道，谁得到这把战刀，就能够杀死遇见的任何人。他摘下墙上的战刀，佩带在身上，继续走去。他来到公主正睡着的房间。公主非常美丽，他屏住呼吸，停下脚步看着她，心里想道："我怎么能够把一个纯洁的少女送到野蛮的巨人手里去呢，他们满脑子坏主意。"他继续观察周围，看见床下有一双拖鞋，右脚拖鞋上有她父亲的名字，还有一颗金星，左脚拖鞋上有她自己的名字，还有一颗金星。公主脖颈上围着一条丝绸绣金大围巾，右边绣着她父亲的名字，左边绣着她的名字，都用金线绣出字母。猎人拿一把剪刀，剪下右边一头，放进他的背囊，又把绣有国王名字的右脚拖鞋放到背囊里面。公主一直还在睡着，身上穿着衬衣。他从衬衣上剪下一小块，放进背囊，他做这些事情的时候，都没有碰着公主的身体。然后他离开了，让她安安静静地睡觉。他又来到宫殿大门，三个巨人站在门外等他，认为他把公主带来了。他向他们喊话，要他们进去，说公主已在他手中，但他不能给他们开门，他们得从那边的一个小洞爬进去。第一个巨人爬进去，猎人把他的头发缠绕在手上，把他的头拖进去，一刀砍下他的脑袋，再把他全身拉进去。他把第二个叫进去，照样砍下脑袋，第三个也如法炮制。他为使美丽的公主高兴，便割下巨人的舌头，放在背囊里面。他想："我要回到家，回到父亲身边，让他看我做了些什么事情，然后我要在世界上漫游。上帝要赐予我幸福，我一定会得到它。"

王宫里，国王一觉醒来，看见三个巨人躺在那里，全都死了。他走进公主的卧室，叫醒她，问她是谁杀死了那三个巨人。她说："亲爱的父亲，我不知道，我睡着了。"她从床上起来，要穿拖鞋，发现右脚拖鞋不见了，围巾被剪去了一块，缺了右边一片，再看她的衬衣，也被剪去了一小块。国王召集宫中士兵所有的人等，问是谁解救了他的女儿，杀死了那三个巨人。国王手下有一个相貌丑陋的独眼龙上尉，说是他干的。老国王听了，说既然是他干了这件大事，应该让他和公主结婚。但公主说："亲爱的父亲，我宁可去遥远的远方，走到海角天涯，也不愿嫁给此人。"国王说，如果她不肯和他结婚，就得脱下了公主华丽的衣裳，穿上农妇的衣服，离开王宫，到一个陶器工匠那里去做陶器买卖。于是，她脱下公主的服饰，去找陶工，借了一批陶器，答应晚上卖了，付给他钱。国王说她得在拐角摆摊卖货，他雇了几辆农民的车子，要他们径直开过去，把所有东西撞得粉碎。公主当街摆上陶器，几辆农车过来，把她的货撞成了碎片。她哭了，说："上帝啊，我拿什么付给陶工啊?"国王本想以此迫使公主和上尉结婚，但她不从，又去找陶工，问他是不是愿意再借她一批货。他说不行，要她先付清上一批的货款。于是她去找他父亲，号啕大哭，说她要去外地。国王说："我要在森林里给你盖一间小屋，你就住在里面，给所有的人做饭，但不许收他们的钱。"小屋盖好了，门口挂一块牌子，上面写着"今天免费供餐，明日开始收钱。"她在那里住了很久，外边到处传说那里有位少女，免费为人烧饭，门口牌子上这么写着。猎人也听到了这个消息。他想："这对你倒不错，你不是没钱的穷人吗?"便拿了猎枪，背上背囊，里面还装着当年在王宫中作为凭证带走的所有的物件。他走进了森林，果然看见了一个小屋，牌子上面写着"今天免费供餐，明日开始收钱"。他佩带着当年砍下巨人脑袋的战刀，走进小屋，叫她给他端点吃的。他见到像画中人一样漂亮的姑娘，非常高兴。她问他从哪里来，到哪里去，他说："我在世界上到处漫游。"她见他的战刀上面有她父亲的名字，问他是从哪儿得来的。他问她是不是国王的女儿。"是的!"她回答说。"我用这把战刀，"他说，"砍下了三个巨人的脑袋!"说着，他从背囊中取出巨人的舌头作为物证，又让她看了一只拖鞋、半边围巾还有衬衣的一小块布片。她非常高兴，说他就是救她的人。他们随即一起去见老国王。公主把老国王领进自己的卧室，告诉他猎人才是真正救了她的人。老国王看了一切证据，再也没有怀疑，他说他很高兴知道了事情的全部真相，要猎人和公主结婚。公主对此满心欢喜。他们把猎人打扮得像是一个外国权贵，国王举行盛大的宴会。入席的时候，上尉坐在了左边，而猎人坐在了右边：上尉认为猎人是来访的外国贵宾。吃菜喝酒之后，老国王对上尉说，他要出个谜语叫他猜：如果有个人说他杀了三个巨人，问他巨人的舌头在哪里，他去看了他们的头颅，却找不到舌头，这是怎么回事呢？上尉说："我想也许是巨人没有舌头吧！"

"不对，"国王说，"每一种动物都应该有舌头。"他又问他，反对国王的人，应当如何处置？上尉答道："应该把他斩成几块。"国王说上尉自己对自己作了判决，于是上尉被关进监狱，随后被砍成四块。公主和猎人结了婚。后来猎人把他的父母接来，他们和儿子住在一起，过着幸福愉快的生活。老国王去世后，猎人继承了王位。

两个国王的孩子

很久以前有个国王有了一个小男孩，算命的说他十六岁时会被一只鹿杀死。他长到十六岁的时候，有一次，猎人们和他一起去打猎。在森林里，王子和其他人走散了，他忽然看见一只大鹿，他要射它，却总是射不中，他追了它很久，一直追出森林。忽然，那只鹿不见了，在他面前站着一个高大魁梧的汉子，那大汉对他说："我现在找到你，太好了！为了追你，我跑坏了六双玻璃冰鞋，总追不上。"那人抓住他，把他拖过一条大河，来到一座非常大的王宫。他在王宫里和别人同桌吃饭。他们一起吃完饭后，国王说："我有三个女儿，你得在大女儿那儿守一夜，从晚上九点到早晨六点，每次敲钟时我都亲自来呼唤，如果你不回答我，明天早晨就把你杀了；如果每次都回答我，就把大女儿给你做妻子。"于是两个年轻人走进卧室，那里立着一尊石像，公主对石像说："我父亲九点来，以后每小时来一次，一直到钟敲三点。要是他问话，你就替王子回答。"石像迅速地点头，后来头点得越来越慢，终于停下不再点头。第二天早晨，国王对他说："这事你干得不错，可是我不能把女儿给你，你得在二女儿那里守一夜，然后我想想你能不能够娶我的大女儿。不过我每小时都亲自来，我叫你，你就回答；如果我叫你，你不回答，我就要杀掉你。"于是两个年轻人走进卧室。那里立着一尊更大的石像，公主对石像说："我父亲问，你就回答。"石像迅速地点头，后来头点得越来越慢，终于停下不再点头。王子躺在卧室门槛上，头枕着手睡着了。翌日早晨，国王对他说："这事你干得不错，可是我不能把女儿给你，你得在小公主那里守一夜，然后我想想你能不能够娶我的二女儿。不过我每小时都亲自来，我叫你，你就回答。如果我叫你，你不回答，我就要叫你流血。"于是他们一起走进另一间卧室。立在房中的石像比前面那两尊要高得多。公主对石像说："如果我父亲呼唤，你就回答。"那尊高大的石像点头点了大约半个小时才停下来。王子躺在门槛上睡着了。翌日早晨，国王说："虽然你干得非常好，可是我还是不能把我的女儿给你。我有一座大森林，如果你从今天早晨六点到晚上六点这段时间里把它砍掉，我还能考虑一下。"说着，国王给了他一把玻璃斧子、一个玻璃楔子还有一柄玻璃大板斧。他走进森林砍树，只砍了一下，斧子就断了，用大板斧打楔子，一下把楔子打得粉碎，像沙子一样。他十分伤心，认为自己必死无疑了，便坐下来哭泣。中午，国王说："三个女孩得有一个给他送饭去。"

"不，"大女儿和二女儿说，"我们什么都不给他送去，他最后守的是谁，谁给他送去。"小公主只好给他送吃的去。她来到森林，问他情况怎样，他说非常糟糕。她说他得去吃点儿东西，他说吃不下，反正他要死了，什么也不想吃了。她跟他说了很多好话，非要他去尝一尝，他才去吃一点。吃完，公主说："我给你捉会儿虱子，也许你的想法会有点改变。"她给他捉虱子的时候，他非常疲倦，就睡着了。公主取下她的围巾打个结，拿它在地上敲三下，说："小土地精，出来！"霎时间出来很多小矮人土地精，问公主有什么吩咐。公主说："三小时内必须砍掉这座大森林，并且要把木头都码放整齐。"于是小土地精们把他们的亲戚找来帮忙，他们立刻动手，过了三小时，一切都完成了，他们又回来向小公主报告。公主又拿起她的白围巾说："小土地精，回去吧！"他们就都走了。王子醒了，看到森林被砍完了非常高兴。公主说："钟敲六点，你就回去。"王子照办了。国王问他："你砍完森林了吗？"

"砍完了。"王子回答说。他们在餐桌旁坐下，国王说："我现在还不能把我的女儿给你做妻子。"国王要王子再办一件事。王子问他要做什么事。"我有一个大水塘，"国王说，"明天早晨你去挖水塘的污泥，让它像明镜一样光洁明亮，水塘里还要有各种各样的鱼儿。"翌日早晨，国王给他一把玻璃锹，说："水塘的活六点就得干完。"他来到水塘边，锹一插进烂泥里就断了，锄头一插进泥里就坏了。他非常伤心。中午，小公主给他带吃的来，问他情况怎样。王子说糟糕透了，他多半得掉脑袋了。她要他过去吃点儿东西，他说他太难过，吃不下饭。她对他说了很多好话，他才吃了点儿。她又给他捉虱子，一直到他睡着了。小公主解下脖颈上的围巾，打了个结，用接头敲了三下地，说："小土地精，出来!"霎时间出来许多小矮人土地精，问公主有什么吩咐。她要求他们在三小时内把水塘里的污泥都挖出来，使水塘像一面镜子那样光洁明亮，水里还要有各种各样的鱼儿。于是小土地精们把他们的亲戚都找来帮忙，他们立刻动手，过了三小时，一切都完成了，他们又回来对小公主说："要我们做的都做完了。"公主又拿起她的白围巾说："小土地精，回去吧!"他们就都走了。王子醒来，水塘的活都干完了。小公主也要走了，让他钟敲六点的时候再回家。他回到家里，国王问他："水塘的活你干完了吗?"

"干完了。"王子说。他们又坐下来吃饭，国王说："水塘的活虽然干完了，可是我还不能把我的女儿给你做妻子，你还得给我做一件事。"

"什么事?"王子问道。国王有一座大山，山上长满了荆棘，国王要他铲除所有荆棘，在那里建造一座能够想象得出来的最豪华壮观的大宫殿，并且宫中的家具器皿也要配备齐全。第二天早晨王子起床后，国王给了他一把玻璃斧子还有一个玻璃钻子，要他在六点以前全部完成。他举起斧子砍荆棘，只一下，玻璃斧子就砍成碎片，碎玻璃片四处纷飞。那钻子也用不得。他非常难过，等他的心上人来，看她能不能帮他摆脱困境。中午，她给他带吃的来，他迎着她走去，告诉她详细情形，吃了饭，公主给他捉虱子，他又睡着了。小公主又解下围巾，用它敲了三下地，说："小土地精，出来!"于是又出来很多小矮人土地精，问公主有什么要求。小公主说："三小时内，山上所有荆棘统统都要铲除干净，在那里建造一座能够想象得出来的最豪华壮观的大宫殿，并且宫中的家具器皿也要配备齐全。"于是小土地精们把他们的亲戚都找来帮忙。他们立刻动手，三小时后，全部竣工。他们回来向小公主报告，公主拿她的围巾在地上敲了三下，说："小土地精，回去吧!"他们就都走了。王子醒来，看见眼前的一切，快乐得就像天空中的飞鸟。钟敲六点的时候，他们一起回到家。国王说："王宫也造好了吗?"

"造好了!"王子说。餐桌上，国王说："在我的大女儿和二女儿出嫁之前，我不能把我的小女儿给你。"王子和小公主十分悲伤，王子完全束手无策。他深夜去找小公主，和她一同逃走。走了一程，小公主回头看见国王追来。"啊，"她说，"我们该怎么办?我的父亲追来了，要把我们带回去。我要把你变成一丛荆棘，我变成一朵玫瑰，隐藏在荆棘丛中。”父亲来到那长着一丛荆棘和一朵玫瑰的地方。他要摘那朵玫瑰，荆棘扎了他的手指，他只得回到家。王后问他为什么没把他们带回来。他说他快要追上他们了，他们忽然不见了，只见那里有一丛荆棘还有一朵玫瑰。王后说：“只要摘下玫瑰，荆棘就会跟着来了。”于是国王又赶去摘玫瑰。在此期间，他们在田野上走远了，国王在后面紧追不舍。公主回头看见父亲追来，她说：“哦，我们该怎么办呢？我要把你变成教堂，我变成一个神甫，站在布道坛上布道。”国王追到这里，看见一座教堂，一个神甫在布道坛上布道。他听了一会儿布道，便回到家里。王后问他为什么没把他们带回来，他说：“我追了他们很长时间，快要追上他们的时候，眼前出现一座教堂，布道坛上有一个神甫在布道。”

“你应该把那个神甫带来，”王后说，“教堂就会跟着来了。再叫你去也没用，还得我自己走一趟。”她追了一会儿，远远地看见他们两个，公主回头看见母亲追来，她说：“真不幸，母亲亲自来了。我要把你变成一个池塘，我自己变成一条鱼。”母亲追上来，看见一个大池塘，池塘正中，一条鱼儿跳跃着，快活地从水里探出头来。她很想捉住那条鱼，可是根本捉不到。她恼火了，把池塘的水都喝干，要捉那条鱼，但她一恶心，把整个池塘的水又都吐出来了。她说：“我明白了，这一切都无济于事。”她劝他们回到她那儿去。他们回去了，王后给了女儿三个胡桃，她说：“遇到危难，它们对你会有帮助的。”于是两个年轻人又一起上路了，走了大约十个小时，来到王子自己的王宫附近。那儿有一座村庄，进村后，王子说：“亲爱的，你待在这儿，我先进宫，过会儿就带马车还有侍从来接你。”他进宫去了，大家见了他都非常高兴，他告诉他们他有一个未婚妻，现在就在村子里，要他们备车去接她。他们立刻套马备车，很多侍从坐上马车。就在王子要上车的当儿，他的母亲给了他一个吻，蓦地，以前发生的一切事情他全都忘了，也忘了现在他要做什么。他的母亲命令卸马，大家又都回到宫里去。姑娘坐在村里等了很久，心想王子会来接她，可是始终没有一个人来。公主只好受雇在王宫附近的磨坊里当女佣，每天下午她得在河边洗容器。

有一次王后从宫中出来，到河边散步，看见那儿坐着一位美丽的姑娘，她说：“多么漂亮的姑娘！真叫人打心眼里喜欢！”大家都注视她，但没有人认识她。公主在磨坊主那儿勤勉忠实地干活，过了很长时间。在此期间，王后为她的儿子物色了一个新娘子，这是一位来自遥远的地方的女子。新娘子一到，很快就要被安排举行婚礼。人们纷纷前往一睹盛况，姑娘请求磨坊主让她也去观看。磨坊主说：“你去吧！”临走时，她打开三个核桃中的一个，里面是一件漂亮的衣裳，她穿上它，走进教堂，面对祭坛站着。这时新娘新郎来了，在祭坛前面坐下，当神甫正要为他们祝福的时候，新娘子斜眼一瞥，看见她站在那儿，就站起来说，她也要有像这位女士那样漂亮的衣裳，她才结婚。

于是他们又回去，派人问那女士是否愿意出售那件衣裳。她说这是永远不卖的，可是能交换。他们问她想交换什么。她说，如果允许她在王子的门前睡一夜，就可以交换。他们说可以，就这么办。侍从奉命给王子喝一杯安眠药酒，她躺在门槛上哭泣了一夜，诉说她为他砍伐森林，为他挖出水塘的污泥，为他修筑宫殿，把他变成荆棘丛，后来又把他变成一座教堂，最后把他变成池塘，而他竟然把这一切全都忘得干干净净。王子一点儿也听不见，可侍从们醒着，听得清清楚楚，但他们都不知道她的话是什么意思。

第二天早晨，大家起床后，新娘子穿上那件衣裳，和新郎一起去教堂。这当儿，美丽的公主打开第二个胡桃，里面是一件更漂亮的衣裳，她穿上它，走进教堂，站在祭坛前面。后来事情的经过又和上次一样。夜间，公主又躺在通往王子卧室的门槛上，侍从奉命给王子喝安眠药酒，侍从来了，给他的却是提神的饮料，王子喝了便上床。门槛上，磨坊主的女仆又久久地哭泣，诉说她的往事。她的话王子都听到了，他非常伤心，随即忆想起以往的一切。他要去找她，但他的母亲把门锁了。第二天早晨，他立即去找他的心上人，向她诉说他的种种遭遇，让她一定不要为他如此长时间将她遗忘而生他的气。公主打开第三个胡桃，里面是一件更漂亮的衣裳，她穿上它，和她的新郎一起乘车去教堂，很多儿童献给他们鲜花，在他们脚下拉起色彩缤纷的彩带。他们请神甫为他们祝福，热热闹闹地举行了婚礼。虚伪的母亲还有远方来的新娘子都必须离开。最后讲这故事的人，现在还在世呢！

聪明的小裁缝

很久以前，有一位十分骄傲的公主，她仗着自己的机灵，宣布她的每位求婚者都要猜一个谜语，回答出来的，才能娶她。如果答不上来，不仅要被赶出宫去，而且还会被公主无情地讽刺一番。

有一次，一起来了三个裁缝，其中两个年长的，认为自己做过很多细致的针线活，针针不落空，现在来这里猜谜语，也一定会成功。而第三个是一个什么都不会的小裁缝，一个嬉皮笑脸的冒失鬼，手艺不怎么好，不过，他认为自己非常幸运，这次也一定会非常走运的。

年长的两个裁缝告诉他：

“你还是留在家里吧，你什么都不会，希望非常渺茫。”

可是，小裁缝并不傻，他说他决定的事情，就一定会办到的，他向皇宫走去，认为整个世界都是他的。

因而他们三人来到公主那里，向她问好，让她给他们出谜语，并且说他们都是聪明的人，头脑机灵，猜谜语比穿针引线还要简单。

于是，公主说：

“我的头上有两种颜色的头发，到底是哪两种颜色？”

“这非常简单，”第一个裁缝非常自信地说，“肯定是白色的和黑色的，就像人们说的黑白相间的布料似的。”公主说：“你的答案不正确，让第二个人来猜吧。”

第二个裁缝说：“那就应该是红色和棕色，就好像我父亲的礼服一样。”公主说：“你的答案也不正确，还是请第三位说吧，我看你好像非常有把握的样子。”

小裁缝自信满满地说：“公主头上有金银两种颜色的头发。”公主一听，脸立刻变了颜色，她认为这世上没有人能够猜中这个谜语！公主不服就这样输给小裁缝，她想了想就说："单凭这一点，你还得不到我，你还需要做一件事：下面的兽栏里躺着一只熊，你得和它一起过夜，明天清晨我起床时，假如你还活着，我就嫁给你。"

实际上，她心里想这样，她就能甩掉小裁缝了。因为，如果落到熊的爪子下面，熊是肯定不会让他活命的。

太阳快要下山时，小裁缝就被带入兽栏。只看见熊舞动着爪子迎接他的到来。小裁缝鼓起勇气说："不要慌张，我能让你平静下来。"见小裁缝这么平静，熊的心里也有点奇怪。只见小裁缝从兜里掏出一些坚果，不紧不慢地剥开吃起果仁来。熊见了，觉得好奇，自己也很想吃。小裁缝就从衣兜里掏出一把东西递给它，那可不是坚果，而是胡椒。熊把胡椒放进嘴里使劲儿咬，却怎么也咬不开。熊实在没办法了，只好让裁缝帮助它。小裁缝说："你看你多笨，连坚果都咬不开！你看我！"然后，他把一颗胡椒偷偷换成一颗坚果，一下子咬成两半。熊一下子傻眼了："不行，我要再试一下，看你做起来多么容易，那对我来说应该不是很难的事。"所以，裁缝又给了熊一颗胡椒，熊便在一旁使劲咬。

过了一会儿，小裁缝又从衣裳里取出一把小提琴来，他歪着脖子，拉出了一首欢快悦耳的乐曲。熊听了音乐，禁不住跳起舞来，跳得很开心。过了一会儿，熊停止跳舞对小裁缝说："你实话告诉我，这琴难学吗?"

小裁缝说："啊，这非常简单。喏，和我一样，左手指按着弦，右手拿着弓，随便在上边跳跳拉拉，拉拉跳跳，'霍普莎莎，维发啦赫啦……'，实在是太简单了!"

熊嫉妒地说："我也很想学拉琴，学会以后，开心的时候就能够跳舞了。只是不知道你是否愿意教我。"

小裁缝说："我非常愿意，只要你灵活一些就行。这样，你把脚掌伸过来给我看一下。"熊听话地把脚掌伸过来。小裁缝托着它的脚掌看了看，说："你的脚爪太长了，要学拉琴，必须要把它剪短一些。"

他摸了摸袋子，取出一把老虎钳来，把熊的脚掌放在钳口上，然后把手柄摇紧，说："你稍等一下，我去找剪刀来。"但他根本就没去找什么剪刀，而是躺在兽栏一角睡着了。就算熊的咆哮声也不能把他吵醒了。

深夜，公主听到熊叫，以为那熊把小裁缝吃掉了，心里忍不住为小裁缝的命运产生丝丝伤感。可是早晨起床后，公主往兽栏一瞧，只见小裁缝开心地站在那里，还在做早操。现在她没有任何理由来拒绝婚事了，因为她曾在众人面前承诺过了。

于是，国王派了一辆马车带着公主和小裁缝去教堂。那两个年长一点的裁缝非常嫉妒，便偷偷将熊放了出来，让它去追小裁缝。

那熊被老虎钳夹了一夜，满腔怒火，很快就追上马车。

公主听到熊喷着鼻子吼叫，十分担忧，叫道："不好了！熊追上来找你算账了！"

小裁缝一见情况十分紧急，立刻头向下脚向上，在车座上，把两腿分开，像老虎钳钳口似的，伸出了车窗外，并且对着熊叫道："笨蛋，你记得它吗？假如你过来，又要被夹住了！"

熊看了，认为是老虎钳，吓坏了，转身又跑回了兽栏。

然后，小裁缝安心地驾着马车，把公主带到了教堂。公主认可了他的聪明才智，真心诚意地嫁给了他。

从此以后，他们便过着快乐、自由自在的生活，再也没有分开。

清白的太阳要透露这件事

很久很久以前，有一个裁缝伙计，他靠着他的手艺在世界上到处游历。有一天，他没有找到工作，所以穷得很，连一分钱的旅游费都没有了。这时，他在路上遇见一个犹太人，他认为犹太人有很多钱，于是就无法无天，向犹太人扑过去说："把你的钱全部给我，不然的话我就打死你。"犹太人马上回答说："请你饶了我吧，我身上只有八分钱，多的没有了。"但裁缝说："你肯定有钱，赶快给我拿出来。"他用力地打犹太人，打得他要死了。当那个犹太人死的时候，他说了最后一句话："清白的太阳一定要透露这件事！"他说完就死了。于是裁缝伙计伸手到他口袋里去找钱，但他只找着了八分钱，和那个犹太人所说的一样。于是他就把他竖起来，扛到了一丛灌木后面，就又继续去做他的手艺。他又旅行了很久，来到了一个大城里，在一个师傅那里做工，师傅的女儿很漂亮，他很爱她，就同她结婚了，夫妻俩过着愉快的生活。

过了很长时间，他们已经有两个小孩了，而且岳父和岳母都死了，这对年轻夫妇独自当家过日子。有一天早晨，丈夫正坐在窗户前面的桌子上，女人端了一杯咖啡给他，于是他把咖啡倒在茶碟里面冷着，正当他要喝的时候，太阳照在那上面，返光在墙上闪来闪去，形成圆圈。于是裁缝朝上看，并说："是的，它要透露这件事，但它不能够！"女人就问他说："唉，我亲爱的丈夫，这到底是什么，还有你说这话到底是什么意思呢？"他说："我不敢告诉你。"妻子就说："假如你爱我，你就应该告诉我。"于是妻子又对丈夫说好话，并答应绝不向任何人讲，闹得他不安宁。于是他就说，好多年以前，他曾经到处找活干，全身破烂，没有一分钱的时候，他打死过一个犹太人，犹太人在他临死的时候说了最后一句话："清白的太阳一定要透露这件事！"太阳现在正要透露这件事，光在墙上闪烁，形成圆圈，但它不能够。后来他还特别请求妻子，不要告诉别人，不然的话他就有性命官司，而且妻子也答应了。当他去工作的时候，妻子就到她干妈那里，悄悄地向她讲述了这件事，并且请干妈不要告诉别人。但不到三天，全城的人就都知道了，于是裁缝到法院里，被判处了死刑。于是那清白的太阳到最后还是透露了这件事。

蓝色的灯

很久以前，有一个士兵，他为国王服役多年，屡屡立功。战争结束了，国王却一脚把他踢出了军营，并且没给他一分钱。可怜的士兵拖着沉重的脚步往家走，傍晚时分，他来到了一片大森林。他看见森林里有一所房子透出一点儿灯光，房子里住着一个巫婆。

士兵实在走不动了，他央求巫婆留他住一晚上，巫婆答应了，但要求士兵第二天给她松园子里的土。第二天，士兵拼命干了一整天，可到天黑还是没干完。巫婆就对士兵说，愿意留他再住一夜，但士兵得给她在第二天劈一大堆木柴。第二天，士兵又干了一整天。到了晚上，巫婆提出他应该再住一夜。巫婆对士兵说："我叫你明天干的活儿非常轻松。在我屋子后边，有一口干枯的老井，我有一盏灯掉下去了。这盏灯发蓝光，永远也不会熄灭，你帮我把它捡上来。"

第二天，巫婆领着士兵来到井边，用筐子把他放到了井里。士兵很容易就找到了那盏发蓝光的灯。巫婆把士兵往上拉，谁知他快到井口的时候，巫婆却伸手想把蓝灯夺走。士兵发觉她没安好心，就冲她说："我不能把灯给你，我得先上到地面才行。"巫婆一听，气得破口大骂，放开绳索，把士兵扔回了井里，就走了。

士兵坐在井底，呆呆地看着那盏发着蓝光的灯，他认为自己必死无疑了。后来他无意中把手伸进口袋，摸到了他的烟斗，发现里边还装着半斗烟丝。他把烟斗从口袋里拿出来，就着蓝灯的火焰把它点燃，开始抽了起来。

忽然间，一个皮肤黝黑的小鬼出现在他的面前，问他："先生，您有何吩咐？我是有求必应的。"士兵一下来了精神，对小鬼说："那好哇，你把我从井里带出去吧。"小鬼拉起他的手，提起蓝灯，领着他穿过一条地道。途中，小鬼把巫婆聚敛藏起来的金银财宝指给士兵看，士兵尽其所能，装走了不少金子。

回到地面上后，士兵对小鬼说："请你去把那个可恶的巫婆捆起来，让她接受审判。"不一会儿，巫婆就骑着一只大野猫，尖叫着，从士兵面前一闪而过。小鬼对士兵说："审判完毕，巫婆已上了绞刑架。"然后，小鬼问："先生，您还有什么吩咐?"士兵回答说："暂时没有了。"小鬼说："你只要用蓝灯的火焰点燃烟斗，我立刻就会来到您身边了。"说完，小鬼就消失了。

士兵回到原来的城市，住进了最高档的旅店，订做了很多漂亮服装，还吩咐旅馆给他准备一间装饰得富丽堂皇的房间。一切安排就绪后，他唤来皮肤黝黑的小鬼，对小鬼说："我对国王忠心耿耿，他却把我赶走，让我忍饥挨饿，现在我要报这个仇。等夜深了，你去宫里把公主背来，让她给我当女仆。"

午夜钟声刚敲响，士兵的房门被一下子推开了。小鬼把公主背进了房间。士兵就吩咐公主先把房间好好打扫一下，然后他伸出双脚，吩咐公主脱去他的靴子，叫公主把靴子擦干净，要擦得乌黑锃亮。公鸡啼鸣时，小鬼把公主背回宫里，放在床上。

第二天早上，公主告诉父亲说她做了一个怪梦："我被人背着，快得跟闪电一样，穿过一条又一条的街道，送进了一个士兵的房间。我被迫像女仆一样地伺候他，扫房间，擦皮靴。虽说这只是一个梦，可是我却筋疲力尽，好像真的干了那些活儿似的。"

国王说："也许这不是一个梦，你今天晚上在你的口袋里装满黄豆，然后在小袋上戳个小窟窿，要是再有人来背走你，那些黄豆就会掉在街道上，这样我就能发现你到底去了什么地方。"国王说这话的时候，那小鬼就隐了身站在旁边，听得真真切切。夜里，小鬼又来背睡梦中的公主，当穿过街道时，的确有黄豆从公主的口袋里掉出来。小鬼事先在每一条街道上都撒上了黄豆，结果第二天早上，国王差人出去寻找踪迹，却是枉费心机，因为条条街道上都有黄豆。

一计不成，国王又给公主想出另外一个办法："你上床时，别脱鞋子。你回来之前，在那个地方藏一只鞋子，我一定能够找到你去的地方。”这回又让小鬼给听到了。当天夜里，士兵吩咐他去把公主背来时，他对士兵说：“这次我可没有办法了。要是在您的房间里搜出鞋子来，您就遭殃啦。”可士兵不听，还是叫小鬼去背公主来。公主又来做了一晚上的苦工，但公主在被背回去前，趁士兵不留神，把一只鞋藏在了士兵的床底下。

第二天早上，国王在全城寻找公主的鞋，结果在士兵的房间里搜到了。士兵被抓进了监牢，他忘了带上那盏蓝灯，他身上只有几个金币。他站在牢房窗口，看到一个当年的同伴从外边走过。他对同伴说：“要是你愿意去把我忘在旅馆的小包裹取来，我一定好好酬谢你。”同伴很快就把他的包裹给取回来了。同伴刚走，士兵立刻就用蓝灯的火焰点燃了烟斗，那个小鬼一下子站在了他的身边。小鬼安慰士兵说：“别害怕。不管他们把您怎么样，您只要千万别忘记了带上蓝灯。”

第二天，国王开庭审判士兵。尽管士兵并无大罪，却被判了死刑。在被推上绞刑架前，士兵恳求国王恩准他在路上抽一袋烟。国王答应了。士兵拿出烟斗，用蓝灯的火焰点着了。一个烟圈刚刚袅袅地升起，那个小鬼手里握着一根短棍，站在了他的面前，问道：“主人，您有什么吩咐?”士兵指着法官和国王说：“去把那法官给我揍趴下，对那个国王你也千万别手软，他坏透了。”

小鬼挥舞着短棍大打出手，周围的人个个被他打倒在地。国王趴在地上，不停地叫饶命。为保全性命，国王给了士兵很多钱财，并且把公主许配给了士兵。

三个职工

很久很久以前，有三个职工，他们约定一起出去游历，并且老在同一个城里工作。

但过了一段时间，他们在师傅那里实在找不到工作，而且身上穿得破破烂烂的，不能生活。

其中一个职工说：“我们怎么办？我们不能在这里长住了，我们还是再去游历吧，要是我们在第二个城里还找不到工作，那么我们就在旅馆老板那儿约定，把我们所在的地址告诉他，这样我们就能互通消息了，然后我们再分手。”另外两个人也觉得这个办法好。

他们走了，在路上遇见一个穿得漂亮的人，他问他们是什么人。“我们是职工，正在找工作。我们一向都在一起，但如果这次我们找不到工作，我们就要分手了。”那个人说：“这不难，要是你们照我的话办，你们就不至于会缺少金钱和工作，甚至还会变成大人物，坐马车呢。”其中一个职工道：“只要对我们的灵魂和幸福没有损害，我们一定会照办。”于是那人说：“不至于，我不会害你们的。”另外一个职工却看见他的脚有一只是马脚，另外一只是人脚，原来他是魔鬼，就不肯答应。但魔鬼说：“你们放心，我要找的不是你们，我找的是别的灵魂，他已经有一半是我的了，只要等他作恶到了极点，就可以了。”

他们有了保证之后就同意了。魔鬼便把它的要求告诉他们，对于第一个职工来说对任何问话都要回答：“我们三个人。”而第二个则要回答：“要钱。”还有第三个要回答：“对的。”他们必须老是接连说这几句，而且不准说别的话，要是他们违背了这个诫律，那么所有的钱马上就会失掉；但如果他们一直照这样做，那么袋子里就会总是装满了钱。

刚开始，魔鬼就给了他们可以拿得动的那么多钱，让他们到城里某某旅馆去居住。

等他们到了旅馆里，老板迎过来，问：“你们要吃东西吗?”这时第一个回答说：“我们三个人。”于是老板说：“是的呀，我也是这样说。”第二个又说：“要钱。”老板回答说：“那是自然的。”第三个又说：“对的。”老板又说：“那一定是对的。”于是他端了好酒好菜给他们吃，招待得非常周到。

他们吃了之后应该付钱了，老板把账单递给了第一个人，那人又说：“我们三个人。”第二个又说：“要钱。”第三个又说：“对的。”老板回答说：“那自然是对的，三个人都要付钱，没有钱我可不给东西。”最后他们付的比老板要的还要多。客人们看见了，就说：“这些人一定是疯子。”老板也说：“是的，他们一定是疯子，他们非常糊涂。”他们又在旅馆里住了一段时间，除“我们三个人，要钱，对的”以外，他们一句话都不说。但他们看到而且知道了旅馆的所有情形。

有一次，来了一个大商人，他带着许多钱，他对老板说：“老板，请你把我的钱藏起来，不要让这三个疯子职工偷我的钱。”老板就照他的话办。老板把他的背包拿到房间里，感觉那是金子的重量。之后，他在楼下给三个职工一个睡的地方，却让商人到楼上一个特别的房间里睡。

在半夜里，老板觉得大家都睡着了，便和老板娘拿了一把砍柴的斧子，把那个有钱的商人杀死后，便又回去睡觉。天亮了，人们大声喧哗，因为商人浑身是血而且死在床上。所有的客人一起跑来，老板就说：“这一定是那三个疯子职工干的。”客人们也众口一词地说：“是的，不会是别人。”于是老板把他们喊来，对他们说：“是你们杀了这个商人吗?”这时第一个职工说：“我们三个人。”第二个又说：“要钱。”第三个又说：“对的。”老板就说：“你们都听到了，他们自己承认了。”

于是他们就被关进了监狱，要受到审判。他们看见事情这样严重，很害怕，夜里魔鬼又来说：“再忍耐一天就好，不要失去你们的幸福，我决不会损害你们一根头发的。”到了第二天早晨，他们要受审判了，法官问：“你们就是凶手吗?”“我们三个人。”“那你们为什么杀了那个商人呢?”“要钱。”于是法官又说：“你们这几个恶徒，难道不怕犯罪吗?”“对的。”法官又说：“他们招了，竟然还那么倔强。马上带他们去处死吧。”

于是他们就被抓出去，老板也站在人群里看。刑吏抓着他们，把他们带上断头台，此时刽子手已经拿着一把明晃晃的刀站在那里。这时忽然来了一部四匹枣红马拉的车子，走得很快，石头都快要迸出火星来。有一个人拿着一条白手巾，从窗户里向外打招呼。刽子手见状说：“赦罪的命令来了。”而车子里面的人也喊：“赦罪！赦罪！”于是魔鬼从车里走出来，它变做一个非常高贵的先生，衣服也穿得漂亮，说：“你们三个人并没有罪。现在我准许你们说话，你们把你们看见的、听见的都说出来吧。”于是年纪最大的一个职工说：“我们并没有杀那个商人，其实凶手站在人群里。”于是他就指着老板说：“你们应该到他的地窖里去找证据，那里肯定还挂着许多人，那些人都是被他杀死的。”于是法官派刑吏去，找着了他们所说的东西。在他们向法官报告之后，法官就叫刑吏把老板带上断头台去砍头。魔鬼对三个职工说：“现在我已经有了我要的灵魂，你们自由了，而且你们一辈子都会有钱用了。”

草 驴

有一天，一个少年猎人来到森林里打猎。他心里很轻松很愉快，一边走，一边在一片叶子上打唿哨，突然来了一个长得很丑的老太婆，并对他说："日安，我亲爱的猎人，我知道你很高兴、很快乐，但我又饿又渴，请给我一点施舍吧。"猎人很可怜老太婆，于是伸手到袋里，把自己能给的东西都给了那老太婆。猎人还要继续走，那老太婆拦住他说："我亲爱的猎人，请听我告诉你。既然你的心肠好，那么我要送给你一件礼物，你就笔直地走你的路，过一会儿你会走到一棵树跟前，那树上栖着九只鸟，它们抓着一件外套，相互争夺。你可以拿枪朝中间瞄准了射去。它们会把外套给你放下，你还要打中其中一只鸟，让它死了并跌下来。然后你把外套带着，我告诉你，那是一件魔外套，要是你把它披到肩上，你想到哪里，眨眼之间你就能到那里。然后你从死鸟的身体里把它的心挖出来，并整颗吞下去，那样每天早晨你的枕头下面就会出现一块金子了。"

猎人谢了这个女预言家，心想："希望她答应我的好事情，都能实现。"的确，大约走了一百步路，他就听到头上的树枝中间有鸟叫的声音，于是他向上瞧，就立马看见一堆鸟正在用嘴和脚撕一块布，并喊叫，使劲拉扯、争夺，好像都想要独吞的样子。这时猎人说："唔，真奇怪呀，同老太婆说的完全一样。"于是他把枪从肩头上拿下来瞄准后，朝中间放了一枪。只看见羽毛乱飞，那些鸟大声地叫喊着，马上就飞走了，其中有一只死了掉下来，那件外套也掉了下来。于是猎人照着老太婆说的话去做，剖开了鸟肚，找出了鸟心，整颗吞了下去，并把外套带回家。

到了第二天早晨，当他起身的时候，想起了老太婆的预言，想看看是不是灵验。于是他把枕头拿起来，看见有一块金子正在对他发光呢。到了第三天早晨他又找到了一块金子，而且以后每天都是这样。于是他攒了一堆金子，最后他心想："假如我住在家里，那么要这些金子又有什么用?我一定要出去去见见世面。"

于是他就向父母告别，并且背着他的猎包还有枪出去。有一次，他经过一个稠密的森林，在森林尽头的平地上，出现了一座富丽堂皇的宫殿。在宫殿窗户里面站着一位老太婆，还带着一个很漂亮的姑娘往下望。老太婆是一个巫婆，她对女孩说："森林里面来了一个人，他身上有稀奇的宝贝，我们要设法骗他，我的心肝女儿啊，那宝贝如果给了我们，一定比在他那儿要更合适些。他拥有一颗鸟心，所以每天早晨，他都会在他的枕头下发现一块金子。"她对少女讲述鸟心的作用，并教她怎样去表演，最后还恐吓女孩，并用愤怒的眼光说："假如你不听我的话，那么你就会有苦头吃。"等到猎人到了跟前，他看见了少女，自言自语："我已经走了很久。我想要休息一下，在这宫殿里过夜，我有的是钱。"但真正的原因，是他看见了那个大美人。

他走进了屋子，并受到了客气的接待和恭敬的侍候。没过多久，他就被巫婆的那个女儿迷住了，根本不去想别的东西，只是看看女孩的眼色，看女孩要什么，他就去做什么。巫婆对女儿说："现在我们要他的鸟心了，少了鸟心，他是不会觉察的。"她弄了一种药水，在烧好之后，倒在了杯子里，交给女孩，然后叫她端给猎人喝。她就说："唔，我的爱人，请你喝下这一杯并给我祝福。"他接过来杯子，喝下了药水，马上就把鸟心吐出来了。女孩悄悄拿走吞了，因为是巫婆要她这样做的。从此以后，猎人的枕头下就再也找不着钱了，钱到了那女孩的枕头下面，并且每天早晨由巫婆去拿。猎人被恋爱所迷住，除了和女孩一起消磨时光以外，其他什么也不想。

老巫婆又说："鸟心现在我们有了，魔外套我们也要把弄来。"女孩说："不要拿他的了吧，他已经失去他的财富了。"巫婆生气了，说："这件外套是个稀奇东西，世界上非常少有，我一定要得到它。"巫婆又把阴谋告诉女孩，说假如女孩不听话的话，就要让她吃苦头。女孩便照着巫婆的命令去办事。有一天，女孩站在窗户旁边，朝着远处看，显得好像非常忧愁。猎人便问："你为什么这么忧愁地站着呢?"女孩说："啊呀，我的宝贝啊，对面有一座红宝石山，山上长着珍贵的宝石。我很想要那些宝石，我一想到，就会十分悲伤；但谁能去拿宝石呢！只有鸟可以飞到那里，人是绝对无法去的。”于是猎人说：“假如你没有别的痛苦，我可以马上把你心里的烦恼都摆脱掉。”说着他就把她包在外套里面，并且发愿要到对面红宝石山上，于是眨眼间他们两个就坐在那山上了。那儿四面八方都有宝石在发光，看了实在是令人高兴，于是他们把最贵重和最美丽的宝石拣到一起来。现在巫婆又施展魔术，使得猎人眼睛开始困倦起来。猎人对女孩说：“我们坐下休息吧，我很疲倦，站不住了。”于是他们坐下来，猎人把他的头放到女孩怀里睡着了。在猎人睡熟了以后，女孩就把他的外套从肩头脱下，自己穿上，并且带着红玉和宝石，自己一发愿就回到家里去了。

猎人睡了一觉醒来，发现自己的爱人骗了他，还把他一个人遗弃在了荒山上。他想：“哦，世界上竟然有这样不忠实的人！”于是他坐在那里开始发愁、伤心，不知道该怎么办。然而那座山属于又凶恶又野蛮的巨人的。巨人们住在那座山上，干着它们的事情。猎人并没有坐很久，就看见三个巨人朝他走来。他躺下来，并装作睡得很熟的样子。巨人们过来了，第一个巨人用脚踢着他说：“这里躺着一条蚯蚓在想心事吗？”第二个巨人说：“干脆踩死他吧。”但第三个轻蔑地说：“不值一踩！让他活着吧，但他不能留在这里，假如他到了山顶，云彩会抓住他，并把他带走的。”于是它们谈着话走了。猎人注意地听着它们的话，它们一走开，他就站起来，爬上了山顶。他在那里坐了好一会儿，突然一朵云彩飘来，把他带走了，在天上走了一段时间，然后沉下去，落在了一个有围墙的菜园里。他慢慢地降到了青菜和白菜中间的地面上。

猎人朝周围张望说：“希望我有点东西吃，我十分饿，很难再向前走了；我在这里却看不见苹果、梨和其他任何水果，到处都只是蔬菜。”最后他心想：“没有办法了，我只能吃莴苣，味道虽然不怎么好，但可以增加我的力气。”于是他选了一棵好的开始吃，刚吞下了几口，就觉得很异样，好像自己完全变了。他长出了四条腿，还有一个大头，以及两只长耳朵，他一看吓了一大跳，因为他变成了一头驴子。但他还是觉得很饿，然而按照他现在的天性，有汁水的莴苣是很合他的口味的，于是他就不住地大吃特吃。最后他吃到另外一种莴苣，刚吃了一点，就觉得又发生了一种变化，他的人形恢复了。

于是猎人躺下来睡觉，以消除疲倦。到了第二天早晨他醒来了之后，他摘了一棵丑莴苣还有一棵好莴苣，心想道："我要它们帮助我得回我的东西，来惩罚不忠实的人。"于是他藏着两棵莴苣，翻过了院墙，去寻找他爱人的宫殿。他走了好几天，运气很好，让他找着了。于是他赶快把面貌染成褐色，弄的连自己的母亲都认不出来。然后他走进宫殿里请求过夜，说："我很疲倦，再也不能走了。"巫婆问他："同乡，你是什么人，你是做什么事的呀？"于是猎人回答说："我是一个国王的使者，国王派我出来寻找日光下面生长的最为珍贵的莴苣。我运气很好，找着了那样的莴苣。并把它带在身边，但太阳晒得厉害，我怕这嫩菜要枯萎了，我不知道，是否能把它给带回去。"

巫婆听了这番话，对珍贵的莴苣起了贪心，说："我亲爱的同乡，请务必让我尝尝那稀奇的莴苣。"猎人于是回答说："为什么不呢？我现在带了两棵，给你一棵，"于是他打开了包裹，把那棵丑的递给她。巫婆没想到会有什么坏事，一心就想吃新鲜菜，口里涎水直流，马上就跑到厨房里去做菜。菜做好了以后，她等不及端上桌子，马上就抓了几片叶子，放到了嘴里。巫婆刚把叶子吞下去，人形就失去了，变成了一头母驴，并且跑到院子里去了。保姆来到厨房里，看见了做好的莴苣，就端出去，半路上她照例也想尝尝，也就吃了几片叶子。神奇的力量立马发生了，保姆同样变成一头母驴，并且跑去到老驴跟前，那个装莴苣的碗落在了地上。这时，猎人正坐在漂亮的女孩跟前，看到老是没有人拿来莴苣，女孩也很馋，就说："我不知道莴苣在哪里！"猎人心想："那菜肯定已经发生作用了。"他说："我到厨房里去打听打听。"于是他去了，看见两头母驴正在院子里乱跑，莴苣却放在地上。他说："对了，就是这样，她们得到了她们应得的惩罚。"于是他拾起剩余的叶子，放到了碗里，拿给女孩。他说："我给你拿来了珍贵的食物，免得让你久等。"于是女孩吃下了莴苣，同别人一样失去了她的人形，也变成了一头母驴跑到院子里。

猎人去洗了脸，好让那些变成驴子的人能够认得出他。他走到院子里面说："现在要让你们得到不忠实的报应。"于是猎人把它们三个拴在同一根绳子上，并把它们赶到一个磨坊门前。然后猎人敲了敲窗户，磨坊老板就伸出头来问他想要什么东西。猎人说："我有三头不好的驴，我不想养它们了。假如你能收容它们，给它们歇处和饲料，并且按照我的话来照料它们，那么你想要多少钱，我就可以付多少钱。"磨坊老板就说："我有什么理由不干呢？但我该怎样照料它们呢？"于是猎人让他每天把巫婆变成的那个老母驴打三次，只喂一次；把保姆变成的那个年轻驴子打一次，只喂一次；那女孩变成的那个最年轻的驴子一次不打，并且喂三次，因为他不忍心让女孩挨打。然后他就回到宫里，并在宫里找到了他所需要的所有东西。

几天后，磨坊老板来告诉他说，那头只挨打、并且只吃一次的老母驴已经死了。他又说："另外两头驴虽然现在没有死，也吃三次，但它们非常悲伤，恐怕也活不长了。"猎人心里觉得可怜，也不生气了，让磨坊老板把那两头驴赶回来。它们回来了，他就把好莴苣拿给它们吃，它们又变回了人形。美丽的女孩在他面前跪下说："啊，我的爱人，请求你原谅，我对你做的所有坏事，都是我妈妈逼我做的；那些都是违背我的意愿的，因为我是诚心爱你的。你的魔外套挂在其中一只橱里，至于鸟心，我必须要喝一剂吐药，然后吐出来还给你。"猎人的主意改变了，于是她说："你留着吧，反正横竖都是一样，因为我要娶你做我忠实的妻子。"于是他们举行了婚礼，并在一起生活得很快乐，直到死为止。

森林里的老太婆

年轻的小保姆还有她的主人坐车经过森林，遇上了强盗。她及时地躲起来，强盗们杀了其他的人，带着掠夺品走了，森林里只剩保姆一个人。

“如今，我一个女孩该怎么办呢？如果我找不到路，就只好饿死了。”她痛哭着四处寻找，仍找不到走出森林的路。黄昏时，她坐下来不再走了，默默地祈祷。

忽然，一只白鸽飞来，把一把金钥匙放到她手里，说：“你正前方那棵大树上有一个锁孔，你用钥匙打开，就能够找到食物了。”女孩按照白鸽的话做了，果然找到了牛奶还有面包。她吃饱之后，非常想睡觉，鸽子又飞来，给了她另外一把金钥匙。她按照鸽子的指点，把左边的树打开，找到一张柔软、漂亮的床，她做了祈祷，就上床睡觉了。

第二天一大早，白鸽第二次飞来，又叼来一把金钥匙，它说：“你把右边的树打开，能够找到换的衣服。”她打开一看，嘿，全是金子，还有宝石镶边的衣服。恐怕公主也没穿过这么漂亮的衣服。女孩便在这里住了一些时候，总是由白鸽非常好地照料她。

有一次，鸽子说：“你能够做一件使我高兴的事情吗？”女孩说：“当然能了。”鸽子说：“我带你到一座小房子前，你一个人进去。房子里坐着个老太婆，不管她对你说什么，你都不要回答，你只管从她右边过去，走进那里的一个房间。桌子上摆着各种各样的戒指，很多都非常漂亮，镶着宝石，你不要动，只把最朴素的那只找出来，然后赶快出来交给我。”

女孩走进小房子。那老太婆坐在那里，睁大眼睛说：“日安，我的孩子。”女孩并不回答，从她右边的小门走过去。老太婆抓住她的衣服，吼道：“你去哪里？这是我的家，怎么连个招呼都不打，随便乱闯?!”女孩仍不作声，非常容易地拨开她的手，进到了里间。

桌子上的戒指闪烁发光，每只都非常美丽。女孩伸手去找，始终没找到那只最朴素的。这个时候老太婆进来了，拿起桌旁椅子上的鸟笼就要往外走。女孩仔细一看，鸟笼里有一只鸟，嘴里正叼着她要找的那只戒指。她仍不说话，走过去把戒指拿了过来，然后走出了小屋。

她站在了房前的一棵树下，等待白鸽来取戒指，可是白鸽没来。突然她发现身后的那棵树，枝桠落了下来，渐渐搂住了她，转眼间变成两只胳膊。再回头一看，哪里还有什么树，它已经变成了一个非常漂亮的年轻人。

那年轻人拥抱她，吻她，热情地说："老太婆是个可恶的巫婆，她把我变成一棵树，只在每天三顿饭前后让我变成鸽子，飞出去遛遛。她有这个戒指，我就不能恢复人形。可爱的姑娘，如今你救了我！"

这个时候，那些被巫婆变成树木的仆人还有马也摆脱了巫术，站在他面前。他告诉女孩，他是一个王子，并请她上车，回到他的国家里去了。他们结婚后一直生活得非常幸福。

三兄弟

一个人家里有三个儿子，可是他穷得除了住的房子之外，什么也没有了。但是每个孩子都想在自己的父亲死后得到这间房子，可是父亲又同样爱他们，所以一直不能决定要送给谁。一天，父亲把他们叫到面前说："你们三人都出去学一门手艺，然后再回来，回来以后谁的本领最好，我就把这房子给谁。"

三个儿子都赞成这个主意。大儿子想要做钉马掌的工匠，二儿子想要做剃头师傅，小儿子想要做击剑师。三兄弟约定好了一起回家的日期，就各自上路了。

于是他们每人都找到了一个好老师，学到了高超的本领。钉马掌的工匠能给国王的马钉掌，他想："肯定没人会超过我，房子一定是我的。"剃头师傅能给贵族理发，也认为房子肯定是他的了。虽然击剑师曾经屡次挨打，但他总是咬紧牙关苦练，因为他知道：如果向失败低头，就永远都得不到房子了。

约定的期限终于到了。三兄弟都回到了父亲身边。父亲正想询问他们各自的本领时，忽然有一只兔子跑出来。二儿子说："嘿，你来得真巧！"于是马上他拿起脸盆和香皂，调了很多泡沫，趁兔子从眼前跑过的时候，迅速地给它涂上泡沫，随即给兔子剃了个短胡子，而且没割破一点皮，甚至也没伤一根毛。父亲对儿子称赞道："这真是快刀啊！如果没有更好的手艺，这房子就是你的了。"

父亲的话刚说完，一个先生赶着马车飞奔而来。大儿子对父亲说："爸爸，让你瞧瞧我的本领。"他就向马车跳去，在马还在跑着的时候取下一匹马的四个旧铁掌，迅速地又给它钉上四个新的，而且一点没变样。父亲就说："你和你二弟的本领都很好，我决定不了应该把房子给你们之中的谁。”

这时小儿子说：“爸爸，让我也试一下吧。”就在这时，忽然下起雨来，他抽出他的剑，在头上挥舞，而且没有一颗雨点落到他身上。雨越下越大，最后成了倾盆大雨，他的剑也跟着舞得更快了，水花四溅，可是他身上仍是干的。父亲看得出了神，赞不绝口地说：“你的手艺最好了，房子就归你了。”

两个哥哥毫无意见，仍然像事先约的那样决定了。父亲死后，三兄弟就一起住在这房子里，他们互敬互爱，从不争吵。同时还用自己的绝妙手艺，赚了很多钱，他们三人直到老，都生活得非常和睦和愉快。后来其中有一个兄弟生病死了，另外两个兄弟也因悲而疾，最终死了。后人就把他们葬在了一个坟墓里。

一只眼、两只眼和三只眼

很久以前，有个妇人，她生了三个女儿，她的大女儿只长了一只眼睛，那只眼就长在额头的正中央；她的二女儿长了两只眼睛，像普通人一样的两只眼睛；她的小女儿长了三只眼，她除了长着普通人一样的两只眼睛之外，还有第三只眼睛长到了额头的中央。那么我们就喊她们为一只眼、两只眼还有三只眼吧。

由于两只眼跟普通人长得一样，她的母亲还有两个姐妹都很不喜欢她。她们天天把两只眼呼来唤去的，把破旧的衣服给她穿，还给她吃残羹剩菜，除此之外，还想方设法折磨她。

有一天，两只眼只得到了一点非常少的东西，而且还被迫饿着肚子去外边放羊。两只眼很伤心，于是她坐在田埂上失声痛哭起来。当她抬起头来时，发现身旁站着一个妇人，实际上这个妇人是个女巫。女巫问两只眼为什么哭得这么伤心，两只眼对女巫说她的母亲还有姐妹讨厌她而且还虐待她，还让她饿着肚子出来放羊。女巫对两只眼说："可怜的小姑娘，擦掉你的眼泪。让我来教给你一个办法，你以后就再也不会挨饿了。只要你对你的羊儿说：'小羊儿，咩咩叫，小桌子，开饭了。'你的面前就会有一张摆满了美味佳肴的神奇桌子，你就能够尽情地吃啦。吃完后，你只要说：'小羊儿，咩咩叫，小桌子，消失掉。'这样，桌子就会自动消失掉。"说完这些，女巫走了。

两只眼真的饿得挺不住了，于是她就想试试，她说道："小羊儿，咩咩叫，小桌子，开饭了。"刚一说完，一张小桌子便在她的眼前出现了，满桌的丰盛食物正冒着热气，就像是刚从厨房里端出来似的。两只眼非常高兴，津津有味地吃了起来，吃饱以后，她就按照那个女巫教给她的，念道："小羊儿，咩咩叫，小桌子，消失掉。"很快，小桌子，还有小桌子上所有的东西都消失。两只眼高兴极了，心情特别舒畅。

天黑以后，两只眼赶着羊群返回到了家中，一点都没动姐妹们留给她的那一点吃的。第二天，两只眼又到外边放羊，出门时也没有带任何的食物。就这样过去了几天以后，两只眼的母亲还有她的姐妹们开始警觉了起来，她们非常想知道这到底是怎么一回事。因而一只眼决定跟着两只眼出去放羊，想看看清楚是不是有什么人送两只眼食物。

可是两只眼一下就看透了一只眼的那点坏心思，她把羊群赶到了深草丛中，然后她对一只眼说："让我来唱支歌给你听：一只眼，你现在醒着吗？一只眼，难道你真的睡着了吗？"独眼走得很累，太阳又晒得非常厉害，于是听着听着，一只眼便渐渐合上眼睛，她睡着了。两只眼看到一只眼睡得很香，便唱出了女巫教给她的歌儿，两只眼又美美地大吃了一顿。吃完以后，两只眼叫醒了一只眼，于是两人便一起回到了家。

第二天，母亲叫三只眼跟随着两只眼去放羊。这次两只眼又把羊群赶到了深草丛中，然后她对三只眼说："让我来为你唱支歌儿吧，三只眼啊，你是否还醒着？"她本来应该接着唱："三只眼，你真的睡着了吗？"一不小心，她竟然给唱成了："两只眼啊，你睡着了吗？"两只眼反复地唱歌着："三只眼。你是否还醒着？两只眼，难道你睡着了吗？"

两只眼唱着唱着，三只眼的两只眼睛就合上睡着啦。可是歌儿没有唱到第三只眼睛，因此还有一只眼睛并没有睡着。两只眼以为三只眼已经熟睡了，于是她就唱起女巫教给她的歌儿，叫出了小桌子，美美地吃了一顿，不幸的是这一切被第三只眼看得一清二楚。

回到家中以后，三只眼告诉她的母亲第三只眼所看到的一切。母亲听了以后大动肝火，于是就把羊都杀了。两只眼很伤心，于是她便跑到田埂上放声大哭了起来。

忽然，上次那个女巫又出现在了两只眼的面前，两只眼非常伤心地告诉女巫，母亲还有姐姐杀了她那些可爱的羊。女巫对两只眼说道："让我再教给你个好办法——你去求求你的姐妹们，让她们把小羊的内脏给你，然后你再把羊的内脏埋到你们家门前的地下。好运会伴随着你的。"两只眼回到了家中，央求她的姐妹们把羊的内脏给她，在夜深人静时，两只眼悄悄地把羊的内脏埋在自己家门口。

第二天早上，当母女几个人醒过来走出自己家门的时候，发现一棵满是亮闪闪的银叶子还有黄灿灿的金苹果的树挺立在她们面前。母亲还有姐妹们弄不清楚一夜之间为什么会长出这样一棵树来，只有两只眼心里明白这其中的秘密。

母亲叫一只眼上树摘些果子。一只眼爬了上去，可是每当她伸手去摘苹果的时候，树枝就总是从她手里滑脱开。母亲又叫三只眼去摘苹果，然而三只眼也同样摘不到。于是母亲非常生气，便自个儿爬了上去，可是她也一样，任何东西都摘不到。

两只眼说："就让我试试看吧，没准我能呢。"于是两只眼爬上树，说来也真是奇怪，她特别顺利地摘了满满一围兜的果子，母亲就把苹果从两只眼手里抢了过去。母亲还有姐妹并不因而对两只眼稍微好一点儿，相反的是，她们比从前更为狠毒地对待她。有一天，正当母女几个站在苹果树下时，远远地来了一位特别年轻的骑士。

一只眼和三只眼把一个空桶盖到了两只眼的身上，目的是不让骑士看到她。那名骑士是个相当英俊的小伙子，他看到这棵金果银叶树感到非常惊奇，便向姐妹俩要树上的一根树枝。可是不管姐妹俩怎么使劲，怎么地都折不到树枝。

就在这个时候，两只眼滚到了骑士的身边，骑士被她的眉眼惊呆了。于是骑士央求两只眼给他从树上折一根树枝下来，两只眼爬上树，轻轻松松地就折下了一支长满了银叶金果的树枝，并且把它递给了骑士。骑士非常开心，就问两只眼想要什么报答，两只眼说："我在这里天天忍饥挨饿，非常痛苦，要是你能够把我带离这里，我就太开心了。"骑士把两只眼抱上马，带她回到了父亲的城堡。在城堡，骑士和两只眼举行了热闹非凡的婚礼。奇怪的是，那棵树也跟着两只眼来到了城堡里，长在两只眼所住房间的窗户外边。

就这样，两只眼过着特别幸福美满的生活。过了好多年，一天，有两个乞丐来到了两只眼所住的城堡，求她给点儿施舍。当两只眼看清楚了她们的真面孔的时候，认出原来她们竟然是一只眼和三只眼。两只眼不仅欢迎她们，而且还非常关心、善待她们。一只眼还有三只眼从心底对她们年轻的时候虐待两只眼的行为愧疚不已。

跳舞跳破了的鞋子

从前，有一个国王，他一共有十二位公主，她们都像仙女一样漂亮。

她们都住在一个大厅里，而且她们的床相互挨着。每天晚上，她们都会来到大厅睡觉，国王把房门关严，还加上锁。但有一天早晨，国王开门一看，发现她们的鞋都磨破了，好像她们跳了一整夜舞一样。谁也不知道到底发生了什么事。

为了解开这个疑团，国王发出公告：如果谁能够发现公主们深夜在哪里跳舞，那么他就能够挑选其中一个公主做他的妻子，而且在国王去世后，还能够继承王位。可是，如果报名的人在三天内找不到答案的话，就要被国王处死。

不久，就有很多自认为聪明勇敢的人来报名，但因为没有人能够解开这个谜，所以他们全被国王处死了。

后来，又有很多的人报名，他们宁愿以生命为代价去冒险，最终都丢了性命。

有一天，一个穷士兵来到这个国家，因为他受了伤，不能再打仗，于是他便开始到处游历。

一天，他正走着，无意间碰到一个老太太，老太太问他去哪里。他说："我也不知道该去哪儿。"然后开玩笑地说："或许，我该去试一下，看能够否解开公主们深夜跳舞的谜团。如果成功了，我不但能够娶到美丽的公主，还能当上国王呢！"老太太说："这其实非常简单，只要你不喝公主带来的酒，然后装作睡得非常熟的样子就够了。"她说着，取出一件斗篷，"你披上这件斗篷，你就能变成隐形人，谁也看不到你。这样，你就能够偷偷跟着那十二个公主了。"士兵谢过了老太太，决定去解开这个谜团。

他直接去找国王，像其他的人一样，他也被允许成为一个求婚者，而且受到了盛情的款待。晚上睡觉的时候，他就被带到了紧邻着公主们卧室的房间。

在他刚要睡觉时，大公主走到他的面前，送给他一杯酒。因为有了老太太的警示，他早已在自己的下巴底下绑好了一块海绵，让酒全都浸到海绵里面，自己一点也没有喝。

然后，他躺了下来，过了一会儿就开始打起呼噜来，装作他已睡着的样子。

十二个公主听到他的呼噜声，就开始大笑。大公主说："他就这样丢掉性命真是可惜。"

然后，她们都起了床，打开衣橱门和大大小小的箱子，拿出漂亮的衣服，然后走到镜子前，把自己精心梳妆打扮一番。她们兴奋极了，迫不及待地去参加舞会。

只有小公主开口说："我不知道为什么你们这样兴奋，我却感到非常不踏实，我想一定会有不好的事情发生。"

"你这个小傻瓜，"大公主说，"你总是担心害怕的。有多少人在这上面白白丢掉性命，难道你不记得了？我不是已经给那士兵服用了安眠药了吗？这种粗人不用安眠药，也绝不会醒过来的！"

尽管公主们这样说，但她们还是在打扮完毕之后去看了那个士兵，看他双眼紧紧闭着，那样子就像睡得非常熟。她们这才安心地离开了士兵的房间，回到她们自己的卧室。大公主走到自己的床边，拍了拍床，床就沉了下去。然后公主们全都走了下去。士兵把一切全看在眼里，他迅速把老太太给他的斗篷披上，跟上了小公主。因为士兵有些慌张，在下台阶时，一不小心踩到了小公主的裙边。原本就格外小心的小公主顿时吓得大叫了起来："啊，有人抓我的裙子！""你别这么紧张，"大公主安慰她说，"一定是你的裙子钩在哪颗钉子上了。"

下完台阶，士兵和公主们就来到了一条幽静的地下林荫道上。两旁的树上长满了银子做的树叶，闪闪发光，非常漂亮。士兵想：我应该带根树枝回去做证据。于是他折下一根树枝，但折的时候不免发出了一点声音。小公主又惊呼了起来："你们听到什么声音没有？发生了什么事？是你们谁弄出来的吗?”大公主说:“哎呀，那是鸣枪庆贺的声音！因为我们立刻就要救出我们的王子了!”

过了不一会儿，她们又走到另一条林荫道上，那里的树叶都是用金子做的。最后，她们走进了第三条林荫道，树上的叶子是用纯净的钻石做的。

走过这两条林荫道时，士兵先后折下了两根树枝，每次都发出了“哗啦”的声音，吓得小公主不停地颤抖。可是，大公主却非常稳重，认为这两下都是鸣枪庆祝的声音。

她们不停地向前走，最后来到了一条大河边，河上停着十二条小船，每条船上都端坐着一位漂亮神气的王子，他们正在等候十二位公主，每位王子拉着一位公主到自己的船上，士兵也紧跟着小公主，登上了小船。

“我不知道，”王子说道，“为什么今天我的小船重了很多，我每往前面划一下，都要用我的全部力气。”

“这到底是怎么回事，”小公主说，“可能是天气变暖和了，我也觉得全身热乎乎的。”

正说着，他们就来到了河对岸。那里有一座富丽堂皇，里面回响着欢乐的舞曲的宫殿。

进入宫殿之后，每位王子就开始与他所载的公主跳起舞来。士兵也在一旁跳起来，可是谁也看不到他。每当小公主拿起酒杯要喝酒时，士兵总是凑过去抱着她把酒喝了。这让小公主非常害怕，但大公主却总叫她不要吵。

她们就一直不停地跳到两三点，跳到每个人的鞋子都破了才停止。然后王子们又把自己带来的十二位公主送到了河对岸。这一回，士兵坐在前面靠在大公主的身边。

到了对岸，公主们就与王子们告别，并且说好明天再见。

在她们上楼时，士兵就抢先跑到前面，在床上躺好了，等她们十二个拖着筋疲力尽的腿儿，慢慢走上楼梯时，他早已经打起呼噜，让她们听得清清楚楚。

“我们不要怕他。”她们继续说。

公主们脱下漂亮的衣服，藏在箱柜里，又脱下跳破了的鞋子往床底下一放，然后躺在床上睡了。

第二天早晨，士兵一个字也没说，他还想进一步把这件奇怪的事情研究清楚，所以在第二夜还有第三夜，他依旧跟着她们去跳舞。和第一夜一样，她们每次跳舞，直到把鞋子跳坏才会停止。

在第三天晚上，他为了拿到证据，又把一只酒杯带了回来。

三天过后，士兵怀中揣着三根树枝还有一只酒杯，去见国王，十二位公主都站在门后偷听，想知道他到底说些什么。

国王开始问道："我的女儿们，她们晚上到哪里跳舞去了？"

士兵回答说："是在地下宫殿还有十二位王子一起跳舞。"然后，他拿出那三根树枝与一只酒杯并且将公主们去跳舞的经过全部告诉了国王。国王把公主们叫来，问她们士兵说的是否属实。她们明白已不能说谎，只好坦白了一切。

随后，国王问士兵："你想选哪个公主做你的妻子？"士兵说："我已经不再年轻了，请国王您让大公主嫁给我吧！"于是国王宣布当日举行婚礼，同时也按他最初承诺的那样，答应他死后，由这个士兵来继承王位。

可是地下城堡里的那些王子们，他们获救的日子只好延迟了，延迟的天数恰好与他们与公主们共舞的天数相同。

六个仆人

很久以前，有一个年老的女王，她是一个女巫，但她的女儿却是世上最美丽的姑娘。

这个老女巫整天除了想着如何引诱别人，将别人杀死外，她什么都不想。假如有人走来向她女儿求婚，她就会提出要求：让想娶她女儿的人为她做一件事，如果完不成就得死。不知实情的人，被这少女的美貌吸引住了，他们想冒一下险，然而他们却都没有完成老女巫交给他们的事情。老女巫铁石心肠，便强迫他们跪下，然后砍掉他们的脑袋。

有一位王子，也听闻了少女的美丽，就告诉他父亲："让我去吧，我要向她求婚。"

"绝对不行，"国王坚定地回答说，"你去就等于送死。"

王子听了，就躺在床上病了，病得特别严重，他一连躺了七年，任何一个医生都不能治好他。

父亲看他对生活失去希望，心里很悲伤，便对他说："去吧，祝你好运，我知道，如果你不去，你就真的没救了。"

话音刚落，王子便一骨碌从床上爬起来，恢复了健康，然后欢天喜地地出发了。

有一天，他骑马经过一片牧场，看到远处有堆像草垛似的东西，他走近一看，才看清楚，它原来是一个人的肚皮，那人正挺挺地躺着，他的肚子看起来像一个小山丘。

大块头一眼就看到这个骑马的人，便坐了起来，说道："如果你需要仆人的话，请将我留下吧。"

"你这样一个大块头，"王子为难地说，"我用你做什么呢？"

"哦，"大块头接着说，"不要这样说，我如果真正发胖起来，至少比现在还要大三倍呢。”

“如果真是这样的话，”王子说，“那我能用你，跟我走吧。”

说完，大块头跟着王子走了。

不久以后，他们又发现了另一个人，他躺在地上，正在把耳朵贴在青草上面。

“你在这儿做什么？”王子不解地问道。

“我在听呢。”那汉子回答说。

“你这样全神贯注地在听些什么？”

“我在听世界上正发生的大事，我的听觉非常灵敏，能够听到世上任何一件事。”

“你告诉我，”王子好奇地问道，“有个年老的女巫，她有个美丽的女儿，你可听得到她的宫里发生了什么？”

“我听到呼呼的挥剑声，”他回答说，“那里正在砍掉一个求婚者的脑袋呢。”

“我能用你，”王子说，“你跟我走吧。”

他们继续向前走，忽然见到地上放着一双脚，还看见一小段小腿，但却看不到他的尽头。他们又走了好一阵子路，这才看到了那人的身体，最后终于见到了那人的脑袋。

“哎呀，”王子惊讶地说，“你是个多么长的家伙！”

“哦，”长脚说，“这还不算长呢，我如果把四肢伸直的话，至少比现在长三千倍呢，我比世界上任何山都高。如果你愿意收留我，我甘心为你服务。”

“跟我走吧，”王子接着说，“我能用你。”

他们又上路了，不久又发现路边坐着一个汉子，他的眼睛被布蒙着。

“你眼睛有什么毛病吗，”王子对他说，“连阳光都看不到？”

“不是，”汉子回答道，“我的目光有非常大的威力，我的眼睛看到的任何东西都会被我的目光炸碎，所以我必须用布蒙着双眼。你如果用得着我的目光，我倒愿意为你效劳。”

“跟我走吧，”王子回答说，“我用得着你。”

他们又继续前行，不久又发现了一个汉子，他躺在烈日下，却仍浑身冻得瑟瑟发抖，连手脚都在发抖。

“阳光如此暖和，为何你会冻成这样呢？”

“唉，”汉子回答说，“我的身体非常特殊，天气越暖和，我越发冷，寒气钻进了我的骨头缝里，等到天气越冷，我却越感到暖和。总之，在冰天雪地里，我害怕热，而在炎热的天气里，我又觉得冷得要命。”

“你真是个奇怪的人，”王子说，“不过，如果你愿意，跟我们走吧。”

说完他们又启程走了，不久他们又看到了一个汉子，他站在那儿，伸长脖子，不断地扫视四周，他的目光，竟然能够穿越所有的高山。

“你这么认真，在观察什么呢？”王子问道。

“我的目光非常锐利，”汉子回答道，“能够看到所有的森林和田野，所有的峡谷还有高山，甚至能够望到整个世界。”

“如果你愿意，”王子说，“我们一起走吧，我正需要你这样一个人。”

就这样，王子带着六个仆人，来到了老女巫住的那座城市。

他并不说明自己的身份，只是说道：“如果你愿意将你女儿嫁给我，那么我一定完成你交给我的事情。”

巫婆开心得不得了，没想这个英俊的少年居然来自投罗网，于是她说道：

“我先后会交三件事给你办，你若是每次都能顺利完成，那你就能够和我女儿结婚。”

“你要我做的第一件事是什么？”他问道。

“第一件事是我派人把一枚指环丢到红海里，你去捡回来。”

王子回去后对他的仆人们说：“第一件事是让我从红海里捞回一枚指环，这太难办到了，你们帮我想想办法吧。”

有千里眼的仆人先开口说：“让我看一下，它究竟在哪儿。”于是他用目光向海底一扫，然后说：“在那里呢，它挂在一块尖形的岩石上。”

长腿背起千里眼，说道：“只要你的眼睛看得到，我就能把它捞上水面来。”

“这个问题由我来解决，”大块头大声嚷了起来，他立刻躺到地上，把嘴凑到海边，一瞬间，滚滚的海水好像涌进了一个深渊似的，海水一下子被大块头喝个精光，海底干涸得像一片土地一样。

长脚稍稍弯下身子，就用手捡起了那枚指环。

王子拿到了指环，心里高兴极了，他把指环交给了老女巫。

老女巫大吃一惊，说道："是的，就是这枚指环，第一件事办得非常好。接下来你得完成第二件事。你看，在我宫前的那块草地上，有三百头肥牛在吃草，你必须把它们连皮带骨全部都吃掉。此外，在地窖里，还有三百桶酒，你在吃牛的同时，也要把酒喝光，如果留下一根牛毛或一滴酒，你就要被处死。"

"我能够邀请几位客人陪我吗?"王子问道，"一个人吃，实在没意思。"

老太婆奸笑着回答："你能邀请一位客人，这样你也有了个伴，可是，仅此一位，不能再多了。"

于是，王子叫来他的仆人，对大块头说："今天我邀请你做我的客人，你尽管放开肚子大吃大喝。"

大块头放大肚子，一口气吞下了三百头牛，连一根牛毛也没剩下，接着又问："难道除了这顿早饭之外，没有别的了吗?"接着他又走过去把桶里的酒全部喝光，他根本没用酒杯，还剩最后一滴时，他是用指甲舀起来的。

等他吃完了这顿饭，王子走到老女巫跟前，告诉她自己已经把第二件办完了。

老女巫觉得非常奇怪，接着说道："从来没有人能够完成得这样出色。可是，还有最后一件事呢。"

她心里暗自想道："你是逃不出我的手掌心的，等着被砍脑袋吧。"

"今天晚上，"她说，"我把女儿带进你的卧室里，你们坐在一起的时候，你要紧紧搂住她，不过你千万别睡着了，十二点时，我准时到来，这个时候假如她不在你的怀里，你就活不成了。"

"这件事还是挺简单的，"王子琢磨着，"我只要把眼睛始终睁得大大的就能够了。"

然而，他还是把他的仆人叫来了，把老女巫的要求告诉了他们，接着说道：

"谁知道，这里面有什么阴谋诡计，你们要多加小心，严加看守，不要让她的女儿从我的房间溜走。”

傍晚时分，老女巫带着她女儿来了，她把女儿亲自送进了王子的怀里。

长脚让他俩坐在当中，自己把身体环成了一个圈子，大块头坐在门前，谁也别想从他身旁走进房里。

这时，他俩坐在一起，少女默默无语，月光透过窗户，洒在她的脸上，王子回头一看，确实非常美丽。

他只是愣愣地瞧着她，心里充满了愉悦，丝毫没有一点困意。

这样一直持续到十一时，老女巫开始施起了魔法，让他们全都沉沉地睡去，就在这刹那间，少女也被她抓了去。

他们一直沉睡到十一时三刻，魔法失效了，他们这才重新醒过来。

“啊，多么苦恼和不幸呀，”王子不由得嚷了起来，“这下我死定了！”

忠实的仆人们，这个时候也不免连连叫苦。

可是，有顺风耳的那个仆人却说：“先别吵，让我先听一下。”

他仔细听了一会，说道：“在离这里三百小时路程的地方，有一块岩石，她就坐在这块岩石中，正在哀叹自己的不幸。长脚，现在看你的了，你把身子站直，两三步就能走到她的面前。”

“真的吗？”长脚回答说，“不过，我得还有目光强烈的人一起去，有了他的目光，我们才能够把岩石移去。”

说完，长腿驮起双眼被绑住的家伙，一瞬间，他们已经来到中了魔法的岩石前。

长脚把同伴眼前的绑带解开，这人只是举目一看，那岩石立刻被炸个粉碎。

长脚用胳膊扶住了少女，背上她回头就走，又用同样的速度，接回了他的那个同伴。在时钟没打十二下之前，他们又全都坐在一起了，心里说不出的高兴。

时钟刚一鸣响第十二下，老女巫便满脸奸笑地走了进来，好像要说，“现在他可是我的了。”因为她相信，自己的女儿，此刻正坐在离这儿三百小时路程远的一块岩石之中。

可是，当她看到她的女儿竟还在王子的怀里时，不由得大吃一惊，接着说："这个人的魔法居然比我还厉害。"

无奈之下，老女巫只好同意把女儿嫁给他。

"让你嫁给一个普通人，"她凑着女儿的耳朵说，"你没有选择一位如意的丈夫，这对你是一种耻辱。"这时，骄傲的少女非常生气，她准备报仇。第二天，她派人搬来了三百捆木柴，回身对王子说，那三件事情他的确都完成了，然而在她成为他的妻子之前，必须要有一人坐到这堆木柴里面，经受大火的焚烧。她想，他没有一个仆人能够代替他去烧死，为了表示他的爱，他一定会自己坐到木柴上，这样一来，她就能够自由了。

"我们大家都出过力气，"仆人们说，"只有那个怕冷的家伙什么也没做过，现在该是他出力的时候了。"说完，他们把他放到木柴中央，然后点着了火。

熊熊大火整整烧了三天，直到全部木柴都变成了灰烬。大火熄灭后，那个在大火中还怕冷的家伙，却站在灰堆里，身子好像一片白杨树的叶子，正在瑟瑟发抖。他说：

"冷得这样厉害，我还从来没有这么冷过，再冷下去的话，我恐怕被要冻僵了。"

如此一来，少女再也找不到任何借口，只好嫁给王子成为他的妻子。可是，当他们坐车往教堂去的时候，老女巫却说："我不能忍受这样的耻辱。"

说完，她从后面派出一群恶奴，吩咐他们杀死王子还有他的仆人，然后再把她的女儿抢回来。

谁知这个时候顺风耳正竖起两只耳朵，他一字不漏地听到了老巫婆的这几句秘密话。

"我们该怎么做呢？"顺风耳问大块头。

不过，大块头有的是办法，他对着车子的后边，接连吐了一两口肚里的部分海水，于是他们身后瞬间变成了一片汪洋大海，恶奴几乎还没站稳，就全都淹死在海水中了。

女巫知道了这个情况，又派出自己的一队金甲骑士。

可是，顺风耳早就听到他们盔甲的铿锵声，他回身解开了那仆人眼睛上的绑带，那个仆人用强烈的目光一看，所有的敌人好像玻璃一样，立刻被炸得粉身碎骨。

之后，他们继续驾车前进，等他俩在教堂里接受神父的祝福后，六个仆人要告辞走了，他们对主人说：

“你已经实现了自己的愿望，再也不需要我们了，我们也该离开，去碰碰我们的运气!”

离王宫半小时路程的地方，坐落着一个村子，村前恰好有一个牧猪人在放猪。

他们来到村前，他对他的妻子说道，“你真的了解我吗？我并不是王子，而只是一个牧猪人，那边和猪群待在一起的，就是我的父亲，咱俩也得干活，帮着他看猪。”

然后，他扶她下了车，住进一家客栈，王子私下里跟客栈老板说好，让他半夜里将他们华丽的衣裳全部拿走。

第二天，她醒来后，发现衣服都不见了，老板娘丢给她一件旧衣服还有一双破毛袜，还装出好像送给她一份大礼一样的那种气派，说道：“若不是看在你丈夫的面子上，我们才不会给你。”

直到现在她才相信，他的确是一个牧猪人。

她和他一起放猪的时候，心里想道：“从前我是多么自负，多么骄傲，现在是在惩罚我。”

这样，一直持续了八天，她不能再继续放猪了，因为她的双脚都已经受了伤。

这时，有几个人从对面过来，他们问她，谁是她的丈夫。

“我知道，”她回答说，“他是一个牧猪人，他刚刚带着带子还有绳索出门，去做一笔小买卖。”

“你和我们一起走吧，”他们接着说，“我们带你去他那里。”

他们把她带到王宫里，她走进大厅，看见自己的丈夫衣着华丽地站在那儿。

可是，她却没有认出他来。直到他抱住了她的脖子，吻她，同时说：

“过去你让我吃了多少苦头，现在也该让你尝尝苦头。”

之后，他们举行了隆重的婚礼。

讲这个故事的人，也非常愿意参加他们的婚礼。

白新娘和黑新娘

从前一个女人带着她的亲生女儿还有继女到野外去割喂牲口的草。她们亲爱的上帝装作一个穷人来到她们那里，问她们说：“请问到村庄的路在哪里?”母亲回答说：“要是你想知道，就自己去找。”亲生女儿便说道：“假如你怕找不着，那你就带一个可以指路的人。”继女便说：“可怜的人啊，我引你吧，你同我一起走吧。”那亲爱的上帝对母女俩感到很生气，便背对着她们，诅咒她们变得和黑夜一样黑，和罪恶一样丑陋。然而上帝对继女却很仁慈，和她一起走，来到村庄附近的时候，上帝祝福她说：“你任选三件事，我可以实现你的愿望。”于是继女就说：“我想像太阳一样干净、美丽。”于是她马上就变得美丽洁白，就和太阳一样。“我想要一只永远都不空的钱袋。”于是亲爱的上帝也把钱袋给了她，但说：“请不要忘记最好的东西。”她又说：“第三，我想死后在那永恒的天国里。”于是亲爱的上帝也答应了她，就和她分别离开了。

继母和她的女儿回到了家里，看见她们两个长得和黑炭一样，而且非常丑陋，可继女又漂亮又洁白，她俩心里越发不高兴，一心要害她。继女还有一个哥哥，名字叫勒季臬尔，继女喜欢哥哥，便把一切经过告诉他。有一天勒季臬尔对她说：“我亲爱的妹妹，我要给你画像，以便使我常常能看到你，因为我真的非常爱你，想要常常看你。”她回答说：“但我请你不要让别人看见我的画像。”于是他画了他妹妹的像，并把像挂在房里。他是住在王宫里的，因为他是国王的车夫。他每天站在画像前面，为他那亲爱的妹妹的幸福，而感谢上帝。恰巧那时王后死了，王后是个非常美丽的人，国内已经没有和她一样漂亮的人了，所以国王感到深深的悲伤。王宫的仆人们看见车夫天天站在美丽的画像前，很是妒忌他，于是就去向国王报告。国王便叫人把画像拿来，一看那画像恰如死了的王后一模一样，而且比王后还要美丽，就渐渐地死心塌地地爱上她了。他把车夫叫到面前来，问那幅画像是谁。车夫回答说是他的妹妹，于是国王就决定要娶她做自己的王后，他把车、马以及美丽的金衣服给了车夫，派他去接他选定的新娘。于是勒季臬尔带着这个消息回到家，他的妹妹很高兴，但黑女儿很妒忌她的幸福，于是一肚子气地埋怨她的母亲说："你那所有的本领都没用，你无法为我创造这种福气。"于是老太婆说："不要作声，我一定会给你想法子的。"于是老太婆就使用魔法把车夫的眼睛弄花了，使他成了半个瞎子，又把那白姑娘的耳朵塞住，成了半个聋子。后来他们上车了，最先上车的是穿得富丽堂皇的新娘，接着是继母以及她的女儿，而勒季臬尔则坐在车厢上赶车。当他们走了一段路时，车夫大叫道：

我的好妹妹，你要盖好，

千万不要让那雨打湿了你，也不要让那风吹脏了你，

因为你到国王那里需要美丽。

新娘问："我亲爱的哥哥在说什么呢？"老太婆便说："啊，他说，你该把你的金衣服脱下来给你的妹妹穿。"于是新娘就把衣服脱下来，让给黑女儿穿，黑女儿则给了她一件破烂的灰褂子穿。她们又坐车往前走，过了不一会儿，哥哥又大叫道：

我的好妹妹，你要盖好，

千万不要让那雨打湿了你，也不要让那风吹脏了你，

因为你到国王那里需要美丽。

新娘又问："我亲爱的哥哥在说什么呢？"老太婆便说："啊，他说，你该脱下金帽子让给妹妹戴。"于是新娘就取下帽子让给黑女儿戴上，自己则光头坐着。她们又坐车继续向前走，过了不一会儿，哥哥又大叫道：

我的好妹妹，你要盖好，

千万不要让那雨打湿了你，也不要让那风吹脏了你，

因为你到国王那里需要美丽。

新娘又问："我亲爱的哥哥在说什么呢？"老太婆便说："啊，他让你向车子外面看一下。"她们那时正在经过一条大河的桥上。于是新娘就站起并弯腰到车子外面，她们两个便把她推出去，新娘就落到河里了。在她沉下去的一眨眼工夫，一只雪白的鸭子浮到了水面上，并顺河游泳下去。

哥哥压根没有觉察，继续赶车向前走，一直来到王宫里。他把黑女儿当作他的妹妹引荐给国王，当真以为是她，因为他的眼睛已经花了，只看得见金衣服在发光。然而国王看到他的新娘无比的丑陋，非常地生气，于是叫人把车夫摔进一个蛇坑里。老巫婆晓得怎样迷住国王，她用魔法把国王的眼睛弄花了，国王便把巫婆和她的女儿留了下来，他觉得黑女儿还不错，当真和她结婚了。

一天晚上，黑新娘坐在国王的怀里，有一只白鸭游到了厨房的洗碗石槽里，它向小御厨师说："请小伙子生火吧，让我烘烘我的羽毛。"于是小御厨师照办了，在灶上为它生了火，鸭子就蹲在火旁，摇动着身体，用嘴巴整理着羽毛。鸭子就这样蹲着，感到非常舒适，它便问："我的哥哥勒季臬尔正在做什么?"小御厨师便回答说："他正被关在坑里和毒蛇们在一起。"它又问："那黑巫婆在屋里正在做什么?"小御厨师又回答说："她被国王所宠爱，正幸福无量呢。"鸭子说："上帝啊，可怜呀!"于是它从洗碗石槽里又游出去了。

到了第二天晚上，鸭子又来了，又提出同样的问题，到了第三天晚上又来了一次。终于小御厨师忍不住了，跑去向国王讲述了一切情况。国王要亲自去看看。到了第四天晚上他来到厨房里，当鸭子从洗碗石槽里伸出头来的时候，国王立刻拿剑砍掉了鸭子的脖子，鸭子突然变成一个特别漂亮的姑娘，和她哥哥画的像一模一样。国王很高兴。她赤身露体地站在那里，于是国王吩咐人拿来上好的衣服，让她穿上。然后她对国王说，她是怎样上了阴谋诡计的当，以及最后被摔到河里。然而她的第一个请求是要把她的哥哥从蛇洞里面放出来。

国王完成了这个请求之后，又来到老巫婆房间里问："你认为做了如此这般坏事的女人，该得到什么处分?"并且讲了事情的经过。巫婆的神经错乱了，所以没有留心，她说："我认为应该把她的衣服都脱光，然后放到一个钉满钉子的桶里，再用一匹马拖着到处走。"于是黑女儿和巫婆就受到了这种处分。之后国王和那又漂亮又洁白的新娘结了婚，并且奖励了她那忠实的哥哥，使他变成一个又有声望又富裕的人。

铁汉斯

王宫附近有座非常大的森林，林中有各种各样的动物在里面生活。有一个猎人奉了国王的命令到林中去射猎，但他再没回来。国王说：“也许他遇到了不幸的事情。”

第二天，国王派两个猎人去找，他们也没有回来。第三天，国王派了所有的猎人去寻找，临行前，国王对他们说：“你们一定要搜遍整个森林，找不到三个失踪的人，你们不能休息。”

猎人们带上猎狗出发了，从此毫无音讯，人和猎狗全部失踪了。从那以后，再也没有人敢到森林中去。森林显得更加神秘、恐怖、清冷、幽寂，时而有一只苍鹰或秃鹫在上面掠过，连野狗都只能在林子外边低低吠鸣，然后夹起尾巴悄悄溜走了。这样过了很多年，从外乡来了一个猎人向国王请求到林中去探险。国王没答应，他说：“那里面太危险，没有一个猎人从里面活着走出来，还是不去为好。”

猎人说：“我必须去看看，里面发生了什么事，否则，我日夜不安，我什么都不怕。”

猎人带着猎犬走进森林，走了很远一段路，猎狗寻到了小鹿的踪迹，向前搜寻，来到一座非常深的水塘边站住了，它似乎感到了不幸，低声叫着，向主人求救。正在这个时候，从水里伸出一只臂膀，将猎犬抓入水中。

猎人立即退出森林，找来三个伙伴，带着水桶，将水舀干。他们看到一个野人躺在水底，皮肤呈褐色，像是生满了铁锈，头发非常长，遮住了面孔，一直拖到膝盖。他们用绳子将他捆起来，送进王宫。国王命人将他关进铁笼，放在宫内的院子里，禁止任何人打开笼门。钥匙保存在王后手中，从那时起，森林又喧嚣起来，人们又能到林中打猎了。

国王有一个八岁的儿子，有一次在院子里游戏，一不小心将金球踢进铁笼里。小王子走近铁笼，对野人说：“请把球还给我。”

野人说：“你打开笼门，自己来拿。”

小王子说：“国王不让任何人打开笼子！”

第二天，小王子又来向野人要球，野人坚持让小王子打开笼门，放他出去，小王子又拒绝了。第三天，国王出门打猎，小王子要求野人还他金球，并且主动说：“我没法打开笼子，不知道钥匙在什么地方。”

野人说：“钥匙在你母亲的枕头底下，你能拿来。”

小王子急于得到金球，他忘记了一切，取来钥匙，打开笼门，野人将球还给小王子，转身要走。小王子惊叫说：“大个子，你走了，我会挨揍的。”

野人回转身将小王子放到肩上，逃回森林。国王回宫，见笼门大开，野人和小王子不见了，立即明白发生了了什么事，宫里的气氛顿时沉重起来，人人脸上愁云密布。

野人将小王子带回到家，对他说：“你放了我，我感激你，你虽然不能看到你的父母，但我不会让你吃苦的，我是世界上最富有的人，只要你听话，幸福永远属于你。”

野人为小王子用苔藓搭了张床，小王子睡上面，像是睡在天鹅绒上面。野人将小王子带到水井边对他说：“这口井的水干净得像水晶，你每天守在这，不能够让任何东西掉进去，弄脏了水。”

王子坐在井边，有时看到一条金鱼，有时看到一条金蛇，不知不觉将手指伸到井里，他急忙缩回来，手指上镀了金，他费尽力气也不能洗掉。晚间，野人回来了，发现了小王子的过失，说道：“这次能够原谅你，以后要小心！”

第二天，小王子坐到井边，手指痛了起来，他把手伸到头发上，不幸一根头发落到井中，他急忙伸手去捞，结果更糟，头发全部镀了金，发出灿烂的金光。野人回来又发现了，他对小王子说：“你的试验不及格，必须离开这里，到了外边，你会知道贫穷是怎样令人痛苦。不过，你心地非常善良，不论遇到什么难事，你只要到森林中喊我的名字‘铁汉斯’，我就会立刻帮助你。”

王子走出森林，来到一座城市。王宫里的御厨师收留了他，让他做助手，分派他洗菜、挑水、搬柴、扫垃圾。

有一次，厨房里忙不开，厨师让他为国王端菜。他不愿让国王看到他满头金发，特意抓起一顶帽子戴在头上。国王从来没见过有戴帽子端菜的仆人，非常不高兴地说："你应该知道，给国王端菜是不许戴帽子的，你把帽子摘下来。"

小王子说："我不能这么做，我头上长了非常多的癣。"

国王把御厨师叫来，斥责说："你为什么让这样的人工作，赶快把他赶出去。"

厨师对他非常同情，没把他赶出去，而是派他做花匠。从此，小王子在园子里种花、浇水、锄草，忍受风吹雨淋。夏天气候炎热难当，歇凉时，他脱去帽子，坐在大树下休息，太阳照着他的金发，闪出耀眼的光芒。光线射进公主的卧室，公主从窗子往外看，发现小花匠的头发在放光，立即喊道："小花匠，给我送一束花来。"

他急忙戴上帽子，采了花儿，走进公主的卧室。公主说："脱下你的帽子，在我面前戴帽子，太无礼了。你怎么连这点常识都不懂！"

小王子说："我不敢脱帽子，我头上有癣。"

公主一把将他的帽子扯下来，使他露出满头金发。他放下了花急忙跑开了。公主惶惑不解地看着他，摇摇头，表示遗憾。

几年后，这个国家受到强敌侵犯，国王亲统大军前往抵抗，国王深知自己不能取胜，因为敌军太强大了，人数超过他十倍之多。小花匠要求参军，他说："给我一匹马，我也能够上阵杀敌。"

他的要求受到嘲笑，别人对他说："你自己去选一匹吧，我们先出发了。"

小花匠只找到一匹跛马，走起路来颠颠簸簸。他知道这样的跛马不能作战，想起了野人铁汉斯。他来到森林，大喊了三声，铁汉斯出现了，问："你有什么困难？"

小花匠说："我要一匹战马。"

铁汉斯说："能，我还要派给你一只劲旅，协助你取胜。"

很快林子里走出一名马夫，手里牵着一匹烈马，打着响鼻，马后面是一支披着铠甲，手执长矛的精锐部队。小花匠将跛马交给马夫，翻身骑上烈马，统领大军奔赴战场。这个时候，国王的军队已死伤殆尽，少数残部在勉强抵抗，国王在殊死拼搏，眼看被俘，形势万分危急。小花匠率领他的精锐部队，疾风骤雨般卷入敌阵，如同虎入羊群，霎时，敌军被打得落花流水，狼狈逃窜。

小花匠悄悄回到森林，喊来铁汉斯，将烈马还有军队交还，骑上跛马，回到园中。

国王回到宫中，公主出来迎接，并且祝贺国王的胜利。国王说："打胜仗的不是我，是一个陌生的小伙子及他所统率的军队。"

公主问："那个小伙子在哪呢？"

国王说："他追赶敌人去了。"

公主向其他花匠打听小花匠的下落。花匠说："他刚骑着一匹跛马，不知道从哪回来的。"

有人讥讽地问小花匠，说："你躲到哪儿睡觉去了？打完仗，你才回来。打败敌军的该不是你吧！"

小花匠说："我做了一件大事，没有我，情况简直糟透了。"

众人哈哈大笑，认为他不过是在说梦话而已。

国王对公主说："为了庆祝这次胜利，我将举办三天盛大宴会，你每天要抛出一个金苹果，我想那位勇士，很可能参加宴会。"宴会的消息公布之后，小王子又请求铁汉斯的帮助。铁汉斯说："我送一套红军装还有一匹雄壮的红马，你一定能接住金苹果。"

宴会的当天，小花匠骑高头红马，穿着红军装来到会场。公主抛出金苹果，立刻被小花匠接在手中，骑马离开会场。

第二天小王子骑着铁汉斯送给他的白马，来到会场，又接住了第二个苹果，然后快马离开。第三天，国王下令，如果接住金苹果的人，再逃离会场，卫士们必须阻拦，甚至能杀死他。小花匠第三次骑着黑马来到会场，他接住金苹果，立即策马飞奔。卫士们因早有准备，见阻拦不住，用长矛刺伤了他的腿。但他还是逃掉了，不过因为马颠得厉害，将他帽子颠下来，露出了满头金发。卫士向国王报告了一切。

有一天，公主向花匠们问起小花匠的情况。花匠说："他连续三次参加了宴会，得了三个金苹果，但他把金苹果给了我的孩子，现正在园子里工作。”

公主将情况向父亲说明，国王召见小花匠，他仍然戴着帽子，但却被公主给扯下来，露出了满头金发。

国王问：“你就是接住三个金苹果的骑士吗？”

小王子说：“是的，腿上还有被刺的伤痕，是我帮你战胜了敌人。”

国王说：“你能做出这样伟大的事情，你不会只是小花匠，告诉我，你到底是谁？”

小花匠如实回答了这些问话。国王这才知道，小花匠原来是一个强大国家的王子。国王说：“感谢你救了我的国家，可是我如何报答你呢？只要你说出来，我一定满足你的愿望，说吧，不要客气。”

小王子说：“我愿意娶你的女儿，您肯答应吗？”

国王还没有回答，公主说：“我一发现他的金头发，就知道他绝不会只是个花匠。”她说着，走近小王子，深深地吻他。国王非常高兴女儿的选择，为他们主持了隆重的婚礼。

小王子的父亲和母亲也收到了请柬，赶来参加儿子的婚礼，庆祝合家团聚。酒宴开始，军乐队奏起欢快的曲子，突然音乐停止了，一位相貌威严，身后跟着一群甲士的国王走了进来，他拥抱小王子说：“我就是铁汉斯，当年中了妖法，变成了野人，是你救了我，我的财产全部属于你了。”

小王子后来统治了三个国家，成为一代贤明而又强大的君主。

齐梅里山

很久以前，有两个弟兄，一个非常富，一个非常穷。可是，富有的哥哥，从来都不接济他那贫穷的弟弟。穷弟弟只能够靠做些谷子的买卖来养家糊口，日子过得非常艰辛。他常常穷得连妻子儿女的面包也没有办法挣到。

有一次，他推着手推车经过树林，不经意间看到旁边有座光秃秃的小山，过去他从没注意到这里有这么一座小山，于是他停下脚步，好奇地看着这座小山。

他站在那里，看到十二个粗犷的彪形大汉，从对面匆匆忙忙地赶来，他心想这一定是强盗，他推着手推车，将它藏在灌木丛里，自己则敏捷地爬上一棵树，偷看他们究竟要做什么。

十二个大汉，走到了那座山前，高声喊道："泽姆雪山，泽姆雪山，快把门打开！"话音刚落，那秃山果然从中间分开，一分为二了，十二个大汉急忙走了进去，等他们进去以后，秃山又重新合上了。

没过多久，秃山又再次分开了，大汉们从里面走了出来，每个人的背上都背着沉甸甸的包袱。他们全部来到了阳光下，转身又说道："泽姆雪山，泽姆雪山，快关上！"秃山又重新合上了，看不出哪里是入口，这个时候十二个人才转身离开。

直到看不到他们的人影了，穷弟弟才从树上爬下来，心里充满了好奇，没想到这座山里，竟藏着如此神秘的东西。

他走到山前，像大汉们一样高声喊道："泽姆雪山，泽姆雪山，快把门打开！"秃山也在他面前分开了。他探头探脑地走进去，原来这座山里面是一个洞穴，里面藏着黄金和白花花的白银，还有一堆堆的珍珠和发光的珠宝。

穷弟弟一时看得傻眼了，也不知能否带些财宝回到家。最后他只用了几个口袋，装满黄金，而珍珠还有宝石，他连碰都没碰一下。

他重新来到山外，立即喊道："泽姆雪山，泽姆雪山，快关上！"等山关上后，他推着手推车，高高兴兴地回家去了。

从此，他过上了富裕快乐的生活，他用他的金子，为妻子和孩子买面包，还能打些酒来。他生活过得既快乐又踏实，有时还救济穷人，为别人做好事。

可是，等他把钱花完了，他从他哥哥那借了一只箩筐，又进山取了些金子回来，然而，对大堆大堆的财宝，他却一点儿也不拿。

当他第三次去拿东西的时候，他又向哥哥借了那只箩筐。

可是，有钱的哥哥，看到他的财物，又看到他新买的漂亮家具，心里早已十分妒忌，但他怎么也想不通，弟弟怎么会突然有那么多财物，他借箩筐做什么呢？

最后他终于挖空心思想出了一个妙招，就在箩筐的底里涂上一层沥青，等弟弟把它重新送回时，他发现箩筐底上粘着一枚金币。

他急忙赶到弟弟那里，质问道："你到底借我的箩筐做什么了？"

"用来量谷子还有大麦。"弟弟回答说。

说到这里，哥哥就把那枚金币掏了出来，并且要挟弟弟说，假如弟弟不说老实话，他就要去法庭告他。

弟弟只好一五一十地把事情的经过告诉了他。

接着富有的哥哥立即叫人套好了一辆大车，他驾着大车向雪山飞奔而去，他想好好地把握这个机会，把其他所有的财宝全都装回来。

他来到山前，嚷道，"泽姆雪山，泽姆雪山，快开开！"话音刚落，山就分开了，他急忙地走了进去。一眼望去，整个山洞里都是金银财宝。他一下子不知道自己该先拿什么好。最后他决定要宝石，车上能装多少他就装多少。

他正要把装好的东西拿出山去，可是因为他一心想着这些财宝，忘记了山的名字，情急之下只好嚷道："齐梅里山，齐梅里山，快开开！"可是，这不是真正的山名，山自然不会打开，依然是那样。

他不禁着急起来，然而，他越着急就越想不起山的真名，就算是眼前有这么多财宝，也救不了他。

天快黑时，山分开了，十二个强盗走了进来，一眼就看见了他，就扬声大笑道：

“终于抓到你这家伙了，你以为我们不知道，你已经来过两回了，可是我们都没有抓住你，这一次你别想出去了。”

“前两次来的是我弟弟呀！”他惊恐万分地解释道，“请你们饶了我吧。”可是，不管他说得如何天花乱坠，强盗们最终还是杀了他。

萝 卜

很久很久以前有两个兄弟，他们都曾当过兵，一个很有钱，一个很贫穷。贫穷的那个想摆脱困难，于是脱下军衣，便做了农民。他翻了一小块地，在地里种上了萝卜籽儿。种子长出芽了，长成了一个萝卜，又结实又大，眼看它一天长得比一天大，并且还在不停地生长。它真的可以说成是一个萝卜王，因为以前从来没有过这么大的萝卜，而且将来也不会出现的。最后大得要一整辆车才装得下它，大得要两只公牛才能拖得动它。这农民不知道该怎么办，也不知道这到底是他的幸福，还是他的灾星。最后他心想："假如我卖掉它，我也得不到多少钱，假如我自己吃掉它，吃小萝卜也是一样的。最好还是把它拿给国王，当作一件礼物送给他。"

于是他就把萝卜放到了车上，用两条公牛拖到了宫里送给了国王。国王对他说："这真是一个稀奇罕见的东西！我看到过很多奇异的东西，但还没看见过这个样子的大怪物，这到底是从什么种子生长出来的？或许只有你才能种出这样的萝卜来，你可真是一个幸运儿。"那农民说："啊，不，我才不是什么幸运儿，我只是一个贫穷的士兵，因为我无法生活，所以才不得以把军衣挂起来跑去种田。我还有一个哥哥，他倒很有钱，国王可能也认识，但我因为什么也没有，人们也就很快把我忘却了。"于是国王对他表示深切同情说："我想叫你脱离贫穷，我会送你一些东西，可能让你和你那有钱的哥哥一样富裕。"说完国王就送给了他大量的金子、草原、田地和牲畜，使他变得极其富裕，现在哥哥的财产根本不能够同他相比。

哥哥听说弟弟只用了一个萝卜就得到了那些东西，便很妒忌弟弟，于是他就开始想主意，看自己怎么也能得到那样的幸福。并且他要做得更聪明一些，拿了马匹和金子，送给了国王，他认为国王会还他更多的礼物，毕竟他的弟弟只拿了一只大萝卜去，就已经得到了那么多的东西。他现在拿了这么多好东西去，当然会得到的更多了。但国王收下礼物后对他说，他不知道该用什么东西来还他的礼物，比较好的，比较稀奇的只有那个大萝卜。就这样富人把他弟弟的那个大萝卜放在了车上，让人推回家去。他呆在家里不知道该向谁出气才好，然后他起了一个非常恶毒的念头，决定杀掉他的弟弟。

于是他找了几个杀手，让他们埋伏着，然后他来到弟弟那里说："我亲爱的弟弟，我知道有一个秘密的宝贝，我们一起去拿来分吧。"弟弟也同意，就老老实实地跟着他一起去。当他们出去的时候，杀手们马上向弟弟扑来并把他捆住，准备把他吊到树上。然而他们刚来到树下，就听见远处有大声歌唱和马蹄的声音，他们感到非常害怕，就立刻把捉住的人放在袋里，并吊在树枝上面，就逃走了。于是他在上面把口袋弄了一个洞，以致可以伸出头来。从路上走来的，是一个坐着车的学生，他是一个年轻的小伙子，唱得很是高兴，他穿过树林走到马路上来。吊在树上的人看到有人从他下面经过，就叫道："日安，你可来得真巧。"学生向四周看望，不知道声音到底是从哪里来的，最后他问："谁喊我?"于是树顶上的人回答说："请抬起你的头来，我就坐在这上面的智慧口袋里。我已经在很短时间里，学到了很多东西，一切学校与这个口袋相比起来，只是一阵风。再过一会儿我就要学完了，等我下来以后，会比所有的人都要聪明。我会懂得天象和星宿、一切的风向、海洋的沙、治病方法、鸟雀、百草和石头的力量。假如你到这里面坐一会儿，就能知道这智慧口袋是有怎样神奇的效力了。"

当学生听完这一切，便惊讶地说："我遇到你，真是有福气，我可以到袋里去呆一会儿吗?"但树上的人假装不愿意，便回答说："假如你出钱，并且说好话，我自然可以放你进来一会儿，但你还得等一小时，因为我还有一段没学完。"学生等了一会儿，又觉得时间太长，便请求放他进去，实在因为他求知的欲望太急切了。树上的人最后假装让步说："假如要我从这智慧屋子里出来，你只有把口袋上的绳子给放下来，你才能进来。"于是学生便把口袋放下，解开了绳子，放他出来了。接着学生喊道："你赶紧拉我上去吧。"他马上便要直着身子走进口袋里去。但是被释放的那个人说："慢慢的啊！这样可不行。"于是他按住他的头，让他倒着装入到口袋里去，系上袋口，然后他用绳子把那有求知欲望的学生挨着树拉上去，并让他在空中摇摆，对他说："我亲爱的朋友，你现在觉得怎样？看呀，你的智慧已经在慢慢增长了，你正在获得一些宝贵的经验；在你变得更加聪明以前，你要安静些，不能作声。"他一边说，一边骑上学生的马走掉了。在一个钟头之后，他派来了一个人把学生给放了。

牧 童

很久以前，有一个牧童在全国非常有名气，原因是他非常聪明，几乎没有他不能回答的问题。

国王听说了这件事，但却不相信一个牧童能够回答所有的问题，于是他让人将牧童叫到了王宫里面。

“小牧童，现在我给你出三个问题。”国王对他说道，“你如果能够答出来，我就把你当作我自己的孩子对待，而且还能生活在王宫里。可是，如果你不能回答出来的话，你就要被砍头。”

“那好吧，”牧童说，“是三个什么样的问题呢?”

“听好了，”国王说，“第一个问题是：大海里共有多少滴水?”

“尊敬的国王，”牧童回答说，“在我开始数大海里的水滴之前，请你叫人把所有的河流都堵住，千万不能够让一滴水流进大海里去。我数完后就能够告诉你，大海里究竟有多少滴水了。”

“那我们来看看第二个问题吧，”国王说，“请告诉我，天空中共有多少颗星星?”

“国王陛下，”牧童说，“请给我一张白纸，要非常非常大。”

国王让人给牧童拿来了一张非常大非常大的白纸，他就开始在纸上画小点儿，画了很多很多的小点，密密麻麻一大片，没有人能看得清楚，更没有人能数得清楚了，不管是谁，一看那张纸，都会觉得头昏眼花。

“尊敬的陛下，”牧童终于停下了手中的笔，对国王说，“天上的星星就和这纸上画的小点儿一样多，请派人数一数吧。”

国王没有办法，只好说第三个问题：“你告诉我，永恒是多少秒钟?”

“这个问题呀，我知道，”牧童说，“在辛特渡莫有一座钻石山，它有一小时路程高，有一小时路程宽，有一小时路程深。每一百年里都会有一只小鸟飞到那里，用嘴啄那座山。当它把那座山的钻石全都啄光时，永恒的第一秒钟才刚刚完。”

“你真是太聪明了，能够一下子就把这三个问题全都解答出来，”国王摸了摸牧童的头说，“从现在起，你就和我住在王宫里吧，我会把你当我的儿子一样看待的。”

老麻雀和四只小麻雀

一只老麻雀在窝里养着四只小麻雀。在它们刚学会振翅飞翔的时候，一些喜欢恶作剧的孩子破坏了它们的鸟窝，幸运的是，它们全都逃了出去。老麻雀十分伤心，因为它还没来得及告诉它们可能发生的各种危险，也没有教过它们任何一种生存的本领。

秋天来了，很多麻雀都聚在了田地里，这时那只老麻雀碰到它的四个孩子，它非常高兴，把它们领回了家，说：

“亲爱的孩子们！整个夏天，我都在为你们提心吊胆，因为你们没有听过我的经验教训就飞散了。以后你们要听我的，一举一动跟着你们的爸爸，各个方面都要格外小心。要知道，小鸟儿也是会遇上危险的！”

过了一会，老麻雀问老大，夏天是在哪里度过的，又是如何找食物养活自己的。

老大说：“在樱桃成熟之前，我一直住在花园里，寻找毛毛虫还有青虫吃。”

“啊，孩子，”老麻雀说，“你有这个口福固然不错，但那样太危险了，你还要多加小心，特别是人们在花园里拿着绿绿的长竹竿到处走来走去时，要特别注意。这种竹竿里面是空的，竹竿头上有一个小洞。”

“对呀，爸爸，你说的是不是洞口用蜡粘着一枚小小的绿叶那种？”

“你在哪里见过吗？”

“在一个商人的花园里。”小麻雀说道。

“我的孩子啊，”老麻雀说，“商人都是非常精明的！既然你在世界各地游历过，你就应该已经精通世故，不过你要懂得随机应变，不能够骄傲自大。”

然后他问另一只小麻雀：“你的日子都是在哪里度过的？”

老二说：“在王宫里度过的。”

老麻雀说：“在那种地方，麻雀还有糊涂的鸟儿做不出什么事，因为那里尽是金子、天鹅绒、绸缎、兵器、盔甲、雀鹰、猫头鹰还有蓝脚鸟。假如你在马棚里待着，有人在那里筛燕麦，或者到有人打麦子的地方去，你就能够稳稳当当、快快乐乐地过日子，每天吃麦子充饥。”

“您说得对，爸爸。”老二说，“可是如果马夫布下了捕鸟器，在草堆里安装上罗网还有圈套，那很多鸟儿就会被牢牢捉住的。”

“你在哪里看到过这些陷阱？”老麻雀问。

“我是在宫廷的马夫那里看到的。”

“唉，孩子，宫廷里的马夫是很坏的人！既然你在宫廷里待过，同大人物们打过交道，而且一根羽毛也没少的回来，那就说明你已经学会了好多的东西，明白怎样在世上躲开灾难。可是你一定得多加小心，恶狼是常常会把聪明的小狗吃掉的。”

老麻雀又把老三叫到跟前，对它说：

“你到过哪些地方？”

老三说：“我沿着你到过的桶和绳子，有的时候能够吃到一粒谷子或一点儿大麦。”

老麻雀说，“这种食物倒是非常好吃的，可是你在不停地吃东西时，要格外留神，眼睛也要经常往上看，特别注意是有人弯下腰来捡石子，你记得不要在一个地方停留太久。”

“真是那样，”老三说，“如果有人事先带了一块砖头或石头放在胸口或者口袋里，那我该怎样办呢？”

“你是在哪里遇到过这种事情？”

“在采矿工人那儿见过，亲爱的爸爸。他们从矿井出来的时候，手里往往都拿着一些石头。”

“矿工呀，整天都在干活，他们都是非常狡猾的！既然你在矿工身边待过，就说明你已经长见识了。是吧，不过做什么事要特别小心，矿工已经杀死非常多小麻雀了。”

最后，老麻雀对最小的孩子说：

“你是我最亲爱的小乖乖，无论何时，你总是行动迟缓，身体虚弱，你还是留在我身边吧。世界上有非常多嘴儿弯弯、长爪子，而且又凶暴又歹毒的大鸟。它们专门偷偷捕捉可怜的小鸟，把它们吃掉。你要和同类的鸟儿待在一起，找树上或小屋上的小蜘蛛或者小虫吃，那就能够长时间地让自己平安无事了。”

“亲爱的爸爸，每只鸟只要能够自己养活自己，不为难别人，就能够长时间地生活下去。只要诚心诚意地信赖亲爱的上帝，每天早晚祈祷上帝分给它应有的食物，雀鹰、苍鹰、山雕还有鹞就不会来伤害它。上帝创造了所有的鸟类，又保护它们，他当然也听到了小乌鸦的祈祷声还有叫喊声。如果不是上帝的心意，麻雀或鷦鷯就不会落在地上死去。”

“你从哪里学到了这些?”

最小的麻雀回答：“有一次，一场大风把我吹走了以后，我就来到了一个教堂里。那年夏天，我在窗户上吃苍蝇还有蜘蛛的时候，听到了这些教诲。那年夏天，所有麻雀长辈都给我食物吃，还教我如何防御各种危险还有怎样避开大鸟的伤害。”

最后老麻雀说：

“非常好！我亲爱的孩子，你飞到教堂里，帮助人们把蜘蛛还有嗡嗡叫的苍蝇收拾干净，又像小乌鸦那样虔诚地向上帝祈祷，将自己托付给永恒的创世主。这样，即使全世界到处都是凶暴残忍的野鸟，你也会平安地生存下去。”

听从上帝的安排吧！

沉默、忍耐、期待、祈祷、宽容，做自己该做的！

坚守信念，心地纯洁。

上帝就能够保佑他，就帮助他前行。

白雪和红玫瑰姑娘

从前，有一个贫穷的寡妇。她独自一人住在一间又破又小的茅屋里，茅屋前面的园子里种着两棵小小玫瑰，一棵开的是白玫瑰花，另一棵开的是红玫瑰花。

寡妇有两个女儿，长得非常像那两棵小玫瑰，一个女儿叫白雪，另一个叫红玫瑰。她们都非常纯洁、善良、勤劳，经常非常卖力地干活儿，她们是世界上最好的孩子。不过相比之下，白雪更加文静，更加温柔。红玫瑰则喜欢在草地上还有田野里活蹦乱跳，找花儿，捉蝴蝶，而白雪喜欢待在家里，陪着妈妈，帮助她做家务，空闲的时候，她就读书给妈妈听。

这两个孩子彼此相亲相爱，每次总会手牵手一块出门。假如白雪说："我们永远不分离。"红玫瑰就回答说："只要我们活着，我们就一辈子也不分开。"这个时候妈妈笑着又添上一句："你们要互相分享你们所拥有的一切。"

她们经常在森林里跑来跑去，采集红红的浆果。飞禽走兽非但不伤害她们，反而十分亲热地走到她们跟前：小兔子在她们手里吃白菜叶子，狍子在她们旁边吃草，小鹿会高兴地从她们身边跳过，很多鸟儿待在树枝上，唱起美妙的歌声。她们没遇到过什么意外，假如她们在林子里待了很久，天色黑了下来，她们就在林地的苔藓上睡觉，一直睡到第二天早上，妈妈也知道她们常是这样，因而不担心。

有一次，她们像往常一样在森林里过夜。早上醒来的时候，她们看到了一个漂亮的孩子，身上穿着闪闪发光的白衣服，坐在她们身边。他没有说话，一直走到林子深处去了。她们向四周看看，才知道自己睡在一个深渊的边上，要是她们在黑暗中再向前走几步，就肯定会掉下去了。妈妈告诉她们，那是天使，专门守护好孩子的。

白雪和红玫瑰把妈妈的小茅屋打扫得干净整洁，看上去十分温暖。每逢夏天，红玫瑰总在家里忙来忙去，每天早晨在妈妈还没有醒来时，她总在妈妈床前摆上一束花，这些花是从玫瑰树上采下的，每株一朵。冬天的时候，白雪就会生起火来，把锅子挂在炉子的通条上。锅子是黄铜做的，擦得非常亮，像金子一样金光闪闪。晚上，假如飘起雪来，妈妈就说："白雪，去把门闩上。"于是她们三个人围坐在炉子边，妈妈戴上一副眼镜，拿起一本大书来读，两个姑娘一边听，一边纺织。有一只小白鸽静静躺在她们身后，有一只小白鸽静静站在她们身后的竹竿上，小白鸽把脑袋藏在翅膀下面。

一天晚上，和往前一样，她们十分亲热地坐在一起时，突然有敲门声，妈妈说：

"红玫瑰，快去开门，可能是过路人想借宿。"

红玫瑰便走上前去打开门闩，心里想来的或许是个穷人吧，没想到来的不是穷人，而是一头熊，它正将它那黑乎乎的肥头大耳伸进门里来。

红玫瑰见了害怕极了，大叫一声，转身就跑。小羊咩咩地叫了起来，小鸽子扑打着翅膀想飞，白雪跑到妈妈的床后躲着。

没想到那头熊却说起话来，它说：

"你们别害怕，我不会伤害你们的。我非常冷，只想在你们这里暖和一下身体。"

妈妈说："可怜的熊啊，你就坐在火炉旁烤吧，不过你要小心，别把皮烧着了。"

接着，她又高声喊道：

"白雪，红玫瑰，快出来吧，熊不会伤害你们的，它没有恶意。"

于是两个孩子走出来了，小羊和小鸽子也慢慢地来到熊的面前，再也不觉得它可怕了。

这时熊对她们说："孩子们，帮我把身上的雪拍下来吧。"于是她们就用扫帚为熊扫去身上的雪，熊横着身子躺在火边，发出呼噜呼噜的哼声，显得非常开心。

没过多久，他们便熟悉了，于是孩子们就跟那个愣头愣脑的客人打起趣来。她们用手去拔熊毛，把小脚踏在熊背上，把熊推来推去，有时甚至拿起一根榛树的枝条，朝着它痛痛快快地打，它呼噜呼噜地哼起来，她们就开心地笑起来。熊呢，也愿意和她们玩耍，不过当她们玩得太过分的时候，熊就会叫喊起来："孩子们，放过我吧！白雪哟，红玫瑰呀，你们把求婚的人打死啦。"该睡觉了，孩子们要上床睡，妈妈就温柔地对那头熊说：

"托上帝的福，你能躺在炉灶边，这样你就不会着凉，天气再冷也不会冻着你了。"

天刚亮，两个孩子就把熊放出门去。它踏着雪走进森林里。从此之后，熊每天晚上都在同样的时间回来，躺在炉灶边，让两个孩子随心所欲地拿自己寻开心，她们已和它非常熟悉了，只有等那位黑伙伴回到家之后，她们才把门闩上。

春天来临，野外呈现一片绿色。有一天早晨，那头熊对白雪说：

"现在我要离开了，整个夏天都不会回来。"

"你要到哪里去？亲爱的小熊！"

"我要到森林里去，防止那个恶毒的矮人偷走我的宝物。冬天里，地面冻住了，他只得待在地下，没法爬出来。可是现在，太阳把地上的冰雪融化了，地面显得暖和些，他就会爬到地面上来，找东西，偷东西。而且无论是什么东西，只要被他找到，放进他的洞里，就再也找不回来了。"

听到熊要走了，白雪心里非常难过。当她给它打开门，熊从门缝里挤出去时，身子擦在门钩上，撕掉了一块皮。当时白雪好像看到有金子在微微发光，不过她不能够确定。熊匆忙地跑开，没多久就消失在树林里了。

不久，妈妈差两个孩子到林子里去拾干柴。在野外，她们发现一棵大树倒在地上，有个东西在树干旁的草堆里跳动，她们看不清那到底是什么。她们走近一看，是一个矮人，面容苍老憔悴，雪白的胡子有好几尺长。胡子的末端被卡在一个树缝里，矮人跳来跳去，活像一只被绳子拴着的小狗，他显得束手无策。

这时矮人瞪起一双红通通的眼睛，冲着两个女孩子大声吼道：

"你们站在那里干什么嘛？快点过来帮我！"

"你在做什么呢？矮个子。"红玫瑰问。

"好奇的傻瓜！"矮人回答。"我本来想把这棵树劈开，弄些小木头在厨房里当柴用。我们吃的饭菜非常少，不像你们这些贪吃的粗人一样狼吞虎咽，大块的木柴会一下把我们的一点儿食物烧焦的。我幸运地把楔子打进去了，本来一切都能够如愿，可是那块该死的木头太滑，突然跳了出来，树缝一下子合拢了，把我那漂亮的胡子夹住了，怎么也拔不出来，我动也动不了。于是现在就让你们两个细皮嫩肉的傻丫头来嘲笑我！呸，真倒霉！”

于是两个孩子走过去帮忙，她们费了九牛二虎之力，却依然没把胡子拔出来，它被牢牢地夹在里面了。

“我去叫人来帮忙，”红玫瑰说。

“疯丫头！”矮人大声咆哮起来，“谁还要你们再喊人来？就你们两个我已经嫌多了，难道就没有更好的办法吗？”

“耐心点吧！”白雪说，“我已经想出一个法子来了。”于是她从口袋里拿出一把剪刀，把胡子的末端剪掉。当矮人一获得自由，就抓起藏在树根中间的一只装满金子的袋子，自言自语地嘟哝起来：

“可恶，竟把我这么漂亮的胡子剪去了一截！让恶魔来收拾你们！”

说罢，他就把袋子往背上一甩，直接走了，看也不看孩子一眼。

没过多久，白雪还有红玫瑰想钓鱼，用来做菜吃。她们便走到小溪旁边，看到一只大蚱虫模样的东西跃向水面，像是要跳到水里去。她们跑过去一看，原来又是那个矮人。

“你要去哪里？”红玫瑰说，“难道要跳到水里去吗？”

“我怎么可能那么傻呢，”矮人嚷道，“你们难道没看到，是那条该死的鱼想把我拉到水里去吗？”

原来矮人坐在那里钓鱼，可他很倒霉，一阵风吹来，把他的胡子还有钓丝绞在一起了。这时正好一条大鱼上了钩，这个矮人身体瘦小，力气小，没把鱼拉起来，反而让鱼占了上风，把他拉了过去。

尽管矮人抓住了一把草还有芦苇，可一点用处都没有，他不得不跟着那条鱼团团转，随时都有可能被鱼拉下水里去。

两个女孩来得正好，她们一把拉住他，想把他的胡子和钓丝分开，可也没有办法，因为胡子与钓丝缠得非常紧。无奈之下，她们只得再拿出剪刀来把胡子剪断，因而矮人又丧失了一小截胡子。

矮人见此情形，又冲着她们大喊大叫：

“你们这些坏家伙！把一个人的脸给毁了，岂有此理，你们剪去了我下面一抹胡子还不够，现在又把最好的一部分剪掉了，家人会怎样嘲笑我啊。你们最好赶快给我滚开，连鞋底也跑得无踪无影！”

说完这话，他便去拿藏在芦苇里的一袋珍珠，然后一句话都不说，拖起袋子就走，不一会儿消失在一块石头后面。

没多久，妈妈叫两个女孩到城里去买针线、绳子还有带子之类的东西。她们经过一片荒野，荒野上到处堆满大块的岩石。这时她们看到一只大鸟在空中来回飞，还盘旋在她们头顶上，后来越飞越低，最后停在不远处的一块岩石前面。

就在那一瞬间，她们突然听到一阵尖利刺耳、悲痛欲绝的叫喊声。两个孩子吃了一惊，急忙跑过去看，原来有一只苍鹰抓住了那个矮人，并且要带走他。两个充满同情心的姑娘立刻拉住矮人，并且和苍鹰争夺了很久，苍鹰最终把它的虏获物放了下来。矮人从惊恐中恢复过来后，用刺耳的声音喊道：

“你们就不能小心点吗？你们看看，你们把我这件满是破洞的衣服撕成什么样了，你们这些笨蛋！”

说罢，他便拿了一袋宝石，又溜到岩石下面自己居住的小洞里去了。

两个姑娘对他的忘恩负义已经习惯了，她们继续赶路，到城里办事去。

在回家的路上，她们又经过那个荒野。这时矮人把袋里的宝石倒在一块干净的空地上，他见到两个女孩子大吃一惊，没想到这么晚还会有人经过这里。夕阳照在亮晶晶的宝石上，闪闪发光，它们真是五光十色，灿烂无比，两个女孩不禁停下来，睁大眼睛看了起来。

“你们站在那里张大嘴巴看什么！”矮人又开始咆哮道，气得满脸通红。

虽然他还想继续往下骂，可是他突然听到一声吼叫，一只黑熊从森林里窜了出来。矮人吓得惊恐万分，拔腿就跑，黑熊还是在他逃到自己的藏身处之前抓到了他。

小矮人吓坏了，叫道：

“亲爱的熊伯伯，饶了我吧！你看这里放着的都是美丽的宝石，我把它们都献给您！饶我一命吧！我这个人这么瘦小，您完全不需要放在眼里！我啊，您吃起来也没有味道，您还是去抓那边两个坏心肠的小姑娘吧，她们肥得像小鹌鹑一样，咬起来嫩嫩滑滑的。看在上帝面上，吃了她们吧！”

黑熊丝毫不理会矮人的话，它用爪子对准那个坏蛋狠击了一下，矮人就一动不动地躺在那里了。

这时两个姑娘已经跑开，可是黑熊大声喊道：

“白雪还有红玫瑰，你们别害怕，等一下，我跟你们一块走。”

她们听出了黑熊的声音，就停了下来。黑熊走近她们时，熊皮突然掉了下来，站在那里的是一个全身穿着金衣的美男子。

接着他说：“我本来是一个王子，后来那个凶恶的矮人偷了我的珍宝，还施法把我变成野熊，让我在森林里东闯西跑，只有矮人死掉我才能够摆脱他的魔法，恢复原样。现在，他已经得到了惩罚，真是恶有恶报。”

后来白雪和王子结了婚，红玫瑰嫁给了他的弟弟。他们共同享有了矮人堆积在山洞里的大宗财富。年老的妈妈在两个孩子家里一直住了好几年，他们过着安宁幸福的生活。她们也把两棵玫瑰树一起带去，种在窗子前面，每年都开着十分美丽的玫瑰花，有白玫瑰，也有红玫瑰。

玻璃棺材

谁也不能够下定论，说一个穷裁缝就不能出人头地、获得殊荣。只不过要得到这一切需要一处合适的地点，最重要的是要有运气。

在一个阳光明媚的早晨，小裁缝出门游玩，没想到在森林中迷了路，直到天黑，他也没有找到走出森林的路，只好寻找一处睡觉的地方。为了安全，他爬上了一棵高高的树，这样，就没有野兽能伤害到他了。但树上的风很大，要不是他带着重重的熨斗，他早就被大风刮走了。

他又不敢下到地面来，森林中有太多的野兽，就这样担惊受怕地过了几个小时，他发现远处有弱弱的灯光，他鼓起勇气从树上下来，走了过去，轻轻地敲了敲门，开门的是一个穿着五颜六色布片拼成衣服的老人，老人身材矮小，头发花白，他用沙哑的声音问道："你是谁？到这里来干什么？"

"我是迷了路的裁缝，到你这里来借宿一晚，明天就走。"

"你走吧，我这里不欢迎流浪汉。"

老人说完就要关门，穷裁缝急了，抓住老人的衣服不松手，一再哀求，老人生了同情之心，让穷裁缝进了屋，还给了他一些吃的东西。

穷裁缝躺在温暖的被窝里很快进入了梦乡，熟睡中，一阵咆哮声把他惊醒了，他急忙跑出屋外观看。

月光下，一头黑色的大公牛还有一只雄鹿打得难分难解，宁静的森林只有它们的吼叫声和脚步声，穷裁缝听到公牛发出一声撕心裂肺的惨叫，原来，雄鹿把锋利的鹿角插进了公牛的腹腔，公牛在痛苦的挣扎中停止了呼吸。

穷裁缝还在惊恐之中，那只雄鹿已用有力的鹿角把他叉了起来，在雄鹿飞快地奔跑中，穷裁缝只得紧紧地抓住鹿角，不知过了多少崇山峻岭，当雄鹿把他放下来的时候，他已奄奄一息了，迷迷糊糊之中，他看见雄鹿正用角撞一扇大门，大门很快就被撞开了，一股烈焰从门里冒了出来，夹着滚滚的浓烟。雄鹿却不见了。

穷裁缝在这从不知晓的荒野上，不知如何是好，一个神秘的声音从那个山洞里传出来："进来吧！这里面可没有魔鬼！"

那声音仿佛有一种魔力，在前面拉他，在后面推他，不知不觉中，他已走进了山洞。山洞非常大，非常精美，天花板、地面、四壁都是用发光的方形石头砌成，他正想细细观看，那个神秘的声音又响了起来："你走到大厅中间那块大石上去吧，会有好运气的！"

那声音在空寂的大厅里回响，显得阴森恐怖。此时的穷裁缝反倒多了些勇气，一步一步走到了那块大石头上面，他刚站上去，大石头就开始往下沉，很快就又到了另一大厅，和前一个一模一样，只不过多了些壁龛，里面全都放有透明的玻璃容器。里面有淡蓝色的烟气，容器里装有精巧的马车、农庄，他面前的地上那个非常大的玻璃容器中更是让人好奇：高耸的山川、奔腾的河流、制作得惟妙惟肖的庄园、别墅。真想不出人间还有如此巧手。

那个神秘的声音又在他耳边响，他循着声音提示的方向走去，他看见了另一个大玻璃柜，他仔细一看，惊得目瞪口呆。里面有一位金头发的美女，身穿华丽的衣服，面色红润，胸脯微微起伏。正当他看得如痴如醉时，里面的美人睁开了美丽的眼睛，她看见了一个惊奇的穷裁缝，顿时露出惊喜之色，兴奋地说："哦！上帝！我得救的日子来了，年轻人，快帮我逃出魔掌吧，只要你把柜子旁边的栓子拔掉，我就自由了！"

裁缝按照姑娘的话打开了柜子，里面的姑娘顶开柜子的盖子之后，从柜子里走了出来。她在大厅的一角找到了一件宽大的外套披上以后，坐在了一块大石头上，并且叫裁缝走到她的身边去。姑娘亲吻了一下小伙子，对他说："你是我的救命恩人，是你让我摆脱了苦难，你就是仁慈的上苍赐给我的丈夫，我一定会让你成为非常富有的人，让你快快乐乐地度过一生。现在，就请你坐下来，听一听你的新娘的故事吧。"

小伙子在姑娘的身边坐了下来，姑娘接着说道："我的父亲是一位受人尊敬的伯爵，他非常有钱，可是在我非常小的时候，他和我的母亲就都去世了，临终前，他让我的哥哥负责把我抚养长大。我和哥哥的关系非常好，我们的兴趣、爱好，以及所有的想法都是完全一样的，所以，我们决定永远不结婚，永远地生活在一起。我们快乐地生活了非常长一段时间，我们非常好客，有非常多的好朋友，好邻居，他们总是喜欢到我们家来做客，我们也总是尽情款待。

“直到有一天，那是一个夏日的晚上了，我们的城堡里来了一位陌生的客人，他是骑着马来的，他说天色已经太晚了，没办法赶到下一个目的地，所以恳求在我们的城堡里借宿一晚，我们同意了他的请求，还请他与我们一同吃晚饭。吃饭时，他给我们讲了很多的故事，那天晚上的气氛好极了，我的哥哥和他谈得非常好，就请他在我们这儿多住几天，他推辞了一番，最后还是答应了。

“那天晚上，我们很晚才睡觉。我刚朦朦胧胧地睡着，就被一阵非常动听的音乐声惊醒了。我本来想让侍女去看看这动听的音乐声是从什么地方来的，可我却发不出任何一点儿的声音了。就好像有一块巨石压在我的胸口上一样，一句话也说不出来，真是奇怪极了。

“就在我感觉非常害怕的时候，我竟然看到那位陌生的客人穿过了两道锁得非常严实的门，并且直直地走进了我的房间。他对我说，他是为了向我求爱，使用魔法发出悦耳动听的声音将我唤醒，并且穿过了一道道锁着的门。

“我不喜欢他的魔法，也不喜欢他使用的这种手段，所以我不愿意答应他。他一动不动地站在那里等待我的回答，我则一动不动地躺在床上一声不吭。终于，他没有了耐性，在离开我的房间之前，他发誓要报复我。

“第二天一大早，他叫上我的哥哥就去森林里了，这是我醒来后才知道的。我立刻意识到事情不妙，等我赶到森林里时，他已经将我的哥哥变成了一只美丽的鹿。那只鹿看见我时，美丽的大眼睛里顿时流下了眼泪，我问那位陌生的客人，为什么要这么做时，他哈哈大笑了起来。并且愤怒地举起了手中的枪，可是射出的子弹却从他的身上反弹到了我骑的那匹马的头上，我的马倒下了，我也跟着失去了知觉。

“等我苏醒过来时，就已经被关在这个地下墓室里的玻璃棺材里了。这个时候，那可恶的魔术师又来了，还是要我答应嫁给他，他还说，他已经把我们的城堡还有里面的一切东西都缩小了，锁在了另一个玻璃棺材中，我的仆人还有臣民们全都变成了烟雾，被锁在一个玻璃瓶子里。如果我答应了他，就能立刻让我的哥哥还有所有的一切立刻恢复原状。这一切对他来说真的是件轻而易举的事，因为他只需将箱子还有瓶子的盖儿打开就能够了。

“可我更加讨厌这个人了，因而我还是像第一次一样，没有理他。他立刻就不见了，我也在昏昏沉沉中入睡了。我不停地做梦，有的让我非常害怕，有的又让我高兴万分，因为我梦见一个小伙子会来迎救我们。我一高兴就醒了过来，谁知我一睁眼竟看见了你！”

姑娘一口气说到这儿，找来了一些水喝下后，她稍微停了一下，又接着说道：“来吧，小伙子，现在就开始吧。首先，让我们把装着城堡的那只玻璃箱抬到那块石头上去。”

石头将他们送到了上面的大厅，他们又将箱子搬到了屋外，然后打开了箱盖，一阵哗啦啦的声响之后，城堡、农田还有房屋全都以非常快的速度恢复了原状。小伙子看得目瞪口呆，而姑娘却高兴得流下了眼泪。

一会儿，他们又将满是烟雾的玻璃瓶全都在石头的帮助下运到上面来，瓶盖一开，里面的蓝色烟雾立刻变回一个个活生生的人，大家相互祝贺起来。更让姑娘高兴的是，她看见了一位英俊的男子正从森林里向她走来，那个人就是被魔术师变做了一头鹿的哥哥，他把变做公牛的魔术师打死后，魔法自然消失了，他也就得以恢复了人形。

姑娘还有她的哥哥十分感谢裁缝的帮助，姑娘决定立刻履行自己的诺言，与那个走运的裁缝在祭坛前举行隆重的婚礼。

月 亮

古时候，有一个国家，夜里总是黑漆漆的，没有半点光亮，天像被一块黑布覆盖着，月亮从来没从这里升起过，连星星都没有。

有一天，这个国家的四个小伙子一起结伴到另外一个国家去。太阳落山以后，橡树上立即出现一个发亮的圆球，放出柔和的光线，射向四面八方，使人们能够清晰地看到一切。

旅行的小伙子问当地的一位赶车的农民，说："你能告诉我，这是什么灯吗？"

农民说："这是月亮，我们村长用三块银元买来，夜里挂在树上。他每天都要加油、擦拭，保持它的清洁还有明亮。为此，村长每星期收我们一块银元。"

农民说完，赶车走了。四个小伙子中的一个说："这盏灯我们也能用，我们村里也有一棵这样高的橡树，我们把灯挂在橡树上，就不必在黑暗摸索了，那该是多么快乐的事啊！"

第二个说："你知道吗？我们能够用马车将月亮推走，让他们另外再买一个。"

第三个说："我会爬树，能轻而易举地把它拿下来。"

第四个将马车赶来，第三个上树把月亮钻了个洞，穿进一根绳子，放下来，装到车上，用布遮盖起来，不让别人发现他们的盗窃行径。

他们非常顺利地将月亮运到自己的国家，挂在很高的橡树上。月亮立刻银光四射，照亮房屋还有原野，村里人乐疯了，男女老少一起出来跳跃欢呼，矮人爬出岩洞，小妖精穿着红衣服在草地上围着圈子跳舞。

四个人轮流为月亮加油、修整擦拭，每星期向村民收钱。几十年后，四个小伙子成了四个小老头，其中一个病得要死了，他说，月亮有他的四分之一，要求在他死后，把四分之一月亮放进他的棺材。不久，他死了，村长用剪刀剪下四分之一月亮放进了坟墓。月光稍微减弱了一些，人们并没有觉得怎么不便。第二个人死了，又剪掉四分之一，月光更弱了。第三个又死了，月光只剩下四分之一，变得微弱可怜。到了第四个不在人间时，夜又恢复了漆黑的状态，人们出门必须提着灯，否则会撞到树上。

坟墓中的月亮在阴间又联接在一起，照得坟墓如同白天一样。死人们从长眠中清醒过来，睁开眼睛，看到了周围的一切，这令他们感到惊讶，他们觉得月光明媚，不应该再像僵尸一样躺在那里。他们兴奋地站起来，恢复了过去的生活方式，有人去跳舞，喝酒，有人去游戏。

有的喝醉了开始耍酒疯，吵闹，拿起棍子打仗，喧嚣吵闹得越来越凶，声音传到了天堂。

守卫天堂大门的圣彼得认为阴间造反了，立即召集部队，说："如果地狱中的鬼王带着他的鬼兵鬼将来袭扰天堂，就一定把他们击退。你们派一个人到阴间去看看情形。"

但没人肯去，圣彼得无奈，只得骑马走出天堂，来到阴间。当他弄清楚只不过是四个酒鬼的胡闹，才知道原来是一场虚惊。他让酒鬼们安静下来，然后取走月亮，把它挂在天空，由天堂管理，从此，月光永照人间。

井旁的放鹅姑娘

很早以前有一个老婆婆，她住在山间一个荒凉又偏僻的地方，在那里她拥有一间小屋，并且养着一群鹅儿。荒地的周围是一片大森林。每天早晨，老婆婆拄着拐杖踉踉跄跄走到林子里。老婆婆在那里十分忙碌，人们无法相信，她那么大年纪还能干那么多的活。

她要给她的一群鹅儿割草，还要动手去摘她能摘到的野果子，然后把所有东西背回家。人们都觉得这样的重担会把她压垮，可是她却总能背着这些东西平安无事地回到家里。

如果有人见到她，她就十分和蔼地问候对方：

"朋友，你好，今天天气真好啊。喔，你见我拖着一捆草觉得奇怪吗？不过每个人都得背上一些啊。"

尽管如此，人们宁可绕道走，也不愿碰到她，如果一个父亲带着孩子从她身边走过，他父母就会悄声对孩子说：

"小心这个老婆婆，这个人有鬼，一定是个巫婆。"

一天早晨，一个年轻英俊的小伙子穿过森林。阳光灿烂，鸟儿在欢唱，凉风拂过树叶，他心里非常轻松愉快。这时他还没有遇到一个人。

忽然，他看到一个老太婆跪在地上，在挥动镰刀割草。她已经在包布里装了满满一捆，旁边的两只篮子里，分别装满了野梨还有苹果。

"喂，老妈妈，"他说，"你怎么能背得了这么多东西呢？"

"小伙子，我必须得背回去啊，"老婆婆答道，"有钱人家的孩子是不用干这些的。可是庄稼人有句话：别向后面瞧，否则你会发现你的背弯了。"见到小伙子在她身边站着，她又说：

"你愿意帮我吗？你的背是那么笔挺，你的腿是多么结实，一定能轻松地干这些事。我家不远，就在山后面的一块荒地上。你只要双脚一跳，就到了。”

小伙子十分同情老婆婆，他回答说：

“虽然我的父亲不是庄稼汉，而是一个有钱的伯爵，可是我想让你知道不是只有庄稼汉才能够扛东西的，所以我愿帮你背上包袱。”

“如果你愿意帮我，”老婆婆说，“我真是太高兴了。不过你得走上一个钟头的路，对你来说可是轻而易举啊！那边的一些苹果还有梨子，你也帮我一起拿着吧！”

年轻的小伙子听说有一小时的路程，有些后悔了，可是老婆婆不肯放过他，拿起包袱放在他的背上，还把两只篮子挂到他的胳膊上。

“你看，这不是非常轻吗？”她说。

“不，一点都不，”小伙子回答说，脸上露出懊恼的表情。“这些东西像石头似的重重地压在我肩上。苹果还有梨子也非常重，好像都是铅做的似的压得我快透不过气了。”

他很想卸下这些东西，可是老婆婆不让他卸。

“瞧你说的，”她挖苦他说，“我这老太婆都扛得动这么一堆东西，你这位年轻小伙子居然背不动。说起话来倒是挺漂亮的，可是要认认真真地干起来，就想溜了。”

她又继续说：“你还要站在这里犹豫吗？大步往前走吧！这个包袱，谁也拿不下来的。”

年轻人在平地上走路时还能够顶得住，可当他走到山腰上时，一块块石头好像有生命似的从他脚后滚了过来，他支撑不住了。他的额头上布满了汗水，汗水从他背上流了下来，忽冷忽热的。

“老妈妈，”他说，“我实在是走不动了，我想休息一会儿。”

“这里可不行，”老婆婆答道，“等到了我家之后，你就能休息了，不过现在还得往前走。谁知道你会得到什么好处呢。”

“老婆婆，你真不要脸！”小伙子一面说，一面想把包袱扔下，可是他没得逞。包袱像生了根似的牢牢压在他的背上。他转过来，掉过去，怎么也摆脱不了。

老婆婆见了哈哈大笑，拄着拐杖跳来蹦去，显得十分高兴。

“别生气啦！小伙子！”她说，“你的脸红得像只火鸡喽！耐起性子背吧！等咱们到家里，我会付给你一大笔钱的。”

年轻人无可奈何，他只得听凭命运的安排，耐心地跟在老婆婆后面一步一步地走。老婆婆越走精神越好，而他肩上的负担却越来越重。

突然，老婆婆纵身一跳，坐在了那个包袱上面，尽管她看起来瘦得皮包骨头，可比乡下最胖的姑娘还重。小伙子的两腿不停地颤抖，可是如果他停下不走，老婆婆就用树枝还有荨麻秆抽打他的腿。

小伙子艰难地爬到山上，终于来到老婆婆的家，那时他真想就这样躺下来。一群鹅儿见了老婆婆，就展开翅膀腾空飞起，伸长头颈迎面向她跑去，并且“吭、吭”地大声叫了起来。

在这群鹅儿后面，有一个乡下女人手执一根树枝向他们走来。女人看起来年纪非常大，长得又高大，又结实，却非常丑。

“母亲，”她对老婆婆说，“发生什么事了？这么久才回来。”

“孩子，没什么，”老婆婆答道，“我没碰上什么倒霉事儿，幸运的是还有一位小伙子帮我背包袱呢。我累了的时候，他连我也一起背了。我们不觉得路长，开开心心的，还经常逗乐呢。”

老婆婆稳稳当当地从小伙子背上跳下。她从他背上取下包袱，再从胳膊上取下篮子，十分亲切地瞧着他说：

“现在请你坐到门前的凳子上休息一会吧！我会如数付给你工钱，一个子儿也不会少。”

接着她又对放鹅姑娘说：

“孩子，你快回房间，单独跟这个年轻的小伙子待在一起不合适，咱们别再在火上添油哩，小心他会看上你。”

小伙子听了哭笑不得。他暗自想：

“这样的女人即使年轻三十岁，我也不会看上她。”

这时，老婆婆像对待自己的孩子那样温柔地抚摸着这些鹅儿，没过多久就随着女儿进屋去了。

于是年轻人伸展开手脚，在野苹果树下的一条凳上躺了下来。这儿的空气温暖、柔和，周围是一片绿油油的草地，草地上开满了报春花、百里香还有其他千百种花卉，中间有一条清澈的小溪潺潺地流动着，在阳光的照射下，小溪闪闪发光，一群白鹅有的踱来踱去，有的拍着水玩儿。

“这儿风景真美呀！”他说，“可是我累得连眼睛也睁不开了，我真想躺着睡一会儿。但愿不要刮风，别把我的两条腿吹走，因为它们已软得像木棉一样了。”

他刚睡了一会儿，老婆婆就来了，把他摇醒了。

“起来吧！小伙子。”她说，“你快点离开这吧！虽然让你吃了不少苦头。现在，我要付给你工钱了。既然金子还有财富你都用不着，那还是付给你别的东西吧。”说罢，她把一只用绿宝石雕琢的小盒子放在他手里。

“好好保管！”而且加上一句，“祝你好运！”

小伙子一跃而起，他感到自己精神饱满，精力变得十分充沛。他收下礼物后向老婆婆道了谢，就动身出发了，并且没有回过头去看一下身后那位漂亮的小姑娘。他走了一段路程后，还能听到身后鹅儿们的欢叫声。

后来，小伙子在荒野地里走了三天，终于找到了一条通往外界的道路。他来到一个大城市，人们见他面生，便把他带到了王宫，当时国王还有王后正在宝座上坐着。

于是小伙子屈膝跪下，从口袋里取出绿宝石盒子，放到王后的脚下。王后吩咐他站起来，并且要他把小盒子递给她。王后打开盒子一看，便倒在地上昏死过去。国王的侍卫立刻把他逮住，要把他关到监狱里。这时王后睁开了眼睛，呵斥侍卫把他放了，并且叫所有的人统统避开，她想跟这个小伙子私下谈谈。

当王后同小伙子单独在一起时，她伤心地说：

“周围的荣华富贵，对我有什么意义呢？每天早晨我醒来时，心里总十分难受。我本来有三个女儿，其中要数小女儿最漂亮了，大家都说她是世界上最美丽的小女孩。她有雪一样白的皮肤，花一样红的面颊还有嘴唇，更有如阳光般闪亮的秀发。她哭起来时，眼睛里流出的不是泪水，而是珍珠和宝石。

“在她十五岁的时候，国王叫她们三姐妹到宝座前来。你应当想象得出来，当小女儿进来时，人们都睁大了眼睛，就像太阳升起那样。只听得国王说：

“‘孩子们呀，不知道我在哪天去世，今天我要决定，我去世以后，你们每个人将得到哪些东西。你们待我都非常好，不过你们当中谁对我最

好，谁就得到最好的一样东西。’

“当时，三个女儿都说自己对父王是最好。国王回答说：

“‘那你们告诉我，你们是怎样爱我的。这样我就能看出你们的一片真心。’

“大女儿说：‘我爱父亲就像爱最甜蜜的糖一样。’

“二女儿说：‘我爱父亲就像爱最漂亮的衣服。’

“可是小女儿一句话也没说。父亲问她：

“‘我最亲爱的小女儿，你如何爱我呢？’

“‘我不知道，’小女儿答道，‘我对父亲的爱是没办法用其他东西来对比的。’

“可是国王硬要她说出一种东西来。于是她说：

“‘如果没有盐，那么即使是最好的食物也会食而无味，因而我爱父亲就像爱盐一样。’

“国王听了非常生气，他说：

“‘如果你像爱盐那样爱我，那么就让我用盐来报答你对我的爱。’

“于是他把国家分给了大女儿还有二女儿，而小女儿呢，却在她的背上缚了一袋盐，又叫两个奴仆把她驱逐到深山密林里去。”

王后又继续说：

“我们大家不断地为她求情，可是国王仍然非常生气。当她要离开我们时，她哭得多难过呀！整条路上，都是从她眼睛里流出来的珍珠。没过多久，国王感觉到自己太狠心了，十分后悔，便派人到森林各处去找寻这个可怜的小女儿，可是怎么也找不到她。每当我想到也许她被野兽吃掉了，我就说不出的难过，有时我也会想也许她躲在某个山洞，又或许有个好心人在保护她，借此来安慰自己。

“可是，你知道吗？刚才当我打开你那绿宝石的小盒子时，看到里面放着一颗珍珠同我女儿眼睛里流出来的一模一样，你应该能够想象得到我当时心情的激动程度。现在你告诉我，你怎么会有这颗珍珠的？”

小伙子告诉王后，他是从林子里的一个老婆婆手中得到这颗珍珠的，他觉得老婆婆非常可疑，一定是个巫婆，至于小公主，他没有听她说起过，也没有见到过。

于是国王和王后决定去找那个老婆婆，他们想，只要知道珍珠在哪里，就一定能够打听到他们女儿的消息。

那天，老太婆坐在荒地上的一部纺车旁边纺纱。天已经黑了，炉灶里面还有一块木头在燃烧，发出微弱的光。忽然从外边传来声音，一群鹅儿从农场回来了，嘴里发出粗哑的叫声。过了一会儿，老婆婆的女儿也进屋来了。

女儿向老婆婆问好，她不理她，只是摇了摇头。女儿坐在她身边，操动纺车纺纱，动作利索得像一个小姑娘。两个人就这样默默地坐了两个小时。后来窗子上发出一阵声音，一双红通通的眼睛直愣愣地向里面张望。原来是一只老猫头鹰，它“呜—呜—呜”地尖叫了三声。老婆婆抬眼看了一会儿，说：

“女儿，你能出去干你自己的事了。”

女儿站起来，转身走出门外。她走到哪里去了呢？她越过草地，一直来到山谷。最后她走向一口井，井边长着三棵老橡树。这时一轮明月高高地挂在天上，照在地上十分明亮，连一根别针也能找得到。

她撕下罩在脸上的皮，俯下身子凑到井边，洗起脸来。洗完以后，又把那张皮放到水里浸泡，然后把它放到草地上，让它在月光下泛白，并且变得干燥，瞧，那个姑娘变得多快呀！恐怕你从来也没见过这种事吧！只见灰白的辫子掉了下来，露出一头像太阳光那样灿烂的金发，她的整个身子像披上了一件金色的外衣。她的两只眼睛像天上的星星那样，闪闪发亮，面颊泛起一片嫣红。

可是这位美丽的姑娘十分伤心。她坐了下来，失声痛哭。泪珠儿一滴又一滴地从她的眼眶中流出来，从长发中间一直滚落到地上。她就这样端坐着，要不是附近的树枝发出瑟瑟的响声惊动了她，她还打算就这样一直坐着。她就像听到猎人枪声的小鹿那样跳了起来。这时黑云正好将月儿遮住，一刹那间，小姑娘又恢复了原来的模样，动作极为迅速。

她急急地跑回到家去，她全身颤抖，就像白杨树叶子那样。老婆婆站在门前，姑娘想把刚才发生的事全部说给她听，可是老婆婆亲切地笑了，对她说：

“我已经知道发生什么事了。”

她把姑娘带到房里，又点燃一块木柴。她不再坐到纺车旁边，却拿起一把扫帚，开始打扫房间。

“我要把这弄得干干净净，整整齐齐的。”她对姑娘说。

“哦，母亲，”姑娘说，“这么晚了，你还动手打扫，你想做什么呀？”

“你知道现在是几点钟呀？”老婆婆问。

“还不到午夜，”姑娘回答，“可是已经有十一点多了。”

老婆婆继续说：“你还记得吗？三年前的今天你到我这儿来。你的时间已到，咱们以后不能再住一起了。”

姑娘十分惊慌，说道：“唉，亲爱的母亲，难道你想赶我走吗？我没有地方能去了。我没有朋友，也无家可归。你要我做的一切，我都做了，你从前对我十分满意的，别把我赶走。”

老婆婆不想告诉姑娘她今后的遭遇，只是说：

“我不能再在这里住下去了，屋子一定要干干净净我才能搬出去。我要干的事，你别阻拦。你什么都不用担心。我一定能找到一所能住的房子的，我会给你一笔钱，你也会觉得满意的。”

“请你告诉我发生什么事了？”姑娘又问。

“我再跟你说一次，别打扰我的事儿。别再说话了，回你自己房里去，把脸上那层皮撕下，穿上你来时的那套绸衣，待在房间里，直到我喊你，你才能出来。”

我现在又得回头讲国王还有王后的事了。他们同那个小伙子一起出发，想在荒野里找寻那个老婆婆。

夜里，小伙子在森林里跟他们走散了，只好一个人往前走。第二天，他发现自己走的路是正确的。他就这样一直往前走，一直走到天黑。他爬到一棵树上，想在那儿过夜，因为他觉得自己可能迷了路。

月光照亮了附近的地方，他瞥见有女人的影子，女人正往山下走。她手里并没有拿着树枝，可是他仍认出了她就是老婆婆家里见到过的那个放鹅的姑娘。

“哈哈！”他笑了起来，“她来了！我先抓住这个巫婆，再去抓另一个巫婆就更轻而易举了。”

当那女人走到井边时，她摘下了面具，洗起脸来，一头金发披在她身上，显现出千娇百媚的容貌时，他真是看得目瞪口呆！他从未见到过这样美丽的人儿。他连气也不敢喘，只是伸长脖子透过树叶缝，目不转睛地看着公主。不知是由于他的腰弯得太低了呢，还是另有原因，树枝忽然发出喀啦的响声，姑娘也立刻戴起面具逃跑了。她跑得像小鹿一样快，而且月亮被云层遮住，一片黑暗，他就这样看不到她了。

她刚逃走，他便从树上飞快地跳了下来，紧跟在她身后。没多久，他便看见夜色中有两个人影穿过草地，原来那是国王和王后。他们远远地看见了老太婆屋里的亮光，便朝着这边走了过来。这时，伯爵上前把他在井边见到的怪事告诉了他们，他们很快就确认那一定是他们失踪多年的女儿。于是他们就兴高采烈地朝前走，很快便到了那个有亮光的小屋前。只见那些鹅蹲成一圈，脑袋全都插进它们的翅膀里在睡觉哩。他们三人朝窗户里看去，只见那老太婆一个人正坐在屋里纺线，又点了点头，却没有回头看。屋子里打扫得干干净净，仿佛这儿住的全都是些脚上不会粘上灰尘的小雾人似的。他们看了好一会儿，却没看见那个姑娘。于是他们鼓足勇气，轻轻地敲了敲窗户。这时，那个好像是一直在等着他们的老太婆站了起来，非常和蔼地说："只管进来好了，我早就知道你们来了。"于是，他们走了进去，那老太婆又说："要是你们三年前不把自己善良可爱的孩子赶出家门，那今天也不用走这么远的路了。只是她在这儿对她也没什么坏处，因为三年来，她只管放鹅，因此她那小小的心灵并没受到什么创伤，倒是你们却一直生活在焦虑不安之中，得到了应有的惩罚。"说完，她便走到另一扇门前，大声说："出来吧，我的女儿。"这时，门儿打开了，从里面走出来一位身着袍子的美丽姑娘。只见她一头金发披散在肩头，两只眼睛扑闪扑闪的，恰似一位下凡的仙女。

她朝着自己的父母走去，搂住他们不停地亲吻着，大家全都高兴得哭了起来。这时，姑娘看见了站在他们身旁的这位年轻的伯爵，她的脸儿就像原野上那羞答答地绽开着的玫瑰。这时，国王说："亲爱的孩子，我的王国已经给了你的两个姐姐，我该拿什么送给你呢?" "她什么都不需要，"老太婆说道，"我要把她为你们流的眼泪还给她，那全是一颗颗比从海里采撷出来的珍珠还要美、比你的整个王国还更珍贵的宝贝。还有，我要把这间小屋留给她，作为她在这儿放鹅的报酬。"话音刚落，那个老太婆便在他们面前消失了。这时，他们听见四周的墙壁正在嘎嘎作响，转头一看，原来这间小屋已变成了一座华丽的宫殿，御膳桌也已摆好，还有许多仆人正在忙着上菜哩！

故事到这儿还没完，可是给我讲这个故事的祖母已经记不清楚后面的情节了。可我总认为，美丽的公主一定和伯爵结了婚，他们一定住在那座宫殿里，过着美满幸福的生活，一直到老。而当初在小屋前饲养的那群小白鹅，是否是那些被老太太收养的少女——她们现在有没有恢复人形，并留在年轻的王后身边当侍女，我都不清楚，可是我想一定是这样的。不过有一点是确信无疑的，那就是那个老太太不是人们所说的老巫婆，而是一位好心肠的女术士，并且让公主一生下来，哭出来的就不是眼泪，而是一颗颗珍珠的人，也多半是这位老太太。

池塘里的水妖精

很久很久以前有一个磨坊老板，他和他的妻子一起过着快乐的生活。他们有田地、有钱，他们的财富在一年一年地增加。但他们突然交了厄运，财富和原先增加的时候一样，一年一年地又减少了，最后只剩下磨坊老板住的磨坊还能勉强算作他的财产。他很忧愁，白天做完了工作之后，就躺到床上，没有一点安宁，一直翻来覆去。一天早晨，天没有亮，他就起床到外面去散心。他来到磨坊堤边，太阳正好出来，他听见池塘里发出沙沙的声音。他一转头，看见一个美丽的女人，从水里慢慢爬上来，用她细嫩的手握着自己的长头发，她的头发从肩上往两边垂下，遮着了她雪白的身体。他知道那是池塘里的女妖精，但因为害怕，不知道到底是走开好，还是站着好。那水妖精用温和的声音叫着他的名字，并且问他为什么这样悲伤。磨坊老板最初不说话，但他听到她说话非常地和气，于是就鼓起勇气对水妖讲，他原来的生活是很富裕、幸福的，但现在他穷了，不晓得怎样办才好。水妖说："你放心吧，我要让你比从前更幸福、更富裕，不过你要答应把你家里刚生出来的东西给我。"磨坊老板心想："除了刚生一只小狗或一只小猫以外，哪还有什么别的呢?"于是就答应了水妖的要求。水妖又回到水里去了，他心里很高兴，急忙回到磨坊里去了。他还没到家，保姆就从门里出来，喊住他，说他要欢喜，他的太太刚生了一个儿子。磨坊老板站着就像触了电一样，他知道狡猾的女妖知道了这件事，所以才骗他。于是他垂头丧气地走到妻子的床前，妻子便问他："我们生了这样漂亮的一个男孩子，你为什么会不高兴呢?"于是他向妻子讲述了刚才经过的情形，说他答应了水妖的要求。于是他说："要是我失去我的孩子，财富和幸福对我又有什么好处呢？我该怎样办呢?"来贺喜的亲戚，也是想不出什么办法。

这时，幸福又回到了磨坊老板家里。他想要做的事一律都可以成功，箱子好像自己就自动装满了，橱里的钱也忽然增加了。没过多久，他的财富似乎比从前还要多。但他并不因此就无忧无虑，欢喜高兴；他以前答应水妖的话，让他心里难过。每逢他在池塘旁边走过时，他就害怕水妖会浮上来要他的儿子。他让男孩不要到池塘边去。他对孩子说："小心，假如你挨着水，就会有一只手伸出来捉你，并且把你拉下水去。"但一年一年地过去了，水妖没出现，磨坊老板心里这才安静下来了。

男孩也长成了小伙，来到一个猎人那里学手艺。他学成了一个能干的猎人，村里的主人也请他去服务。村里面有一个女孩，又忠实、又美丽，猎人喜欢她。主人知道了以后，就送给他一间小房子。两个人结婚了，幸福平安地生活，非常相爱。

有一天，猎人在赶一只鹿。鹿从树林跑进荒野里，他追过去一枪把鹿打死了。他没有注意，来到了危险的池塘跟前，他便把鹿的内脏给取了出来，来到水边，去洗沾在他手上的血。他刚把手伸下去，水妖就浮上来，笑嘻嘻地用她那湿淋淋的胳膊抱住他，很快便把他拉下去，波浪就淹过了他的头。

晚上，猎人还没有回家，妻子就害怕起来。妻子便出去找他，猎人屡次对妻子说，他要小心水妖的阴谋，不能冒险到池塘跟前去，所以妻子预料到有什么事发生了。妻子赶快来到水边，看到丈夫的猎袋丢在岸上，知道出祸事了，也不再怀疑了。她痛哭着，难过地大喊她爱人的名字，但没有用；她又跑到池塘的那边，重新大声喊叫，她还用粗暴的话骂着水妖。但没有回答，水面很平静，只有半个月亮的面孔，一点也不动弹地在水里看着她。

可怜的妻子不离开池塘。她一刻也不愿休息，快步地围着池塘走，有时候沉默，有时又大叫一声，有时又轻轻叹息。最后她的力量用完了，倒在了地上，深深睡着了。没多久她做了一个梦：

她很害怕，从大岩石中间上去，蔓草和荆棘绊着她的脚，雨也打着她的面孔，风还吹着她的长头发。她来到山顶上，风景却完全不同。天空是蔚蓝色的，空气也是温和的，地也渐渐低下去，一片碧绿色的草地上开满了五颜六色的花，还立着一所干净的草房。于是她去推开门，门里坐着一个白发的老太太，正和和气气地向她招手。一眨眼之间那可怜的女人醒了。而这时天已经亮了，于是她决定马上照着梦去做。她辛苦地爬上了山，情形完完全全和夜里所见的一模一样。老太婆和和气气地接待了她，并指给她一只椅子，让她坐下。老太婆对她说："你大概遭遇了不幸的事，才会找到我这寂寞的草屋里来吧。"女人一边流泪，一边向老太婆讲经过。老太婆对她说："你放心吧，我会帮助你；我会给你一把金梳子。等到月圆的时候，你去到池塘跟前，并在岸边坐下，用金梳子梳你那乌黑的长发。你梳完了以后，把梳子放在岸上，你就会看到发生了的事。"

女人便回家去，她等着月圆，只觉得日子过得很慢很慢。最后有一轮明月在天上出现了，于是她就到池塘旁边坐下，用那把金梳子梳她那乌黑的长发，梳完了以后，把梳子放在水边。一会儿，水的深处就响起来，有一阵波浪涌到了岸上，把梳子就卷去了。梳子刚沉到水底下时，水面就分开了，猎人的头伸了出来。他也不说话，眼光很悲惨，看着他的妻子。在一刹那间，第二个浪头又过来了，盖过猎人的头。一切又都不见了，池子变得和以前一样平静，只有那轮圆月的面孔在水面上发光。

女人失望地回到家，她又梦见了老太婆的草屋。第二天早上，她起床到女预言家那里去，诉说着她的痛苦。老太婆给了她一只金笛，说："等到月亮再次变圆的时候，你就带着这只笛子坐到岸边，吹一首好听的曲子，吹完了，再把笛子放在沙上，你就会看见所发生的事了。"

女人按老太婆的话做了。笛子刚刚放到沙上，水的深处就响起来，有一阵波浪涌到了岸上，把笛子也卷去了。没一会儿，水就分开了，不只猎人的头，而且上半身也伸出来了。他满怀着热望，向她伸出两臂，但第二个浪头又打来了，淹没了猎人，把他又拉下去了。

不幸的女人又说："啊，我只是能看见我的爱人，就又把他失去了，这对我又有什么帮助呢？"她心里充满怨恨，但她又第三次梦见到老太婆屋里去。她起床上路，女预言家给了她一个金纺车，并且安慰她说："事还没有完呢。等月亮圆的时候，你把纺车搬到池塘边，坐着并纺完一轴线，然后把那纺车竖到池塘跟前，你就会看到所发生的事了。"

女人完全按照她的话做。月亮一圆她就搬了一个金纺车到塘边辛勤地纺织着，把亚麻纺完了，而且轴上也完全是线。但纺车刚一放到岸边，便听到水的深处比寻常响得更厉害，有一阵巨大的波浪涌来了，把纺车也卷走了。没一会儿，猎人的头以及整个身体，和一股喷泉一起升了起来。他赶快跳到岸上，抓住妻子的手逃跑。他们刚走了一小段路，全池的水就都汹涌起来，那声音大得怕人，像千军万马冲到了广大田地里。两个奔跑的人，看见死亡已近在跟前，妻子很害怕，叫老太婆帮忙。一眨眼之间他们都变了，妻子变成了一只癞蛤蟆，猎人也变成一只青蛙。他们身后的潮水，无法淹死他们，但把他们两个冲开了，使他们隔得很远很远。

水消失了，两人接触着干地又都恢复了人形。但这个不知道另一个在哪里，他们周围全都是陌生人，那些人也都不知道他们的故乡在哪里。两人中间隔着深谷和高山，为维持生活，两个人都只得放羊。他们赶着羊，走过森林和田野，满肚子的愿望和忧愁，这样过了很多年。

有一天，当春回大地的时候，两个人同一天带着羊群出去，刚巧走着相对的方向。猎人马上看见遥远的山坡上有群羊，就把他的羊群也赶到那里去。他们走到了同一条谷里，互相不相识，不过都非常高兴，不像以前那样寂寞了。然后从现在起，他们每天都把羊群赶到一块；他们也不多说话，但觉得很愉快。一天晚上，一轮明月在天空上照着，羊群在休息，牧羊的男人便从袋里拿出笛子来，吹着一首好听但悲哀的曲子。他吹完了以后，觉得牧羊女正在痛哭。他问："你为什么要哭呢？"她说："啊，我最后一次吹笛子吹的就是这个曲子，当我爱人的头从水里伸出来时，月亮也是像这样照着。"他仔细看着她，眼睛上的一层薄膜掉下来了，他认出她是他那亲爱的妻子；妻子看他时，月亮也正照着他的面孔，她也认出他是她的丈夫。他们互相接吻拥抱，至于他们是否幸福，那就不用再问了。

水晶球

很久很久以前有一个巫婆，她有三个儿子，他们几个兄弟非常友爱。但巫婆不相信他们，认为他们要夺走她的权力。她把她的大儿子变成了一只鹰。鹰住在了崖石山上，人们经常看见它在天空上，绕大圈子飞。她又把二儿子变成了一条鲸鱼，鲸鱼在深海中生活，人们只是看到它有时候喷出一个巨大的水柱到天空中。他们两个人每天只剩两小时可以恢复人形。第三个儿子也怕巫婆把他变成一只猛兽，一条狼或一只熊，就暗地里赶紧逃走了。他以前听说，在黄金太阳宫里坐着一个被施了魔法的公主，正等着人去救她。许多人为救她拼了命，早已经有二十三个小伙惨死了，现在只许再有一个人去尝试一回，以后就再不准人去了。他心里不怕，所以他拿定了主意，要去找黄金太阳宫。他走了很长时间，没有找着那宫殿，而且他在一个森林里迷路了，不知道该从哪里出去。忽然他看见远处有两个巨人，正向他招手，他走到他们跟前，于是他们说："我们在争一顶帽子，不知道它应该属于谁，我们两个人力气相等，没人能够压倒另一人。矮子都要比我们聪明，所以我们请你做裁判。"小伙子说："你们为什么要争一顶旧帽子呢?""你不知道啊，这顶帽子它有一种好处，它是一顶魔帽，只要谁戴着它，许愿要到哪里去，一眨眼之间，就能到那里了。"小伙子说："你们先把帽子给我，我走一段路，然后再喊你们，你们就开始赛跑，谁先跑到我跟前，帽子就是谁的。"于是他戴着帽子走，但他一心想着公主，于是忘记了巨人，一直向前走。有一天，他从心底叹了口气说："啊，希望我在黄金太阳宫里。"这话刚说到嘴唇边上，他就站在了一座高山上的宫殿的门外面。

他走进了宫殿，看过所有的房间，终于在最后一间房里，找到了公主。他看到公主，大吃了一惊，她的脸是灰色的，而且全是皱纹，红头发，蓝眼睛。他大叫道："你就是所谓的全世界著名的漂亮公主吗?"她说："啊，这并不是我的原形，人的眼睛只可以看见我这么丑陋，你想要知道我的面貌，就请你看这面镜子，镜子是不会出错的，它会把我的真面目给你看。"公主于是把镜子递到他手里，于是他在镜子里看见了世界上最美丽的姑娘的像，而且看见她很悲伤，眼泪不住地从脸上滚下来。他又说："我要怎样才能救你呢？我不怕一切危险。"公主说："谁得到那个水晶球，把它面对着魔术师拿着，就能破除他的法术，然后我就能恢复原形了。"公主又接着说："啊，先前已经有许多人因此而死，你这个年轻的小伙子，要冒这么巨大的危险，我可怜你。"他又说，"没有任何东西能阻拦我，请告诉我，我该怎么办。"公主说："你要知道这一切：你到这座宫殿山下去，山下的泉源旁边站着一头野牛，你该同它作战。如果你能打死它，就会有一只火鸟从它身里飞起来，鸟肚子里有一个火红的蛋，蛋黄就是水晶球。鸟被逼迫得没办法时就会扔下蛋，蛋会落到地上，然后就发出火焰，随之烧掉附近的一切东西，而且蛋本身也会熔化，水晶球也是一样会熔化，那么你的所有辛苦就都白费了。"

小伙子下山来到泉源跟前，野牛正在那里喘气，对他咆哮。经过一段长时间的战斗之后，他把剑戳到了牛肚子里，牛倒下死掉了。转眼之间火鸟就从牛肚里飞出来，想要飞走，但小伙子的大哥，那只鹰，从云里飞过来，扑到了鸟身上，把它赶到海上，用嘴巴啄它，它实在没有办法只好把蛋丢下。蛋不是落在海里，而是落在了海边渔夫的草屋顶上，草屋立刻冒烟，将要发出火焰。这时，海里掀起了与屋同高的波浪，向草屋冲下来，把火止住了。原来是小伙子的二哥鲸鱼游来，把水喷到天空中的。火熄灭了，小伙子就去找蛋，运气很好，终于找着了。蛋还没熔化，只是蛋壳受了凉水，忽然冷却，他把它弄得粉碎，把水晶球拿了出来，球没有半点损坏。

于是小伙子来到魔术师那里，把水晶球也拿到他面前，魔术师说："我的魔力破坏了，从现在起，你就是黄金太阳宫里的国王。你可以拿这个去恢复你兄弟们的人形。"于是小伙子赶到公主那里，走进了她的房间。公主正站在那里，盛装艳服，穿得非常漂亮。两个人非常高兴，就交换了戒指结婚了。

玛林姑娘

很久以前有一个国王，他非常疼爱自己那个长得非常漂亮的女儿，他的女儿有一个非常相爱的男朋友，女儿相爱的人是邻国的王子，可是国王却不同意他们的婚事，非要公主嫁给另外一个国王非常器重的小伙子，公主宁死也不肯答应国王的要求，这个公主就是“玛林姑娘”。

后来国王建造了一座黑色的塔，厚厚的塔墙的四周既没有门也没有窗，只在塔顶上留着一个天窗。国王让属下准备了两个人七年所需要的一切物品，包括食物还有生活用品，他要让他美丽的公主在塔里面生活七年，使她改掉那倔强的性格。

公主只带一个侍女住进了塔里面，国王立刻让属下封死了仅有的一道门。公主和侍女在塔里过着黑暗痛苦的日子，没有白天也没有黑夜。

王子常常会来到塔前，围着塔身转了一圈又一圈，一声又一声地呼唤着公主的名字：“玛林姑娘…玛林姑娘…我心爱的玛林姑娘，你在塔里面过得还好吗？你能够听到我呼唤你的声音吗?”深情又凄婉的呼唤声一遍又一遍，传得很远，很远。

厚厚的塔墙阻挡了痴情王子绝望的呼唤，而可怜的玛林姑娘在塔里却什么都听不见。她已经陷入了深深的思念和悲伤之中。日子就这样一天天的过去了，眼看着食物的减少，玛林姑娘知道七年的时间应该快到了，她和她的侍女盼望着能够听到锤子敲打塔壁的声音，可是，让她们失望的是，什么声音都没有。

“唉，看来我的父亲已经把我忘记了。”玛林姑娘悲哀地叹息道。

当她们眼睁睁看着就要挨饿的时候，玛林姑娘对她的侍女说：“我们绝不能够在这里活活等死。我想我们一定要试一试走出去。”

后来玛林姑娘拿出了切面包还有削水果的小刀子，她与侍女一起用力朝着塔墙上面砖缝里的灰浆进攻，用力地一点点把它们弄掉。挖了很久之后，终于发现第一块砖有了一点点松动的样子，她和侍女高兴极了，加快了钻挖的速度，在她们两个人的努力下，第一块砖终于挖了出来。随后紧接着第二块砖、第三块砖……她们就这样一直挖下去，当第一道光射进黑塔的时候，玛林姑娘和侍女都闭上了眼睛，因为光一下子照进来，使得她们的眼睛一下子适应不了。

公主还有侍女顺着光的方向从塔中钻出来的时候，眼前的景象让她们一下子惊呆了：她们发现往日金碧辉煌的宫殿现在已然是一片废墟，从前的城市还有乡村早已化为灰烬，到处长满了荒草，并且有无数零散的瓦砾，奇怪的是根本看不见一个人影。

公主哭着喊道："天哪，这到底是怎么回事啊？我的父王还有母后呢？他们在哪里啊？"哭着哭着，公主便昏倒在地上，不省人事。当公主醒过来的时候，天已经黑下来了，侍女对公主说："公主，我想我们还是先回塔里住一晚上吧，吃一点东西，明天再从长计议吧。"公主听了她的话之后点了点头，就这样，她们又回到了塔里面。

第二天一早，她们从塔里出来，却不知道该到哪里去，只好开始漫无目的的流浪生活。一路靠乞讨和采集野果子充饥。

终于有一天，她们走到了王子所在的国家，可是她们却不知道已经到了王子所在的国度。她们在王宫的厨房里找到了一份工作，工作的内容是每天替厨师干一些类似于挑水、劈柴、洗碗、洗衣服等一些粗重且劳累的工作。

有一天，王子的父亲为王子挑选了一位姑娘，并且准备为他们举行隆重的婚礼。这位姑娘是一个心狠手辣并且相貌极其丑陋的姑娘，她一直躲在王宫里不敢出来，并且她总是让玛林姑娘把饭菜送到她的房间里吃。

有一天上教堂的日子到了，新娘怕人们嘲笑她的丑陋，就找到玛林姑娘，对她说："玛林姑娘，我的脚扭伤了，我想我不能够去教堂了，还是你把我的礼服穿上，代替我去教堂参加婚礼吧！你要知道，这个对你来说，可是一件十分荣幸的事呢。"

"对不起，我不需要这种荣幸，"玛林姑娘说，"我是不会去的。"

这个时候新娘又说："你如果肯替我去教堂完成婚礼，我会送给你很多很多金子作为酬谢的。”

即使这样，玛林姑娘还是不肯去。这个时候新娘发火了，并且凶狠地说：“你到底去还是不去？我现在叫你去，你就必须得去！否则我就砍掉你的头！”

没办法，玛林姑娘穿上了结婚礼服，并且戴上了漂亮的首饰，径直走进宫殿的大厅时，所有在场的人都被她的美貌吸引住了。这个时候国王对王子说：“亲爱的孩子，我给你挑选的新娘还不错吧？好了，我想你们应该赶快去教堂完婚。”

当王子看见新娘第一眼的时候就惊讶地感叹道：“这不是我亲爱的玛林姑娘吗？天哪，这是怎么一回事？她不是一直被关在黑塔里已经死去了吗？”

王子带着疑问，挽着新娘的手走向教堂。当他们路过一大片荨麻丛林时，新娘说道：

“荨麻丛啊荨麻丛，
你如此矮小，这般顽强，
在曾经的日子里，
我曾用你来充饥。”

“你在说什么呢？”王子问。

“没有说什么，我现在只是想起了玛林姑娘。”新娘答道。

“她为什么会提起玛林姑娘呢？”王子的心里觉得非常奇怪，但一直却没有问出来。后来当他们来到教堂前面的一座小木桥的时候。新娘又说：

“教堂边的小木桥啊，
你是否知道，
我并不是真正的新娘。”

“你在说什么？”王子问。

一旁的新娘答道：“我没有说什么，我只是想起了玛林姑娘。”

“难道你认识她？”王子问道。

新娘说：“不，不认识，我只是曾经听说过。”

这个时候到了教堂门前，新娘开始说：

“教堂的门呀教堂的门，

你是否知道，

我并不是真正的新娘。”

“你到底在说什么？”王子问。

“啊，没有说什么，我只是想起了玛林姑娘而已。”新娘回答。

这个时候，王子取出了一条项链戴在新娘的脖子上，并且为她扣上了项链的扣环。他们手挽着手，肩并着肩地走进了教堂，前面的牧师为他们主持了婚礼。

回到了王宫，玛林姑娘匆忙地跑到了新娘的房里，并且将结婚礼服还有结婚首饰一起还给了新娘，后来穿上了自己的灰色罩衣，可是她却留下了王子亲手为她佩戴的那条项链。

新郎来到了新娘的房间里面，看见新娘蒙上了面纱，就问，“我的新娘，你对着路边的荨麻丛说些了什么，还记得吗？”

“啊？什么荨麻丛？我根本没对荨麻丛说过什么话呀？”新娘说。

“如果你真的没对荨麻丛说过什么话，那你就一定不是真正的新娘。”王子说。

情急之下，新娘只好说：“等一下，我去找找我的侍女，她一定知道我当时的想法。”说完之后她赶紧跑到玛林姑娘面前，问玛林姑娘：

“坏女人，快告诉我，你对荨麻丛说过什么？”

玛林姑娘说：“我只是对它说：

‘荨麻丛呀荨麻丛，

你如此矮小，这般顽强，

在过去的日子里，

我曾经用你充饥。’”

新娘回到了新郎的房里，把玛林姑娘说的话又重复了一遍。

王子问：“那么你对小木桥又说过些什么？”

“啊？我没有对小木桥说过些什么呀？”新娘说。

“那你一定还不是我的新娘。”王子说。

“等一下，我去找我的侍女，她一定知道我的想法。”说完之后她赶紧又去找玛林姑娘。

“坏女人，你到底对小木桥又说过些什么?”

玛林姑娘说：“我只是对小木桥说：

‘教堂边的小木桥啊，

你是否知道，

我并不是真正的新娘。’”

“你真该死！你怎么能够这么说呢。”新娘一边大骂一边往回跑。等到了新郎那里之后，她又重复了一遍刚从玛林姑娘那里听来的话。

王子接着问：“你对教堂的门还说了什么?”

“啊？我没有对教堂的门说过什么呀?”她回答道。

“那么你一定还不是我的新娘。”王子回答说。

新娘这个时候气坏了，她又找到了玛林姑娘，问：“你这个坏女人！你还对教堂的门说过什么话?”

“哦，我只是说：

‘教堂的门呀，

你是否知道，

我并不是真正的新娘。’”

“你又说这种话，我真应该拧断你的脖子才解恨!”新娘又气急败坏地回到了新郎房里，重复了一遍玛林姑娘刚刚说过的话。

“那么，我在教堂门前给你亲手戴上的项链呢?”王子问。

“什么？项链？你没给我戴过项链呀?”她回答道。

“是我亲手为你戴上的，并且扣上了扣环，如果你连这件事都不知道，那你一定不是我的新娘”。王子一边说一边揭开了新娘的面纱，当看到新娘容貌的时候，新郎吓得往后退了一步，说道：“你一定不是我的新娘，你到底是谁？怎么会到这里来的?”

“我就是你的新娘啊，是我叫厨房里面干粗活的那个侍女代替我去教堂参加婚礼的。”新娘说。

“那位姑娘现在在哪里呢？快点把她叫出来见我。”王子对新娘大喊道。

新娘走出了房门，告诉侍卫：“去把厨房里面干粗活的那个侍女给我杀了!”

玛林姑娘喊“救命”的声音被王子听到，他来到了屋外，很快让侍卫放开了玛林姑娘。侍卫不得不将玛林姑娘带到了王子的面前，王子第一眼就认出了那条项链，王子大声地说：“我确定这才是我真正的新娘！快点把那个骗子，就是那个假新娘给我杀了吧。”

王子牵着玛林姑娘的双手，对她说：“你呼唤过我未婚妻的名字，我想我觉得你就是我的玛林姑娘。”

这个时候玛林姑娘抬起了头，看着王子说：“是的，没错。我就是玛林姑娘，为了你，我被关在黑塔里七年，并且忍受了饥饿、贫穷还有悲痛。现在我们终于是合法的夫妻了，我们一定要幸福地生活在一起。”

从此之后，王子还有玛林姑娘再没有分开过，他们二人一直过着幸福并且快乐的生活。而曾经那座关玛林姑娘的黑塔也一直保存了下来，后来民间还流传着这样一首歌谣：

“克朗克林，克朗克林
有谁住过这座塔呢？
公主住过这座塔，
可惜我没有见过她，
我们的公主玛林姑娘，
美丽、善良而且坚强。”